新潮文庫

月光の東

宮本輝著

目次

月光の東

第一章

一

三十六年前の秋に買ったまま、ついに使うことのなかった糸魚川《いといがわ》から信濃《しなの》大町までの切符に見入ったあと、私は車窓からあの橋を捜しました。

吹雪のなかの小さな町に、奇妙な枝ぶりの樹林が浮かび出ていました。

雪も蜃気楼《しんきろう》を作るのかと目を凝らすと、建ち並ぶ民家の屋根に立つテレビのアンテナに雪がへばりついていることに気づき、私は車窓の曇りを指でぬぐいました。

一時間ほど前から降り始めた雪は、私が糸魚川駅で大糸線の列車を待っているうちに渦巻く吹雪となっていたのです。

三十六年前、私は十三歳。中学一年生でした。ひとりで、行ったことのない信濃大町まで列車に乗って、よねかと逢《あ》って、いったいどんなことを喋《しゃべ》りたかったのか、何をどうしたかったのか、いまとなっては思い出すこともできません。おそらく、十三歳だった私も、何のために列車に乗ろうとしたのかわからなかったのでしょう。だからこそ、糸魚川駅の改札口から引き返してしまったのでしょう。

　しかし、もう使わないと決めた列車の切符をなぜ払い戻してもらわなかったのか。そのときの自分の気持も思い出すことはできません。

「降ったねェ」

「大町は降ってないってよ。山のこっちがわだけだわ」

　二輛《りょう》連結の列車の最後尾のほうから歩いて来て、私の近くの席に坐《すわ》った地元の人らしい初老の婦人の声が響き、学校帰りの中学生や高校生たちが、前の車輛へと移って行きました。

　その中学生たちは、私の、うんと歳《とし》の離れた後輩ということになります。私も三十数年前、彼等と同じ制服を着ていたのです。

　父の転勤で東京から糸魚川へ引っ越してきたのが中学一年生のときで、父が再度の転勤で仙台へ単身赴任したのは、私が中学校の卒業式を二ヵ月後にひかえたころでした。卒業式の翌々日、私と姉と母は、父のいる仙台へ引っ越し、それ以来、一度も糸魚川を訪れることはなかったのです。

「あらァ、靴下を履いてない。いまの若い子ってすごいねェ。お洒落《しゃれ》のためなら寒さなんてだわ」

「わたしらなんて毛糸のパンツを三枚穿《は》いても腰が冷えてしょうがないのに」

橋は見えませんでした。根知、平岩、中土といった小さな駅に停まるごとに、雪の粉は微細になり、ときおり、吹雪を濃い霧かと錯覚するほどでしたが、白馬駅を過ぎたあたりから雪はやみました。

私は暮れ方の信濃大町駅に着くと、駅前に一台だけ停まっていたタクシーの運転手に、住所を記したメモ用紙を見せ、ここへ行きたいのだがと言いました。

運転手は怪訝《けげん》な表情でメモ用紙に見入り、

「こんな地名のところはないですよ。大町ですか?」

と訊《き》きました。

それから信濃大町周辺の地図を出して調べてくれたのですが、メモ用紙にひかえてきた地名はみつかりませんでした。

「じゃあ、瀬戸口って名の自動車修理屋さんをご存知ありませんか。大町ダムへの道筋らしいんですが」

それなら知っているが、自動車修理の工場は閉めてしまって、いまはガソリン・スタンドになっていると運転手は言いました。

「場所も黒部《くろべ》寄りでね。五、六年前かな。代が替わって、修理工場を手放して移ったんですよ」

運転手が地図を指で示したあたりに、私が今夜泊まるホテルの名もありました。

私はタクシーに乗り、ホテルの名を言って、

「そこからガソリン・スタンドへは歩いて行けますか？」

と訊きました。先に、ホテルにチェック・インしようかと考えたのです。

「歩いてだと二十分くらいかな。でも坂道だから、下りはいいけど、上りはきついねエ」

気難しそうな印象でしたが、私と同年齢くらいの運転手は、車を走らせ始めると、瀬戸口自動車修理工場のことについて、ほとんど休みなく喋り始めました。

あの家の長女と自分は小学校も中学校も同じだった。その長女は高校を卒業するとすぐに結婚した。お腹《なか》が大きくなったからだ。相手の男と、瀬戸口の長男が悶着《もんちゃく》を起こし、危うく警察沙汰《ざた》になるところだった。

長男は高校を中退して、しばらく家業を手伝っていたが、妹が結婚してすぐに東京で働くと言い残して出て行った。妹を妊娠させた男を殴って怪我《けが》を負わせたことは、その後も両家にきまずさを残し、自分がいると迷惑をかけると思ったのであろう。

経営不振の自動車修理工場に見切りをつけ、土地を売って、別の場所でガソリン・スタンドを営むことになったのは、ひとえに末っ子の才覚のお陰だ。とにかく、金儲《かねもう》けに関しては、あれほど目端の利《き》く男はいない。

長男は、その後、十年ほどして帰って来たが、何かにつけて弟に牛耳られ、半年もし

ないうちにまた出て行った。

長女は、ちょうどそのころ亭主と別れ、嫁ぎ先に子供を残して、実家に帰って来た。いま、信濃大町駅の近くで小料理屋をやっているが、それもまた弟のお陰で繁盛《はんじょう》しているといってもいい……。

「信濃大町の駅の近く?」

と私は訊きました。

「何て名前の店です?」

「くろべ屋っていうんです」

「じゃあ、そこへ行ってくれませんか」

私は、男よりも女のほうが、話を聞きだしやすいような気がしたのです。

「引き返すんですか?」

運転手は、県道から田圃《たんぼ》のほうへ車を入れ、そこで方向を転じました。

私は、瀬戸口家のことに詳しいようだが、三十六年前、糸魚川から引っ越してきて、瀬戸口家で暮らした塔屋《とうや》という一家を知らないかと運転手に訊きました。

昔を思い出すように、しきりに首を左右にかしげていましたが、運転手は、知らないと答えました。私は再び名刺入れから古い切符を出し、それを見つめました。

三十六年前、その切符を、私は、小学生のころからの宝物が幾つか入れてあるボール紙で作った小箱にしまったのです。従兄《いとこ》からもらったイギリスの切手が二枚、生まれて初めて百点満点をとった数学の答案用紙、どこにも損傷のないヒグラシの脱《ぬ》け殻《がら》、てんとう虫そっくりの模様をした丸い小石、十枚集めると野球のグローブがもらえる券が六枚（それはある菓子メーカーのキャラメルの箱に入っているのですが、券入りのものにでくわすことは滅多にないのです）、等々……。

その小箱は、たびかさなる父の転勤で私たち一家が仙台、浜松、東京と移り住むうちに、どこへいったのかわからなくなり、私もまた小箱の中味に価値や興味を感じる年齢を超えていきました。

私が小箱と再会する数週間前、厳密にいえば、十九年前の四月の第二日曜日、つまり私の結婚式の当日、奇妙な電報が届きました。

――ワタシヲオイカケテ。

ただそれだけで、発信人の名はありませんでした。

披露宴の司会をつとめてくれた友人は、披露宴が終わってから、ひやかすように笑みを浮かべて、その電報をそっと私に手渡し、

「あぶねェ、あぶねェ。うっかり他の祝電と一緒に読みあげたりしてたら大変だったぜ」

と言いました。

私を追いかけて――。

まさかとは思いながらも、私の頭には、瞬時に、塔屋よねかという名が浮かびました。

正しくは塔屋米花《よねか》。米花という字がいやで、彼女は自分の名を書くとき、ひらがなに変えていたのです。

中学校一年生の秋に転校していって以来、誰もその消息を知らない塔屋よねかなのか……。いや、そんなことがあろうはずはない。

にもかかわらず、十五夜の月見の夜、

「私を追いかけて。ねェ、私を追いかけて」

そう言って、橋を渡っていくよねかの姿は、ふいに私のなかで生き返ったのです。初恋への甘い感傷……。そうかもしれません。ですが、私を追いかけてというある種の暗号に似た言葉を共有できる者は、よねか以外には考えつきませんでした。

列車の切符のことを思い出したのは、九州への新婚旅行から帰ってからでした。私は結婚式の前日まで暮らしていた杉並区の両親の家に行き、学生時代に使っていてまだ捨ててはいないさまざまなガラクタを納戸《なんど》から出しました。

あの小箱は、高校生の一時期に熱中したギターの教則本と一緒に、変色して埃《ほこり》だらけのダンボール箱の底でみつかりました。

私は綿に包んだヒグラシの脱け殻と切符を、新婚生活が始まったばかりの目黒区の賃貸マンションに持ち帰り、ヒグラシの脱け殻は飾り用のワイングラスのなかに、切符は世界文学全集の第三十六巻、メルヴィルの〈白鯨〉のなかに挟み込みました。

もし電報が塔屋よねかからだとしたら、よねかはどうやって私が結婚することを知り、その日付と披露宴の会場までも知ることができたのか。

糸魚川時代の友だちで、親交がつづいているのは、東京の大学に入って、卒業後もそのまま東京に本社のある大手の商社に就職した加古《かこ》慎二郎《しんじろう》だけでした。

加古慎二郎には結婚式の招待状を送ったのですが、結婚式の一ヵ月ほど前に、三年間の予定でシンガポール支店に赴任するので、あいにく出席できないという返事をもらっていました。

私はシンガポールの加古に手紙で、最近、塔屋よねかと逢ったことがあるのか、もしそうだとして、その際、私の結婚の話をしたのか、ずいぶん唐突な問い合わせで面くらうだろうが返事をいただきたいとしたためました。

加古からの返事は、きみも知ってのとおり、塔屋よねかは、中学一年生のときに転校していって以来、まったく消息がわからず、同窓会名簿にも、氏名だけで、連絡先は記載されていない。勿論《もちろん》、自分も彼女とは逢ったことがないと書かれていました。

私の問い合わせにだけ答えるといった手短な文面でしたが、加古らしくない素っ気なさが気にならないでもありませんでした。

私は、やがて電報のことを忘れていきました。新しい生活が、ひょっとしたら何かの間違いなのか、誰かのいたずらなのか判断のつかない電報へのこだわりをたちまち捨てさせたのです。

加古慎二郎は、予定よりも一年ほど長いシンガポール駐在を終えて三十四歳のときに日本に帰って来、翌年、結婚したことによる転居の案内状を郵送してきましたが、もとより特別に仲がよかったわけではなく、それきり疎遠《そえん》になっていきました。

加古がパキスタンのカラチのホテルで首を吊《つ》って死んだのは、去年の十月でした。そのことを小さく報じる新聞記事を、私は会社へ向かう満員の地下鉄の中で目にしました。

その瞬間、私のなかに生じたある種の戦慄《せんりつ》と胸騒ぎは、いったい何によるものだったのか……。

新聞記事は、現地の警察が自殺と断定したこと、自殺の理由は不明であることを簡略に伝えていました。

加古の勤める社名は載っていましたが、カラチ支店に駐在中とは書かれていないのに、私は勝手に、事件が加古のカラチ駐在中に起こったことだと思い込んだのです。

そうではなかったことも、私は去年の暮、加古の妻の突然の来訪によって知ったのです。

その日は日曜日で、昼前に起きだしてきた私は、高校生の長女と雑談をしていました。電話が鳴り、妻が、

「加古慎二郎って方の奥さんだって……」

と言いました。

私が不審な思いで電話に出ると、加古夫人は、どうしてもお訊きしたいことがあるのでお時間を頂戴《ちようだい》できないかと言いました。私の家のすぐ近くにある公衆電話から電話をかけているということで、私は妻と二人で買い物に出かける予定でしたが、ただならぬものを感じ、どうぞお越し下さいと答えました。

加古夫人は、寒い日だというのに、額に薄く汗をかいていました。年齢は四十二、三歳で、身だしなみは上品で、気の強さのようなものを目元に漂わせていました。

私は、ご主人の事件を新聞で知ったと言い、お悔みの言葉を述べました。亡《な》くなり方があのようなものであったし、もう二十年以上もおつきあいがなかったので、お葬式に参列しにくかったと私が言うと、夫人は不審な表情で何か考え込んでいましたが、ハンドバッグのなかから五通の手紙を出しました。

それは加古慎二郎に送られてきた手紙でしたが、差し出し人はすべて私の名前になっていました。

一見、男の字と思われましたが、私の筆跡ではありませんでした。私には覚えがない。誰かが私の名と住所を使って、ご主人に出した手紙だと私は言いました。なんなら、いまここで自分の名を書いてもいい。そうすれば、筆跡の違いがおわかりになるであろう……。

亡くなった夫は、あなたのことを、糸魚川の中学校のときからの親友だと語っていたが、それは本当かと訊かれ、私は、親友と呼べるほどのおつきあいはなかったと思うが、同級生だったことは本当だと答えました。

すると、加古夫人は、塔屋よねかという女性をご存知ではあるまいかと訊いたのです。おそらく心のどこかで予期していたであろう名前が夫人の口から出たのにもかかわらず、私は驚きの表情を隠せませんでした。

やっぱり、あのときの電報の発信人は、よねかだったのだという思いは、私の心に、冷たいのか温かいのか判別しかねる風のような何かを走らせました。

私は、塔屋よねかを知っていると答えました。糸魚川の中学校時代の同級生だったが、中学一年生のときに転校していき、その後の消息はわかっていない、と。

夫人は、塔屋よねかという女性と逢《あ》うてだてはないものだろうかと言い、じつは、夫はひとりでカラチのホテルにチェック・インしたのではなく、塔屋よねかと一緒に泊まっていたのだと、どこか挑みかかるような口調でつけくわえました。

一緒にチェック・インしたが、塔屋よねかはそのホテルに一泊して、自分だけチェック・アウトし、その日のパキスタン航空機でインドへ向かった。

夫が自殺したのは、それから五日後なので、現地の警察は同宿していた女のことをそれ以上は調べようとはしなかった……。

自分も、夫の自殺を疑ってはいないと夫人は言いました。

しらせを受け、取るものも取りあえず日本からカラチへ飛び、警察で遺体を確認した際、担当官に現場の状況を説明された。他殺の疑いにつながるものは何ひとつなかった。同宿していた女は、間違いなく、事件の五日前にパキスタンから出国している。

夫人は、現地の警察で教えてもらったという塔屋よねかの住所をあたってみたが、でたらめの住所だったと私に言いました。

私は、糸魚川の中学校の同窓会名簿を夫人に見せ、卒業以来、ずっと同窓会の幹事をしてくれている男は、頭が下がるほどの世話好きで、仕事の合間を縫って、塔屋よねかだけでなく、他の五、六人の消息不明の者たちについて調べたのだが、塔屋よねかだけ、現在どこでどうしているのか皆目わからなかったらしいと説明しました。

突然の来訪を謝罪し、帰ろうとしかけた夫人は、どこか釈然としない表情で、なぜ偽ってあなたの名前を手紙の差し出し人として使ったのであろうかと、自分に問いかけるようにつぶやきました。

私は、玄関まで夫人を送り、住所がでたらめであることをどうやって知ったのかと訊《き》きました。夫人は、つい先日、長野県の大町市まで行ったのだとのことでした。

もし、さしつかえがなければ、そのでたらめの住所を控えさせていただきたい、塔屋よねかが、中学一年生の秋に、信濃大町に引っ越していったことは事実なので、同窓生たちと逢う機会があれば、何かてがかりを得るかもしれないと私は言い、メモ用紙にそれを書き写したのです。

――長野県大町市瀬戸口町三ノ二ノ二一――。

私はその住所を見て、瀬戸口という三文字が心に引っ掛かりました。

「瀬戸口っていうの。お父さんの友だち。自動車の修理工場をやってるの。家がみつかるまで、そこで暮らすんだって」

よねかの言った言葉が甦《よみがえ》りました。しかし、私はそれを夫人には言いませんでした。言っても詮《せん》ないことのように思えたのです。

丁寧に頭を下げ、何度も礼を言って、夫人は行きかけ、振り返って、私に訊きました。月光の東という言葉に心当たりはないか、と。

私の名を使って郵送されてきた最後の手紙は、カラチのホテルに残っていた。そこには、月光の東まで追いかけてとだけ書かれていたというのです。

きっと夫人は、私が、何かを知っていて隠しているとと思ったのでしょう。そうでなければ、手紙の内容を、まるでためすかのような目つきで私に喋《しゃべ》るはずはありません。

私は、まったく心当たりがないと答えました。

それ以後、私と加古慎二郎夫人とは逢っていません。

「ねェ、私を追いかけて。月光の東まで追いかけて」

その日一日、私は、よねかがそう言って橋を渡っていく姿を何度も思い浮かべ、夜中に起き出すと、世界文学全集の第三十六巻をひらき、あの切符を掌《てのひら》に載せました。

月光の東……。よねかにとって、それはいったい何だったのか。中学一年生のとき、私に言ったのと寸分違《たが》わない言葉を、四十八歳になったよねかが加古慎二郎にも投げかけた。

よねかにとって、それは何か重要な、捨て去ることのできない記号なのであろう。それは、私がこの切符を捨てなかったことと同一線上に位置してはいない。郷愁や感傷の道具ではなく、生きるための記号、もしくは架空の場所、観念の国……。

加古慎二郎とはいつ再会し、いかなるつながりでありつづけたのか。

四十八歳といえば、多くの女性はあきらかに若さを失い、肉体や容貌《ようぼう》にも著しい衰えを呈する年齢です。その四十八歳のよねかのために、加古慎二郎は、妻も家庭も仕事も捨てて異国でみずから首を吊ったのはなぜなのでしょう。

あるいは、加古の自殺は、よねかとは関係がなかったとも考えられますが、加古夫人が、あえて恥をしのんで私を訪ね、夫は自分以外の女と同宿していたのだと打ち明けたのは、夫の死と女の存在に密接な因果関係があることを感じたゆえだったのでしょう。私は、その夜、古い切符を見つめ、明け方近くまで酒を飲み、塔屋よねかをみつけようと決めました。あの後、どんな人生をおくったのか、月光の東とは何なのかを、ことし四十九歳になるであろう塔屋よねかに訊いてみたかったのです。

運転手は、信濃大町の駅から歩いて二、三分のところにある〈くろべ屋〉の前でタクシーを停め、商店街の一角の路地を指差しました。

すっかり暮れてしまった大町に雪が降ってきました。松本からの電車が着き、何十人ものスキー客が、バス乗り場に並んでいます。

私は、路地を入って一軒目の〈くろべ屋〉の格子戸《こうしど》をあけ、カウンターの席に坐《すわ》って、壁に貼《は》ってある品書きを見ました。

火の玉鍋《なべ》だとか、びっくりステーキだとか、タマネギ踊りだとか、普通の小料理屋にはない料理の名が並んでいて、まだ六時を廻ったばかりなのに、カウンターのうしろのテーブル席には、十人近い客が鍋を囲んで賑《にぎ》やかに騒いでいました。

店は、二人の中年の女性と、まだ十代かと思われる女が忙しそうに酒の燗《かん》をつけたり、料理を運んだりしていました。

客の何人かが、カウンターのところからも見える調理場に向かって声をかけました。どうやら、調理場にいる女性が女将《おかみ》のようだなと思いましたが、初めての客が唐突に三十六年前のことを訊いても怪しまれるだけだと思い、ビールと豚の角煮を註文して、女将と話をする機会をうかがいました。

「変わった料理を出すんだねェ。火の玉鍋って何ですか？」

私は豚の角煮を運んできた女将に訊きました。

「あったまるよ。豚肉とキムチのお鍋なんだけど、味噌《みそ》に秘密があるのよ」

「タマネギ踊りって？」

「ただのオニオン・スライスだけど、カラシとあえてあるの。このあえ方がポイントね。試してみます？　これを食べると悪酔いしないんだから」

瀬戸口家の長女は四十代半ばといったところで、地方都市の小料理屋の女将にしては、身につけているものは高価過ぎるように思われました。

私は宝石だとか女性の服だとかに詳しくありませんが、女将の指輪が大きくて濃い色のルビーで、その周りの小粒なダイヤも本物だということはわかりました。

銅婚式の記念に家内に買った指輪もルビーでしたが、女将のそれの半分ほどで、それでも私には溜息《ためいき》が出るくらいの値段だったのです。

「お仕事ですか？」

と女将は訊きました。

「人捜しでね。三十六年前に大町に住んでた人を捜しにきたんだけど、誰も覚えてる人がいなくて」

我ながらうまい切り出し方だなと思いましたが、女将は私の言葉で、どこか警戒するような表情を見せ、

「じゃあ、刑事さんなの？」

と訊きました。

「そんなんじゃないよ。刑事だったら、もっと簡単に捜し当てるんだろうけどね。大町っていっても広いから、ぼくにとったら、まったく砂漠で砂金を捜すようなもんだよ」

「わかった。昔の恋人なんだ。でも三十六年前だもんね。お客さん、お幾《いく》つ？」

「ことし四十九になるよ」

「じゃあ、十三歳のときの恋人」

「うん、初恋のね。いま、どうしてるのかと思って」

「お客さんも大町なの？　四十九歳だったら、うちのお兄ちゃんよりも二つ下だわ」

「中学生のとき、糸魚川に住んでたんだ。そのときの同級生の女の子を捜してるってわけでね。その子、中学一年生のときに、大町に引っ越したんだよ」

「どうして捜してるのよ。いまごろ、思いを打ち明けたって遅いわ。でも、ロマンチッ

クじゃないの。女って、そういうのに弱いんだから。私の前に、中学校のときの同級生があらわれて、じつは好きだったんだ、いまでも好きなんだなんて言われたら、舞いあがっちゃうわ」

女将は、同意を求めるように、自分とほとんど歳《とし》の変わらない従業員に笑いかけました。

新しい客が入って来て、それと入れ替わるように、テーブルで火の玉鍋を囲んでいた客の一組が出て行きました。

「雪が降ってるの？」

女将は、入って来た客の肩の雪を見て訊きました。

「ああ、雪を追いかけてきたようなもんさ」

馴染《なじ》みらしい客は、仕事で糸魚川へ行って、さっきの列車で戻って来たのだと言い、

「白馬のとこで除雪車が出たよ。ことし、初めてだってよ」

私は、雪が積ったら、タクシーはホテルまでの道を走れるのだろうかと思い、それを女将に訊きました。

「大丈夫よ。雪にはみんな慣れてるわ」

私は、たとえ怪しまれようが、そろそろ切り出したほうがいいと考えました。馴染み客の前では、女将も嘘《うそ》をつきにくいかもしれない……。

「女将も、大町出身ですか?」

「そうよ。生まれも育ちも大町。若いときは、大町小町って呼ばれたわ」

女将は笑いながらそう言い、客も笑って、

「俺はそんな話、聞いたこともねェ。なんとか小町って呼ばれる前に、さっさと結婚しちまっただろうが」

と言いました。

「若過ぎる結婚は、やっぱり駄目よね」

「でも、よく十年ももったよな。せいぜい二、三年で別れるだろうって、みんな言ってたんだぜ」

「けなげに、嫁のつとめを果たそうと頑張ったのよ」

私は、女将の笑いが終わるのを待って、

「瀬戸口っていう自動車修理工場を知りませんかねェ」

と訊きました。

客は女将を見つめ、さてどうしたものかといった表情でビールを飲みました。

「捜してる人と関係があるの?」

女将は、視線をあちこちに動かしながら言い、それから、私を睨《にら》みつけ、

「あんた、警察でもないのに、何をしらべてるの? 遠廻しな訊き方しなくてもいいじ

ゃない。瀬戸口って、私の実家よ。あんた、わかってて訊いてんだわ」

私はそれには答えず、塔屋よねかを捜しているのだと言いました。女将の表情に安堵《あんど》を示すものが浮かびました。

「二週間ほどよ。よねかちゃんが私の家にいたのは。私も小学生だったし、三十何年前のことだから、よく覚えてないわ。親戚《しんせき》でもないのに、どうしてこの人たちと暮らすようになったのかって、お母さんに訊いたけど、すぐに出て行くからって。ほんとに、二週間ほどで出てったの。私が学校から帰ってきたら、もういなかったわ」

「どこへ行かれたのか、お父さんもお母さんもご存知ありませんか？」

「両方とも、もうこの世にいないから。名古屋にいるらしいって話が出たのは、それから何年目くらいだったかしら……。私が中学生のときかな。晩ご飯を食べてるときに、父さんが言ったような気がするけど」

「名古屋のどこに住んでたのか、女将の周りで知っていそうな人はいませんか？」

女将は首をかしげ、

「わからないわねェ」

と答えました。その顔には、隠しだてしているようなところはうかがえませんでした。

名古屋というだけでは、何もわかったことにはなりません。私は、女将からはこれ以上のことは訊き出せないと思い、なんだか怪しまれるような質問をして申し訳ない、塔屋よねかの消息を知るための唯一《ゆいいつ》の糸口は、かつて大町に住んでいた瀬戸口さん一家だけなのでと言いました。

「あの人たちに親戚はないの？　親戚のいない家なんてないんだから、そっちを当たるほうがいいわよ」

たしかに女将の言うとおりなのですが、糸魚川時代、よねかから親戚の話題はまるで出なかったのです。

「たった二週間でも、大町の中学に通わなかったんですかねェ。もし、たとえ二週間でも通ったんなら、大町の中学に何か記録が残ってるかもしれない……」

その私の言葉に、女将は反応を示しませんでした。自分たち一家に少しでもかかわる事柄には触れられたくない。そんな様子だったので、私は礼を言い、代金を払って、駅前へとつづく雪道に出ました。瀬戸口家の両親は死に、長女はまるで覚えていないのだから、それよりも年少の次男からは何も得られないだろうと思い、カラシであえたオニオン・スライスのあと味の悪さに腹がたってきました。

しかし、駅の明かりが見えてきたとき、さっきの馴染み客に呼び停められたのです。

二

男の頭髪を覆《おお》う雪の厚さが、男を一瞬老人のように見せましたが、私も同じく雪によって化けていることに気づきました。くろべ屋を出て、まだ五分もたっていません。

あんたの人捜しは、結果として誰かに迷惑が及ぶものではないのかといった意味の言葉を用心深そうに口にしたあと、

「瀬戸口の連中から訊《き》きだすのは無理だわ」

と男はうしろを振り返りながら言いました。

「借金取りじゃないよな」

私は、誰にも迷惑を及ぼすことはないと答えました。警察の者でもないし、借金取りでもないと。

「じゃあ、どうして捜してんだ?」

「中学校のとき、仲がよかった友だちが死にましてね。そのことをよねかさんに教えたいんです。よねかさんも、その人と仲がよかったもんですから」

「その友だちって、男? 女?」

「女です」

私は嘘をつきました。そのほうがいいような気がしたのです。

男は、駅前への道を曲がり、五、六軒のスナックや食堂が雑居している古い建物の前で歩を停めると、前かがみになって、頭の雪を払い落とし、

「水気の多い雪だから、朝までにはやむかな」

とつぶやきました。

「よねかさんのこと、何かご存知ですか？」

「俺の友だちが北海道で見たんだよ。おととしだな」

「北海道のどこですか？」

「門別《もんべつ》の牧場で」

「牧場？」

「競馬用の馬を飼ってる牧場だよ」

私は〈ギョーザ〉と書かれた看板を見て、そこに男を誘いました。店内は、東京の私立大学の名が入ったアノラックを着ている学生たちで占められていました。

男は、入口に近いテーブル席に坐《すわ》り、ギョーザとコップ酒を註文し、

「逢《あ》ったんじゃなくて、見たんだよ、写真をね。でも、まちがいなく塔屋よねかだったって。昭和三十六年の夏に写した写真だから、あの子が大町からいなくなった翌年ってことになるんだけど」

と言いました。

男の友人は、大町の高校を卒業すると、東京の中華料理店に就職しました。その店の社長が競馬が好きで、何頭かの競走馬を所有していて、毎年、二、三頭のサラブレッドを買っていました。

「中華料理屋っていっても、東京に四軒も店があってね。俺の友だちは、社長に気にいられて、いつのまにか社長のお伴で競馬場にも出入りするようになって、その年の夏、初めて社長の代わりに、買った仔馬《こうま》の様子を見に行かされたんだ。行った先の牧場の応接間に、スーパートリックの仔馬時代の写真が額に入れて飾ってあったんだけど、その仔馬と並んで、よねかが写ってたもんだから、もうびっくりしたって。スーパートリックは、その牧場で生まれたんだ。知ってるだろう？　スーパートリックって馬」

私は競馬のことは皆目わかりませんでしたが頷《うなず》き返しました。

「この女の子に見覚えがあるって、そいつ、牧場主に訊いたんだよ。塔屋よねかって名前じゃないのかって。そしたら、牧場主もびっくりして、どうして知ってるのかって」

しかし、牧場の経営者は、自分の中学時代の友だちとしてのみ、よねかのことを覚えていたにすぎませんでした。

「しょっちゅう、牧場に遊びに来てたらしいよ。それで、夏休みのときだけ、牧場でアルバイトをさせてやったんだって。藁《わら》を取り代えたり、飼葉《かいば》を作ったり。スーパートリックの母親の世話をした時期があって、それでスーパートリックの仔馬時代に一緒に写真を撮ったんじゃないかって。まさかあんなに凄《すご》い馬になるなんて思ってなかったから、仔馬時代のちゃんとした写真はこれっきりで、記念に飾ってあるんだって」

「門別ってとこの、どこに住んでたんでしょう」

と私は訊いた。

「さあ、俺の友だちは、そこまで訊かなかったんじゃないかな。帰りの飛行機の時間が気になったし、社長が買った仔馬の写真も撮らなきゃいけなくて、あたふたしてたたって言ってたよ」

「そのお友だち、写真だけで、塔屋よねかだってことに、よく気づきましたね。それも、中学生のときの彼女を」

「俺もおんなじことを言ったよ。でも、よねかを覚えてるやつは多いよ」

「彼女は、大町の中学校に通ったんですか？」

「三日間だけさ。転校してきたとき、先生にみんなの前で自己紹介させられて、よろしくお願いしますって言ったんだ。それなのに、四日目からこなくなって、塔屋さんは家の事情でまた転校したって先生が言ったんだよ。で、それっきりなんだけどね。でも、俺も、いまどこかでばったり逢っても、よねかだってわかるような気がするね。すごくきれいだったけど、きれいなだけじゃなくて、何て言うのかなァ……」

当時、男は、瀬戸口自動車修理工場と板塀一枚で区切られたところに住んでいたのです。よねか一家が大町からも去る前々日あたりに、瀬戸口の父親の烈《はげ》しくののしる声が聞こえました。

約束が違う。お前、俺をだましたな。初めから不渡りだとわかってる手形をつかましやがって……。

瀬戸口の怒鳴り声だけで、それに応じ返す声は聞こえませんでした。

「どうせ、塔屋の親父《おやじ》さんを利用するつもりだったんだよ。瀬戸口の一家ってのは、何かにつけて、いかがわしいんだ。ずるいって言葉は、あの一家のためにあるんだわ」

と男は薄笑いを浮かべて言いました。

「お友だちは、いまでもその牧場に行くことがおありなんでしょうか」

「だいぶ前に、その中華料理屋をやめちまったよ。それ以来、大町に帰ってこねェわ」

「じゃあ、牧場の名前はわかりませんね」

男は、スーパートリックのことをしらべれば牧場の名もわかるだろうと言いました。

ギョーザを頬張り、コップの酒を飲み干すと、男は雪のなかに出て行きました。

「俺も競馬はよく知らないけど、でっかいレースに何度も勝った馬だからね」

長野県の大町から北海道の門別へ……。私はチャーハンを註文し、それまでまったく口をつけなかったコップ酒を飲みながら、よねかの、カラチまでの年月と道筋に思いをかたむけました。それは、ひえびえとして寂しい、孤独な道のりのように思えてなりませんでした。カラチのホテルをあとにするとき、よねかは加古の死を予感していたような気さえしたのです。

タクシーでホテルへ向かっている途中で雪はやみました。車のヘッド・ライトに照らされて、畑や田圃《たんぼ》につもった雪が青白く浮きあがり、しきりに、肉づきの悪い女の体を連想させせました。

おそらく、大町では、よねかの消息をこれ以上たどることはできないと思い、駅で東京へ帰る列車を調べたのですが、滅多にない一人旅なのだからと考え直して、雪に包まれたホテルに泊まることにしたのです。

ホテルにチェック・インし、窓ぎわのソファに坐ると、私はふと思いついて、競馬に詳しい知人に電話をかけ、スーパートリックという馬のことを尋ねました。

スーパートリックは、クラシック・レースに五勝し、昭和四十一年に引退したあと、種馬となりましたが、昭和五十一年に死亡しています。

私の知人は、そこまでは頭脳に入っているといった説明の仕方でしたが、生まれた牧場のことは調べてみなければわからないと言い、私は一時間ほど待って電話をかけ直しました。

生産牧場は、門別の合田《ごうだ》牧場だとわかりました。門別と書かれているだけで、合田牧場の住所も電話番号も判明しないのですが、知人は、合田牧場に関してひとつの情報を思い出してくれたのです。

それは、四、五年前に、〈名馬のふるさとを訪ねて〉というテレビ番組が放送された際、スーパートリックのお墓も映され、そのお墓のある牧場も紹介されたのですが、牧場主の女性がインタヴューに答えて、父の跡を継いだ身としては、スーパートリックに優《まさ》るとも劣らない名馬を、ぜひ自分の手で送り出したいと語ったのでした。

私は知人に礼を述べて電話を切ると、バス・タブに湯を溜《た》めました。いったい自分は何のために、よねかを捜しているのだろうと考えながら、バス・タブに溜まっていく湯を見ていました。

湯気が、私のセーターを湿らせ、体を重くさせました。その鈍重な感覚が、私の気分を暗くさせ、何日か前に見た夢を思い出させたのです。

夢のなかで、私は六十歳になっていました。自分が六十歳になったことに、夢のなかの私は慌《あわ》てふためいているのです。

さっきまで四十八歳だったのに、これはいったいどうしたことだろう。六十歳ということは、停年を迎えて会社を辞めたのだろうか……。

ただそれだけの夢だったのですが、随分長くあとを曳《ひ》きつづけました。ありふれた言い方をすれば、なんと人生は短いものかという焦燥感がこびりついて離れなかったのです。

そしてこれも会社人間なら誰しも思うことなのでしょうが、自分の人生はいったい何だったのか、自分は何のために生きたのかというむなしさへの予感に包まれてしまいました。

おそらく、四十八歳という年齢は、意気軒昂《けんこう》と意気消沈とがシーソーに乗っているような状態なのかもしれません。

いよいよ自分はこれからだという思いと、終着点はつねに身近にあるという思いが交互に押し寄せるといえばいいのでしょうか。

それは多分に、同年齢の者たちの早過ぎる死に接することが増えたせいでもあるかもしれませんし、私自身が子供のころから、あまり丈夫ではなかったこともあるかもしれません。

いずれにしても、積極性と消極性は、この一年ほどのあいだに、私のなかで入れかわり立ちかわりあらわれるようになりましたが、その二つが同時に突出することはありませんでした。どちらかに支配されています。積極的であり消極的でもあるという年代を超えたのか、あるいはまだ迎えていないのか、それは私にはわからないのです。

そんな私が、次の休日には北海道の門別に行こうと決めている。それは、なぜなのか……。探偵ごっこの楽しみといったものは、ひとかけらもありません。よねかに、なんとしても逢いたいという思いもありません。

それなのに、私は、よねかをみつけようとしているのです。

「切符を渡そうか」

私はバス・タブにつかって、そうつぶやきました。

「月光の東行きの切符だよ」

よねかは六歳のときに二日間行方不明になりました。親不知《おやしらず》の駅の近くで、三十二、三歳の男に手をひかれて、海のほうへ歩いているところを保護され、男は逮捕されました。桜の季節だったそうです。

近辺の人々は口にしませんでした。私にそれを教えたのは、同じクラスの女の子です。だから、よねかはすでに汚れているのだといった意味の言葉をつけくわえ、

「道で声をかけてきた男と二日間何しとったんかね」

と上目遣いで言って笑みを浮かべました。

よねかの幼いころの事件を話の種にしない人々も、よねかの両親に関しては、ときおり内緒話として楽しんでいたようです。

よねかの一家が糸魚川で暮らし始めたのは、よねかが四歳のときでした。一家が、それまでどこにいたのかは、さまざまな噂《うわさ》のために、どれが本当なのかわからなくなっていたようです。よねかの両親も、自分たちのことを話したがらなかったのですが、知人の紹介で、よねかの父親を雇った製材所の社長は、東京にいたとか、名古屋から来たとか、そのたびに異なる地名を口にしました。

そのために、余計に口さがない人々に勘ぐられ、どうやら父親は前科者で、製材所の

社長は更生の場をその筋の人に頼まれたらしいとか、いやそうではなくて、どちらも妻と夫のある身なのに深い関係になり、手に手をとって逃げて来たらしいとか噂されていました。

それは、よねかの両親が、どちらも地元の人たちとは雰囲気を異にしていたからでもあったでしょう。

糸魚川で暮らし始めたとき、よねかの父親は五十二歳で母親は二十五歳でした。

父親は、いささか日本人離れした彫りの深い顔立ちで、初めて見たとき、どこの映画俳優が来たのかと思ったと私たちの借家の大家さんが言ったほどの美男子でした。

喜怒哀楽をあらわさない、口数の少ない人で、製材所の経理をまかされていました。

私が最初によねかの父親と逢ったときは、すでに六十一歳になっていましたが、同じ年頃の男性とは比較にならないくらい若く見え、その美男子ぶりも衰えていませんでした。

よねかの母親も美しい人でしたが、顔立ちは派手ではなく、夫とは逆に、実際の年齢よりも老《ふ》けて見えました。

それは、立居振舞いの落ち着きのせいだったのかもしれません。私は一度だけ、よねかの家で夕飯をご馳走《ちそう》してもらい、これまで食べたことのないクリーム・コロッケのおいしさに驚き、母に作ってくれとせがんだことがあります。

大都会の、それもかなり上流の家庭ならいざ知らず、当時の糸魚川の町で、本格的なクリーム・コロッケを家で作る主婦は、よねかの母親だけだったでしょう。彼女もまた口数は少なかったのですが、夫よりも笑顔は多く、本質的には楽天家であったという印象が残っています。

よねかの妹は、一家が糸魚川に住みついて二年後に生まれました。上顎《うわあご》と脳のあいだに腫瘍《しゅよう》があり、それが脳幹部を圧迫して、言語障害と全身の痙攣《けいれん》を引き起こしていることがわかったのは二歳のときで、よねかの妹は新潟市内の大きな病院で手術を受けたのですが、全身の痙攣は起こらなくなった代わりに知能障害は手術前よりも重くなったのです。

妹の腫瘍が生まれつきのものだということを知って、近所の人たちは、またさまざまな噂を流したそうですが、それがいかなるものだったのか、私は知りません。

私が、よねかの家に行ったのは三回だけですが、よねかの父親とは一度も会話を交わしたことはありませんでした。

よねかの家は、大糸線の東側で、ほとんど町はずれにあり、私は糸魚川駅の北側にある借家に住んでいました。

その借家の二軒隣に、夫婦で英語と数学を教えている塾があり、私は新学期が始まると同時に、母に勧められて、週に三回、そこに通うことになりました。そこで、私は学校以外でもよねかと言葉を交わせるようになりました。よねかも、私と同じ日に、その塾にやって来たのです。

よねかは、物おじしない少女で、塾が終わると、私の家に寄って、母が出してくれる紅茶を飲んで帰る日が多くなりました。

私の家からよねかの家への夜道は、人通りのない、街灯もない、線路と畑に挟まれた土の道を歩いて二十分ほどかかります。

塾での勉強が終わるのは、たいてい九時半ごろで、万一を案じた母が、私に、よねかを家まで送ってあげるよう命じました。

よねかは、家から塾まで自転車で通っていました。私は男のくせに自転車に乗れなかったので、よねかは私に送ってもらうためには、自転車を押して歩かなければなりませんでした。

「自転車にどうして乗れないの？」

「小学校のとき練習したんだけど、そのとき転んで、手首にひびがはいったんだ」

「それで怖くなったの？」

「そうかもしれない」

「こんなの、すぐに乗れるようになるよ。教えてあげようか」

線路と畑のあいだの道は、まっすぐで、夜は人も通らないので、女の子に自転車の乗り方を教えてもらっている自分に気づく者はいない。そう思って、私はよねかの自転車を借りて練習することにしたのです。

元来、臆病《おくびょう》で運動神経の鈍い私は、よねかに荷台のところを支えてもらっても、ペダルをうまく漕《こ》ぐことができませんでした。

男のくせにだらしないなと、私は我ながら恥しくて、三日目には、もう自分は自転車なんかに乗れなくてもいいと言いました。

けれども、よねかはあきらめませんでした。絶対に乗れるようにしてみせると言ってきかないのです。

五日目の夜、私は自転車に乗れるようになりました。

「離したわよ。ペダルを力一杯漕ぐのよ。畑に落ちたって平気よ」

そうよねかが叫んだとたん、私は畑に頭から突っ込みました。よねかが走って来て、顔の片方が泥だらけになっている私をのぞき込みました。

「首の骨、大丈夫よね」

「ブレーキ、かけたんだけどなァ」

「黙ってたんだけど、この自転車のブレーキ、こわれてるの。よっぽど強く握らないと利《き》かないの。ごめんね。でも、ブレーキがこわれてるって言ったら、怖がって乗らないに決まってるでしょう？」

「死んだらどうするんだよ」

「死なないわよ。自転車と一緒に畑に突っ込んだくらいで死んだりしないわ。畑の土って、軟らかいんだもの」

よねかは、念のために首を動かしてみろと言いました。私は畑に尻《しり》もちをついたまま首を動かしました。

「どこか痛い?」

「痛くない」

「よかった」

私は、いまでも、心配そうに私を見つめていたよねかの顔を思い浮かべることができます。月明かりが線路脇《わき》に残る斑《まだら》状の根雪に青い膜をかけていたのですが、それよりもっと青い光が、よねかの全身を覆《おお》っていました。

「お月さまって、どっちからのぼるのかしら」

とよねかは言いました。

「東かしら、西かしら」

それからよねかは、私が立ちあがって、自転車と一緒に道にあがると、この地球から何百億光年も離れた宇宙のどこかに、ぽつんとひとりで浮かんでいる自分を想像するときがあるのだと言いました。

「何百億光年?」

私は、光年の意味を知りませんでした。

「光が一年間に進む距離を一光年ていうのよ。一光年は、九兆四六七〇億キロメートル」

「九兆? たったの一光年が? じゃあ、百億光年は、その百億倍ってこと?」

「すごいでしょう」

「どうして、そんなことを知ってるんだ?」

「これって、一般常識よ。小学校のとき、理科の時間に習わなかった?」

私はもう一度、一光年の距離を訊《き》き、何度も口に出して覚えようとしました。

「一光年は、九兆四六七〇億……」

「クシムナレーって覚えるのよ。クは九、シは四、ムは六、ナは七、レーはゼロ。クシムナレー」

クシムナレー、クシムナレー……。私はよねかの自転車にまたがり、もう一度よねかに荷台のところを持ってもらって、練習しました。さっきの倍くらい自分で自転車を漕ぐことができました。

その夜、私は、よねかの家の近くにある小さな石の橋のたもとまで、よねかを送って行き、それから走って自分の家に帰ると、父に自転車を買ってくれとねだりました。

十日後に自分のものとなった新品の自転車に、私は〈クシムナレー〉と名づけたのですが、そのことは、よねかにも、他の誰にも喋《しゃべ》りませんでした。

それ以来、私はクシムナレーに乗って、糸魚川からかなり離れた村々へ、あてもなく出かけていくようになったのです。あるときは、日本海の漁村に。あるときは、田園の村々に。

帰り道がわからなくなって途方に暮れたとき、私は、クシムナレー、クシムナレーと呪文《じゅもん》のようにつぶやくのです。すると、光が一年間に進む九兆四六七〇億キロという途《と》轍《てつ》もない距離に茫然《ぼうぜん》となっていくのでした。

私は、まもなく、自分だけでなく、他の男子生徒たちも、塔屋よねかに特殊な思いを抱いていることを知りました。

特殊なというのは、それが、ただ単に美しい女の子への憧《あこが》れだけではなく、何か犯しがたい存在に対する距離の取り方としてあらわれる感情でした。

同じクラスで、毎日接しているのに、男子生徒たちは、よねかとは、まともに口がけませんでした。妙に緊張していたり、その反動として意味もなく無愛想だったり……。

私に友だちの数が増えるにしたがって、彼等の感情も私に伝染しました。それは、私も含めて、周囲の少年たちが、おとなへの階段をのぼり始める時期に突入したことと無関係ではありませんでした。

夏休みに入るころ、よねかは塾をやめました。たぶん、そのころから、家庭の事情に変化が生じたのかもしれません。

よねかの両親に関する幾つかの噂が、私の耳に届き始めたのも、そのころからでしたし、よねかが六歳のときの事件も、重大な秘めごととして伝わってきました。

「私が何かしたっていうの？　なによ、東京から来たくせに、いなか者よりもいなかっぺね」

夏休みが始まって四、五日たった日、塾から出てきた私に、よねかはそう言いました。

塾が終わる時間をみはからって、よねかは私を待ち伏せしていたようでした。

「私のことだったら、何を言ったっていいわ。私、そんなの平気だもん。だけど、妹のことを馬鹿《ばか》にしないでね。妹は、どんな目に遭わされても、言い返しもできないのよ」

「妹？　何のこと？」

「ダーウィンの進化論と、私の妹と、どういう関係があるの？」

私は何のことだか皆目わからなくて、ぽかんとよねかを見ていました。

その私の作為のない表情で、よねかのきつい目元が少しほどけてきました。

「じゃあ、妹のことを馬鹿にするようなことは言ってないのね」

「どうして、俺だって思ったんだ？　誰かがそう言ったのか？　誰なんだ？　ダーウィンの進化論がどうしたんだ？」

「もういいのよ」
　行きかけたよねかに、
「よくないよ。誰かが、俺のせいにしてるんだろう？」
　と私は言いました。よねかはそれには答えず、振り返って微笑《ほほえ》み、自転車は上手にな
ったかと訊きました。
「ハンドルを持たないで右にも左にも曲がれるぜ」
「そんなこと自慢するなんて、子供みたい」
よねかは声をたてて笑いました。その笑い声は、私が勝手に作ってしまった垣根を取
り除いてくれたのです。
「どうして塾をやめたんだ？」
　私の問いに、
「お母さんも働くようになって、私が妹を見てなきゃいけなくなったの」
　とよねかは答え、玄関から出て来た私の母に挨拶《あいさつ》しました。母はお中元で貰《もら》ったカス
テラの箱を手に戻って来て、それをよねかに手渡しました。戴《いただ》き物で申し訳ないが、十
箱も届いて、うちだけでは食べきれないのでと母は言い、私によねかを送ってあげるよ
う促しました。
「お母さんのお兄さんが、カステラ屋なんだ。カステラを山ほど送ってくれるんだけど、

売れ残りの始末に困って、俺たちに食わせちまえって思ってんじゃないかって、お父さんがぼやいてたよ。カステラよりビールがいいなァって」

私の自転車の荷台に横坐《よこすわ》りし、片方の手で私のベルトをつかみ、もう片方の手でカステラの箱を持つと、よねかは、

「さち子、カステラが好きなの」

と言いました。それから、自分の妹のさち子が、どんなに優しくて可愛《かわい》いかを語り始めました。

「俺、体の悪い人の悪口なんか、絶対に言わないよ。誓ってもいいよ。百億光年の星に」

「一光年は何キロ？　覚えてる？」

「クシムナレー」

「数字だけ覚えてて、九万四六七〇キロって言うんじゃないんでしょうね」

「九兆四六七〇億キロメートル」

「えらい。賞《ほ》めてあげる」

「この自転車、クシムナレーって名前をつけたんだ」

私は、バス・ルームから出て、腰にバス・タオルを巻きつけると、ホテルの裏側に面

した大きなガラス窓のところで、雪を眺めました。

よねかが、加古に送った手紙の差し出し人の名を私にしたのは、なぜだったのでしょう。二人の共通の知り合いとして、私の名を使ったのか、それとも、もっと他に理由があったのか……。

あの自転車のクシムナレーは、私たち一家が仙台に引っ越して半年ほどたったころ盗まれて、それきり戻ってはきませんでした。

クシムナレーが盗まれたころ、よねかは北海道の門別にいたということになります。

私は、黒部ダムに近いホテルの部屋で、庭園灯のような光に浮かぶ雪を見つめているうちに、よねかの両親のことを思いました。

よねかの両親は、生活のためではなく、何かもっと違うものから逃げようとしたのではないのか。なぜか、私には、そんな気がしたのです。

よねかを核とした断片的で仄《ほの》かな思い出にひたっていると、私には次第に、よねかの消息を追う私の心が見えてきました。

得られなかった何かを、いまになって得ようとしているわけではありません。郷愁は、幾分かの原動力にはなっていますが、少年のころの恋を取り戻そうとは思いません。

私は、私や家族以外の人間の幸福に関与しようとしているのかもしれないのです。よねかが、もしいま不幸ならば、幸福になるための力になれないものかと願望しているのかもしれません。

けれども、それはきれいごとで、じつは、もっと邪《よこ》しまな何かが、私のなかにうごめいていないともかぎらない……。

私は、ベッドに腰をおろし、妻に電話をかけ、あすの夕刻までには帰ると伝えました。妻は、家のなかで飼っている犬が昼ごろから元気がなくて、何も食べようとしないのだと言いました。好物のハムを持って呼びかけても、目を動かすだけで、しっぽも動かさないと心配そうに言うのです。

時間は遅いが、獣医に電話をかけて診てもらったらどうかと私が言うと、妻は、やはりそうしたほうがいいかもしれないと電話を切りました。

私は手帳をひらき、スケジュール表を見ました。金曜日は、朝から会議で、夕方の四時に新製品の社員向け説明会があり、私は担当技術者として出席しなければなりません。七年もかけて開発した合金材の実用化に関するマニュアルを、その説明会までに詳細にまとめる仕事は、木曜日までかかるはずです。

私は手帳に載っている地図で、門別を探し、それから千歳行きの飛行機の時間を調べました。

三

北海道・門別の合田牧場を訪ねたのは、二月の最初の土曜日でした。千歳《ちとせ》空港から千歳線に乗り、苫小牧《とまこまい》で日高本線に乗り換えてしばらくすると、海に向かっての横なぐりの雪が烈《はげ》しくなり、沿線の牧場に馬の姿はありませんでした。危惧《きぐ》していたとおり、合田牧場の女性経営者は、あきらかに私を怪しむ表情を隠さないまま、よねかに関してはほとんど何も喋《しゃべ》ってはくれませんでした。

それも無理からぬことで、私が塔屋米花の所在を調査する大義名分はなく、信濃大町の男についた嘘《うそ》を合田牧場でも繰り返してみたのですが、それは牧場主の合田澄恵に対しては説得力がなかったのでした。

私が門別で得たものは、まだ仔馬《こうま》だったスーパートリックという名馬と一緒に写っているよねかの笑顔に心なしか翳《かげ》があるようにも感じられましたが、だからこそそれはまぎれもなく私の心に生きつづける中学生のよねかそのままだったということだけだったのです。

よねか一家が暮らしていたという門別の小さな商店街は、合田牧場からはかなりの距離がありました。その商店街でも、よねかのことを覚えている人とは出会いませんでした。何人かの年配の人にもあたってみたのですが、そんな一家がいたような気もするといった不明瞭《ふめいりょう》で曖昧《あいまい》な答が返ってくるだけでした。

私は雪の門別を歩いているうちに、よねか一家には、どこかしら人々の口を閉ざさせる何かがあったのだという思いにひたり、よねかが籍を置いていた中学校に足を向ける気力を失ってしまいました。

自分は何のためにこんなことをしているのだろうという徒労感は、仕事の疲れと重なって私をひどく虚無的にさせ、早々に帰路についたのでした。

ところが、それから一ヵ月ほどたった三月の三日に、一通の達筆な手紙が届きました。差し出し人は、門別の合田澄恵でした。

前略

過日は、塔屋米花さんの件で、東京から遠路雪深い門別までお訪ね下さいましたのに、不親切な応対をし、失礼いたしました。

あの日はこの地方でも格別に雪が強く降っておりまして、馬房から外へ出たがる馬たちの苛々《いらいら》が、わたくしにも伝染していたような気もいたします。

その後、御丁寧なお手紙とお心遣いの品を頂戴《ちようだい》し、わたくしの杉井様への認識がいささか的を外れていたのではないかと気づいたのですが、二月半ばから馬の出産が相次ぎ、〈二月生まれに大成馬なし〉という、わたくしどもの世界における昔からの言葉を胸のなかで打ち消しながら、日々の仕事に忙殺されてしまいました。

それと重なって種付の時期も迎え、人手の少ないわたくしどものような牧場では寝る暇もないありさまで、胸に重いつかえを持ったまま日が過ぎてしまいました。

杉井様からのお手紙を読み、二十三歳で死んだわたくしの兄のことを思い浮かべ、胸のつかえは一層重くなり、あの不思議な女性は、いまどうしていらっしゃるのかとわたくしもまた知りたくなったというのが本音でございます。

米花さんは、あの節にもお話しいたしましたとおり、昭和三十六年の三月に門別に引っ越してこられ、中学校卒業と同時に、東京都江東区に、御両親、妹さんとともに移転されました。

その後のことはまったく存知上げないと申しましたが、あれは嘘で、わたくしと米花さんとは、高校三年生の夏まで交友がございました。

交友と申しましても、北海道と東京とに分れておりますので、年に二、三度、手紙をやりとりするといった程度でしたが、当時、東京で大学生活をおくっておりました兄と米花さんとは頻繁《ひんぱん》に逢《あ》っていたようでございます。

兄と米花さんとの交際が始まったのは、おそらく、兄が大学三年生のときで、米花さんが高校二年生であったかと思います。

わたくしが二人の交際を知ったのは、その一年ほどあとで、馬産業の跡を継ぐのを嫌った兄が、親に相談もなく、横浜に本社のある貿易会社に就職を決めて帰って来た夏でございました。

そのことで兄は父と口論を繰り返したのですが、親にさからったことのない兄の唐突なやり方は、高校三年生だったわたくしにも不審でなりませんでした。

これは私の臆測《おくそく》ですが、馬産業は自分に合っていないという兄の言葉の背後には、東京で暮らす米花さんと離れたくないという気持があったのではないかと思われます。

その年の夏休み、わたくしは夜中にこっそりと電話で誰かと長話をしている兄の言葉を耳にして、相手が米花さんであることに気づきました。

兄を問い詰めると、兄は、父や母には当分内緒にしていてくれとわたくしに頼みました。

わたくしは、とても腹が立ち、米花さんをなじる手紙を出しました。なにも隠し事をしなくてもいいではないか。わたくしの仲良しのあなたが兄と交際していたのは、わたくしにとっても嬉《うれ》しいことなのに、どうして隠したりしたのか。

わたくしはそのような意味の文章の最後に、腹立ちまぎれに、わたくしたちの友情も、これで終わったと書き加えました。

いまにして思えば、妹の嫉妬《しっと》にすぎなかったのですが、米花さんからはそれきり何の音信もありませんでした。

そのことが、ますますわたくしの腹立ちを煽《あお》りました。わたくしは、米花さんから、「黙っていてごめんね」のひとことが欲しかったのです。

女のわたくしでさえ、うっとりと見つめるほどに美しい女性が、わたくしの大好きな兄の恋人だということは、何やら誇らしくもあり、ねたましくもあったのに、米花さんのわたくしへの無視が、ふいに彼女への強い嫌悪感《けんおかん》をつのらせてきました。

夏休みに十日ほど故郷ですごしただけで、兄は東京に戻っていき、父は「会社勤めの不自由さに嫌気がさして、そのうち跡を継がせてくれって言ってくるさ」と苦笑するだけでした。

これからは女も教育を受けなければならないというのが父の口癖でしたし、わたくしも東京での大学生活に憧《あこが》れていました。

高校入学時から、そのための勉強をつづけていたのですが、翌年、運良く志望する大学に合格し、わたくしも親元から離れて上京いたしました。

スーパートリックだけでなく、その後も重賞レースを制する馬に恵まれて、わたくしの牧場は景気がよかったという経済的背景もありました。

わたくしは、兄と米花さんとが交際をつづけているものとばかり思っていましたが、そうではありませんでした。その年、米花さんは、京都に行ってしまったのです。

兄に訊《き》くと、京都の私立大学に入ったとのことでした。それは、わたくしにとっては、とても意外なことでした。

こんな言い方は失礼なのですが、門別での米花さん御一家の生活ぶりを推し量ると、私立の大学に通える余裕があるとは思えなかったのです。

兄は米花さんのことを話したがりませんでした。しつこく問いただすわたくしに「米花を悪く言ったら承知しないぞ」とだけ応じ返しました。

それは、わたくしには、兄が自分自身に言い聞かせている言葉のように思えました。そのときそう思ったのか、いまになってそう思うのか、そこのところはよくわからないのですが。

兄の年齢が二十三歳になったばかりであったことを思い返すたびに、兄の歳《とし》不相応な寛容さと、そのお相手であったもっと歳若い女性の尋常ではないおとなの振る舞いに、もうじき五十になろうかというわたくしは慄然《りつぜん》と、あるいは、ぼんやりとしてしまいます。

兄の歳不相応な寛容さと書きましたが、その理由は、兄の死後、わたくしが京都競馬場で米花さんと思いがけない再会をした日に気づいたことなのです。

兄は、わたくしが上京して半年ほどたったころ、友人の運転する車で湘南《しょうなん》のほうへ向かっている途中、交通事故に遭って亡《な》くなりました。その車には兄を含めて五人のかたが乗っていましたが、三人が死亡し、二人が重傷という大事故でした。重傷のうちのおひとりは、いまも車椅子《いす》の生活をなさっています。

父の落胆は烈しく、何をする気力も失って、部屋に閉じ籠《こ》もる日がつづき、馬房にも牧場にも足を向けようとはしませんでした。

ですが、その年の菊花賞に父の生産した馬が有力馬の一頭として出走することになり、合田牧場の関係者も当日は京都競馬場に行かなければならなくなりました。

わたくしと母は、レースさえ観《み》ようとはしない父の代理として、京都競馬場で菊花賞競走を観戦いたしました。

その日、わたくしは顔見知りの画廊経営者と一緒に馬主席に坐《すわ》っている米花さんを目にしたのです。

画廊経営者は、当時すでに引退して種馬となっていたスーパートリックの馬主さんで、その年の秋にも（菊花賞競走のほんの二週間ほど前に）合田牧場に足を運んで、牡《おす》の二歳馬を購入して下さっていました。

ご挨拶《あいさつ》しようと近づきかけた母をわたくしは制しました。母は、そのかたの隣に坐っている若い女性が塔屋米花さんとは気づいていませんでした。

わたくしがそのことを耳元で教えると、母は怪訝《けげん》な面持で、画廊の経営者と米花さんを斜めうしろから見つめていましたが、やがて、「ああ、いやだ、いやだ」と言って、二人の目に触れない場所に移ったのです。

画廊経営者は、そのとき五十歳で、お嬢様はすでに結婚なさっていました。米花さんは、そのお嬢様より五歳も歳下ということになるのです。

二人がいかなる関係であるのか、母にはおよその見当がついたのでございましょう。「ああ、いやだ、いやだ」。母は、けがらわしいものを見てしまったといった表情で、何度もそう言いました。

わたくしはわたくしで、スーパートリックの馬主さんと米花さんとの接点がどこにあるのかを考えながら、兄と米花さんの短かった交際を母に打ち明けるべきかどうか迷いつづけました。

「世間体も何もあったもんじゃない。津田さんもいい歳をして恥かしくないのかねェ」

その母の言葉に、わたくしは「自分の娘みたいに思ってるんじゃないの」と言い返しましたが、母は含みのある微苦笑をわたくしに向けることでわたくしの言葉を否定しました。

合田牧場の生産馬は七着でした。わたくしは、レースが終わったとき、兄の死を米花さんは知っているのだろうかと思いました。もし知らないとすれば、やはり教えておかなければならない……。わたくしは、そう思ったのです。

迂闊《うかつ》なことに、そのときわたくしは、米花さんと一緒にいる親子ほども歳の離れた男性が、兄の葬儀にお香典を郵送して下さった馬主さんであることを忘れてしまっていたのです。

わたくしは人混みに隠れ、米花さんがひとりになる瞬間を待ちました。そうしているうちに、画廊の経営者は席を立ち、馬券売り場のほうへ歩いて行きました。

わたくしは、母に、お手洗いに行くと嘘をつき、米花さんの傍に立って肩を叩《たた》きました。

わたくしに気づいた米花さんは、悠然と微笑《ほほえ》み、「澄恵さんとこの馬、七着だったわね。わたしも応援してたんだけど」と言いました。

わたくしは、あのときの米花さんとの短い会話を、いまでもほぼ正確に記憶しています。わたくしも十八歳、米花さんも十八歳でした。

「お兄ちゃんが死んだの」

「知ってるわ。お悔みの言葉もなくて」

「どうして津田さんと馬主席にいるの?」

「わたしが頼んでつれて来てもらったの」

「どうやって親しくなったの?」

「スーパートリックが縁結びをしてくれたの」

「縁結びって、変な言い方」

「だって、男と女のことは縁でしょう」

「へえ、米花ちゃんと津田さんとは、男と女なんだ」

「ほかの何に見えたの？」

「誰が見たって親子よ」

「じゃあ、もっとべたべたしようかな」

いまになって思えば、最初からわたくしが切り口上だったので、米花さんは受けて立ったといったところだったのでしょう。

わたくしは、米花さんの悠然とした応じ方にも圧倒されましたが、馬主スタンドを朱色に染めている秋の夕陽に照らされた米花さんの美しさにも圧倒され、そのまま踵《きびす》を返し、母の待つ場所へと戻って行きました。

米花さんの瞳《ひとみ》は夕陽を吸い込んで血の点のようになっていて、それがまた米花さんの美貌《びぼう》に凄味《すごみ》をもたらしていました。いなか育ちの、まだ十八歳のわたくしなど、足元にも及ばない凄味とでも言えばいいのでしょうか。

「米花ちゃんと津田さんとは男と女なんだって。米花ちゃん、自分でそう言ったわ」とわたくしはパドックのところへ歩きながら母に言いました。

母は、「そんな話、やめなさい」とわたくしを叱《しか》りました。

七着に終わった馬のオーナーとパドックで待ち合わせ、そのかたの車で大阪へと向かいました。結果は七着でしたが、無事にレースを終えたお祝いをしようとお誘いを受けたのです。

その車中、わたくしは、名古屋から北海道の門別の中学校に転校してきた塔屋米花さんと牧場で遊んだ日々を思い浮かべました。いろいろな御事情のありそうな御一家でしたが、米花さんはいつも屈託がなく、門別の町だけでなく、遠く離れた町の男子生徒までが、たちまちのうちに憧れてしまい、用もないのに牧場の近辺にやって来て、米花さんを遠目で見ようとする者たちが絶えませんでした。

馬たちでさえ、わたくしたち一家の者よりも米花さんに対してのほうが従順だったのです。

アルバイトとして牧場で働いてもらった夏、米花さんは五馬房を割り当てられましたが、馬と一緒に育ったわたくしよりも、はるかに馬の世話が上手で、父を感心させました。

随分、長いお手紙になってしまいました。お尋ねの件についての糸口となりそうなことに触れさせていただきます。

前述いたしましたスーパートリックの馬主だった津田富之《とみゆき》さんは、その後も毎年一、二頭の馬をわたくしの牧場で購入して下さっていましたが、二十年ほど前に何点かの絵の贋作《がんさく》を売るという事件を起こし、社会的事件として報道されたのですが、起訴されるまでには至りませんでした。絵を扱うかたが、贋作を売ったとなると、それまでの業界での信用も崩れ、事件のあとは競走馬を所有する余裕を失われたようで、わたくしの牧場ともまったく疎遠《そえん》になってしまいました。

〈津田画廊〉も、現在存続しているのかどうか、わたくしは存知上げませんが、二十年ほど前の御住所、電話番号をこの手紙の末尾に記させていただきます。

贋作事件が起った後、津田さんをよく知る馬主さんから、津田さんが御自分の娘よりも若い女性に執心し、大学で美術史を勉強させたうえに、パリに留学までさせたという話を洩《も》れ聞きました。

つまり、米花さん御一家の台所事情に関するわたくしの失礼な疑念は外れてはいなかったわけですが、同時に、わたくしは、当時二十三歳だった兄の寛容と苦悩をも知ったことになります。

津田富之さんと塔屋米花さんとの関係は、米花さんがまだ高校生であったときに、すでに始まっていたと考えるのが妥当かと思われるからです。米花さんが大学入学時に、津田富之さんと（男と女）であったかどうかは別にいたしましても、津田さんの援助なしには、米花さんは京都の大学には進めなかったことでしょう。

そして、兄はそのことを承知していたわけでございます。

門別時代の米花さんの御両親についても、わたくしなりの忘れ難い思い出がありますが、長過ぎる手紙になってしまいますので割愛させていただきます。

それにいたしましても、米花さんはいまどうしていらっしゃるのでしょう。「米花を悪く言ったら承知しないぞ」という兄の言葉の奥にあったものを、わたくしは、おとし、兄の思い出の品をしまってあるダンボール箱のなかにみつけました。それは、別れるにあたって、米花さんに書いた兄の手紙です。兄はそれを投函《とうかん》しなかったのです。手紙は封筒に入れられ、封筒には宛名《あてな》が書いてあり、切手まで貼《は》ってあるというのに、それは兄の仕事用の革鞄《かわかばん》の底にしまわれていました。

そこには、こんな一行がありました。

――いつか揺るぎないものを築きあげた米花と、笑いながら再会したいと思っています。

門別はまだ雪の日がつづきます。あすは二頭の仔馬《こうま》が生まれる予定で、今夜からその準備をしなければなりません。

東京にはもう春の兆《きざ》しは訪れましたでしょうか。時節柄、どうか御自愛下さいませ。

かしこ

合田澄恵

杉井純造様

追伸　スーパートリックと米花さんとが写っている写真は、あの菊花賞のあと、母が外してしまったのですが、兄の投函しなかった手紙を読んだあと、わたくしが納戸《なんど》からみつけてきて壁に掛けました。母は、私以外の家族の名は思い出せないほどに老いてしまいましたので。

私は、門別を訪ねたあと、塔屋米花の消息を追っている真の理由を正直にしたためた手紙と、心ばかりの品を合田澄恵に送ったのですが、それは、けんもほろろな冷たい態度とは別に、私と同年齢の女牧場主の言葉遣いや身につけているものなどに上品さと高い教養を感じたからでした。

馬や牧場という響きは、私に少々誤った概念を抱かせていたようで、私は合田牧場の女性経営者を土臭い無骨な人であろうと予想していたのです。

十年ほど前に建て替えたという煉瓦色《れんがいろ》の三角屋根の事務所は瀟洒《しようしや》で、同じ色の馬房棟も清潔そうだったのを思い起こしながら、私は、合田澄恵からの長い手紙を何回も読み返しました。

早逝したお兄さんが、投函しなかったよねかへの手紙にいかなることをしたためていたのか知りたくもなりましたが、私には、なんとなくその文面の気配といったものがわかるような気がしたのです。

私の勝手な思い込みかもしれませんが、高校生のよねかには、将来への具体的な夢があり、そのためにはなんとしても大学で学びたいという願いが強かったのかもしれません。

十七、八歳の娘が、五十歳の男に恋をすることは私にはほとんど現実味が感じられません。

有り得ないことはないにしても、よねかは大学進学のためのあらゆる費用を援助してもらうために、津田富之という男に自分を売り、しかもそのことを合田澄恵の兄に打ち明けたのでしょう。

私には、そんな気がしてならないのです。

合田澄恵の手紙には、二十年前の、津田富之の住所と画廊の所在地が書き添えられていました。住まいは世田谷《せたがや》区で、画廊は本店が銀座、支店が京都の左京区となっています。

しかし、私は津田富之という人物に逢《あ》えたとしても、よねかについて、いったいどんな質問をすればよいのでしょう。津田富之とよねかが、いまも関係がつづいているとは思えません。津田富之にしても、よねかとのことは、見も知らない人間に語れる過去ではないはずなのです。

それでも、私は津田富之にとりあえず手紙を出すことに決めました。

事情があって、塔屋米花の消息を追っている。ある人から、昔、貴殿が塔屋米花とご交友があったと伝え聞き、失礼を顧みず、このような手紙をしたためた。決して、貴殿にご迷惑をおかけすることはないとお誓いする。塔屋米花の所在を知るてだてをお教え願えないであろうか。

およそ、そのような文面でした。私はそれを通勤の途中、駅の近くのポストに入れたのです。

それから一週間ほどたって、私は友人の令嬢の結婚披露宴に出席しました。銀座のフランス料理店を借り切って行われたのです。

披露宴が終わり、私が料理店を出ると、式服を着たままの花嫁の父に呼び停められました。このまま女房と家に帰るのもしゃくなので、どこかで一杯つきあってくれというのです。

「服は着換えないのかい」

「いいよ、このままで」

友人は会社の帰りにときおり寄るという焼き鳥屋に私を誘いました。

銀座の本通りから日比谷《ひびや》のほうへ曲がり、飲食店の並ぶ通りを歩きだすと、私は、津田画廊の本店がこのあたりにあることを思い出しました。

古いビルの一階にある薬屋に入って、私は津田画廊のことを訊《き》きました。店主は向かい側のビルを指差し、あのビルにあったのだが、店を閉めて、もう何年もたつと教えてくれました。

かつて津田画廊があった場所は、何色ものネオンで玄関を飾る若者相手のパブに変わっていました。

「贋物《にせもの》を扱ったら、画廊はおしまいだよ。信用だけがすべてって商売だからな」

焼き鳥屋のカウンターで秋田県の地酒をコップで飲みながら、友人は言いました。

「その画廊がどうかしたのかい」

「ちょっと人捜しをしててね。その画廊の経営者が、俺の尋ね人の行方を知ってるかもしれないんだ」

私は、機嫌がいいのか悪いのか、いささか判断に苦しむような風情《ふぜい》でコップ酒を飲んでいる友人にそう言いました。

「尋ね人か……。女か？」

「まあ、そうだな」

「女なんて、つまらんな。まったく、女なんてつまらん」

「へえ、やっぱり、花嫁の父ってのは、結婚式のあと、荒れるもんなんだな」

「べつに荒れちゃあいないさ。だけど、なにも、こんなに慌《あわ》てて嫁に行くことはないだろう。せめて、大学の卒業式が済んでからにすりゃあいいと思うんだ。俺は何のために娘を大学に行かせたんだよ。亭主をみつけるために高い金を払ったわけじゃないんだ。卒業式は三月の十八日だぜ。結婚式は、そのあとでもいいだろう」

「俺の娘は、ことしから大学生だ」

私は笑いながら、そう言いました。言ってから、私は自分の娘が十八歳であることに気づきました。よねかが津田富之という男に身を売った歳《とし》ではないかと。

身を売ったという時代遅れの言葉に気恥しさを感じつつも、私は自分がどうして、十八歳のよねかが身を売ったと決めつけているのであろうと考えました。

ひょっとしたら、そうではなかったかもしれないではないか……。

「お前、自分の娘よりも若い女を愛人にできるか?」

と私は友人に訊きました。

「若いって、幾つくらいの女をだい?」

「十八歳」

「俺には、そんな余力はないね」

「経済力や体力の問題じゃなくて、つまり、そのくらいの歳の女を愛人にしようっていう意志力のことを訊いてるんだよ」

「意志力はあるかもしれんな。こいつは俺の娘よりも若いなんてことに罪悪感なんか持たないね。だって、自分の娘じゃなくて、血のつながらない若い女なんだからな」

友人は、そう言って、なぜそんなことを訊くのかと私を見つめました。

「尋ね人って、十八の女か？」

「三十年前、十八だったんだ」

「じゃあ、お前とおない歳じゃないか」

「十八歳のとき、五十歳の男の愛人になっちまった」

「べつに珍しいことじゃないさ。いまの十八の女なんて、そんなの屁《へ》とも思ってないぞ。こら、杉井、お前の娘にも気をつけろよ。家ではおとなしそうな顔をしてても、外では何をやってるか、わかったもんじゃない」

私は、友人によねかのことを話そうかと思いましたが、自分は酒に酔っているのだと胸の内で言い聞かせ、喉元《のどもと》まで出かかっていた言葉を抑えました。酒に酔っているときの思いつきや、それに関する衝動的決断が、うまくいったためしは一度もなかったからです。

「贅沢《ぜいたく》のためとか、好奇心とか、遊び心とか、そんなんじゃなくて、しかも、父親みたいな歳の男に恋愛感情もなく、ただ金のために関係を結ぶ……。その金は、大学に進学するためなんだ。家が貧乏で、それ以外に方法はないんだ。だから、高校を卒業するかしないかのころに、五十歳の男の愛人になることを決意する……。そんなことがあると思うかい？」

私は、よほどのことがないかぎり、酒で崩れたりはしない友人に、そう質問してみました。

「十八の娘が、大学で勉強したいからって、五十のおっさんの愛人になったりするもんか。有り得ないね」

「三十年前だぜ。いまとは社会的状況がまるで違うんだ」

「三十年前だろうが、有り得ないね。女ってのは、いつの時代もおんなじだよ」

「男もだろう?」

「そう。人間はいつの時代でもおんなじだ」

「でも、もし本当にそれが理由で、身を売った十八の女がいたとしたら、そいつが、いまどんな人生をおくってるか、ちょっと見てみたいとは思わないか?」

友人は、至極あっさりと、

「見てみたいね」

と言って笑いました。

「なっ? やっぱり、見てみたいだろう?」

「じつに興味があるね。しかも、その女が、俺の初恋の、とんでもなくつらい片思いの女だったりしたら、なおさらだね」

友人は、からかうように笑みを浮かべ、手羽先とレバーを註文しました。

「その五十歳の男ってのが、津田画廊の社長ってわけか」

「まあ、そういうことなんだ」

「その画廊の社長は、生きてたら幾つになるんだ？」

「八十一歳だな」

「八十一歳……。その男が喋《しゃべ》ってくれるかどうかは、ひとえに、女との終わり方次第だな」

と友人は言い、自分にもまるで覚えがないわけでもないと声をひそめました。

「まあ、俺の相手は、十八なんて若さじゃなかったけどね。ちょうど丸一年つづいたよ。あの一年は、身も心もくたくたになった一年だったよ。物事、終わり方が大切だ。とくに、女のことに関してはね」

それが前置きかと思いましたが、友人はふいに立ちあがり、女房がひとりで寂しがってるような気がすると言い残して、焼き鳥屋から出て行きました。

私は、これが花嫁の父のうしろ姿なのだと思いながら、式服を着た友人が歩いて行くのを見送っていました。

第二章

一

四月二十五日

カラチで夫が死んでからちょうど半年が過ぎた。

この半年間、私は自分が死んだようになっていたことしか思い出せない。それなのに、周りの人間から見ると、私は冷たいほど事務的に振る舞い、気丈すぎるくらいに何もかもを機械的に処理してきたらしい。

夫がカラチのホテルで首を吊《つ》ったという第一報のあと、カラチ行きの飛行機に乗り、カラチ空港で高尾支店長さんの出迎えを受けて警察へ行き、夫の死を確認し、高尾さんに伴われて帰国したあと、通夜《つや》と葬儀の手配も人まかせにできず、自分で進めようとした。

唐吉叔父様の「そんなに何もかもを自分でやろうとしたら、身も心もくたばっちまう。美須寿《みすず》の気持もわかるが、ここは人様の御好意をお受けしておきなさい」という諫《いさ》めを聞き入れていなかったら、きっと私は倒れてしまっていただろうと思う。

だが、振り返って思い起こせば、夫の自殺の背後に女性の存在があったことを知ったときから、私の錯乱は始まっていたような気がする。そうでなければ、あの手紙の差し出し人に御自分の名を使われた杉井純造さんの御自宅を事前の断わりもなく訪ねたりはしなかったであろうし、杉井さんに〈塔屋米花《とうやよねか》〉のことを質問するというような恥しい言動には及ばなかったはずだ。

唐吉叔父様にはなんと感謝申し上げたらいいのかわからない。二月の末に、精神科医の安倍《あべ》先生のもとに無理矢理つれて行って下さらなかったら、私の心は崩壊していたにちがいない。

安倍先生は、いったい何のための医者かと私が苛立《いらだ》つくらいに具体的な治療をなさらず、少しずつ私が心に溜《た》め込んでいるものを吐き出すよう仕向けて下さった。

じつはそれこそが、あのときの私にとって最良の治療だったのだと思う。

私は三月の末あたりから、安倍先生に対して、夫の卑怯《ひきよう》な死への怒りを烈《はげ》しい告発人のようにまくしたてたり、塔屋米花という女への憎悪《ぞうお》を、大切な物を理不尽に奪われた幼児のように訴え始めた。

安倍先生は、「つらかったことでしょう」とか、「あなたは強すぎる女性だから、もっともっと弱くなって、飽きるほど愚痴をこぼしたほうがいいんですよ」と言って、ひたすら聞き役に徹して下さった。

きっと人間は、自分のなかに淀《よど》んでいるものをさらけだしてしまわないと、他人の言葉を受け容《い》れることができないのであろう。

私はいま穏やかな心で、これからの生活について考えている。修太はまだ十二歳で、真佐子は十歳。父親の自殺という事件が、あの子たちの心の奥に刻んだ傷は深いにちがいない。これから難しい年代に入るのだから、私が守ってやらなければならない。

私は、父親をあのようなことで喪《な》くした子供たちに、厳格と柔和の二つの手綱さばきで、真っすぐに育つよう、道を開いてやらなければならない。安倍先生が私に行なった治療法は、母親としての私には示唆《しさ》的だ。

日記をつけるなんて何年振りだろう。

中学生のときから高校一年の夏まで、私は日記をつけていた。大学の受験勉強のために、日記をつけるのをやめたが、きのう、唐吉叔父様に「物を書くというのは、すでにそれ自体が考えるということだ」と言われて、きょうから日記をつけようと決めた。

この日記帳が、私の心のなかから吐き出されたものを吸い取ってくれる腕のいい精神科医になってくれればいいのに。

そのためには、私はこの日記に決して嘘《うそ》を書かないようにしなければ。恥しいことも隠さず書こうと思うが、果たして出来るかどうか。

私が、夫に対してそのような妻であったら、夫は女性のことで死んだりはしなかったであろうか。夫が、あの女のことで死を選んだのかどうかを確かめる術《すべ》はないのだけれども。

四月二十六日

子供たちを学校に送り出したあと、きょうこそ夫の遺品を整理しようと洋服箪笥《だんす》の扉をあけるが、五分もたたないうちに気力が萎《な》えてしまう。

夫が身につけていたものへの拒否感はまだ消えていないどころか、私の心が穏やかになるにつれて、逆にそれへの嫌悪の情は増したような気がする。

夫の背広、セーター、下着……。みんな、さっさと捨ててしまって、この家から夫の名残りをすべて抹殺してしまいたいのだが、抹殺してしまおうとする自分をあざ笑うもうひとりの自分がいる。

安倍先生の言葉を借りて、「自分をこのようにしよう、あのようにしようと思わず、自然にそのようになっていくまで時間の流れに乗っていたらいいんです」と言い聞かせ、洋服箪笥の前から離れる。

洗濯物を干しながら、杉井純造さんの名をかたって夫に郵送されてきたあの女からの手紙だけは焼いてしまおうと思う。

古い電話帳に挟んで納戸《なんど》に投げ入れたのだが、どうして私はそんなことをしたのであろう。破り捨てて、燃えるゴミと一緒に出してしまったらよかったのだ。残しておいて何になるわけでもないが、死へと走らなければならなかった夫の洞窟《どうくつ》のような心を解き明かす唯一《ゆいいつ》の手だてはこれ以外にないと考え、自分がすべてを客観視できる日まで捨てずにおこうと思ったのだ。

けれども、納戸にあるあの手紙の存在は、四六時中、私の神経に触れてくる。なんだか、あの女が納戸にひそんで、私を勝ち誇った目で見ているような気がするのは、私がまだまだ精神的に立ち直っていないからなのだ。

私は納戸に行き、手紙をビニール袋に入れて、買い物がてらスーパーへの道を歩き、ゴミ箱に捨てた。

それなのに、家の玄関の鍵《かぎ》をあけかけて、慌《あわ》てて引き返し、ゴミ箱から五通の手紙の入ったビニール袋を拾って帰って来てしまった。

私は、やはり、塔屋米花という女性と逢《あ》ってみたいのだ。どんな女性なのか。夫にとって、それは恋だったのか。なぜ、夫はカラチで首を吊らなければならなかったのか。

私はそれを塔屋米花さんに訊《き》いてみたいのだ。

夫が死ぬ前、カラチのホテルで女と同宿していたのを知っているのは、警察関係者以外では、夫の会社のカラチ支店の社員と、私の母、唐吉叔父様、そして安倍先生だけだ。

ああ、杉井純造さんも知っている。

カラチ支店には四人の日本人社員と、二人の現地人スタッフがいるが、塔屋米花さんのことを知っているのは、高尾支店長さんと内崎さんだけのはずだ。

高尾さんは、このことは本社の上司にも決して口外しないと固く約束して下さった。内崎さんも、同じことを私に言った。

迷ったあげく、私はやはり五通の手紙を捨てることに決める。その代わり、手紙の文面をそのままこの日記帳に書き写しておくことにする。

私は塔屋米花さんと逢いたい。たとえ遠くからでも、どんな女性なのか、自分の目で見てみたい。


——おしらせもせずに引っ越ししてしまい、きっとお怒りになっているだろうと思っていました。

引っ越しはロンドンに行く前に決まっていたのですが、打ち合わせに忙しくて、出発の二十分前まで何人もの人たちに電話をかけなければならないありさまでした。あなたから私にお電話を下さる以外に連絡の方法はないのですから、仕方がないでしょう?

来週、三日間ほど休みがとれます。でも、きっと疲れて何もしたくないという気分になっているにちがいありません。

新しい電話番号は美紗子《みさこ》さんに教えてあります。

いつまでも怒っていらっしゃるのなら、私は自分の好きなようにいたしますわよ。

よねか

——約束、約束、約束。もうたくさん。約束を破ったのは誰なの？　私の過去に嫉妬《しっと》するなんて、あなたは男の屑《くず》ね。

十二日の夜は、港区のPにいます。嘘だと思うなら、確かめにおいでなさい。でも、あなたが十二日の夜にこられるはずはないでしょう？　いかが？

意地悪はこのくらいにして、本題に入ります。

ワクイ通商は二年前に減資をしています。その理由をしらべて下さるとありがたいのですが。ある程度の情報が集まったら、ヒノキ・ビルの例のところに御一報下さいませんか。夜の七時までなら、美紗子さんがいると思います。

よねか

——糸魚《いとい》川《がわ》の時代からの、さまざまな映像を夢で見るようになりました。思い出したくないことばかりが夢に出て来て、夜中に何度も目を醒《さ》まします。楽しい事柄は何ひとつなかったのですから。

考えてみれば、私が楽しい夢を見るはずはないのです。楽しい事柄は何ひとつなかったのですから。

あなたとのことを終わりたいと思います。どうか、そうさせて下さい。

母が言ったとおりになって、もう四年もたちます。

「苦しむわよ」。あなたとのことを知ったとき、母はそう言ったのです。

私だけが苦しんだのではなく、あなたも苦しみつづけていらっしゃる。

私が一度でもあなたに家庭を捨ててくれと言ったことがあるでしょうか。私は約束を守りつづけてきましたが、そうすることに疲れてしまいました。

どうか、二度と私に電話をかけないで下さい。もし、かけてきたら、私はあなたとのことを奥様に話します。

どうかお元気で。お仕事がうまくいきますように。これまでのこと、いろいろとありがとうございました。

塔屋米花

——きのう仰言《おつしや》ったこと、信じてもいいのですね。私が、「ほんと？　ほんとにそう思ってるの？」としつこく何度も訊き返した理由を、あなたはどこまでわかって下さったのかしら。

本当にわかって下さったのなら、もう一度、やりなおしてみたいと思います。私の前では、絶対に暗い顔をしないで下さいね。

お誕生日のプレゼント、私の指には重すぎますが、どうもありがとう。お財布がからっぽどころではないでしょうね。

あしたから五日間、京都へ行きます。津田さんのお見舞いにも行きます。どうか、それを阻止しようとはなさらないで下さい。津田さんは、私の恩人なのですから。津田さんに対する私の心情をわかって下さいね。

津田さんは、左京区の大崎病院に入院なさいました。大崎病院……。ちょっとびっくりでしょう？　でも、まったくの偶然なのです。

それにしても、あなたは大馬鹿《おおばか》ね。意気地なしで嫉妬深くて、自尊心のかたまりで、冷酷で。

あなたの取り柄はひとつだけ。私とあなたとをつなぎつづけてきたのは性の快楽だけだったとしても、それはそれで仕方のないことではありませんこと？

〈月光の東〉……。私にとっては、なにも懐《なつ》かしい言葉ではないのです。私は自分だけの世界にひたるとき、いまでも〈月光の東〉への扉をあけています。

糸魚川で、杉井さんにも言った憶《おぼ》えがありますわ。「月光の東まで追いかけて」って。

あの哀《かな》しいことばかりの時代に、〈月光の東〉に行こうとして、思いつくありとあらゆる想念を傾けていた私という人間について、あなたは何をどのように知っていたというのでしょう。

私にとって〈月光の東〉がどれほど大きな意味を持ちつづけているのか、あなたには思い及ばなくて当たり前かもしれない。

でも、私は、あなたに〈月光の東〉まで追いかけてきてほしいと思ったのです。そうしようと思って下さるだけで、私はこれからも寂しさに耐えていけるような気がしたのです。

塔屋米花

よねか

――月光の東まで追いかけて。

夜、生ゴミを捨てに行き、五通の手紙も破って捨てる。

今夜は、手紙のことは思い出さないようにして、子供たちの話相手になり、十時まで一緒にテレビを観《み》ていた。

唐吉叔父様の会社で働かせていただくことに決める。叔父様の会社も一昨年あたりから大学卒の新入社員の採用を大幅に減らしていて、私のような四十二歳の中年女を雇ったりしたら、他の社員から不平が出るにちがいないが、夫の退職金は、子供たちの今後のために手をつけるわけにはいかない。

四月二十七日

母に子供たちを見ていてもらって、夕刻、久しぶりに銀座に出る。

Tホテルのラウンジに唐吉叔父様は先に来て待っていてくれた。

唐吉叔父様の鼻の頭が日に灼《や》けて赤くなっている。きのうはゴルフだったとのこと。それで、夫のゴルフ道具を従兄《いとこ》の長男が欲しがっていたのを思い出す。

叔父様行きつけの割烹《かっぽう》料理店で御馳走《ごちそう》になる。就職の件、お礼を申し上げる。

私の顔が柔和になったと、叔父様はしきりに繰り返す。夫が生きていたときよりも柔和な顔になったらしい。

私がお酒を飲めないので、叔父様のピッチが早く、家を出がけに叔母様から電話があり、あまり飲まさないようにと釘《くぎ》を刺されたことを白状する。

健康を案じてくれるのはありがたいが、あいつの神経質な監視のやり方はうんざりすると、叔父様は珍しく不機嫌になってしまい、私は余計なことを言わなければよかったと後悔する。

「監視してないと、世の亭主たちは妻に内緒で何をしているかわかったもんじゃないでしょう？　私、夫のすることに干渉するのがいやだったから、ほったらかしにしてきて、ひどい目に遭っちゃった」

と申し上げたら、

「監視しようとしまいと、亭主は、浮気をするときはするさ」

と叔父様は笑みを浮かべる。

ひとしきり、生前の慎二郎の人となりについて、叔父様は御自分の考えをお述べになる。それもまた唐吉叔父様には珍しいことだ。

一見、おつにすましたような印象を与えるところがあって、それが誤解の種になっていたが、気心が知れると、人に対して細かい神経を使う男だとわかる。

そんな外見とは裏腹に、車の運転の荒っぽさには、いつもはらはらさせられた。まるで粋《いき》がっている若者のような運転ぶりは直らず、いつだったか、慎二郎の車に乗せてもらって、逗子《ずし》へ行く道中、「こんな運転のやり方で、これまでよく事故をしなかったもんだな」と言ったら、意外だという顔つきで、「ぼくの運転、乱暴ですか？」と首をかしげた。

「意外だって顔をされて、俺のほうこそ意外だったよ」

と叔父様は笑い、

「自分の運転が乱暴だってことに気づいてないんだから、丁寧な運転をこころがけようと思うはずもないよな」

そう仰言って、何かを思い出そうとするかのように考え込んでしまわれる。

私が何をお考えなのと訊くと、唐吉叔父様は、

「あいつ、涙もろくなかったか？」

と私にお訊きになる。

格別、涙もろいと感じたことはなかったので、私は、夫にまつわる幾つかの断片的な映像を脳裏に描いてみたが、そのような気配を伝える夫の表情は浮かんでこなかった。

私が首を横に振ると、叔父様はこんなエピソードを話して下さる。

夫が叔父様の逗子の別荘に遊びに行ったとき、長男の政司さんが収集した昔の名画のビデオを、しばしば夜中に観たものだった。

叔父様も映画がお好きで、コニャックを飲みながらモノクロームのイタリア映画やフランス映画をビデオ・デッキにセットするのが、だいたい夜の十一時。

政司さんと雑談しながら、ウィスキーの水割りを飲んでいた夫は、いつのまにか逗子の別荘の居間に脚を投げ出して坐《すわ》り、叔父様専用の木の椅子《いす》のうしろあたりから、ビデオの映像に見入っている。

そんなところで観なくても、もっと観やすいところへ来て遠慮なく観たらいいと勧め

ても、夫は、いやここで結構だ、中学生や高校生のとき、満員の映画館で前に立っている客の頭と頭のあいだから観たときのことを思い出して懐かしいからと言って、叔父様の椅子のうしろ以外に移ろうとはしなかった。

感動的な場面になると、夫はきまって洟《はな》をかんだ。風邪でもひいたのかと思って、叔父様が振り返ると、夫は顔を隠すかのように伏せてしまう。

「泣いてるのを見られるのが恥しかったんだろうな。でも、顔を伏せた途端、大粒の涙が絨毯《じゆうたん》に落ちるんだ。いいか、まるで音をたてるみたいに落ちるんだよ。目頭が少々熱くなったってもんじゃない。あれで声を出せば号泣だよ。涙もろい人を何人か知ってるけど、慎二郎くんは、そのなかでも横綱クラスだね」

映画を観ながら泣いていたのは、一度や二度ではないと叔父様は仰言る。

「感受性の差かもしれんが、哀しい場面だけで泣くんじゃないんだ。恵まれなかった主人公に、やっと幸福が訪れたって場面で、慎二郎くんはまさに落涙するんだよ。泣いてるのを見られるのがよほど恥しかったんだろうな。きっと、涙が溢《あふ》れてくると顔を伏せて隠そうとするもんだから、大粒の涙が落ちるんだね」

おそらく、それに気づいていたのは自分だけだったと思うと叔父様は仰言る。

私の知らなかった夫のそんな一面に、私は言葉を喪《うしな》ってしまう。私たちはどんな夫婦だったのかという思いは、なぜか自分の無神経さへの腹立ちに変わる。

私は、夫を愛していなかったような気がしてくる。

「私、気が強くて、慎二郎にさからってばかりいたんです」

その私の声は沈んでいたのであろう。叔父様は、

「この話は、ここいらで切り上げよう」

と仰言り、私の配属先も決まっているのだと教えて下さる。海外調査室とのこと。

「得意の英語を生かせるし、あそこは残業が少ないんだ」

私は、あらためてもう一度、心から感謝の言葉を述べる。

唐吉叔父様は、割烹料理店の古参の仲居さんたちに人気がおありのようで、

「またおきれいな女性をおつれになって。やっぱり男性は七十を過ぎてからですわね」

とひやかされる。

「また？　あら、しょっちゅう、女性とこのお店にいらっしゃるの？」

私が叔父様にそう訊《き》くと、

「俺も、まんざら捨てたもんじゃないんだぞ」

と得意そうにお笑いになる。

叔父様が手配して下さったタクシーで、九時過ぎに帰宅。

夫が、涙もろさでは横綱級だったなんて。

結婚して十四年間、私はそのことにまったく気づかなかった。

私が気づかなかったのだろうか。それとも、夫がそんな一面を私には見せようとしなかったのだろうか。

四月二十九日

きょうから連休が始まる。

去年までは、唐吉叔父様の逗子の別荘に行くのを楽しみにしていたが、ことしは、子供たちだけが二泊で遊びに行くことに決める。政司さんが車でつれて行って下さるらしい。

塔屋米花さんからの手紙を読んだときから、私のなかで未消化になったままの疑念が、ふいに大きく膨らんでくる。

なぜ、あの女性は、夫への手紙の差し出し人として、杉井純造さんの住所と名前を書いたのかという疑問だ。

なにも、実在の人物でなくてもいいはずだ。

私は、おそらく出鱈目《でたらめ》の住所と氏名なのであろうと思い、試しに住所を頼りに杉井純造さんの家の近くまで行ってみたところ、そこに確かに差し出し人の表札が掛かっていたので、慌《あわ》てて、いったん帰りかけたのだった。

公衆電話のボックスで電話番号をしらべ、意を決して、失礼にも強硬に押しかけるという行動に出たのは、尋常ではなかった私の精神のせいだったが、杉井純造なる人物が、実在していたことへの狼狽《ろうばい》も、逆に私を煽《あお》ったような気がする。

私が杉井さんの言葉によって知ったのは、塔屋米花という女性が、夫と同級生だったことだ。

それは、塔屋米花さんが、私よりも七つも歳上《としうえ》の、四十九歳だという事実を教えていた。

杉井さんとお逢《あ》いするまで、私は塔屋米花さんを、私よりもうんと若い女性だと決めつけてしまっていたのだ。

私よりうんと若くて、美しくて、しかも自分の美しさを揺るぎなく認識していて、男を手玉に取ることに練達している……。そんな女性だと私は思い込んだのだった。

年齢は、思いがけない外れ方をしたが、それ以外の私の勘は当たっているにちがいない。

そのことは、あの五通の手紙でわかる。

なぜなら、手紙に書かれていることは、なにもあえて手紙でなければならない用向きではなく、どこかに男をからかっているといったところが感じられるからだ。

つまり、からかうために、あるいは、煽るために、あえて手紙を送りつけたといった気配に満ちている。

無関係な人間の名をかたって、妻の目に触れる可能性のある手紙を自宅に郵送しなくとも、夫の会社に宛《あ》てて出せばいいのに、そうしなかったのは、何かの計算があってのことだったであろう。

夫に心理的な圧迫を与えるためなのか、それとも、差し出し人を杉井純造とすることに何等かの意味があったのか……。

私には、その両方だったという気がする。

ああ、もうやめよう。こんな日記をつけていると、気がおかしくなってくる。

五月三日

政司さんたち一家が、朝の十時に子供たちを迎えに来てくれる。

この四日間、余計なことに頭を使わず、英字新聞ばかり読んですごしたので、少し気分転換ができた。

生理が始まったのに二日で終わる。精神的なものなのか、それとも更年期が始まったのか。

母に話をしたら、自分も四十二、三歳のころから始まったという。

なんでもない単語や慣用句を忘れてしまっているのに驚く。海外調査室では、どんな英語力が問われるのだろう。

最近、急に歩きたがらなくなった母を無理矢理誘ってデパートに行き、子供たちの服と掛け布団《ふとん》、それに母のブラウスと靴を買う。

デパートの近くに、〈ヒノキ・ビル〉という名の貸しビルがある。どこかで見たか聞いたかしたことのあるビルの名だったが思い出せなかった。ひょっとしてと思い、帰宅後、日記帳をひらくと、書き写した手紙のなかに、そのビルの名をみつける。

ヒノキ・ビルは幾つもあるのだろうか。手紙に書かれていたビルだとしたら、あの貸しビルのなかにある会社のいずれかに、〈美紗子〉という女性がいるはずだ。その女性は、夫と塔屋米花さんのことを知っている。

ああ、このことはもう日記には書かないと決めたのに……。夫と塔屋米花さんのことを日記に書かないつもりだったのに……。

五月四日

私は、塔屋米花という女性に「人殺し」と言ってやりたい。遺《のこ》された妻や子供たちのことを考えたりはしないのかと。

私は夫も許さないし、あの女を恨みつづける。私から、すべてを奪って、知らんふりをしている女を許さない。

女のことで死ぬなんて、私の夫はなんとつまらない男だったのだろう。

五月六日

私の初出社の日は、五月十五日に決まる。いろんな後遺症から脱《ぬ》け出すまで、もっとゆっくりしたらどうかと母は言うが、思い切って動きださなければ、新しい人生の展望はひらけないという唐吉叔父様の言葉のほうが正しいと思う。

五月の六日……。思い出の日だ。ちょうど十五年前のきょう、シンガポールからの電話でプロポーズされた。私は、Kさんと別れて二年がたっていた。一生、結婚なんかするまいと思っていたのに、シンガポールからの電話で、加古慎二郎の妻になり、平和で元気に満ちた家庭の主婦になろうと幸福な気持にひたった。

Kさんはどうしていらっしゃるのだろう。私とのことが終わったあと、奥様とのあいだに二人目のお子さんが生まれたと教えてくれたのは乃里子さんだ。

「ねえ、Kさんの奥さんが妊娠したのは、美須寿《みすず》がKさんと別れる前なのね」

とささやいたときの乃里子さんの邪《よこ》しまな目つきを思い出す。

五月七日

〈月光の東〉とは何だろう。杉井さんに、その言葉を御存知かと尋ねたとき、杉井さんはまったく心当たりがないと仰言《おつしや》ったが、あきらかに表情に変化があった。

杉井さんは〈月光の東〉がいったい何かを知っているのかもしれない。

母、風邪をひいて、三十八度二分の熱。母も来年で七十歳。父が亡《な》くなって、来月で満六年。

あら、ひょっとしたら、ことしの命日で七回忌ではないのかしら。七回忌には、ちゃんとした法要をしなければならないのでは……。

五月十日

日記を二日さぼる。

午前中、安倍先生の病院へ行き、日記のことを相談する。

「日記をつけるのは、加古さんにはいいことかもしれません」

と安倍先生は、いやに難しい表情で仰言る。

「日記をつけることで、内にこもりすぎて、自閉的になる人もいますが、加古さんにはいい結果につながる公算のほうが強いというのが私の診察です」

とのこと。

私は、塔屋米花という女性に逢ってみたいという思いがどうしても消えないことを安倍先生に打ち明ける。

「逢おうと思えば逢えるんですか？」

「いえ、どこで何をなさってるのか、まるでわからないんです。でも、てがかりがないわけじゃありません」

「逢ってどうします？」

「私とどっちがきれいか比べたくて」

その私の言葉で、安倍先生は楽しそうに声をあげてお笑いになる。

夜、五通の手紙を何度も読み返す。安倍先生には、てがかりがないわけではないと言ったが、てがかりは、糸魚川、ヒノキ・ビル、京都の大崎病院だけ。糸魚川へ行ってみようかしら。その足で京都の大崎病院へ。電話帳でしらべたら、病院の所在地がわかるはずだ。〈津田〉という人は、何だろう。手紙によると、夫も知っている人なのだ……。

二

五月十一日

売りに出していた実家の土地と建物に、やっと買い手があらわれ、仲介に入ってくれた不動産屋さんの頑張りのお陰で、希望していた価格よりも二割ほど高い値で交渉が成立する。

建物は築後二十六年の木造だから、不動産としての価値はないし、こちらの言い値で売れたとしても、支払う税金を考えると、実際に母が手にする金額に差はない。

父が建てた家を手放すのは寂しいが、私はこれから働きに出なければいけないし、修太や真佐子はまだまだ自立できる年齢ではないので、母に頼るしかない。

買い手が決まったことで、いろいろなふんぎりがついたのか、衣類や、当面必要な品物を私の家に送るための作業を急ぎたいという電話で、午後、実家へ行く。

私に手伝ってくれと言ったくせに、さしあたっての引っ越しに必要な荷物はあらかたダンボール箱にしまわれて、母は外出着に着換えて私を待っている。このせっかちな性分が直らないあいだは、母は元気でいてくれるにちがいない。

来年の三月には、ここに三階建のマンションが建つらしい。

「不景気な世の中だから、いつまでたっても買い手がつかないんじゃないかと思ってたのよ」

と母は嬉《うれ》しそうに言うが、私の夫があのような死に方をするまでは、この世田谷区《せたがや》の、小さいけれども立派な枝ぶりの樹《き》を配した庭のある家を、自分の〈終《つい》の住処《すみか》〉と信じて疑わなかったはずで、そのことを思うと、申し訳なくて、また禁句の「ごめんね」という言葉を洩《も》らしてしまう。

「美須寿が謝まることはないのよ。慎二郎さんに関することで、ごめんねなんて言ったら、五百円の罰金だったんじゃないの？」

母は、罰金はもう二千五百円に達していると言って、手を突き出す。

お隣のYさんの奥様が、五つのダンボール箱を御自分の車のトランクに積み、宅配屋さんに運んで下さる。

Yさん御一家は、私の父が家を建てたときと同時期に引っ越してこられたので、二十六年近いおつきあいということになる。

不動産屋さんに家の鍵《かぎ》を預け、電車で私の家に帰る。階段の昇り降りを少なくさせたかったので、母の部屋を一階の八畳の客間にと決めていたのだが、母はそれをいやがって、二階の私の部屋を使いたいと言う。

足腰を使わないと老《ふ》けるのが早いというのが理由。それで、あすから、私が一階の八畳を使うことにする。

私と夫との二人の部屋から、別の部屋に移るのはいいことかもしれない。夫との思い出だらけの部屋を、母の部屋にするためには、夫の服や衣類や遺品を、いやでも処分しなければならないのだから。

いま、夫との思い出だらけと書いたが、はたしてそんなに多くのものが、二階の部屋に存在しているのだろうか。私と夫とのあいだに、愛情というものはあったのだろうか。

私も夫も、裸の自分を見せ合っていたのだろうか……。

夜、私がお風呂《ふろ》からあがると、テレビを観《み》ていた母が、

「カラチは年中暑いのかしら」

とつぶやく。

十年前、父とヨーロッパを旅行したとき、ミュンヘンから南廻り便の飛行機で日本に帰ったのだが、その際、飛行機は真夜中のカラチ空港に降りたのだという。ちょうど前日に、カラチ空港でテロ事件があり、滑走路にも飛行機の搭乗降口にも、たくさんの兵隊や警官が自動小銃を持って警戒にあたり、何頭もの警察犬が烈《はげ》しい息遣いでタラップを降りてくる乗客を嗅《か》いでいたそうだ。

「夜中の二時だっていうのに、三十度近い暑さなのよ。十月の末だったわ。なんだか、粘りつくような暑さ。それまで元気だったのに、カラチ空港でぐったり疲れちゃった」

私が、そんな話はしたくないと言うと、修太に、お母さんの言い方はとげとげしくて、おばあちゃまを叱《しか》ってるみたいだと抗議される。

そんなにきつい言い方をしたつもりはなかったので、

「カラチっていう言葉を聞きたくないから」

と私が弁解すると、

「お母さんは、人の意見や考えを、まず先に否定しておいてから、話を始めるんだ」

と修太に言われる。

「お父さんに対してもそうだったんだぜ。お母さんは、いつも否定から始まるんだ」

私は、思わず、かっとなってしまい、

「じゃあ、私がお父さんを殺したっていうの？」

と叫び、タオルをテーブルに投げつけてしまう。

母は、カラチなんて言葉を無神経に口にした自分が悪かったのだと、私と修太のあいだに入ってなだめてくれる。

修太が、こんな生意気なことを言うなんて……。いま、修太はおとなへの階段を上り始めている。父親の自殺という事件が修太の心にもたらしたものを、私は思いやっただろうか……。

それにしても、あの生意気な、にくにくしげな分析……。あいつ、父親に似てきたわ。似なくてもいいのに……。

五月十二日

新宿から松本経由にするつもりだったが、上越新幹線で長岡まで行き、信越本線から北陸本線に乗り継いで糸魚川へ行くことにする。

初出勤まであと三日。どうしようか迷っているよりも、思い切って行動したほうがいいと決めて、朝、糸魚川で酒屋さんを営む溝口康夫さんに電話をかける。

溝口さんは、夫とは小学校でも中学校でも同級で、わざわざ上京して、お葬式に参列して下さった。

溝口さんなら、塔屋米花さんのことを知っているかもしれない。いったい何のために私が糸魚川へ行くのか、溝口さんは訊《き》かなかった。会って、そのことを訊かれたら、何と答えようか……。

夫は生前、いつも糸魚川での少年時代の思い出を楽しそうに語った。やっと落ち着きを取り戻し、夫の思い出を自分の目で見たくなったのだと説明することにする。

母には、夫のお友だちが、何人もお葬式に来て下さったのに、私はあのような精神状態で、ろくに御挨拶《ごあいさつ》もしなかったことが悔やまれてならない。働き始めたら時間にもゆとりがなくなるだろうから、きょうのうちに糸魚川まで行き、何人かの方々にお礼を述べてきたいと説明する。

「だったら、ついでにどこかの温泉でゆっくりしてきたらいいわ。あのあたりは、いい温泉があちこちにあるんじゃないかしら」

と母は言ってくれる。

午後二時十八分に糸魚川に着く。駅から溝口さんに電話をかける。駅前の喫茶店で待っていると、二十分ほどして配達用のライト・バンで溝口さんが来て下さる。

案の定、東京から糸魚川までやって来た理由を訝《いぶか》しげに訊かれたので、準備しておいた言葉で説明する。

喫茶店のウェイトレスとは顔馴染《なじみ》らしく、コーヒーを註文しながら意味ありげなひやかしの言葉をかけている表情で、私は溝口さんが、いささか軽薄な男性で、口も軽そうな気がする。

夫が、少年時代をおくった家は、糸魚川駅から西へ十五分ほど歩いたところだが、いまは賃貸マンションが建っていて、往時の風情《ふぜい》は残っていないとのこと。

私の目的は、夫の少年時代の思い出を辿《たど》ることではなく、塔屋米花さんという女性の映像をつかむことなのだ。

そのために、どんな切り出し方をしようかと考えながら、溝口さんの思い出話を聞く。

――とにかく、慎ちゃんも、姉さんの登紀子さんも、とびきりの秀才だった。登紀子さんは二十六歳のときに司法試験に合格して、三十五歳のときに自分の弁護士事務所を開設し、幾つかの公害訴訟で名を知られ始めたときに、胃癌《いがん》で死んだ。病気がわかってから亡《な》くなるまで、たったの四ヵ月だった。あのときの慎ちゃんの哀《かな》しみ方は、見ている自分たちが言葉を失うほどだった――。

――自分は、こんなちっぽけな町で酒屋の跡を継ぐのがいやで、高校を卒業すると、東京の外車ディーラーの会社に就職した。当時、自分が暮らしていたアパートが、慎ちゃん一家の住まいと偶然にも目と鼻の先で、それで三年間の空白をおいて、再び交友が始まった――。

――慎ちゃんが大学を卒業し、大手の商社に就職した翌年、自分は五年間の東京でのサラリーマン生活に愛想が尽きて、新橋で焼き鳥屋を始めた。糸魚川に戻って酒屋を継げと言う親を説得し、開店費用を出してもらったのだ――。

――その焼き鳥屋に、慎ちゃんは、月に二、三度来てくれた。会社の人と一緒のときもあったが、ほとんどはひとりでふらっとやって来て、カウンターの隅で冷や酒をコップで飲み、つくねと手羽先ばかり食べていた。つくねと手羽先以外は食べなかった。酒も、どんなに飲んでも二合までといった具合で、酔って乱れることはなかった――。

――自分は恥しいことながら、馬券に狂って借金を重ねたうえに、店も店員にまかせっきりで、つまらない女を追いかける生活となり、慎ちゃんがシンガポール駐在となって半年目に店を手放し、糸魚川に帰った――。

――借金取りは、この糸魚川まで追って来て、親にはさんざんの迷惑をかけた。それが、やっと片づき、自分もこのあたりで性根を入れ換えようと、酒屋を継いだころ、日本に帰ってきた慎ちゃんから結婚式の招待状が届いた。だが、人並に挫《ざ》折感《せつかん》なんかをかかえて卑屈になっていた自分は適当な口実を作って、結婚式に出席しなかった――。

――慎ちゃんがパキスタンのカラチで自殺したということをしらせてくれたのは、中学時代の同級生だ。その男は、東京の私立大学を卒業して、そのまま東京の小さな出版社に就職した。慎ちゃんとは、まったく交友はなかったが、慎ちゃんの名前は覚えていた。新聞の記事を見て、まさか中学校の同級生であるあの加古慎二郎ではあるまいなと電話をかけてきたのだ――。

――自分が蒔《ま》いた種で失敗し、東京から逃げ帰ったというのに、前途洋々たる慎ちゃんに妙な嫉妬心《しっとしん》を抱き、せっかくの結婚式の招待状を破って捨てた自分が申し訳なくて、せめて葬儀にだけはと参列させてもらったというのに、奥さんにわざわざ糸魚川までお越しいただいて恐縮至極だ――。

溝口さんの話は、おおむねこのようなものだった。

話から察すると、溝口さんは、夫が私と結婚して以後、交友はなかったと思われる。

私は、溝口さんに、塔屋米花という女性を御存知であろうかと訊いた。

葬儀に参列して下さった方々のなかに、塔屋米花という名前があり、住所は糸魚川市となっている。満中陰志《まんちゅういんし》を送ったが、宛先《あてさき》に該当者なしとして戻って来た。糸魚川市にお住まいなのだから、塔屋米花さんも、溝口さんと同じように、小学校か中学校のときの友人かと思ったのだが、と。我ながら、上手な嘘《うそ》だったと思う。

溝口さんは、はっきりとわかるほどの驚き顔で私を見つめ、眉根を寄せて、

「米花が、あの日、葬式に来てたんですか?」

と訊く。

通夜《つや》のときなのか、葬儀のときなのかわからないと私は答える。

溝口さんは、しきりに首をかしげたり、喫茶店の天井を見やったりしてから、かなり薄くなられている頭髪を指の爪先《つまさき》でかきながら、塔屋米花とは、小学校も中学校も同じだったと言う。ただし、彼女は中学一年生のときに信濃《しなの》大町に引っ越して行き、それ以後の消息はまったく不明なのだとのこと。

杉井さんの言葉と同じだったので、私は糸魚川くんだりまでやって来たことを後悔する。手紙の封筒に書かれた差し出し人の住所を捜して信濃大町まで出向いた日の、荒涼とした自分の心が甦《よみがえ》り、いっときも早く東京の家に戻りたい衝動に駆られる。

「慎ちゃんが死んだことを知って、米花が葬式に来ただなんて、びっくりぎょうてんだなァ」

溝口さんはそう言って、同窓会の席で塔屋米花の話題が出ないことはないのだと、なんだか遠慮ぎみに切り出す。

男子生徒のほとんどは、口には出さないものの、塔屋米花に片思いをしていた。みんな、わざと無関心を装《よそお》いながらも、塔屋米花を遠くから盗み見たり、彼女の家の近くを通るとき、少なからず緊張したものだ。

それは、塔屋米花が、並外れて美しかったというだけではなく、彼女の一家にまつわるさまざまな噂《うわさ》が、少年たちに謎《なぞ》めいたときめきを与えていたからだ……。

私は、「謎めいたときめき」などという言葉を溝口さんがひとかけらの含羞《がんしゆう》もなく口

にしたことを奇異に感じて、

「どんな謎なんですか？」

と訊き直した。

「何の証拠もない、ただの噂なんだけど、米花の一家は代々、近親相姦《そうかん》の家系だってことを誰かが鬼の首を取ったみたいに耳打ちしたり、そうかと思うと、また別のやつが、米花の両親は、昔、どこかで人を殺して、この糸魚川に逃げて来たんだとか、米花のお袋さんは、製材所の社長の愛人だとか、まあ、つまり、そんないかがわしい噂ばっかりでね」

それから、溝口さんは、塔屋米花さんと私の夫とは仲が良かったと言う。

「加古と米花は怪しいなんて本気で言うやつがいたよ。俺も、そんな気がしてたけど、三十何年も昔の、子供のころの話でね」

溝口さんは、私に遠慮したのか、弁解するように、

「米花と仲が良かったのは、慎ちゃんだけじゃないんだ。杉井ってやつとも、いっとき怪しいって噂があって、俺は、米花と杉井が一緒に自転車に乗って、お月見に行ったのを見たんだ」

と言う。杉井とは、あの杉井純造さんのことであろう。

私は、夫と、塔屋米花さんと、杉井純造さんが、ひとつの線でつながったような気が

したが、だからといって、何が判明したわけでもないのだ。

杉井さんは、中学一年生の秋以後、塔屋米花さんの消息は途絶えて、一度も逢《あ》っていないと仰言《おつしや》ったが、ひょっとしたら、あれは嘘だったのだろうか……。

「米花の家はね、三十何年前とおんなじ形で残ってるんだ。米花一家が引っ越したあと、家主の息子夫婦が住むようになって、一度、屋根瓦《がわら》を修理しただけで、あとは昔のままだよ」

大糸線沿いの道を行くと、石の橋がある。米花の家は、その石の橋を渡ったところで、いまは今井という表札がかかっている。

溝口さんはそう言って、小学校五年生から六年生の終わりごろまで、塔屋米花さんと私の夫は、その石の橋の近くでよく遊んでいたと教えてくれる。

「米花がお葬式にねェ……。新聞記事を見て、子供のころ仲良しだった慎ちゃんに焼香しようと思ったんだろうなァ。へえ、米花がねェ……」

私は、その口振りで、溝口さんも塔屋米花さんの消息を知らないのだと確信した。

溝口さんにお礼を述べ、喫茶店の前で別れると、糸魚川駅の改札口のところまで行く。こなければよかったと、ひどく後悔する。

この糸魚川からカラチまでの道筋……。三十数年前、私の夫も、塔屋米花さんも、この糸魚川駅の改札口を通ったことであろう。その二人が、カラチで別れるまでの道筋……。

当然のことながら、少年だった私の夫は、三十数年後に、カラチのホテルで塔屋米花さんが去って行くのを見送り、みずから死を選ぶ瞬間を選択しようなどとは露ほども予想していなかったにちがいない。

夫への、塔屋米花さんへの、全身が凍りつくような憎悪《ぞうお》がこみあげ、私は自分の顔から血の気が引いていくのを感じて、立っていられなくなる。

もう忘れよう。夫の自分勝手な死も、塔屋米花さんの存在も忘れよう。

息苦しさと目眩《めまい》がいっこうに直らないので、糸魚川駅で安倍先生からいただいた精神安定剤を服《の》み、東京行きの切符を買う。長岡で新幹線を待ちながら、さらにもう一錠、薬を服む。夜の十時に帰宅。

熱いお茶を飲み、修太と真佐子の他愛のない兄妹げんかのやりとりを聞いているうちに、気持が穏やかになってくる。

私の夫は、悪い夢を見たのだ。誰もが、一生のうちに一度や二度は眩惑《げんわく》されるであろう悪い夢……。その夢が醒《さ》めたら、どうして自分はこんな愚かなことをしてしまったのかとあきれてしまうはずなのに。

自分の家、家庭そのもの、子供たちの笑顔、静かな夜……。夢が醒めたら、夫は、それらのかけがえのない価値に気づいたかもしれないのに。

私という妻は、夫を、それらの価値から遠ざけていったのではないだろうか……。私が悪い。何もかも、私が悪いのだ。ああ、誰か、私を助けて。

五月十五日

初出社。きのうの夜、考えに考えて用意しておいたのに、朝になって、着て行く服が地味すぎるような気がして、慌《あわ》てて、別の服を探す。口紅の色も地味で、いかにも薄幸な寡婦《かふ》みたいな印象を与えそうで、四本の口紅のうちのどれがいいかを真佐子に相談する。

どれも大差はないと言い、私の服の趣味をけなす。女の子は、これだからやーよね。

出勤ラッシュ時の電車に乗るのは、約十五年ぶりだ。

私が配属になる海外調査室は、社屋ビルの七階で、皇居のお堀が見える。

海外調査室は、私を含めて十五名。女性は四人。そのうちのひとりはアメリカ人で二十八歳。とても日本語が上手だ。英語、日本語、ドイツ語に堪能《たんのう》。

副室長のAさんが、仕事の概要を説明して下さる。ワープロを使いこなすことは必須《ひっす》の条件。私、指先は無器用なんだけど……。

社では、唐吉叔父様は雲の上の人だ。

東京本社だけでも六百人もの社員がいるのだから、海外調査室という総勢十五人の部署の、加古美須寿なんて中年女の平社員に、唐吉叔父様が直接声をかける機会も理由もないであろう。

それは、明和証券の社長である唐吉叔父様にとっても、私にとっても結構なことだ。私が社長の姪《めい》であることを知っているのは、役員の一部と、総務部人事課の何人かと、それに海外調査室長と副室長。

ただし、私が何らかの有力なコネクションで特別に採用されたことは、周りの社員たちもうすうす察している様子。

退社の時刻近く、総務部で社員証をいただく。これも特別の措置かと思う。

「きょうは飲まなきゃいられねェよ」

「つき合おうか？」

「例のとこで待ってるよ」

「もうあの店はやめろよ。ろくなことがないぜ」

「いや、大丈夫。俺は身を律して生きることを誓ったんだ」

帰りがけ、同じ部署の、夫とおない歳《どし》くらいの社員のひそひそ話を耳にする。

夫にも、このような友人が会社にいたにちがいない。夫がとりわけ親しかったといえば、同期の加納さんであろう。

夫は、加納さんにだけは、塔屋米花さんとのことを打ち明けていたのではないだろうか。加納さんがニューヨーク支店に赴任して、もう三年。その間、帰国したのは一度だけだ。たしか、去年の三月だった。私の家に、奥様や子供さんをつれて遊びにおいでになった。

加納さんは、いつ日本に帰国されるのだろうか。

満員電車に乗って帰宅。電車のなかで、帰宅途中の無数の男性を目にしているうちに、男の人はえらいなと思う。停年まで約四十年間、ほとんどの人は、満員電車に乗って会社と家を往復しているのだ。通勤時間をすべて合わせると、いったい一生のうちの何割を満員電車のなかですごしているのだろうか。

しかも、そうやって仕事をし、妻子を養っているのだ。

若いころ、こんなふうに考えて、男の人はえらいなんて思ったことはない。いや、それは私がある年齢に達したからではなく、夫があのような死に方をしたからかもしれない。

五月十六日

ふと思いついて、夫に届いた手紙類のなかに加納さんからのものはないかと捜してみた。二通あった。一通は五年前の四月。バンクーバーからで、どこかの飲み屋さんのつけを払っておいてくれという内容だ。会社や家に電話をかけてこられたりしたら困るので書いてある。男というものは、どこかで、こそこそと内緒事をするものらしい。

もう一通は、加納さんがニューヨークに赴任して一年後くらいにサンフランシスコからお出しになっている。日付は、一九九四年九月二十一日。

仕事に関する悩みのようなものが、それとなくしたためられているが、手紙の最後に、「Yさんのこと、時が解決するような気がします。この俺にだって、まったく身に覚えがないわけではありませんので」と書かれてある。

十中八九、Yさんとは塔屋米花さんのことかと思う。

加納さんにお手紙で訊《き》いてみようかどうしようか迷ったが、私からの手紙が奥様の目に触れるといけないので思いとどまる。

でも、ニューヨーク支社にお出しすればいい。どのような書き方をすればいいのだろう。自分の現在の気持を率直にしたため、何のてらいもなく、塔屋米花さんと私の夫とのことを御存知ならば、知っている範囲のことを教えていただきたいと書くのが一番いいのだと思う。

加納さんに手紙を書いているうちに、いっそ、国際電話をかけたほうがよさそうな気がしてくる。十一時なので、ニューヨークは朝の九時。

思い悩んだ末、住所録に載っているニューヨーク支社の番号を押したが、呼び出し音が聞こえた途端に切ってしまう。

加納さんは、ニューヨークから、私にお心のこもった弔電を送って下さっている。夫が自殺したことは御存知なのだが、死ぬ数日前まで、私の夫が塔屋米花という女性と同宿していたことまでは御存知ではないと思う。

ニューヨークでは、これから忙しい一日が始まるというときに、お仕事とは関係のない、愉快ではない電話の応対など、迷惑以外の何物でもないはずだ。

私は書きかけの手紙を破り捨ててから、お風呂《ふろ》に入る。

五月十七日

お昼休みに、社の近くの郵便局へ行き、加納さんへの手紙を投函《とうかん》しようとしてやめる。

昨夜、お風呂からあがって、いったんベッドに入ったのに、結局、一時ごろに起きてきて、加納さんに手紙を書いたのだが……。

それで、気が立ってしまって、三時過ぎまで眠れなかった。寝不足で、頭がぼおっとして、一日がとてもつらかった。

夜、唐吉叔父様から電話があり、働き始めて三日目の感想を訊かれる。

「いじめっこはいないか？　セクハラされてないか？」

と言って笑っていらっしゃる。

みなさん、とても親切な方ばかりだとお答えする。

ほんとは、Sさんと B子は、すごく意地悪なやつなんだぞ。あのSさんは、総務部の女性社員と怪しい。この私が、たったの三日で察しがついたくらいだから、周りの人たちはみんな知っているはずだ。

Sさんは、私の夫よりも二歳下。お相手の独身女性は、まだ二十五歳。

でも、私も二十五歳のとき、妻子ある男性と関係があった。あのころ、私はいったい何を考えていたのだろう。

私は罰《ばち》があたったのかもしれない。私が若いときに、深い考えもなくやったことは、因果応報という言葉どおり、自分に帰って来たのだ。

修太、風邪をひいて熱がある。

五月十八日

定時に退社して、日本橋の百貨店で母のためのパジャマとスリッパを買い、地下鉄に乗るために歩いていると、杉井さんとばったり出会った。

もし杉井さんが、あれっといった表情で歩調をゆるめなかったら、私はその男性が杉井純造さんだとは気づかなかったかもしれない。

お互い、気づいてしまったのだから、私は仕方なく、先日の失礼をお詫《わ》びした。

なんとなく気まずい思いで、

「それでは」

と言って別れかけたのに、私は、自分が糸魚川まで出向いたことを、なぜか杉井さんに喋《しゃべ》ってしまった。

「溝口さんて方にお逢いしてきたんです。溝口康夫さん。覚えていらっしゃいます？」

杉井さんは、しばらく考え込み、ああ、酒屋の息子さんですねと仰言った。

私は、余計なことを言わなければよかったと思い、もう一度お辞儀をして行きかけたが、杉井さんに呼び停められた。

「お気持はわからなくもありませんが、塔屋米花のことで、余計な神経や時間をお使いになっても……」

と仰言る。

どちらが誘ったわけでもないのに、目の前のビルの地下にある喫茶店に入ってしまう。きっと杉井さんも、どうして私と一緒にコーヒーを飲むはめになったのかと思ったであろう。

お宅におうかがいしたときは、神経質そうな、冷たい印象を受けたが、きょうはまるで違う感じで、篤実《とくじつ》な、人に対してこまやかな気遣いをなさる方だと知る。

溝口くんのことは、いやによく覚えているのだと仰言って苦笑される。

「あのころ、彼のことを、みんなはヤスって呼んでたんです。名字で呼ぶやつはいなかったんじゃないですかね。学校の先生までが、ヤスって呼んでました。だから、奥さんの口から溝口って名前を聞いても、すぐに誰だったのか思い出せなくて」

杉井さんは、それから、あのような事件で、どれほど多くのことをお考えになったり、お苦しみになったことであろうかと、私の心情をおもんぱかって下さる。

しばらく、とりとめのない会話をつづけたあと、杉井さんは思いがけないことを私に話して下さった。

杉井さんは、私が御自宅を訪ねたあと、糸魚川から大糸線に乗り、信濃大町まで行ったのだという。

「少年時代へのノスタルジーってやつですね」

と言って微笑《ほほえ》み、それきり口を閉ざしておしまいになる。

塔屋米花さんのこと以外に、私と杉井さんに共通の話題はなく、しかもそれを口にするのははばかられるので、それから五分もたたないうちに、私は夕食の支度があるのでと言って立ちあがった。

帰宅して、私は杉井さんがなぜ信濃大町まで行ったのかについて考えてみる。少年時代へのノスタルジーではなく、塔屋米花という少女へのノスタルジーなのではあるまいかと思う。

見たこともない塔屋米花の面影が、私のなかで創《つく》りあげられている。まるで悪霊のように……。

三

五月二十一日

ご近所の谷内さんのお嬢さんが、私にワープロの個人レッスンをするために、夜の八時過ぎに来て下さる。

昔、会社勤めをしていたとき、我流で英字のタイプライターを打ったことがあるので、ワープロもやり方がわかれば簡単だろうとたかをくっていたが、入力とか、文字変換だとか、文字の大きさの指定とか、罫《けい》の引き方とか、なんだか複雑な応用だとかをいちどきに教えられて、頭がおかしくなった。

キーを打つ指も我流では速さに限界があると言われ、基本から練習することにして、マニュアルの本どおりに指を動かしていると、一時間もたたないうちに目の奥が痛くなってしまい、肩もこって、小指のつけ根が動かなくなる始末。

それよりも、老眼の徴候が出ていることに気づいて愕然《がくぜん》とする。

更年期障害のうえに老眼だなんて……。私って女は、このままボロボロに老いていくのかしら。

谷内さんが九時半に帰ったあと、博多《はかた》の由里子に電話をかける。彼女は私と同じように、近視でも乱視でもなかったので、老眼になるのも早いかもしれないと思ったからだが、夫の事件以来、ごぶさたしているのを詫《わ》びる気持もあった。

御主人の女性問題で離婚寸前だという噂《うわさ》を耳にして、なぜか電話がかけづらくなったのが疎遠《そえん》の原因だ。由里子は、私の夫の自殺の背後に女性がいたことを知らない。

電話に出てきた男性の声が御主人そっくりだったので、ああ、うまく元の鞘《さや》におさまったのだなと思ったが、声の主は一番上の息子さんだった。ことし、二十歳になったという。

由里子は二十歳のときに学生結婚して、二年後に長男を産んだから、その息子さんが二十歳なのは当然なのだが、私や私の友人たちの子供の年齢を思うと、なんだか不思議な気がする。

「息子さんの声、御主人様にそっくりだったから間違えちゃった」

「みんな間違えるのよ。やっぱり擬装離婚だったのね、なんて言う人もいるわ」

私は、知らなかったふりをして、

「えっ、離婚なさったの？」

と訊いた。由里子が、あっさりと離婚のことを私に言うとは思わなかったので、どう応じ返していいのかとまどう。

「ことしの一月に正式に離婚したのよ。美須寿に報告しなきゃあと思ったんだけど、美須寿もあんな形で御主人を亡《な》くしたあとだったし、私も落ち込んで誰とも話をしたくなかったから」

私は由里子に老眼の徴候はあるかとか、体調はどうかとかを訊くつもりだったのだが、由里子にしては珍しい冗舌を聞くはめになる。

御主人の事業がうまくいかなくなったのが四年前。ゴルフ場開発の仕事で大きくつまずき、家や土地を手放しても焼け石に水で、二回目の不渡り手形を出したあと会社更生法を申請したが、ずさんな経営実態が明るみに出て、更生法は適用されず、それどころかことしの四月に特別背任の容疑で取り調べを受けたという。

「ずさんな経理で流れたお金の一部は、女に使ってたのよ。女はそのお金で大阪に豪華なクラブを開業したり、宝石や着物に何千万円も使ったり。そのあげく、男が丸裸になったら、はい、さようなら。債権者が押し寄せる前に離婚してなかったら、このマンションも残らなかったわ」

「御主人は、いまどうしていらっしゃるの？」

「さあ、どこで野垂れ死のうと、私とは関係ないわ。子供たちも、親父《おやじ》のことはもう知らないって言ってる」

結婚する前から、すでに由里子のお尻《しり》に敷かれていた御主人の童顔を思いだす。九州の資産家の長男で、東京で大学生活をおくっていたとき、由里子と知り合ったのだ。

結婚披露宴には私も招待されたが、何人もの政治家や、芸能人やスポーツ選手を招いての、五時間にも及ぶ派手な披露宴だった。

「私たちは本当に離婚したんです。財産を守るための擬装離婚じゃありません。この言葉を何十人の債権者に言ったことか。いまでも疑って、このマンションを訪ねてくる人たちがいるのよ。もうノイローゼになりそう。離婚届けの用紙をコピーして、マンションのドアに貼《は》ってあるの。恥も外聞もないわ」

話が途切れたところで、私は急に用事ができたふりをして電話を切った。以前の由里子とはまるで違う伝法な喋り方を耳にしているのが辛《つら》くなったからだ。

御主人の事業が順調だったとき、由里子は二ヵ月に一度の割合で、ポルシェを運転して上京し、高価な服や装飾品を買い込んだり、ホテルの部屋を借りてカクテル・パーティーをひらいたりしていた。私も誘われたが、なんだか行く気がしなくて、そのつど口実をもうけて断わったものだ。

由里子の御主人だった敏幸《としゆき》さんは、最初は由里子よりも美千代を好きだった。でも、美千代のお父様が急死して、そのために美千代は京都の実家に帰り、そのまま大学を中退したのだが、美千代が大学を辞めなければならなくなったことを私に連絡してきたころ、由里子と敏幸さんは一緒に暮らし始めた。

美千代はどうしているだろう。結婚したという葉書を貰《もら》ったのは、私が結婚した翌年で、それ以後、年賀状だけのおつきあいがつづいている。

ことしの年賀状には、家族全員で初めての大旅行をしてとても楽しかったと書いてあった。

我が家が喪中であることを知らないで、年賀状を下さったのであろう。美千代は肌も白くて肌理《きめ》細かで、上品な顔立ちだった。口数が少なく、地味な印象を受けるのだが、ときおり、とんでもなく剽軽《ひょうきん》なことをやってのけて、私たちを笑わせたりもした。

美千代の、あの穏やかな、春の微風のようなたたずまいが懐《なつ》かしい。大旅行……。いったいどんな旅だったのだろう。

五月二十二日
朝、出がけに唐吉叔父様から電話があり、七時に銀座の古彩斎に来てくれないかと頼まれる。
「コサイサイにはもうこないで下さいって、あそこの御主人に言われたんじゃありませんこと？」
「あいつ、意地を張って、あんなこと言いやがったけど、きのう、ぜひ見せたいものがあるって電話をかけてよこしたんだ。売る気はありませんからなんて言いやがる。自信があるんだな。宋の時代の茶碗《ちゃわん》だってさ。小ぶりで、つまり天目茶碗だ。でもあいつがほんとに俺に見せたいのは、もっと別の物だよ。ちょいと見てやろうと思ってさ。美須寿も一緒に見てくれないか」

骨董屋《こっとう》の古彩斎の敷居は高い。あれを見せろ、これを見せろ。あれを捜せ、これを捜せという言葉だけで、唐吉叔父様はまだ何ひとつ買っていない。焼き物を買うか買わないかで、唐吉叔父様があんなに慎重だなんて意外だが、そのたびに古彩斎に同行させられる私の肩身の狭さも考えてほしいものだ。唐吉叔父様は、焼き物に対する私の審美眼を買いかぶっていらっしゃるのだ。

いつだったか、買うと決めて持ち帰った古備前の壺《つぼ》を、私が少しけなしたことで、唐吉叔父様は明くる日、古彩斎の御主人に、「申し訳ないが引き取ってくれ」と言って、御自分でその壺を返しにお行きになった。

私は「微妙に崩してあるところが味わいだが、この崩れは、きっと三日もすれば飽きがくる」とえらそうなことを言ったのだ。

けれども、翌朝、唐吉叔父様は、有名な茶人の作であるその壺をあらためて眺め、三日どころか一晩で飽きがきて、それ以来、「美須寿はたいしたもんだ」ということになった。

それを唐吉叔父様は古彩斎の御主人に言ったものだから、私が古彩斎に行くたびに、御主人は「目利《めき》きの人妻同伴ですか」と、怖い顔で仰言《おつしや》る。

夫の浮気も知らず、あげく夫に自殺されて、なにが目利きの人妻よ。

きょうは仕事も忙しかった。証券取引法に絡《から》む幾つかの判例を調べるために昼から国立国会図書館に行き、十数冊の古い本を捜し、必要な箇所のコピーをとるのに五時間もかかってしまう。

社に帰ったのが六時前で、それからコピーをファイルし、社を出たのが六時四十分。古彩斎まで歩いて二十分かかったので、唐吉叔父様は先に着いているだろうと思ったが、古彩斎の御主人は、「いま社長から電話があって、あと十五分ほどでこっちへ着くそうです」と教えてくれる。

いそいで歩いたので息が弾み、喉《のど》がひどく渇いていた。冷たいものでも飲もうと思い、古彩斎の隣の喫茶店に入ったが、メニューを見て、アイス・コーヒーが七百円なので、何も註文せずに店から出る。

コーヒーが七百円だなんて。どんなコーヒー豆を使って、どんないれ方をして、どんな器を使っているのかは知らないが、物の値段には常識というものがある。あの喫茶店の経営者は、世の中を舐《な》めているとしか思えないが、そんな値段のコーヒーをありがたがって飲んでいる客も馬鹿《ばか》なのだろう。

喉の渇きを我慢して、古彩斎に戻ると、御主人がお茶をいれて下さる。古彩斎は、いつもどおり静かで、通りに面したショーウィンドウのなかの唐三彩も三年前のままだ。唐三彩なんてと小馬鹿にしていたものだが、本当に売る気はないらしい背丈三十センチの唐三彩の完品を見ていると、やはり、これはこれで見事だと思う。

店内の中央のガラスケースに、織部《おりべ》の菱形《ひしがた》鉢が五つ並んでいて、それを私と同年配と思われる御婦人がひとりで見つめていらっしゃる。

とても美しい方で、お顔の角度が変わるたびに、三十四、五歳に見えたり、どうかすると五十歳に近いようにも見えたりするのだが、背筋をしっかり伸ばしたうしろ姿は凜《りん》としているのに、女の柔らかな線は崩れないまま漂っている。

久しぶりに、美しい人と出逢《であ》ったという思いで私は見惚《みと》れてしまった。

古彩斎の御主人とは顔馴染《なじみ》らしく、織部の菱形鉢から目を離さないまま、

「これを見るのは二年ぶりかしら」

と仰言る。

「古彩斎さんのお店で、これをまた目にするなんて」

「焼き物にも、それぞれの運命ってのがありますからね」

「持ち主の運命に左右されるのか、焼き物が持ち主を自分の運命に巻き込むのか……」

「この織部は、波瀾万丈《はらんばんじよう》すぎたかもしれませんな。私の店で、しばらく休憩させてやりましょう」

その御主人の言葉で、御婦人はまた小さく首をかしげられたが、仄《ほの》かに微笑《ほほえ》んで、

「さあ、おとなしくしてるかしら」

と仰言ってから、私に黙礼して、古彩斎から出て行ってしまわれた。

その、決然と踵《きびす》を返すといった去り方にも、上品でありながら、どこかしら強い余韻があって、私は、またしばらく、その御婦人の去ったあとに見惚れた。

いったいどのような人なのか訊いてみたかったが、古彩斎の御主人は、客の話題はいっさいなさらないので、

「叔父に見せたいのは、まさか、この織部じゃないんでしょうね」

と私は言って、さっきまで御婦人が立っていた場所に私も立ってみた。

「いけませんか？」

「叔父は、きっと買いますわ」

「私は、社長に、売る気はないがって言ってありますよ」

唐吉叔父様より八つ歳上《としうえ》の御主人は、小柄だが、服の上からでも身の締まりを感じさせる古武士のような体に載っているお顔に笑みを浮かべて、

「なぜ社長が買うってわかるんです？」

とお訊きになる。

「なんとなく、そうなりそうな胸騒ぎがするんです」

御主人は笑みを消し、

「胸騒ぎですか」

とつぶやいて、それから、ちらっと織部の菱形鉢に視線を移した。

唐吉叔父様は、七時半ごろ、古彩斎にやって来て、織部を目にするなり、

「これだな」

と仰言って、私の反応をさぐるみたいに、そのまま黙り込んでおしまいになる。

古彩斎の御主人は、この織部の元々の持ち主の名を口にする。それは、ある事件で店を閉めた老舗《しにせ》の画廊の社長だとのこと。

名前を明かしたのには事情があって、その事件というのは、贋作《がんさく》に絡むことらしい。

「津田画廊っていうんです。どこで何が起こったのか……。津田富之《とみゆき》って人は、贋作を売るような人じゃありませんよ。でも、世間は、津田さんが贋作を売買したってことにしちまった。津田さんは、このまま静かに余生をおくるにあたって、これを私にあずかってくれって仰言いましてね。でも、これが津田富之のところにあったってことがあとでわかると、昔の事件を持ちだされて、この織部にけちがついちゃいけませんので、名前を明かしといたほうがいいでしょう」

と御主人は仰言る。

唐吉叔父様は、菱形鉢を手に取り、とても長いあいだ、いろんな角度から眺めていら

っしゃったが、私を見て、なんだか照れ臭そうに笑い、

「俺には分不相応だよ」

と仰言る。

「いいねえ。じつに、いい。だけど、残念ながら、俺には分不相応だ」

私は、なぜか、ほっとして、御主人のお嬢様が運んで下さったアイス・ティを飲み、

「さっきの方は、津田画廊にゆかりのある方なんですか？」

と訊いた。

御主人は、

「ええ、そうです」

と仰言り、織部の菱形鉢を箱のなかに納め、店の奥に持って行っておしまいになる。

「津田画廊か。一時代、一世を風靡《ふうび》した画廊だよ。贋作事件か。そう言えばそんなことがあったな」

唐吉叔父様の言葉で、戻って来た御主人は、津田画廊の社長とは、昔、よく山登りをした仲なのだと懐かしそうに話を始める。

「あの件以来、世の中から姿を隠してたんですが、なんと最近、ちょいと変わったレストランを始めましてね。お嬢さんからそのことを聞いて、こないだ、行ってみたんですよ。事件のあと、引っ越した港区の借家を買って、その二階を改造して、一日に十人し

か客を入れないクリーム・コロッケだけのレストランなんです」

私は、あの美しい御婦人が、津田という方のお嬢様なのだと思い、そのことを訊《き》いてみたが、古彩斎の御主人は、

「いや、あの方はお嬢さんじゃありません」

とだけ言って、いやに怖い目で私を見つめる。さっきの御婦人に、妙にこだわっている私をけむたがっているようだったし、私も自分のこだわりの理由がわからなかったので、もうあの御婦人のことは訊かないことにした。

「まったく好々爺《こうこうや》になっちゃって。毎日、三十個のクリーム・コロッケを作って、俺は、いまが一番楽しいなんて言ってますよ。いやはや、あのクリーム・コロッケは絶品ですな」

その店は、昔ながらの仕舞屋《しもたや》の二階にあり、目立つ看板を出していないので、前を通っても、そこの二階がレストランだなんて気づく人は少ないらしい。

その日のスープに、三個のクリーム・コロッケと野菜サラダ、デザートにコーヒーのセットで三千五百円。ワインやビールは別料金。

お腹《なか》がすいていたので、古彩斎の御主人の話を聞いているうちに、そのお店に行きたくなる。

古彩斎を出ると、唐吉叔父様に、近くのお寿司《すし》屋で御馳走《ごちそう》になる。

「俺には分不相応だ」
お寿司を食べながら、唐吉叔父様はいったい何度、その言葉をつぶやかれたことか。分不相応という意味が、価格のことではないのは、私にもよくわかった。
寝る前、ワープロの練習を一時間。

五月二十三日
疲れが出たのか、家に帰ると、何もする気がしなくて、十時に床につく。

五月二十四日
ワープロの練習をしているうちに、由里子のことや美千代のことを考える。美千代の御主人は、たしか京都で室内装飾の仕事をなさっているはずだ。初めての、家族全員での大旅行って、どんな旅行だったのか訊いてみたくなり、美千代にワープロで手紙を書く。去年の十月に夫が亡《な》くなったこともしたためたが、自殺したことには触れなかった。我ながら上手にワープロを打てたと思ったが、ワープロでの手紙に抵抗を感じて、万年筆で便箋《びんせん》に書き直す。

五月二十五日

午前中、国立国会図書館へ。帰り道、交差点で信号待ちしていると、道の向こう側の銀行の扉に、私のうしろ姿が映っているのに気づく。

どうしてかと思って周りに目をやると、私のうしろのビルの六角形の回転扉が反射鏡の役をしていた。

遠くの（といっても十メートルほど向こうの）自分のうしろ姿を見るのは初めてだ。

ああ、私はこんなうしろ姿をしているのかと思い、信号が青に変わっても、しばらく立ち停まったまま、それを見つめていた。

なんだか、精彩のない、弱々しい輪郭のうしろ姿にがっかりして、姿勢を正したり、うしろ髪を整えているうちに、古彩斎で見た御婦人のことを思いだす。

私も、あの人のようなうしろ姿で、人前を歩けたらいいなと思う。あの、決然と踵を返して、上品でありながら、どこかしら強い余韻というものをたずさえているうしろ姿は、いったい何から生まれてくるのだろう。

きょうはお給料日だが、私が初めてのお給料をいただくのは来月の二十五日だ。でも、きょうお給料を貰《もら》ったつもりになって、夜、お母様や子供たちと、外で食事をしようかと考えたが、修太も真佐子も今夜は塾で、帰ってくるのは九時過ぎになるだろうから、やっぱり来月の、本当のお給料日にしたほうがいいと思う。

古彩斎のご主人からお聞きした、クリーム・コロッケのお店に行こうかしら。でも、一人三千五百円。四人で一万四千円は、ちょいと贅沢《ぜいたく》だわ。

夜、お風呂《ふろ》からあがると、唐吉叔父様から電話がかかり、

「おい、美須寿。あの織部は、やっぱり俺には分不相応だよな」

と小声で仰言る。

「心が乱れてらっしゃるのね」

と私は笑いながらひやかしたが、あの織部の菱形鉢の持つ波瀾万丈の運命に近づかないほうがいいという思いは変わらない。

けれども、買うか買わないかは、唐吉叔父様がお決めになるだろう。

「もう一度、ご覧になってから、お考えになったら？」

と私は言った。もう一度、現物を目にしたら、なんだ、こんなものだったのかと思うかもしれないし、分不相応もへったくれもない、俺は欲しいということになるかもしれない、と。

「なんだよ、えらく突き離した言い方だな」

唐吉叔父様は不機嫌そうに仰言ってから、

「美須寿が買えって言うなら、俺は買うよ」

と声をいっそう小さくさせて、私を脅迫するようにささやいた。つまり、唐吉叔父様は、誰かに背中を押してもらいたいのだ。

「そんなこと、いやですわ。美須寿が買えって言ったんだなんて叔母様に言われたら、私、叔母様に怒られちゃう」

　唐吉叔父様は、あさってからニューヨークへ出張とのこと。ニューヨークに三日。それからロンドン、フランクフルトと廻って、六月十日に帰国される。

　帰ってくるまでに、もう一度、あの織部を見ておいてくれと私に仰言る。

「私が見ても、らちはあかないでしょう？」

　なんだか、子供が駄々をこねているみたいで、それも唐吉叔父様には珍しいことなので、

「買わないで一生の悔いを残すよりも、いっそ買ってしまってから、分不相応だったかどうかをお考えになったら？」

　と、つい言ってしまう。

「そうだよな。じつに、そのとおりだよ。美須寿の言うとおりだよ」

　唐吉叔父様は、まさに晴々したといった口調で仰言り、あした古彩斎に一緒に行ってくれと私をお誘いになる。Tホテルのラウンジで待っていてくれとのこと。

　古彩斎の御主人に電話をかけ、会社か御自宅に持ってこさせないのも、直接、古彩斎で私と待ち合わせないのも、唐吉叔父様の心がまだ揺れている証拠なのであろう。

　今夜も、真面目《まじめ》にワープロの練習を一時間してから、なにやかやと雑用を片づけてい

るうちに一時を過ぎてしまった。

五月二十六日

Tホテルのラウンジで唐吉叔父様と逢《あ》うのは、本当は気が進まない。社の人たちがよくコーヒー・ショップを使うし、得意先の方々とロビーやラウンジで待ち合わせもする。

そう思いながら、Tホテルのロビーに入ると、総務部のMさんと出くわしてしまった。Mさんもラウンジで誰かと待ち合わせているという。

私は、ラウンジに入らず、ホテルの入口で唐吉叔父様を待つ。

車のなかから私をみつけた唐吉叔父様が、車に乗るよう手招きして下さる。

私は、やはりあの織部はやめたほうがいいと言った。

「つきってあるでしょう？　とくに骨董品《こっとうひん》には、そんなものがあるような気がするの。叔父様のこれからの人生に、波瀾万丈《はらんばんじょう》をもたらすかもしれないものは近づけないほうがいいでしょう？」

まさにこれから大きな買い物をしようとして意気込んでいらっしゃった唐吉叔父様は、その私の言葉で、あっさりと頷《うなず》き、

「そうか、そのほうがいいか。よし、じゃあ、やめよう」

と仰言《おつしや》る。

これには、私のほうが呆気《あつけ》にとられてしまう。でも、唐吉叔父様の頭のなかでは、私の考えを引き金にして、さまざまな思考と判断が働いたのであろう。唐吉叔父様の一瞬の決断の奥にある思考の深さを、これまで何度も私は教えられてきたのだ。

「でも、何か買おう。美須寿は、何を勧める？」

古彩斎とのおつきあいなのだから、あの室町中期の古信楽《しがらき》はいかがかと私の意見を述べる。

「うん、あの古信楽もいいな。いささか、おとなしすぎるけど。俺にはおとなしい相手がいいよ」

唐吉叔父様は、古彩斎に寄ったあと、私を家まで送るようにと運転手の奥田さんに告げて、いやに蒸し暑い銀座の人混みを歩きだす。

歩きながら、大蔵省の幹部たちの悪口をまくしたて、御自分の社にも、頭はいいが、ただそれだけだという連中が多くなったと仰言る。

「世の中の風潮が、そうなってるよ。いい意味での中間がいなくなってる。勉強ができるやつと、まるでできないやつ。この国は、その二種類しかいなくなる。いろんな面で、とびきりよくできるやつと、とびきりの馬鹿《ばか》でどうしようもないやつ」

私も唐吉叔父様の仰言るとおりのような気がする。

私の夫も、世間では一流と言われる大学を出て、一流の企業に就職した。それなのに、妻と二人の子を残して、カラチで首を吊《つ》った。十中八九、女のことで。どうしようもない馬鹿だわ。

古彩斎で古信楽の壺《つぼ》を買うと、唐吉叔父様は、築地《つきじ》の料亭で降り、私はそのまま車を使わせてもらって家に帰る。運転手の奥田さんは、九時に料亭にお迎えに行くらしい。

奥田さんは、私の夫と二、三度顔を合わしている。

車のなかで、随分気を遣いながら、

「とてもお元気になられましたね」

と言って下さる。

たったそれだけの言葉なのに、私はただのひとことも応じ返されないほど涙が溢《あふ》れてしまった。

五月二十九日

二日間、風邪で熱があり、日記もつけられなかったし、ワープロの練習もできなかった。

でも会社は休まなかった。

私が唐吉叔父様の姪《めい》だということは、入社してまだ半月もたっていないのに、社内のあちこちで話題にのぼっているらしいからだ。

きっと、無理をしたせいなのだろう。精神がSOSを発している。電気をつけたまま目を閉じているのに、深い暗闇《くらやみ》に沈むような恐怖を感じるのは、最初のSOSなのだ。そのSOSを無視すると、ふいに脱力感に襲われ、心のなかは絶望だけになる。

そうならないうちに、安倍先生に診てもらわなければ。

五月三十一日
美千代が電話をかけてくれる。私の夫のことは、まったく知らなかったので、無神経にもあのような年賀状を出してしまってと、しきりに詫《わ》びる。

声は、大学生のときと少しも変わっていない。私は電話番号を教えてもらい、これから出かけるのでと嘘《うそ》をついて、電話を切る。

せっかく、京都から電話をくれたのにと申し訳なさで哀《かな》しくなるが、安倍先生の新しく出して下さったお薬は、私に合わないのか、それとも私の症状がこれまでになくひどいのか、頭がぼんやりして、眠くてたまらない。

こんな調子で、これから先、子供たちを育てていけるのだろうか。

あしたも会社を休んだら、みんなは何と思うだろう。

でも、こうやって日記は書けるのだから、あしたになれば元気になっているかもしれない。安倍先生が下さるお薬は、私にはとてもよくきくのだから。

六月一日

普通の精神状態に戻った。とても嬉《うれ》しい。

会社で初めてワープロを打つ。慣れている人の倍くらい遅いが、ちゃんと七枚の書類を作る。Tさんが横で見ていて、拍手をして下さる。

Tさんは二十六歳の、Dカップのお嬢さんだが、内気で、社員食堂でもたいていひとりだ。女子社員たちは、陰でニューハーフと呼んでいる。どうしてなのかしら。Dカップのニューハーフなんて、いるのかしら。

でも、一メートル七十二センチの、丸みのない体形で、俗に言う〈男顔〉だが、性格はとても優しいのだという予感がする。

体に丸みがないのにDカップなんて、うらやましいような、そうでもないような。

今夜も、お薬を飲んで寝る。お隣の犬が、いつになく哀しそうに鳴いている。

なぜか、夫がカラチの蒸し暑い道を歩いているような気がする。

あした、美千代に電話をかけよう。

第三章

一

五月の中旬に、日本橋で加古美須寿《みすず》さんと偶然出食わすことがなければ、あるいは私は塔屋米花《よねか》の消息と来し方を突きとめようとする、感傷的でほとんど徒労ともいえる行動を中止していたかもしれません。

私は、糸魚川《いといがわ》から信濃《しなの》大町へ、次に北海道の門別へと、休日を利用して足を運んでいます。妻には、出張だということにしていますが、新しい合金材の実用化に予期せぬ問題点が三つほど生じて、そのために若いスタッフにも休日を返上してもらわなければならなくなり、ことしのゴールデン・ウィークは、私自身、たったの二日しか休むことができないありさまだったのです。

この七年間、私は社内用語で〈QX〉と名づけられた重要な新製品開発の技術面における責任者として、自分の仕事の八割近くを費やしてきました。

おそらく、この仕事の結果如何《いかん》が、企業のなかの私の今後に大きく関わってくるでしょう。しゃかりきに出世を指向したことは一度もありませんし、性格的に根っからの技術屋にもなりきれない私のような人間であっても、〈QX〉の実用化に対しては、意地のようなものを持っています。

その〈QX〉は、完成まであと一歩のところで、いわば最後の産みの苦しみの段階に入りました。社にとっても正念場で、販売のためのプロジェクト・チームは、綿密に練りあげてきた計画遂行にいつでも突入できる態勢をとっています。

そのような状況にあって、私は、塔屋よねかどころの話ではなく、いい歳《とし》をして探偵ごっこでもあるまいと、自分で自分を笑って、過去を追うのは未来への歩行に疲れたからだと自分に言い聞かせたりしました。

もし、塔屋よねかと再会したとしても、何がどうなるわけでもない。お互い、おじさん、おばさんになっちまったねェと笑い合うのがオチではないか。それだけのために、余計な時間と労力を費やすのは愚かとしか言いようがない……。

加古美須寿さんと逢《あ》ったのは、私が、そう結論を下したころでした。

日本橋の百貨店前を歩いていて、どこかで見たような気がする婦人が、向こうも「あれっ？」という表情で歩調をゆるめたとき、私はその人が加古夫人だとはすぐには気づきませんでした。

去年の暮、突然、私を訪ねてきた際の、苦しいほどに矜持《きょうじ》を守ろうとしている尖《とが》った表情とその奥にある育ちの良さとが拮抗《きっこう》して、異様な光りを発していた目ではなく、とてもいい具合に年齢を重ねつづけている、たおやかな目鼻立ちの、ほのかな色気を感じさせる婦人だったからです。

「とてもお元気そうで」

と私は加古美須寿さんに言いましたが、あとの言葉がつづかなくて、ちょうど私たちの横にあった喫茶店に誘いました。そのまま別れてしまってもかまわなかったのですが、加古さんが、去年の暮のことを気になさっているようだったので、話題に困るのは承知のうえで誘ったのでした。あるいは、加古さんのほうが先に喫茶店へと歩を運んだのかもしれません。まあ、そんなことはどちらでもいいのですが。

私は、加古さんが、糸魚川に行ったことを話しだしたとき、ああ、この人もよねかの磁力に引きつけられていると思いましたが、すぐにその私の思いが間違いだと悟りました。加古夫人が、塔屋よねかに逢おうとするのは当然なのです。

夫の自殺の原因となったに違いない女は、その存在だけを認識させて、どこかに消えていったまま、遺《のこ》された者にしてみれば、自分だけいい気で生きているということになります。

それは、あまりにも無責任ではないのか。自分たちの関係は、かくかくしかじかでございましたと説明されたくもないが、といって、このままその名を忘れ去ってしまうわけにはいかない。どんな女なのか。夫は、どうして死ななければならなかったのか……。

加古美須寿さんが、それを知ろうとするのは当然といえば当然なのでしょう。

私は、自分も塔屋米花のことを知りたくて、あのあと信濃大町まで出向いたのだと言いましたが、言ってから、ああ、余計なことを口にしたものだと後悔しました。加古夫人は、その私の行動にこだわりを感じたであろうと推測させる妙に醒《さ》めた目で私を探るように見ました。私は、とりつくろうために、つまらない弁解の言葉を口にしました。

そのあと、加古美須寿さんは、叔父さんの世話で就職し、働き始めたのだと言いました。

「この歳になって、ワープロの練習をしなければならなくなったんです」

と微笑《ほほえ》んだので、

「この歳だなんて、まだとてもお若いですよ。三十五、六歳にしか見えません」

私がそう言うと、加古美須寿さんは、微笑を自分の膝《ひざ》のあたりに落としました。

「私も三年前からワープロを使うようになりました。不器用なので、若い連中が事もなげにキーを叩《たた》いているのを見ると、うらやましくなります」

会話はそこで途切れました。気まずい時間が一、二分つづいたところで、加古美須寿さんは帰って行ったのです。

私は、どことなく病みあがりの人のような風情《ふぜい》を漂わせる加古さんのうしろ姿から視線を外すことができませんでした。正面から受ける印象と、そのうしろ姿との落差は、いつまでも私のなかに残りつづけました。

同情という言葉は正しくありません。義憤という言い方も妥当ではありません。けれども、喫茶店でひとりになり、加古美須寿さんが口に運んだコーヒー・カップの縁に残ったかすかな口紅の色を見ているうちに、私のなかに、よねかへの怒りが湧《わ》いてきたのです。

いかなるいきさつがあろうとも、きみは平和な家庭をこわし、いつまでも癒《いや》されることのない傷を遺された者たちに残したのだ。きみよりも、もっと烈《はげ》しく加古慎二郎は責められるべきだろうが、きみもまたいつの日か、遺された者の前に姿をあらわさなければならないのではないか。

なぜなら、カラチのホテルに加古慎二郎と泊まったという厳然たる痕跡《こんせき》を残し、それがカラチの警察によって、加古夫人に伝えられたであろうことを、きみが気づかないはずはないからだ。

遺された者たちは、（おそらく加古美須寿さんは、子供たちには、父親が何らかの理由で首を吊《つ》ったことだけを教え、塔屋よねかに関しては一切自分の胸にしまい込んだであろうが）、きみの存在を知りながら、これから生きつづける。きみを憎み、きみに嫉《しっ》妬《と》し、きみの亡霊から完全に解き放たれることはない。

よねか、きみはそれでいいのか。カラチのホテルに自分の痕跡を残したかぎり、きみの存在を知ることで、苦悩と悲哀に沈んだであろう者に対して詫《わ》びなければならないのではないのか。

無論、加古慎二郎は、つまるところ、勝手に死を選んだのだ。どうして私が詫びなければならないのかときみは思うかもしれない。たしかに、そのとおりだが、私の知っている塔屋よねかという女は、遺された者を無視しつづけることを潔《いさぎよ》しとしないのではないか……。

私は、加古美須寿さんが、自分のハンカチで丁寧にぬぐったコーヒー・カップの縁にわずかに残った口紅の跡を見つめたまま、よねかにそう語りかけつづけました。

小指の爪《つめ》ほどの紅の跡は、夕食の支度があるのでと言って去って行った加古美須寿さんの正面から受ける風情から華やぎを奪い、それとはまるで異なる寂しいうしろ姿に、艶《あで》やかな乱れを捺《お》しているかに見えたのです。

新しい合金材〈QX〉の三つの問題点がほぼ解決したのは梅雨が終わって、猛暑が日本中を襲い始めたころです。

念には念を入れた技術陣によるテスト結果は、ゴー・サインを手ぐすねを引いて待ちつづけた営業部の特別プロジェクト・チームの自信に満ちた動きに拍車をかけました。

八月の五日、私たち技術チームは、アメリカの大手金属メーカーとの正式契約の報を受け、七年間にわたる労をねぎらう仲間内のパーティーを催しました。

　夏の盆休み以外に、チームの者たちに十日間の特別休暇が出たので、ことしの夏休みは三週間まとめて取れることになり、私は、自分で車を運転して、妻と九州を旅行し、そのあと、四国の妻の実家で三日間をすごして帰京しました。

　あるいはと、多少の期待はあったのですが、かつての津田画廊の社長・津田富之《とみゆき》氏に郵送した手紙への返事はありませんでした。

　休暇は、まだ六日間残っています。

　私はひとまず津田富之氏の線をあきらめ、あらたな手がかりをみつけようと考えました。

　よねかの消息と来し方を知りたいという私の魂胆の底には、自分でも認めたくないものがたしかに隠されていたと白状するしかありません。

　それを私は加古美須寿さんに、

「少年時代へのノスタルジーってやつですね」

　と言いました。おそらく、加古美須寿さんは見抜いたはずです。この男は、いまも塔屋米花に思いを寄せている、と。

　直截《ちょくせつ》に言えば、そうとも言えるのでしょうが、いい歳をして未練がましくよねかのことを知りたがっている私を真にいざなうものは何なのか……。

私は、新しい手がかりを得るために、そのことについてあらためて考えてみたのです。

月光の東。そう、あのよねかの謎《なぞ》めいた言葉が、私をよねかへといざなう根幹を為《な》している呪文《じゅもん》なのです。

月光の東まで追いかけて……。

よねかは、その言葉を、加古慎二郎にも使っています。

私は、雪の門別に行った際、徒労感と虚無感で、早々に帰路についたことを思い浮かべ、よねかが在籍していた中学校に足を向けなかったことを悔やみました。

合田澄恵以外に、よねかと交友のあった人はいたはずです。

いや、もう一度、糸魚川へ行くという手もあります。よねかの父が勤めていた製材所に手がかりがあるかもしれません。

私は、合田澄恵からの手紙を読み返し、

——門別時代の米花さんの御両親についても、わたくしなりの忘れ難い思い出がありますが、長過ぎる手紙になってしまいますので割愛させていただきます——。

というくだりに目を止めました。

よねかを捜すよりも、よねかの両親を捜すほうがいいのではないかと考えたのです。

よねかの父親は高齢だったので、もう生存していない公算のほうが大きいのですが、母親と妹は、どこかで暮らしているはずです。

あの一家は、どうして、あんなにも転々と住む場所を変えなければならなかったのでしょう……。

糸魚川へ行くほうがいいのか、北海道の門別に行くべきか、私は一晩迷ったあげく、糸魚川を選びました。

疎遠《そえん》になっているとはいえ、あそこには中学時代の友人もいますし、なによりも、よねかの父親が勤めていた製材所があるのです。

そして、糸魚川は、私がよねかと出逢ったところであり、よねかの口から月光の東という言葉を聞いた地でもあり、加古慎二郎もまた、あそこでよねかと知り合ったのですから。

ところが、糸魚川行きを決めた日の夕刻、北海道の合田澄恵さんから速達便で手紙が届いたのです。


——ことしの日本列島は猛暑だというのに、北海道だけは雨ばかりで、日照時間の極端な少なさに、わたくしどもの牧場の牧草も生育が悪く、馬たちには皮膚病が流行するありさまでございます。杉井様におかれましては、いかがおすごしでございましょうか。お見舞い申し上げます。

さて、突然の速達便にお心を乱されたことと存知ますが、私自身の驚きを含めて、早急におしらせしたほうがいいと思い、とりあえず用件のみ、あたふたとしたためさせていただきます。

一昨日、長年わたくしどもの牧場で働いてくれた者が亡《な》くなり、お通夜《つや》に出向きましたところ、その家の遠縁の方と言葉を交わす機会を持ったのですが、そこで塔屋米花さんに関する思わぬ話題が飛び出し、寝耳に水と申しましょうか、あまりに突拍子もないと申しましょうか、私にとりましてはただ喫驚するしかない事実と出逢ったのでございます。

門別から海に沿って東へ二十キロのところに新冠《にいかっぷ》という町があります。サラブレッド銀座などと俗な名がつけられた道があるように、昔から知られた馬産地なのですが、そこに流れる新冠川の三キロほど上流に、ちょうど二年前まで、身体障害児たちが共同生活する施設がありました。

奇特な個人の寄附によって作られ、運営されていて、行政機関とは無関係な、いわば障害児のための私塾といったところだったのですが、障害の程度に応じて、それぞれが職業訓練も受けることが出来、理想的な障害児施設として何度か新聞やテレビで取り上げられたりもいたしました。

かつて札幌で道立の養護学校の校長をなさっていた方が理事長でしたが、その理事長は、施設の運営資金の出所をあきらかにはいたしませんでした。

多くの方々の篤志《とくし》を得て、とか、生徒の親たちの懸命な援助、とか、そのたびに曖昧《あいまい》に言葉を濁してきたそうでございます。

その学校の名は〈たかのり学園〉というのですが、通夜の席で、どなたかが、

「たかのり学園に金を出しとった人は、昔、合田さんと仲良しだったそうだね」

とわたくしに話しかけてきました。

わたくしには何のことなのかまるでわからず、ぽかんとしたまま訊《き》き返しましたところ、その方は私の表情を探るようにして、

「塔屋って女の人を覚えとりませんか」

と言ったのでございます。

その方の話では、塔屋という女性に、たかのり学園で理事長から紹介された際、合田牧場の名が出たというのです。

「合田澄恵さんとは、とても仲良くしてもらったって言うとりました」

その方はそう言ったあと、たかのり学園で働く者たちは、資金の主な出所が塔屋という女性だと知っているが、何かの事情で決して口外しないのだと声をひそめました。

事情とはいったい何なのか、そこのところはわからないらしいのです。

わたくしは、その方に、一度だけ目にしたという塔屋さんの容貌《ようぼう》をお訊きしました。

それは、まさしく塔屋米花さん以外の何者でもありませんでした。

なぜ、米花さんが、新冠川のほとりに私設の養護学校を開設したのか。なぜ、御自分が出資者であることを隠したのか。

あまりにも思いも寄らないことでしたので、わたくしは何が何やらさっぱり理解できないまま帰宅した次第です。狐《きつね》につままれた心持ちとは、このような状態を言うのでございましょう。

けれども、帰宅いたしまして、しばらくするうちに、米花さんの妹さんのことが思い浮かび、それから思わず「あっ！」と叫び声をあげていました。亡くなった兄の名は孝《たか》典《のり》なのです。

どうして、そんなことに気づかなかったのかと不思議でなりませんが、〈たかのり学園〉と孝典が、ひら仮名と漢字の違いにしかすぎないとは、わたくしならずとも即座に気づいたりは出来なかったかと思います。

いまだ取り乱しておりまして、なんだか中途でぽっきりと折れたような文面となりましたが、たかのり学園の陰の出資者が塔屋米花さんであり、たかのりとは、兄の孝典から取って命名したというのがわたくしの思い違いでないのなら、杉井様だけでなく、このわたくしも、塔屋米花さんにお逢《あ》いしたいという思いは、まことに切なるものがございます。

けれども、たかのり学園の理事長だった方が、はたして簡単に塔屋米花さんのことを話して下さいますかどうか……。

突然に、一人相撲を取っているような手紙を書きなぐり、お送りいたしました失礼をお詫びいたします。

杉井様に、米花さんの所在についての御興味が残っていらっしゃいますれば、御連絡賜りたく、お待ち申し上げております――。

手紙を読むうちに、私もまた、これは真実であろうかと首をかしげたり、漠然とした奇妙な心持ちにひたったりしました。

そして、その翌日、北海道へ向かったのです。

羽田空港から合田澄恵さんに電話をかけると、空港まで車で迎えに行くと言って下さり、おそらく杉井さんが千歳《ちとせ》空港に着くほうが早いであろうから三十分ほどお待ちいただきたいとのことでした。

千歳空港で待っていると、合田澄恵さんが自分で車を運転して迎えに来てくれました。なんだか稚拙な挨拶《あいさつ》をかわし、合田さんがさしてくれた傘に入って駐車場へと行きながら、

「新冠は、門別から目と鼻の先みたいなもんですね」

と私は言いました。

「北海道で二十キロなんて、ほんとに目と鼻ですのよ」

と合田さんは言いました。

そして、車に乗り、ドアを閉めてから、

「亡くなったのは、私が生まれた年に、うちの牧場で牧夫として勤め始めて、体が動かなくなる去年の秋まで働きつづけてくれた福崎さんて方なんです。その福崎さんは、米花さんのことをよく覚えているようでしたけど、たかのり学園の話なんて、一度もしたことがないんです」

そう言って、小さく溜息《ためいき》をつきました。

私は、昨夜も、飛行機のなかでも考えてきたことを口にしました。

「たかのり学園の理事長だった人は、断じて塔屋よねかのことを喋《しゃべ》らないでしょうね。でも、私たちが訪ねてきたことは、よねかには伝わると思います。そしたら、よねかから何等かのリアクションがあるかもしれません」

「私、ここへ来るまで、自分が悪いことをしてるんじゃないかって、ずっと思いつづけてしまって」

「人のことを嗅《か》ぎ廻って……。ぼくも、これまで何回そう思ったかしれません」

牧場に吹き渡る四季の風を受け、光線を浴びながら、競走馬を育成しつづけてきた合田澄恵さんの肌は、同じ年齢の女性と比して皺《しわ》深いのですが、洗練された薄化粧が、ある種の気概のようなものを浮き出させていました。

「あんな手紙を送りつけておいて、杉井さんに北海道までお越しいただいたのに、私、ほんとに申し訳ないんですが……」

私は、合田さんが何を言おうとしているのかを察知しました。

「いいんですよ。合田さんは、たかのり学園にお出向きにならなくても。よねかは、なにも犯罪人じゃないんです。彼女には彼女のいろんな事情があります。彼女が隠そうとしてるものを暴《あば》こうとするのは、たぶん、いや、きっと悪いことですよ」

「お通夜の席でも、家に帰ってからも、杉井さんに手紙を書いてるときも、私、少し興奮しすぎてたんですわね。でも、考えてみると、米花さんと逢って、兄のことを訊いたとしても、何がどうなるわけでもありませんし」

「ぼくも、彼女をみつけだして、何をどうしようという気もないんです。ただ、よう、ひさしぶりって言って、俺もいいおじさんになっちまったよって……。それだけのために、ひとりの人間の生きてきた道を掘りかえすのも気がひけます」

私は、合田澄恵に、よねかをみつけだしたい自分の心情は正直に伝えましたが、加古慎二郎のことは胸に秘めていました。

苫小牧《とまこまい》から国道を南へと曲がったあたりで、合田澄恵は、米花の思い出を語り始めました。

「夜になっても、おうちに帰ろうとしないんです。私の母が、ご両親が心配なさってるだろうから、もう帰りなさいって言うと、自転車に乗って帰るふりをして、そっと、うちの牧場に入ってきて、真《ま》っ暗闇《くらやみ》のなかに腰を降ろして、星やお月さまを見てるんです。そんな米花さんを、ガンさんがよく軽トラックで送って行ってました」

「ガンさんて？」

「亡くなった福崎さんのことなんです。軽トラックの荷台に米花さんの自転車を載せて……。あの子は、自分の家に帰るのが、よほどいやみたいだって、私に言ったことがあります。でも、わたし、米花さんのおうちに何度か遊びに行きましたけど、おうちのなかに険悪なものを感じたことはありません。お父さんも穏やかな方でしたし、お母さんも、当時の門別の町にはそぐわないくらいきれいで上品で」

「糸魚川の時代でも、あの一家は、たしかに町そのものにそぐわなかったですね。よそ者っていう雰囲気が絶えず漂ってて……」

と私は言いました。

雨が、陸と海の境を判別できなくさせていました。

じつに迂闊《うかつ》なことですが、私も合田澄恵さんからの手紙を読んで、どうかしていたのでしょう。たかのり学園が、いまも新冠川のほとりにあると錯覚していたのです。手紙には、ちょうど二年前まであったと、ちゃんと書かれていたというのに……。

「たかのり学園の跡地は、廻りが雑草だらけのお化け屋敷みたいになってました。私、きのう、そっと様子を見に行ったんです」

と合田さんが言ったので、私は、えっ？と訊き返したのです。

「跡地？いまは、その学校はないんですか？」

合田さんも、あらっとつぶやき、

「私、手紙にそう書きませんでしたかしら」

と困惑の表情で私を見たのです。

私は、合田さんからの手紙を上着の内ポケットから出し、読み返してから、照れ隠しのつもりで自分の頭を強く叩《たた》きました。

「ぼくは、びっくりして、泡を食ったんですね。たしかに、過去形で書いてある……」

「私の書き方も悪かったんですわね。いまは廃校になってしまったって書かなきゃいけませんでしたわ」

「いや、ぼくが粗忽《そこつ》なんです。じゃあ、ぼくは何のために北海道に来たんだろう……」

私が自分に言った言葉に、

「たかのり学園に勤めた人が、門別にいるんです。資格は持ってなかったんですけど、たかのり学園で保母さんをなさってて、廃校になったあと、門別の牧場関係の人と結婚して……。その人とお逢いになれば……」

　と合田さんは言いました。

「どうして廃校になったんでしょう」

　と私は訊きました。

「事故が起こったんです。プロパン・ガスのボンベに引火して。建物の一部が焼けて、二、三人の子供が軽いやけどをしました」

「それだけのことで、せっかく運営してきた学校を廃校にしてしまったんでしょうか」

「さあ、詳しいことはわかりません。でも、あの事故のあと、廃校になったんですから、建物そのものに防災面での問題があって、役所が廃校にするよう指示したとか、何かそれに似た事情があったんじゃないでしょうか。そんな噂《うわさ》を耳にした記憶があるんです」

　たかのり学園で保母をしていた女性には、すでに連絡してあると合田さんは言いました。

「理事長をしてた人は、いまはどうしてるんです？」

「わかりません。たぶん、その保母さんだった人に訊いたらわかるんじゃないでしょうか」

　わからないことだらけなのに、あんな手紙を出してしまって申し訳ないと合田さんは謝りました。

「そんなに何度も謝らないで下さい。保母さんだった人から話を聞けるよう手配して下さって、ぼくはありがたく思ってます」

私は、ふと、合田澄恵に夫はいるのだろうかと思いました。冬に訪ねたときは、ほとんど門前払いに近かったし、そのあとの手紙でも、合田澄恵は、自分の家庭の色合いはまったく感じさせない文章をしたためていたのです。

「お子さんは？」

と私は遠慮ぎみに訊きました。

「子供が出来ないうちに離婚したんです。子供がいたほうがよかったのかどうか、いまごろになって考えたりしてしまいます」

合田さんは、私のために旅館を予約しておいてくれました。競馬関係者が常宿にしている旅館で、料理がうまいと評判なのだと合田さんは説明し、旅館の前に車を停めてから、

「ここの奥さんも、私の同級生なんです。米花さんのことは覚えてるはずですわ」

と微笑《ほほえ》みました。

私は、いったん旅館の部屋にあがり、着替えを入れてある鞄《かばん》を置くと、合田牧場へ向かいました。

大杉という女性は、四時に合田牧場に来てくれることになっていたのです。

私は、合田牧場の応接間で、再びよねかとスーパートリックが写っている写真を見ました。

牧場では馬たちが、樹《き》の下に集まって、そこで雨やどりするみたいに空を見あげていました。

「こんな雨でも、牧場に放しておくんですか？」

「自然にしておくほうがいいんです。牧場によってやり方は違いますけど、私は、雨だからといって、すぐに馬房に入れるのはよくないと思ってます。馬は、放っといたら、ああやって、樹の下に集まりますし、雨に打たれたい馬は、勝手に雨のなかで走ったり、草を食べたりします」

合田さんは、牧場の南側で雨に打たれている一頭の栗毛《くりげ》の馬を指さし、

「あの馬の母の父はスーパートリックなんです」

と言いました。

「母の父？」

「ええ。体が柔らかくて、トモやヨロの肉がしっかりしてて。あの系統は、胸が深くないほうがいいんです。胸が深いと、衝撃が直接脚に来て、故障しやすくて。あの馬は、胸が深くなくて、立ち姿がとてもきれいなんです」

トモの肉、ヨロの肉、胸が浅い深い、立ち姿……。

競馬の世界の専門用語を、まったくの素人《しろうと》の私に、合田さんは懇切に教えてくれてから、大きな柱時計を見ました。

「あっちゃん、まだかしら」

「あっちゃんて、その保母さんだった人ですか？」

「ええ。週に一度、自分で作った野菜を持って来てくれるんです」

合田さんは、そう言って、よねかとスーパートリックが写っている写真に目をやりました。

「あっちゃんは、写真を何度も見てるのに、たかのり学園の出資者が、この女の子だってことに気づかないんです。きょう、この子が塔屋米花さんだって教えてあげたら、びっくりするでしょうね」

と言って、合田さんは長いあいだ、写真から視線を外しませんでした。

二

私は、中学生であったよねかの写真に、あらためて見入りました。

糸魚川から去っていったときのよねかよりもおとなっぽい気がしました。

私の記憶のなかには、寂し気であったよねかの表情はなく、屈託のない笑顔と、何かを怒っているかに見える強い光の目と固く閉じた唇、もしくは何かをうっとりと夢想しているような隙《すき》だらけの横顔の三種類しかありません。

けれども、合田牧場でスーパートリックと並んで写っているよねかの笑みには、どこか翳《かげ》があるように感じられます。

それが、北海道の門別での暮らしによる影響なのか、あるいは急速におとなに移行しつつある時期の女が漂わせる陰影なのか、私にわかるはずもありません。

だが、門別の時代のよねかが満たされていたはずはないのです。

四時を十五分ほど過ぎて、小太りの女性が軽自動車で合田牧場に到着しました。雨は強くなっていました。

合田澄恵さんがあらかじめ説明しておいてくれたのでしょう。大杉厚子という三十歳くらいの女性は、簡単な挨拶《あいさつ》のあと、

「塔屋さんのこと、あまり詳しくは知らないから、お役にたてるかどうか……」

と言いました。

「たかのり学園の理事長さんに逢《あ》ってみたらどうかしらねェ。札幌にいるんだけど」

「あっちゃん、その人の住所は知ってるの？」

と合田澄恵さんは訊《き》きました。

「知ってるわ。でも、逃げ廻って、居留守をつかったりしてるけど。たかのり学園が廃校になったのは、火事になったからじゃないんです。あとからわかったんだけど、何年

も前から、理事長がお金を使い込んでたのよね。塔屋さんがそのことに気づいてすぐに火事が起こったの。ひょっとしたら、自分の使い込みを隠すために、平瀬さんが火をつけたんじゃないかって……」

自分が塔屋米花さんと逢ったのは、三年間で二回だけなのだと大杉厚子は言いました。

「あの人、東京から門別に来るとき、事前に連絡しないんです。いつも突然にやって来て、すぐに帰ってしまって。たぶん、塔屋さんは、平瀬理事長を信用してなかったんじゃないかしら。そりゃそうよね。プロパンガスに引火して火の手があがったのは、調理場と食堂なのに、たまたまそのとき、三年分の帳簿も出入伝票も領収書も食堂に置いてあって、きれいさっぱり燃えちまうなんてこと、誰も信じないわ。廃校が決まったとき、たかのり学園に勤めてた何人かが、塔屋さんに、この火事はおかしい、警察に訴えたほうがいいって詰め寄ったんです。でも、塔屋さんは、誰も大怪我《おおけが》をしなかっただけでもありがたいと思うって……。学園の生徒が全員無事だったんだから、これ以上、事を大きくしたくない、ただ、たかのり学園で働いてくれてる人たちには申し訳ないけど、私たちがやってきた仕事は、本来、行政がやるべきことだったんだから、こんどの火事は、もうそろそろ潮時だよって意味だと思う……。そう言って、平瀬理事長を調べることもしなかったの」

廃校が決まった日、学園の調理師だった男と大杉厚子は、車でよねかを千歳空港まで送ったのです。門別を訪れるとき、よねかはいつもレンタカーを自分で運転して来たのですが、そのときはスピード違反による免停中でした。

火事による騒ぎが一段落ついたあと、健康の不調を理由に札幌に行ってしまった平瀬理事長が、何人かの職員から金を借りていたことを、大杉厚子は車のなかでよねかに教えました。

よねかは、「貸した人が悪いのよ」とだけつぶやき、平瀬理事長の私生活がいかなるものであったにせよ、彼の身体障害児への教育理念や、その実践法は卓抜していたと言いました。

「決して叱《しか》らない。決して怯《おび》えさせない。賞《ほ》めて賞めて賞めちぎりながら、ひとつずつ身につけさせていく……。そのような障害児教育にたずさわる者が役所から給料をもらって、それを生業《なりわい》にしてはいけない。行政ってのは、本音は弱者なんかどうでもいいんだから。役人は、自分たちが作ったマニュアルから外れることを嫌う。だけど、教育ってのはマニュアルどおりにはいかない。とりわけ、体や知能に障害のある子供に、一律のマニュアルが通用するはずはない……。これが平瀬さんの考え方だったの。私も、そのとおりだと思う。だから、私は、たかのり学園を作ったし、それを平瀬さんにおまかせしたの。彼が、あなたたちからお金を借りてようが、それは私と関係ないわ。貸した人が悪いのよ」

大杉厚子は、塔屋米花に叱責《しっせき》されたような気がしました。彼女も、ほんの二、三日だけだからと頼まれ、十万円を平瀬敦雄《あつお》という理事長に貸していたのです。

「あの塔屋さんが、中学生のとき、門別で暮らしてたなんて、私、知らなくて」

と大杉厚子はいささかずるそうな印象を与える目で合田澄恵を見やりました。合田さんは、応接間の隣の部屋でいれたコーヒーを私と大杉厚子の前に置いてから、壁に掛けてある写真を指さしました。

大杉厚子は、目をしかめて写真に見入り、

「ほんとだ。これ、塔屋さんだわ」

と驚いたように言いました。

「理事長もクマちゃんも、そんなこと、ひとことも言わなかったわ。どうして隠してたのかしら」

「クマちゃんて?」

「たかのり学園の調理師さんだったの。廃校になったあと、塔屋さんの口ききで、小樽《おたる》のホテルの日本料理店に就職したんです。いまもそこで働いてると思う。塔屋さんと親しかったのよ。ことし、四十五歳かな。一度も結婚したことがなくて、ちょっと変人なんだけど、優しい人だったわ。塔屋さんとは昔からの知り合いで、たかのり学園ができるまでは箱根で働いてたんだけど、塔屋さんに誘われて北海道に来たらしいの」

大杉厚子は、平瀬敦雄の住所と、クマちゃんこと熊沢浩二《くまざわこうじ》の勤めているホテルの名を教えてくれました。

「どうして、塔屋さんが新冠で障害児のための学校をひらいたのか、あっちゃんは知らないの？」

と合田澄恵は訊きました。

「千歳空港に送っていくとき、私、塔屋さんにそのことを訊いたのよ。そしたら、平瀬さんが学園のための土地を新冠にみつけてきたからだって。空気はきれいだし、町から離れてなくて、土地も安かったし、夏は涼しいからって。平瀬さんは、もともと札幌の人だし、障害児教育では北海道でも知られた人だから、自分の理想とする学園を作るのに、やっぱり北海道を選んだんだろうなって、みんなも思ってたみたい」

大杉厚子は、しきりに時間を気にしていました。主婦にとっては忙しい時刻でしたし、彼女がよねかに関して知っていることは、ほとんど話してくれたと思い、私は礼を述べました。平瀬敦雄の住所と、熊沢浩二の勤め先がわかったのは大きな収穫と言わなければなりません。

平瀬敦雄が、もし犯罪に近いことをして新冠から去ったのなら、私との面会にも応じるとは思えませんが、たかのり学園の調理師だった人には逢える可能性が高かったのです。

「塔屋さんが事を荒だてたくないって言うから、俺もそれに従うけど、ほんとは俺は、平瀬の野郎をぶっ殺してやりたいくらいだって、クマちゃんは言ってたわねェ。クマちゃんの気持は、よくわかるわ。あの火事のお陰で、十八人の子供たちが、それぞれの家に帰らなきゃいけなくなったんだもの。働いてた八人の職員も職を失うし」

千歳空港の近くで寿司《すし》屋を営んでいる夫婦の長男も、たかのり学園で暮らしていたが、廃校後、札幌の養護学校に移って半年もたたないうちに亡《な》くなったのだと大杉厚子は言いました。

「日曜日には必ず夫婦で息子さんに逢いに来てたわ」

それから大杉厚子は車のキーを持って立ちあがり、

「そうだ、あの寿司屋の夫婦、塔屋さんのことを米花さんて呼んでたわ。ひょっとしたら、親しかったのかもしれないわね」

と言いました。

私は、その寿司屋の屋号を訊きました。

「寿司徳。徳本さんて名前だから、寿司徳ってつけたのよね。お店は、千歳の清水町」

大杉厚子の軽自動車が、延々とつづく牧場の柵《さく》に泥水をあびせながら走って行くのを見送りながら、私はやっと自分がよねかの近くに歩み寄ったような気がしました。たかのり学園に縁の深い三人のうちの誰かは、現在のよねかについて教えてくれるに違いありません。

「たかのり学園の経営には、とてもお金がかかったでしょうね。親たちから毎月の費用はもらってたにしても、それで職員の給料を払ったり、月々の諸経費をまかなえてたとは思えませんもの。その費用は、全部、米花さんが出してたのかしら。もしそうだとしたら、米花さんは経済的に大きなゆとりがあるんだってことになりますわね。どんなお仕事をなさってるのかしら。案外、結婚してて、御主人が大金持だったりして」

合田澄恵の言葉で、私はよねかが独身だと決めつけているのは誤りではないのかと考えました。

「でも、姓は塔屋ですからね」

「婿《むこ》養子が来たとか、対外的には旧姓を使ってるとか……。仕事をしてる女性は、日本でも最近は旧姓を使うそうですから」

と合田澄恵は考え込みながら言い、応接間の置き時計に目をやりました。馬たちを馬房に戻す時間だったようです。

雨合羽を着た男たちが、自分たちのための建物から出て来て、雨のなかを走って行きました。

「大学生のアルバイトが五人いるんです。そのうち、東京の大学生が三人。サラブレッドに憧《あこが》れて、夏休みになると使ってくれって来るんですけど、朝は早いし、力仕事だし、馬の世話は大変だし。たいていが三日で音《ね》をあげて帰っちゃいます。女の大学生のほうが忍耐強いんですよ。最近の男の子は駄目になっちゃったんでしょうか」

「私の社でも、毎年、就職試験をやります。筆記試験を通った大学生の面接試験官なんて役をやらされるんですが、これは優秀だと思うのは、ほとんど女子学生ですね。男子学生は、頼りないっていうのか、芯《しん》がないっていうのか、社の将来を担《にな》ってくれそうな気がしないどころか、ちゃんと社会人になるのに二十年はかかるんじゃないかって思える連中が多いんですよ。男子学生よりも女子学生のほうが、はるかに覇気があるんですね」

馬たちが、濡《ぬ》れそぼった体で馬房に戻って来ました。ことし生まれた馬は、母馬のあとからついて来ています。

「仔馬《こうま》って、甘えん坊なんです。お母さんがいないと、ピーピー泣いたりして」

と合田澄恵は微笑しながら言いました。

「ピーピーって泣くんですか？」

「ええ、ほんとに、ピーピーって声で」

私はタクシーを呼んでもらうつもりでしたが、合田澄恵は自分の車で送っていくと言って外に出ると、私に傘をさしかけてくれました。

「米花さんは、お父さんやお母さんの愛情を、全部、妹さんに譲ってたって気がするんです。自分は、一歩も二歩も三歩も退《さ》がって、ご両親と妹さんとを見てたんじゃないかしら。門別にいたころの米花さんを思い浮かべると、そんな気がして」

左右には牧場と牧柵しか見えない道を、速度を落として進みながら、合田澄恵はそう言いました。

「自分が甘えたくても、それを我慢して、すべて妹さんに譲ってた……。物心ついたときから、そうしてた……。そんな女の子だったんですね。たかのり学園を、門別の近くで……。私の兄の名をつけて、自分の妹さんと同じような子供たちのための学校を作る……。米花さんは、私の兄と何か約束でもしてたのかもしれないって、きのうの夜、考え込んでしまいました。兄が、投函《とうかん》しなかった手紙に書いてた言葉が浮かんできて、眠れなくなって……」

――いつか揺るぎないものを築きあげた米花と笑いながら再会したいと思っています――。

私は、合田澄恵からの手紙に記されていた一節を思い浮かべました。すると、加古慎二郎に背を向けて、カラチのホテルの部屋から昂然《こうぜん》と出て行くよねかのうしろ姿が脳裏をよぎったのです。

見たわけでもないのに、そのよねかのうしろ姿は、明確な輪郭と存在感をたずさえたまま、糸魚川のあの石の橋に置かれました。

「臆病《おくびょう》ね。怖いんでしょう? 臆病な男なんて嫌いよ。弱虫のほうがまだましよ」

その古い石の橋には名前がついていませんでした。姫川からの細い支流が幾つかの疏《そ》水《すい》に枝分かれして、田圃《たんぼ》や集落へ流れていく分岐点に架けられていて、本当は名前がついていたのでしょうが、石の欄干に彫られた文字の跡は風雨にさらされ、埃《ほこり》がたまり、判別できなかったのです。

その橋の近くから西側へ向かって道が伸びていました。まっすぐ行くと田園がひろがり、晴れた日には正面に黒姫山の稜線《りょうせん》が見えるのです。

田園の向こうには稲作を営む幾つかの集落がありますが、それは隣村であっても、校区が異なるために、私たちとは交流のない地域で、見知った人もいません。

名は忘れましたが、甲冑《かっちゅう》を身にまとって立つ落武者に似た形で花を咲かせる太い桜の老木を境内に持つ神社がありました。

私たちの町から徒歩で約一時間のところにある集落のはずれで、低い山の上に建っています。

生物の課外授業で、何かの植物を採集するために、教師につれて行かれた際、よねかは神社の桜の老木を山の麓《ふもと》からあおぎ見ながら、

「人間が立ってるみたいね」

と私に言いました。

それも普通の人間ではなく、どこかで見たことのある人間の格好だと。

私は、

「戦国時代の武士だよ。てっぺんが兜《かぶと》で、その下のごつごつしてるのが鎧《よろい》で」

と老木の形から感じたことを口にしました。

「ほんとだ。鎧兜の落武者ね。あの桜、枯れてないわよね。春になって、花を咲かせたら、もっとはっきりと鎧兜の落武者みたいに見えるわね」

私たちの会話を聞いていた数人の同級生が同調して、そのうち、まるで平家の落武者みたいだということになったのです。

中年の教師は、あの桜はもっと丈高かったのだが、昭和十五年に落雷を受けて、てっぺんの部分が折れたのだと説明してくれました。

枯れるかと思っていたが、桜の木は生きつづけ、折れた部分の下から張りめぐらされた枝が育って、あのような格好になったのだとのことでした。

帰り道、あの神社には妖怪《ようかい》が棲《す》んでいるのだと言いだしたのは加古慎二郎でした。

「境内に入らんほうがいいんだ」

「妖怪って、どんな？　加古くん、見たの？」

とよねかが訊《き》きました。

「見たやつから聞いた。あそこの神主は、夜になると妖怪になるってよ」

きっと、神主は頭がおかしいのであろう。夜になると、境内で奇妙な声をあげて踊りだすのだ。

加古慎二郎は、いつもの冷めた表情で、いかにも自分はそんなことに興味はないがといった口ぶりで言いました。

私は、その後、平家の落武者に似ているという桜の老木のことは忘れていたのですが、春が過ぎ、新緑の時期になって、よねかと加古慎二郎が、あの神社に桜の老木を見に行ったという噂《うわさ》を聞いたのです。

もう花なんか散ってしまったのに、よねかと加古は、どこかで待ち合わせをして、自転車を並べて行ったらしい……。

男子学生は嫉妬《しっと》混じりに、女子学生は、よねかだけをいかにも不潔そうに、尾ひれをつけて噂し合いました。

加古慎二郎は、とびぬけて勉強がよくできる生徒で、何かにつけて一目置かれる存在でした。県下の能力検定試験で三位になると、彼をいまいましく思っている粗暴な生徒たちも、一歩退いて、これぱかりは仕方がない、とにかく県で三番目に勉強ができるんだからなといったふうに見るようになっていました。

そのせいだけでもなかったでしょうが、よねかと加古が、二人で桜の老木を観《み》に行ったことについては、よねかのほうにだけ、底意地の悪い醜聞が発生したのです。その気にさせて加古を誘い、神社の境内でからかって、自分だけ先に帰った、とか、よねかは積極的だったが、加古は勉強以外のことに関してはまだ何も知らず、空振りに終わったとか……。

いまから考えると、その噂話で馬鹿《ばか》にされていたのは、結果的には加古慎二郎のほうなのですが、とにかく、私たちはまだ子供だったのです。

よねかが糸魚川から引っ越していく二週間ほど前、私は級友の誰かに、そのことを教えられました。

教師も、よねかと親しい者たちも、まだ知らないようだが、よねかのお母さんが自分の母親にそんな話をしたのだとのことでした。その生徒の父親は、よねかの父と同じ製材所で働いていたのです。

その日の夜、私は塾が終わるとクシムナレーに乗って、よねかの家の近くまで行きました。二学期になってから、私は学校以外でよねかと話をしたことはありませんでした。石の橋のところで、よねかの家の明かりを見ていると、うしろから足音が近づいてきて、声をかけられました。よねかの一家が立っていたのです。

「何してんの？」

「べつに……ぶらぶらしてるだけさ」

「自転車に乗れるようになったお礼を言いに来たのかと思っちゃった」

よねかは、からかうように言って、母親に、自分が自転車の乗り方を教えてあげたのだと得意そうに説明しました。

父親は、よねかの妹を抱いて無言で家へ入って行き、母親も少しあとからついて行きました。

私の目には、二人とも、ひどく元気がないように映りました。

「どこ行ってたの？」

と私は訊きました。

「お月見。きょうは中秋の名月。知ってる？　中秋の名月って」

「知ってるよ。でも、曇ってて、見えないよ」

「風が強くなったから、もうじき雲が飛んでっちゃうわ」

「平家の落武者、見て来たんだって？」

私は、いかにも世間話を装《よそお》い、そのことを少しも気にはしていないといった口調で訊きました。

よねかは、何のことかというふうに私を見つめたまま考え込み、

「ああ、妖怪の桜？」

と言いました。

「そんな前のこと忘れてたわ」

「妖怪って、何だった？　見た？」

「加古くんは見たって言ってたけど、きっと嘘《うそ》よ」

「境内に入ったの？」

「入らなかったわ。近所の人に、入らないほうがいいって言われたの」

「加古は入ったの？」

「そう言ってるけど、嘘だと思う」

「あそこの神主さん、頭がおかしいって加古が言ってたよな。あれはきっとほんとなんだよ。だから、近所の人が、境内に入るなって止めたんだな」

「わかんないわ。加古くんの作り話かもしれない。神主さんが、あの桜のてっぺんにのぼって睨《にら》みつけてたから逃げて来たんだって。でも、加古くんは、境内に入ってないと思う。私が待ってるところから境内まで、歩いて十五分はかかるのに、加古くんは十分もしないうちに戻って来たんだもの」

言っているうちに、よねかの言葉どおり、雲は速い速度で流れていき、満月が見え隠れしはじめたのです。

「うしろに乗っけて」

とよねかは言いました。

「自転車だったら、二十分よ。満月の下で妖怪が何をするか、見に行きましょうよ」

「えっ！　いまから？」

「いまからが、ほんとのお月見の時間よ。月光の束に何があるか知ってる？」

そのとき、よねかは初めて、私に〈月光の束〉という言葉を投げかけました。

「月光の束？　何のこと？」

「秘密なの。私は知ってるけど、誰にも教えないの」

私は、自分の家がある町のほうに目をやり、夜空を見あげました。雲の領域は減りつづけていました。

「家の人に言わなくていいの？」

「大丈夫よ。一時間で帰ってこれるわ」

よねかは、私の自転車の荷台に横坐《よこすわ》りし、二つめの集落に、ひょっとしたら不良の高校生たちがいるかもしれないが、知らんふりをして走り過ぎてしまえばいいと言いました。

「えっ！　そんなやつらがいるの？」

「いやらしいことを言うだけよ」

私は困惑し、自転車を漕《こ》ぐ力が弱くなるのを感じました。私は腕力に自信がなく、ケンカに勝ったことは一度もなかったのです。そんな乱暴者たちが待ち受けているところに、よねかと一緒に行くのは避けたかったのですが、よねかの言葉は、自転車を漕ぐ私の脚に力を込めさせました。

「加古くんは、あの人たちに頬っぺたを二回殴られたけど、引き返さなかったわ」

やっぱり殴られるんだ。私は恐怖で尻《しり》のあたりが冷たくなりましたが、頬っぺたを二回で済むのなら、よねかと月見に行くほうがいいと覚悟を決めたのです。

「知らんふりをしてたら殴られないんだろう？」

「心配しないでも大丈夫だったら。私が助けてあげるから」

「どうやって助けてくれるの？」

「なさけないわねェ。杉井くんを好きだって女の子が聞いたら、がっかりするわよ」

そして、よねかは、私に片思いしている女子生徒が五人いるのだと言いました。

「その子たち、私に焼きもちを焼いてるの。私が杉井くんに自転車の乗り方を教えてるとこを、どこかで見てたんだって」

「俺に片思いだなんて、そんなやついないよ」

私は、田園に吹き渡る秋の風を頬に受けながら、顔が熱くなるのを感じました。

「杉井くん、人気があるのよ。知らなかった？　加古くんよりも、もてるかもしれない」

「加古は勉強ができるから」

「そうね。勉強ができるってのは、いいわよね」

　高校生の不良グループに殴られたって恥ではない。負けて当たり前なのだから。だが、連中は、よねかに何か悪いことをしないだろうか……。

「ねェ、杉井くんを好きな子が誰か、教えてあげようか」

　私は猛然と自転車の速度をあげながら、

「塔屋よねかだ」

　と大声で言いました。私は生まれて初めて、恋のかけひきに似た言葉を口にして、心臓が破裂しそうでした。

　よねかが黙り込んだので、私は自転車を漕ぎながら、うしろを振り返り、

「月光の東って、何のこと?」

　と話題をそらしました。

　よねかは、それには答えず、

「嫌いだったら、自転車のうしろに乗って、お月見になんかいかないわよね」

　と言いました。

「加古とも桜の木を見に行った」

「私、加古くんも好きよ。冷たいけど優しいのよ」

「境内に入るの?　どこでお月見をするんだ?」

「境内に妖怪なんかいないわ。私、あれから二回、あの神社に行ったの。ひとりで。でも、誰もいなかったわ。だから、秋の名月のとき、また行こうって決めてたの。あそこの境内からは、お月さまがすごく大きく見えるの」

妹をつれて、母と一緒に行く約束をしていたが、引っ越すことが決まって、行けなくなったのだと、よねかは言いました。

「ほんとに引っ越すんだ。いつ?」

「もうすぐ。信濃大町に行くの」

ひとつめの集落が過ぎ、いなか道を上り下りして、次の集落に入りました。村の真ん中の火の見櫓《やぐら》のところに、高校生らしき五人の男がたむろしていて、私たちを見ると、両手を広げて通せんぼをしました。

「おっと、どこ行くんだ?」

「いいよなァ、こんな可愛《かわい》い子と、こんな夜に」

「よねかちゃん、お久しぶりね」

口々に言って、ひとりが私の自転車のハンドルをつかみました。

覚悟はしていたものの、私はどうしたらいいのかわからなくて、高校生たちが道をあけてくれるのを待つばかりでした。

「どうして私の名前を知ってるの」

よねかは自転車の荷台から降り、挑むように訊きました。

「お前、有名なんだ」

一番体の大きい高校生がそう言い、火の見櫓のうしろの暗がりに、自転車ごと私をつれて行きました。

すると、よねかは高校生たちの手を振り払い、道筋の家々の戸を叩《たた》きながら、

「この人たち、どこの家に住んでるの。ここの家？　この家？　どこなの？」

と大声で叫んだのです。

それから、高校生たちのいるところに戻って来て、

「私を殴りなさいよ。殴られたら、私、あんたたちの指を噛《か》み切ってやるわ」

と詰め寄りました。

私を火の見櫓のうしろにつれて行った高校生が、舌打ちをするなり、私の左耳を平手で殴りました。

金属音が頭に響き、私は自転車ごと土の道に倒れました。

「帰りも待っててやるからな」

その高校生はそう言って、仲間を促し、私たちが来た方向に去って行きました。

「行こう。あんな人たち、何にもできやしないわ」

よねかはそう言いましたが、私は帰りも同じめに遭わされるのかと思うと、もはや神

社へ行く気になれず、

「耳が聞こえないよ。ねェ、帰ろうよ」

と言って、倒れている自転車を起こしました。

よねかは私を見つめ、

「帰りに殴られたってかまわないじゃない。お月見に行きたくないの?」

と顔を近づけました。

私が途方にくれて、左耳を手でおさえたまま黙っていると、よねかは落胆の表情で小さく頷《うなず》き、

「じゃあ、帰ろう」

とつぶやきました。

私とよねかは、糸魚川の石の橋のところに戻るまで、ひとことも喋《しゃべ》りませんでした。

「私、あそこから歩いてひとりでお月見に行ったらよかった」

自転車の荷台から降りると、よねかはやっと口を開き、

「耳が聞こえないくらいがなによ。そんなことがなによ」

と静かな声で言いました。

「臆病《おくびょう》ね。怖いんでしょう? 臆病な男なんて嫌いよ。弱虫のほうがまだましよ」

「でも」

私が言いかけた言葉に背を向け、

「月光の束を見せてあげたのに。私を追いかけて。月光の束まで追いかけて」

よねかはその言葉を残し、橋を渡って、自分の家へと歩いて行きました。

私は追いかけようとしましたが、よねかのうしろ姿からすべてを拒否する無数の小さな手が突き出ているような気がして、足を動かすことができなかったのです。

三

合田澄恵は、門別駅前の東寄りにある旅館まで私を送り、門別時代のよねかとは同級生であったという女将《おかみ》を捜して調理場へ行きました。

客のほとんどが競馬関係の人間だと合田澄恵から聞いていましたが、その日は、私以外の泊まり客は二組で、どちらも競馬関係者ではなさそうでした。

「まだ帰ってないんですって。先にお風呂《ふろ》にお入りになったらいかがかって、従業員さんが言ってますわ」

杉井さんが東京から門別を訪れた理由は、ここの女将に説明しておいたので、食事の際にでも話をしてみたらどうか。合田澄恵は、旅館の玄関で私にそう言い、あすは早朝から襟裳《えりも》のほうへ行くので、ここでお別れすると丁寧にお辞儀をしました。

私も、礼を述べて別れの挨拶《あいさつ》を交わしました。

玄関を出て傘をひらきかけ、合田澄恵は振り返って、

「競馬場に行かれるようなことはございますか？」

と訊《き》きました。

大学を卒業したころ、友人につき合わされて一度だけ府中の東京競馬場に行ったことがあるがと答えると、合田澄恵は、十月の中旬に大きなレースがあり、そこに自分の牧場の生産馬が出走する予定になっている、久しくビッグ・レースに出走できるような馬を出していなかったので、その馬の出現で牧場は活気づいている、春はまだ馬が子供だったが夏を牧場ですごして馬体も成長し、気性もおとなになったので、そのレースで勝つ可能性は大きい、もし杉井さんにご興味があれば当日馬主席にご招待したいと言うのです。

私は競馬には興味がありませんでしたが、合田澄恵という女性に人間的好意を抱いていましたし、初めて牧場なるものに足を踏み入れ、サラブレッドの生産者の苦労を垣間《かいま》見《み》て、合田牧場で生まれた馬を応援したくなり、ご招待いただけるなら万難を排して参上すると言いました。

「馬の名前は、何て言うんですか？」

「ポトラッチ。北米先住民の言葉で、祭りのとき人にふるまう精神みたいな意味なんです」

生まれたとき体が小さくて買い手がつかなかったが、なんとか競走馬に育てあげることができたのだと合田澄恵は笑顔で言いました。

「まさかこんなに走ってくれるなんて……。馬って、わからないものですわ」

合田澄恵が帰って行くと、私は風呂に入り、それから浴衣《ゆかた》姿で、廊下にある自動販売機でビールを買い、自分の部屋で飲みました。

なんだか、ふいに疲れを感じ、畳に寝そべると、手枕《てまくら》をして窓を打つ雨を見つめました。

新製品の開発に賭《か》けてきた数年間の自分の奮闘やスタッフの努力を思い、その積り積った疲れが、この南北海道の馬産地の雨によっていやされている心持にひたりました。そうしているうちに、何物かに追われるように各地を転々と移り住んでいた塔屋よねかの、決して明るく豊かであったはずのない少女時代に思いを傾けていったのです。

成人するまでに、いったいどれほどの引っ越しを繰り返したのであろう……。

私は、糸魚川に来る以前にも、よねかの一家は安住の地を持たなかったような気がしました。

私が知り得ただけでも、糸魚川から信濃大町へ、信濃大町から名古屋へ、名古屋から北海道の門別へ、門別から東京へ、東京から京都へと、よねかは十二歳のときからわずか七、八年のあいだに五回も住む場所を変えています。

京都へ行ったのは大学に通うためですが、それ以前の転々とした生活は、すべて家庭の事情ということになるのです。とりわけ、信濃大町の中学校にはたったの三日間通っただけで、名古屋へと引っ越さねばならなかった。そして名古屋でも安住できず、北海道の門別へ……。

この門別の時代もわずか二年と少しだけ。

私の知っているよねかという女性の気性を考えると、やがていつしか、彼女のなかに貧しさというものに対する、あるいは、自分たち一家に安住の地を与えない何物かに対する復讐心《ふくしゅうしん》が醸成されていったのではないか。

おそらく、そのようなものが、まだ十八歳のよねかの競馬場における合田澄恵との会話につながっていくのではないかと思えるのです。

「お兄ちゃんが死んだの」

「知ってるわ。お悔みの言葉もなくて」

「どうして津田さんと馬主席にいるの？」

「わたしが頼んでつれて来てもらったの」

「どうやって親しくなったの？」

「スーパートリックが縁結びをしてくれたの」

「縁結びって、変な言い方」

「だって、男と女のことは縁でしょう?」

「へえ、米花ちゃんと津田さんとは、男と女なんだ」

「ほかの何に見えたの?」

「誰が見たって親子よ」

「じゃあ、もっとべたべたしようかな」

それは十八歳の娘が自分の行為の意味を充分認識し、知らしめる必要のない相手にみずから知らせて挑発しているのです。

まさにケンカを売るといった言い方であり言葉の内容でもあるのは、よねか自身が自分の心や行為を不動のものとするためであったのかもしれません。

私は、東京で高校生活をおくったよねかが京都の大学に進学したのは、そこが志望する大学であったというよりも、自分の両親と妹から離れて行きたかったからではないのかと思いました。

スーパートリックの馬主だった津田画廊の社長は、そんなよねかにとって必要不可欠な、利用するに格好の男だったのでしょう。

私が、もう一本ビールを飲もうかと思い、畳の上に起きあがったとき、襖《ふすま》の向こうで女の声がしました。旅館の女将でした。

女将といっても、長袖《ながそで》のブラウスにスラックスという普段着の、化粧気のまったくない中年女性でした。

「合田さんからお話は聞いてます。米花ちゃんのことを調べてるって」

と女将は廊下に片膝《かたひざ》を立てて坐《すわ》ったまま言いました。

「調べてるって、そんな刑事みたいな真似《まね》をしてるわけじゃないんです。たいした事情はないんですが、門別で暮らしてたころのよねかさんのことを知りたくて」

私は浴衣の胸元を合わせながら、そう言いました。

「米花ちゃんは、合田さんと仲が良くて。合田牧場でアルバイトをしてたこともあるし。合田さんのほうが米花ちゃんのことをよく知ってるでしょうに」

いかにも近所の主婦といった感じの女性が夕食を運んで来ました。その時間だけ、食事を運んだり、あとかたづけをするパートなのでしょう。

茹《ゆ》でた毛蟹《けがに》とホッキ貝のあとから野菜の天麩羅《てんぷら》も運ばれて来ました。

私は日本酒を一合頼み、

「女将は、よねかさんのご両親のことを覚えていらっしゃいますか?」

と訊きました。

女将だなんて、そんな洒落《しゃれ》たものではない。お客はみんな自分のことを、おばさんとか奥さんとか呼ぶのだと女将は笑い、

「馬のセリ市がある時期だけ、米花ちゃんのお母さんはうちの旅館で働いてたんですよ。

その時期は、調教師さんとか馬主さんとかで満室になって、猫の手も借りたいほどのもんでね」

米花の父親は、門別の町にできた電動工具の販売代理店の責任者としてやって来て、ここから二筋向こうの借家を住まいにしていた。

「電気ドリルとか、チェーン・ソーなんかのメーカーの代理店だったんです。牧場には牧柵《ぼくさく》がたくさん要るから、丸太を切ったりするのには、普通のノコギリよりチェーン・ソーのほうがらくだし仕事も早いでしょう。販売店ができた当初は、よく売れたみたいですよ」

自分もまだ中学生だったので詳しくはわからないが、米花ちゃんのお母さんが私の父や母にときおり話していた言葉によると、以前に勤めていた新潟の製材所の社長が、その電動工具メーカーに口をきいてくれて、門別にできる販売代理店の責任者として雇ってもらったらしい。

女将はそう言いました。

「米花ちゃんもきれいだったけど、お母さんも、こんな小さな旅館で膳《ぜん》を運ばせるのは勿体《もったい》ないくらいの人でしたよね。お客さんのなかには、酔っぱらって、わるさをする人もいて、うちの父も母も、米花ちゃんのお母さんを使いにくかったみたい」

「使いにくいって？」

「うちで働いてることが原因で、おかしなトラブルが起こるのは困りもんだと思ったんじゃないかしら」

「つまり、そんなトラブルに近いことがときどきあったってことですか?」

と私は訊きました。

「夫婦ゲンカが多かったわね。米花ちゃんのお父さんが疑って焼きもちを焼いてたんだと思うんだけど」

「夫婦ゲンカ……。かなり烈《はげ》しい夫婦ゲンカですか?」

私は意外な思いで、口数が少なくて穏やかだった糸魚川時代のよねかの両親を思い浮かべました。私は、一度たりとも、よねかの父親と母親が、あらだった声を出したり、険のある表情をしていたのを見たことはなかったのでした。それどころか、奇妙なほどに静かすぎる夫婦だったのです。

「米花ちゃん、お父さんがお母さんを責め始めると、妹さんを抱いて、このあたりをうろうろしてたわ」

「責めるって?」

「殴ったりはしないんだけど、先の尖《とが》った棒で体を突いたり、煙草《たばこ》の火を押しつけたりするのよ」

「見たんですか?」

女将は頷《うなず》き、

「私は一度だけ実際に見たって記憶があるんだけど、うちで働いてた人は、見るに見かねて仲裁に入ったことが何回もあるって。歳《とし》が離れてるから、余計に美人の奥さんのことが心配なんだねって、その人が調理場で言ってるのを聞いたもんですよ」

私は、冬に門別を訪ねた際、よねか一家が住んでいたかもしれないと思われるこのあたりで、何人かの人に訊いたが、誰もよねか一家のことは覚えていなかったと女将に言いました。

「だって随分昔だし、ここにいたのは二年ほどだし、近所づきあいをしない人たちだったから。お母さんがときどきうちで働いてなかったら、私も米花ちゃんの家のことはわからなかったと思うのよね」

「仲裁に入ったって人は、いまもご健在なんですか？」

と私は訊きました。

「もうとうに死んじゃったわ。あのころ、六十近かったから。その人、米花ちゃん一家の隣に住んでたんですよ」

ほかの宿泊客が到着したので、女将は玄関に降りて行きました。

不如意《ふにょい》な生活がつづくうちに、あの整った容貌《ようぼう》の、穏やかな父親の心もささくれだっていったのか、それとも糸魚川時代、よねかの一家のことを知る人がいなかっただけで、あらぬ詮索《せんさく》をしたよねかの父親は、しょっちゅう自分の若い妻を陰湿にいじめていたのか、いったいどっちであろうと私は思いました。

女将が戻って来たのは、私が食事を終え、窓ぎわの椅子《いす》に腰かけて煙草を吸っているときでした。

「お床ものべておきますね」

女将は、パートの女性にテーブルの上を片づけさせてから、私の蒲団《ふとん》を敷きました。

「私、雪の夜に妹さんを抱きしめるみたいにして、お父さんの気持がおさまるのを待ちつづけた米花ちゃんのことをよく覚えてるんです。たいてい、そこの自転車屋さんの裏手に立ってたんですよ」

女将は窓をあけ、民家にさえぎられて、わずかに看板だけが見える自転車屋を指差しました。

門別に来て一年がたったころ、米花の妹は体調を崩すことが多くなり、それでこの旅館の忙しい時期に手伝いに来られなくなったのだと女将は言いました。

「何の理由もないのに、いつまでもおかしな叫び声をあげつづけたり、ひきつけを起こしたり……。そのたびに、米花ちゃんとお母さんはバスに乗って妹さんを病院につれてったわ。たぶん、両親のいさかいで、情緒不安定になったんじゃないかしら」

「いさかいって言っても、お父さんのほうからの一方的なものでしょう？」

と私は自転車屋の看板を見つめながら訊きました。

「そうね、お母さんはされるままになって耐えつづけてるだけだったから」

自分が記憶していることは、ほとんどお話ししたと思う。女将はそう言いました。

「米花ちゃんたちは、私が札幌の親戚《しんせき》の家に遊びに行った日に引っ越して行ったんです。引っ越したことを、私も母も三日ほど知らなかったんですよね」

なんだか米花一家と親しかったような言い方をしてきたが、じつのところ自分は、米花だけでなく、米花の一家もあまり好きではなかったのだと女将は部屋から出て行きかけ廊下で立ち停まって言いました。

「いやに秘密っぽいっていうのか、つまり私たちとはあまりにも肌合いが違うっていうのか……。だから、私、家がこんなに近くて、クラスもおんなじだったのに、米花ちゃんとは口をきいたって記憶がないんです。だけど、いやに彼女のことを覚えてるのは不思議ですね」

「よねかさんのお父さんがお母さんを責めてるのを一度だけ見たって仰言《おつしや》いましたけど、それはどんな機会にですか？」

と私は訊きました。

「たしか、母にことづてを頼まれて、しぶしぶ米花ちゃんとこへ行ったんだと思うんです。朝は六時に来てもらってたんだけど、あしたは早く発《た》つお客さんがあるので五時に来てくれって伝えに行ったんじゃなかったかしら。六月のセリ市のときでしたね」

「あなたが見ている前で、よねかさんのお父さんは、自分の女房に煙草の火を押し当てたり、先の尖った棒で突いたりしたんですか？」

女将は、当惑の表情で視線をあちこちに注ぎ、カーテンの隙間《すきま》からのぞいたのだと言いました。

「部屋のなかを内緒でのぞいたわけじゃなくて、たまたま見えたんですよ。子供だから、気味が悪いものをじっと見てるってことがあるじゃないですか」

女将は、あしたは何時にお発ちかと訊《き》き、私が答え返す前に、朝食は八時に下の食堂でとってもらいたいと言って階段を降りて行きました。

私は窓のカーテンを閉め、蒲団に腹這《はらば》いになって列車の時刻表をひらきました。

小樽までは札幌から快速電車で約三十分でした。たかのり学園で調理師をしていた熊沢浩二を訪ねてみるつもりでした。

札幌を一時三十二分に出る快速に乗れば、小樽には二時七分に着きます。

小樽という町も見てみたいなと私は思いましたが、熊沢浩二と逢《あ》うことには躊躇《ちゅうちょ》がありました。私がよねかのことを調べているのを、よねかに知られてしまうからです。それは私の本意ではありません。

私は、よねかの来し方や現在の境遇を、向こう岸からそっと盗み見たかっただけなのですから。

案外、元理事長の平瀬敦雄をみつけるほうがいいのかもしれないと私は考えました。

養護学校の火事以来、よねかと平瀬敦雄は袂《たもと》を分かったはずで、仮に非は平瀬にあるとしても、平瀬がよねかに好感情を抱いてはいないでしょうし、私のことをよねかに教えたりもしないでしょう。

逆恨みして、意外にぺらぺらとよねかについて知っていることを語ってくれるかもしれないのです。

しかし、平瀬敦雄と逢って話を聞きだすのは容易ではありません。大杉厚子の話によれば、平瀬はあちこちで借金をしていて、逃げ廻ったり、居留守をつかったりしています。

私は名刺入れから自分の名刺を出し、それを見つめました。他人の名刺を使うという犯罪行為を犯すわけにはいきませんが、自分の名刺を使って少々嘘《うそ》をついてもいいかなと思ったのです。

それにしても、特殊金属メーカーの開発企画部次長の肩書で、どんなお芝居ができるのか……。

やがて私は名案を思いつきました。私の職種など無関係の名案でした。

まだ九時前でしたし、雨もあがったので、私は浴衣《ゆかた》を脱いで服に着換え、旅館を出ると、自転車屋のほうへ歩いて行きました。

雪の夜、妹を抱きしめたよねかが立っていたという場所には、プレハブ造りの小さな建物がありました。事務所のようでもあるし、何かの倉庫でもあるような古いプレハブの建物の出入口には錆《さ》びた大きな南京錠《ナンキン》がかかっていました。

ここによねかは立っていたのかと私は思いました。可哀相《かわいそう》な少女時代だったな。私はなんとも感傷的な言葉を胸のなかでつぶやきました。

このようなところには二度と近づきたくはなかったであろうに、よねかはなぜここから遠くない新冠に養護学校を作ったのであろう。

凱旋《がいせん》であったのか、それとも合田澄恵の兄とのあいだに何等かの約束、もしくは誓いがあり、それを果たそうとしたのか……。

女性からはお叱《しか》りを受けるでしょうが、私は、女というものは、得にもならない昔の約束を果たすために多大の費用と労力を使ったりはしないものだと思っています。そのような一種の気概は、多くの女性とは無縁の代物《しろもの》ではないかという気がするのです。

しかし、仕返しというものへの執念は男よりも持続力がある。仕返し、もしくは復讐《ふくしゅう》というものは、凱旋と同義の場合が多いとすれば、よねかの、新冠における養護学校開設は、自分たちが不幸であった地への仕返しだったのではないのか。

私は自転車屋の裏から離れ、民家が並ぶ一角を歩きました。半袖のポロシャツでは寒いくらいの夜風でした。

翌日の昼、私は札幌駅の近くのラーメン屋で昼食をとってから、平瀬敦雄の家に電話をかけました。

夫人と思える女性が用件は何かと訊いたので、私は自分にも障害児がいて、知人からたかのり学園のことを教えてもらい、何等かのご指導を賜りたくてお電話したのだと言いました。

たかのり学園は事情があって廃校になったとその女性は言い、平瀬はきょうは大学で講義する日なので帰りは遅くなると思うと言いました。

私は、どちらの大学かと訊きました。女性は大学の名を教えてくれました。平瀬敦雄は、そこで週に二回、特殊教育に関する講義をしているとのことでした。

私は電話帳で大学の所在地を捜し、札幌市の郊外にある私立大学に向かいました。

平瀬敦雄は、ことしの四月から、その私立大学で講師として教壇に立っていたのです。

事務局で面会を申し込み、十分ほど待っていると、眼鏡をかけた背の高い痩身《そうしん》の男が校舎のほうからやって来て、自分が平瀬だがと言いました。

私は名刺を渡し、以前から先生のご高名は存知あげていたが、札幌に出張の機を得たので、ぶしつけとは承知のうえでお訪ねしたのだと言いました。

平瀬敦雄は、私がたかのり学園という言葉を口にした際、少し警戒するような表情を見せたのですが、こころよく自分の部屋に通してくれました。

北海道に住む友人が、たかのり学園のことを報じた数年前の新聞記事を郵送してくれた。私の十歳の息子も都内の養護学校に通っているが、その学校の方針に幾つか疑念を感じ、もし都内にもたかのり学園のような養護学校があるならご紹介願えないか。

私の言葉を、平瀬敦雄は柔和で真摯《しんし》な物腰で訊いていました。この人が、たかのり学園の金を使い込み、職員からも借金を重ね、そのうえそれを隠蔽《いんぺい》するために学園に放火したりするだろうかと、私は大杉厚子の言葉を疑いました。

「たかのり学園は、ひとつの試みでした。障害児といいましても、それぞれ差異がありまして、教育によって何等かの能力を発揮できる子と、それは不可能だという子もいます。不可能な子をどうするのか。はたしてその子は、本当に不可能なのか。たかのり学園はその点に挑戦しようとした学校です」

「どうして廃校になったんでしょう。火事が原因だと、ある人に聞いたんですが」

「直接の原因は火事です。ですが、学校法人の認可が遅れたり、そのために経営が行き詰まったり、優秀な職員が充分に集まらなかったり……。まあ、つまり準備不足と経験不足が一番の原因でしょうね」

と平瀬敦雄は言いました。

「理想だけが先走りして、見切り発車をしてしまったんですね。ですが、私は特殊教育に一生を賭《か》けた者として、とてもいい経験を積んだと思っています」

「奇特な出資者が、いいかげんな思いつきで始めて、途中で無責任に放り出したんだって噂《うわさ》もあるんですが」

私の言葉に、平瀬敦雄は、うんざりしたように溜息《ためいき》をつき、

「出資者がいらっしゃったことは事実です。しかし、その方が無責任に放り出したという噂は、その方の名誉にかけて否定されなければなりませんね。誰が何を根拠にそんな噂をまいているのか。その方の、たかのり学園への情熱と努力を、私はいまでも感謝していますし、頭が下がる思いは変わりませんね」

「その方は、またもう一度、たかのり学園を平瀬先生とともに作ろうとはお考えにならないでしょうか」

「さあ、どうでしょうか。廃校以後、久しくお逢いしていませんので」

「その方は女性だったそうですね。塔屋米花さんという方だと聞きましたが」

私の言葉で、平瀬敦雄は眼鏡越しに怪訝《けげん》な目を向け、どうして塔屋さんの名前をご存知なのかと訊きました。

出張先が苫小牧だったので、昨日、仕事を終えたあと新冠に足を延ばし、いったいど

んなところにたかのり学園があったかと、あのあたりを歩いているうちに遅くなり、門別の旅館に泊まった際、旅館の女将《おかみ》からその名が出たのだと私は言いました。性急に突っ込みすぎたことを後悔して、脇《わき》の下から汗が伝い流れるのを感じました。

「旅館の女将……。廃校になって職を失った人たちのなかには、出資者を逆恨みしている人もいるんでしょう。低次元な逆恨みです」

そう言ってから、平瀬敦雄は、旅館の女将は塔屋米花に関して他にどんなことを言ったかと訊き、茶をいれるために立ちあがって背を向けました。

私は、こうなったら破れかぶれだといった心境で、

「たかのり学園の出資者は、昔、門別で二年ほど暮らしてたって」

と言いました。

すると、平瀬敦雄は、

「塔屋さんのことをいろいろ言う人がいるようですが、そんな連中は、まったく腐った根性ですな。塔屋さんの心情は、私がよく知っています。利益を求めず、自分が懸命に働いて得たお金を、たかのり学園に注いで下さった。その心情に報えなくて、私は申し訳なく思っています。生徒の親のなかにも、たかのり学園の廃校に気落ちして、そのうっぷんを塔屋さんに向ける人もいるんです。お世話になっているときは手を合わせるが、そうでなくなると悪口を言う。廃校になった背景のさまざまな事情を理解しようともし

ない。塔屋さんの悪口を言ったら罰があたりますよ」

「私も、たかのり学園のあったところを歩いてみて、個人の力では大変だったろうと思いました。もし、塔屋さんて方が、もう一度どこかにたかのり学園を再建なさり、平瀬先生も参加なさるなら、私も微力ですが、お手伝いしたいと思いまして」

嘘が嘘を呼ぶというのはこのことだったでしょう。私は、ここまで嘘をついたのだから、平瀬敦雄の口からよねかに関する何か具体的な話を聞き出さずにはおかないといった思いになっていました。

平瀬敦雄は、私の名刺をもう一度見つめ、茶を勧めながら、

「理念が純粋であっただけに、挫折《ざせつ》の傷もまた大きいようです。塔屋さんは、おそらく二度と養護学校にかかわりは持たないと思いますね」

と言いました。

「先生は、塔屋さんとはいまも親交がおありですか?」

私の問いに首を振り、

「廃校以来、ごぶさたしつづけています。私も、たかのり学園の開設の際、文部省や道庁の役人と一戦を交えましたので、学園が廃校になると行き場を失《な》くしましてね。この大学で講師になるのも、なかなか大変でした。私は、もともと現場の人間ですし、障害児教育を机上で教えるなんてことはできません」

と言いました。

「塔屋さんは、どんなお仕事をなさっていらっしゃるんですか？」

「美術関係が主ですが、貿易やレストラン経営と幅広くなさってます。もう何年もお逢いしていませんが、いまもお変わりなく事業を経営なさっていらっしゃるはずです」

「美術関係……。画廊の経営なんかも？」

「いや、画廊ではなくて、その前の段階の、外国の美術品を購買して、売り主と画廊の仲介をする仕事です。ヨーロッパの業界では、塔屋さんは非常に信頼された存在です」

話がどうも塔屋米花に傾きすぎているが、いったいあなたが私をわざわざ訪ねた目的は何なのか。平瀬敦雄は、かすかに苛立《いらだ》ちを見せて訊きました。

私は、たかのり学園の再建はあるのかどうかを知りたかったのだと答えました。

「それは有り得ません」

平瀬敦雄は断言しました。

「塔屋米花さんにお逢いできる方法はありませんか？」

私はそう訊いてみました。

「塔屋さんに逢って、どうなさるんです？」

「ご本人に、再建の意志を訊いてみたいものですから」

「妹さんが生きていらっしゃったら、あるいは、もう一度ということもあるかもしれませんが」

「妹さん？」

「重度の障害者でした」

「お亡《な》くなりになったんですか」

「たかのり学園に来て半年ほどで。格別に弱い体でしたから。しかし、そのことも私には断腸の思いですよ」

平瀬敦雄は、塔屋米花という女性は、意志の強い、気《き》っ風《ぷ》のいい、偽りのない人だと言って立ちあがり、

「あの方は、ご自分がたかのり学園の出資者であることを世間に隠したんです。なぜなのかは、私にはわかりません。ですから、私が塔屋米花さんにあなたをご紹介することはできません」

と言い、部屋のドアをあけました。

「次の講義がありますので」

私は、勝手に押しかけてきた初対面の人間に時間をさいてくれたことへの礼を述べ、彼の部屋から出ました。廊下の曲がり角で振り返ると、平瀬敦雄は、いぶかしげな目を私に注ぎつづけていました。その目は、平瀬敦雄に対しての、深い猜疑心《さいぎしん》を、私に誘い出させたのです。

この人には嘘《うそ》がある……。けれども、私には、そんなことはもうどうでもいい……。
私はそう思いました。

第四章

一

七月一日

唐吉叔父様は、しょっちゅう私のことを気遣って、お電話を下さったり、お食事に誘って下さる。夫の事件のあと、私の精神状態が烈《はげ》しく崩れたのを案じ、まるでご自分の娘のように庇護《ひご》して下さるのだが、社内では私と社長との関係はもうほとんどの人が知っている。唐吉叔父様のお気持はお気持としてありがたく頂戴《ちょうだい》して、これからはできるだけお食事のお誘いをお断わりしようと思う。

「美須寿《みすず》ちゃんとはよほど気が合うのね。家にいても、私とはろくすっぽ話もしないで書斎にこもってるのに。私があの人と一緒に外で食事をしたのは三年前だわ。まあこの歳《とし》になって、私も亭主と一緒にどこかのレストランで食事なんて面倒臭いんだけど」

叔母様はそう仰言《おっしゃ》ってお笑いになったが、言葉つきのどこかにかすかな刺《とげ》を感じたのは、私の考え過ぎなのかどうか。

夜、そんなことを考えていると、唐吉叔父様から電話があり、あしたの夜、例のクリーム・コロッケを食べに行かないかと誘って下さった。

「そんな固苦しい店じゃないみたいだから、修太と真佐子もつれて来たらいい。お母さんも一緒にどうかな」

その言葉で、私の決心は呆気《あっけ》なくどこかに飛んで行ってしまった。一人前三千五百円のクリーム・コロッケを母と子供たちとで食べたら一万四千円。修太も真佐子もクリーム・コロッケは好物だし、もうずいぶん長いあいだ一緒に外で食事なんてしていない。母と子供たちの分も唐吉叔父様がお支払いになるに決まっているから、これはなかなか得ではないかと計算し、修太と真佐子に意見を訊《き》くと、二人とも歓声をあげた。

「叔母様もご一緒なされればいいのに」

「あいつは出不精でね。たまに一緒に外で食事をしても、うまいのかまずいのか、まるで反応がなくて、こっちはなんだか張り合いがないんだ。あいつは大事な猫二匹とメザシでも食ってりゃいいんだよ。そのほうが我が家は平和が保てる」

電話を切って、二階にあがり、母に話をすると、自分は留守番をしているから、三人で御馳走《ごちそう》になっていらっしゃいと言う。あしたは、毎週楽しみにしているテレビの時代劇がある日だという。

母はとにかくテレビの時代劇が大好き。母と暮らすようになって、私も修太も真佐子も、毎日必ずどこかの局で時代劇が放送されていることを知った。

おばあちゃまが時代劇を観《み》るから、自分たちの観たい番組が観られないと修太も真佐子もたまりかねて私に訴えたので、母専用のテレビを十日前に買ったのだ。

ことしの梅雨は雨が少なかった。梅雨明けしたような日がつづいている。

天候のせいもあるのか、私の精神状態もいい。会社勤めにも慣れたからであろう。

お風呂《ふろ》からあがり、母もお休みと言って二階にあがってしまい、子供たちもそれぞれの部屋にひきこもり、リビングのテーブルに日記帳を置いて、それをひらきかけたとき、明かりを消した廊下から私を盗み見ている修太に気づいた。

私がどうしたのかと声をかけると、修太はリビングに入って来て、お父さんはなぜ自殺したのかと訊いた。

「前にも言ったけど、ほんとにわからないのよ」

と私は答えた。

「仕事のことなのかな」

「さあ、会社の方にお訊きしても、思い当たることはないって」

「自殺する人って、ほら、たいてい遺書ってのを書くだろう？　お父さんは遺書は書かなかったの？」

私は、遺書はなかったと答えた。それは本当のことだ。

最近になって、修太と真佐子は、自分たちの父親の死について話をするようになったという。

「真佐子はまだ子供だからさァ、首をかしげて、どうしてかしらって言うばっかりで、そこから先に話が進まないんだよ」

修太は、さも自分はおとなだといった口調で、お母さんは知ってて知らんふりをしているのではないかと、きつい目で言った。

「こいつの親父《おやじ》は自殺したんだ。だから、こいつもちょっといじめたら、すぐに自殺しちまうぞって言うやつがいるんだ」

そんなことを言うのは愚かで卑《いや》しい人間だから無視していればいいと私は修太に言ったが、とても不安に駆られた。しょっちゅうそんなことを言われたら、修太は学校に行くのがいやになるだろうし、父親のことで本格的にいじめられるようになったら大変だと考えたのだ。

いつもの私なら、その不安に振り廻されて、さらに自分で不安を増幅させていくのだが、今夜は不思議なほどに落ち着きを取り戻した。この十日ほどはお薬を服《の》んでいないから、私のなかに生じた奇妙な楽天主義的居直りは、お薬のせいではない。

私は、修太には言わなかったが、心のなかではこう思っていた。

「たまらなく辛《つら》かったら、学校なんか辞めてしまえばいいのよ……。人間は学校に行くために生まれてきたんじゃないわ」

でも、父親のことでいじめられ始めたわけでもなく、修太もまださほど気に病んでいる様子もないので、私はそんな自分の考えを修太には黙っていた。

「お母さんが教えてほしいくらいよ。私たちを残して、お父さんはどうして自殺しちゃったのか……。何か思い当たる節はないかって、お母さん、ずっと考えつづけてきて、お父さんと親しかった方たちにも訊いてみたんだけど、ほんとにわけがわからないの」

私は修太にそう言った。

修太は私を見つめ、テレビのほうを振り返って、いかにもその上の壁に掛けてある時計を見るふりをした。私には、修太が涙を隠そうとしていることがわかった。

「理由がわかったからってお父さんが生き返るわけじゃないんだよね」

と修太は言った。そして、ごめんねと言って自分の部屋へ戻って行った。

何に対してのごめんねだったのだろう。

十二歳の少年。いったいどんなことを考え、どんなことが体内で起こっているのか、女の私にはわからない。

十二歳……。私はまたつまらない想念のなかに沈んでいく。

夫は十二歳のとき、すでに塔屋米花《よねか》さんと知り合っていたのだ、と。

けれども、夫がその後ずっと塔屋米花さんと親交があったとは思えない。ある日、どこかで再会したのであろう。

それはいつごろかしら。私と結婚する前かしら、それともあとかしら。

夫は小学校のときから抜きん出て成績がよかったという。中学でも高校でもそれは変わらなかった。本人も周りの者たちも至極当然といった感じで志望する大学に入り、就職も一流企業の五社の試験を受けて、そのすべてから採用通知を貰《もら》った。そして、社会に出て二十五年後に、妻以外の女のことで首を吊《つ》って死んだ。

六月の初旬に、美千代と電話で長話をしたことを思い出す。

家族全員での初めての大旅行とは、北海道の大雪山周辺をキャンピング・カーで五泊六日の旅をすることだった。

美千代の御主人は室内装飾のお仕事をなさっていて、この数年、つづけて三日間休める日はなかったという。

室内装飾といっても、壁紙とかフローリングとかカーテン、ブラインドを取りつける仕事で、従業員が二人の小さな会社だ。お仕事の大半は建築会社からの委託で、つまり下請けの下請けといったところだ。

御主人は高校を出て、すぐにいまのお仕事に入った。その会社も小さくて、仕事を憶《おぼ》えるまでは給料もほとんどなく、いわゆる職人さんの徒弟制度のような環境のなかで手に職をつけたらしい。

美千代の長男は、ひどい喘息《ぜんそく》で、小さいころ何度も危篤《きとく》状態になった。御夫婦は、この子が元気になったら、車内で四、五人が寝られて、台所やシャワー室もある本格的なキャンピング・カーを買い、それに乗って大自然のなかを旅行しようと約束した。その子が、何かのテレビ番組でキャンピング・カーによる家族旅行の記録を観て、いつか自分たちもこんなことをしたいとせがんだからだ。

その長男が、ことし高校生になり、喘息の発作もほとんどなくなったので、清水の舞台から飛び降りるつもりで、新車のキャンピング・カーを買った。

「買《こ》うてしもてから、社員のボーナス、どうやって払おうかって、うちの主人、溜息《ためいき》ばっかりついてるんえ」

美千代は、ことしの春頃から、同居している御主人のお母様に老人性痴呆《ちほう》の症状があらわれて、いまや毎日戦争みたいだと笑った。

「次から次へと悩みは絶えへん」

そう言いながらも、声は笑っていた。

おっとりした話し方は学生の頃と少しも変わっていないが、なんだか人生のいろんな場数を踏んできた逞《たくま》しさのようなものを美千代の声に感じた。

私も十年計画でお金を貯《た》めて、キャンピング・カーを買おうかしら。でも、十年たったら修太は二十二歳で真佐子は二十歳。母親とキャンピング・カーでどこかへ行ってくれたりはしないわよね。

七月二日

会社を出て、待ち合わせ場所に急ぐ。すぐに片づくと思っていた仕事が意外に手間取って、予定よりも三十分遅く会社を出るはめになった。

遅刻常習犯の修太は、いったん家に帰って服を着換え、真佐子と一緒に家を出て、約束の時間より二十分も早く着いたと文句を言う。

唐吉叔父様に教えていただいた道を歩いて、古い瓦《かわら》屋根の二階家を捜すが見つからない。

ビルばかりで、ああこの道かと歩いて行くと、また同じところに戻ってしまう。

手分けして捜そう。〈蔦屋《つたや》〉というお店で、玄関に看板というよりも小さな表札といった木が掛かっていて、そこに店名が墨文字で書いてあるらしい。

私の言葉で修太は左に、真佐子は右の曲がりくねった道に行った。修太がすぐに戻って来た。唐吉叔父様と一緒だった。

唐吉叔父様も大通りで車から降り、もう二十分近く捜したがみつからずお店に電話をかけて、あらためて道順を訊き、電話を切ったとき、修太の姿が目に入ったそうだ。

「どうも最初の入口を間違えたんだな。二つ大通りがあるってことを忘れてたよ。こことは別の通りからの狭い道を右に行くんだ。蔦屋の主人は、狭い道に入ったら、あとは馬鹿《ばか》でも辿《たど》り着きますだってさ。かつての津田画廊の社長だ」

　真佐子が戻って来るのを待って、蔦屋へ行く。

　こんなビル群の一角に、こんな古い家並が残っていたのかと驚く。近くの小さな公園までが、私が幼い頃に遊んだ公園の風情《ふぜい》と似ている。ブランコが二つ、鉄棒が二つ、鉄製のジャングル・ジムと砂場……。

「小股《こまた》の切れ上がったいい女が、誰かの囲われ者になって住んでるって感じじゃないか。いいねェ。会社の帰りにちょっと寄って、どうだい退屈してないか？　なんてね」

　唐吉叔父様は、修太と真佐子に聞こえないよう声をひそめて仰言る。

「退屈してる。これ以上退屈させるんなら、あなたの奥様のところに押しかけて、この退屈をなんとかしてよってわめきちらしてやる、なんて言われたら、どうなさるの？」

　私がそう言うと、唐吉叔父様は声をあげて笑い、

「女房に内緒の金がたっぷりあると、そこで、よしよしって、着物を買ってやったり、お小遣いをはずんだりするんだけど、女房に内緒の金ってのは、なかなか作るのが難しいときやがる」

「そんな苦労をしても、男の人は、小股の切れあがったいい女を、こんなおうちに隠しておきたいんですか？」

「うん、どうもそういうもんらしいな」

「らしいだなんて。叔父様にも願望はおありみたい。でも、願望だけ。そうじゃなきゃ、こんなにしょっちゅう、私をお食事に誘って下さったりはなさらないはずですもの。私と食事する暇があったら、小粋《こいき》なお妾《めかけ》さんのところにお行きになるわ」

「昨今、小股の切れあがったいい女なんて、まったくいなくなっちまったよ。いまやそんなものは天然記念物みたいなもんだ。赤坂や新橋、神楽坂《かぐらざか》あたりに行くと、大昔は小股が切れあがってたっていう婆《ばあ》さんがいて、みんなと同窓会が始まったりするんだ」

〈蔦屋〉の格子戸《こうしど》をあけると、広い三和土《たたき》の奥に大きな暖簾《のれん》が掛かっている。障子の飾り窓に下ぶくれの花入れがあり、紫色の鉄線が活《い》けてある。

暖簾の奥には黒光りする太い柱が浮きあがるかのような漆喰壁の八畳間があり、五人分のソファが置かれている。

御主人のお嬢様かと思われる私よりも十歳ぐらい年長の女性が、私たちをその部屋に案内してくれて、ここで食前酒を召し上がってから、お二階に御案内すると説明し、

「古彩斎の御主人からお電話があったんです」

と仰言《おっしゃ》る。

「ぼくが勧めたんだ、よろしくねって古彩斎さんが仰言っていました」

唐吉叔父様はドライ・シェリーを、私は梅酒を、修太と真佐子はアルコールの入って

いない黒砂糖と生姜《しょうが》で作った飲み物をいただく。

真佐子のを少し飲んでみると、冷たくて甘くなくて、とてもいい香りで、梅酒じゃなく、こっちにすればよかったと思う。

「一人前で三千五百円のクリーム・コロッケだけを、一日に十人前しか作らないとしたら、日曜日は休みで、月に約二十五日。毎日十人の客が来て月の売り上げは八十七万五千円。それでこれだけいい物を出したり、飾ったりしてる。儲《もう》けを考えてたら、やっていけないいね」

唐吉叔父様は私に仰言ったのだが、地味な着物姿のお嬢様は、

「父と私だけですから、それで充分なんです」

と言って微笑《ほほえ》んだ。目は優しそうだが、口元や顎《あご》に気の強く頑固そうな固さが見受けられる女性だ。

父と私だけということは、たぶん独身で、お子様もいらっしゃらないのであろう。

さすがに唐吉叔父様だけあって、玄関を入ったところに置いてある大壺《おおつぼ》が古常滑《とこなめ》で、ひ、つ、つきの色変わりに上品な味わいを持つ一品だということも、私の梅酒を入れてある古伊万里《いまり》の小振りのぐい呑《の》みの良さにも、そっと視線を向けておしまいになっていた。

「たかがクリーム・コロッケだが、さあ、かかってまいれって感じだな」

「私、洋食屋さんみたいなお店を想像してたんです。食前酒を楽しむお部屋を用意して

あるんだったら、高級な料亭とかレストランの感覚ですわね」

それは修太も真佐子も同じだったようで、なんだか肩肘《かたひじ》の張る場違いなところに来てしまったといった表情で、ときおり互いの顔を見つめ合っている。

二階でお料理を召し上がっていただくのだが、六人掛けのテーブルがひとつと二人掛けのテーブルがふたつしかなく、いま三人連れの客が二組食事をしているため、三つのテーブルを使ってしまった。二組とも、もうそろそろお帰りになるはずだ。せっかく御予約いただいたのにお待たせして申し訳ない。

御主人のお嬢様はそれを言うために降りていらっしゃった。きょうはなぜかいやに都内の道という道が車で混んでいて、二組のお客様が到着するのがどちらも三十分ほど遅れたとのことだった。

唐吉叔父様も、いつもなら社からこのあたりまで三十分ほどなのだが、きょうは四十五分もかかったと仰言り、ドライ・シェリーのお替わりを註文なさった。

「ぼくたちも、全員、二十分も遅れて、このお店に来たんだよね」

と修太が言った。

お嬢様は、修太と真佐子に、さっきの黒砂糖と生姜で作った飲み物を勧めて下さる。食事前だから、さっきの半分の量でいかがかと。

元は畳が敷いてあったのであろうが、食前酒を飲むための八畳の間には絨毯《じゅうたん》が敷かれ、客は履き物を脱がないで入れるようになっている。

十五分ほどで、二組の客は階段を降りて来た。

そんなに大きくはないがれっきとした数寄屋《すきや》造りの建物の二階は、栗《くり》の木で作ったという重くてぶあついテーブルと椅子《いす》があり、店と厨房《ちゅうぼう》とは、これも年代物の黒光りするドアで仕切られていた。

お嬢様がワイン・リストを持って来ると、ドアがあいて、見事な銀髪の御主人が御挨《ごあい》拶《さつ》に来られた。

「古彩斎さんに説明されるまでもなく、宇井様の御高名は存知あげておりまして」

いささかも偏屈なところのない、上品で気さくなおじいちゃまといった感じの御主人だった。かつてその道では一世を風靡《ふうび》した画廊の社長で、贋作《がんさく》事件で新聞紙上を賑《にぎ》わした方とは到底思えなかった。

「山登りの仲間だって古彩斎さんは言ってらしたけど、私はあの古彩斎さんが登山に趣味があったなんて、少々意外でしたよ」

その叔父様の言葉に、蔦屋の御主人は、山登りといっても、私どものはトレッキングというやつで、高い山を重装備で命を賭《か》けて登るのではなく、つまり、高い山の裾《すそ》をゆっくり歩いて景色を楽しむ山歩きなのだと説明して下さる。

唐吉叔父様がワインを選んでいるとき、大きな風呂敷《ふろしき》に包まれた荷物を、お嬢様が大事そうにかかえ、それを厨房へと運んでお行きになった。

私は見るつもりはなかったのだが、唐吉叔父様とのお話を終えて、御主人が厨房に入るとき、風呂敷包みを解き、古い桐箱《きりばこ》をあけて、なかの物を取り出しているお嬢様の姿が見えた。桐箱の形から、私は、なかの物が焼き物だとわかった。ほんの一瞬のことだったが、お嬢様の困惑顔と、手にした菱形《ひしがた》鉢を私は見た。ドアはすぐに閉められたが、その菱形鉢は、古彩斎にあったあの織部《おりべ》のように見えた。

でも、私はそのことを唐吉叔父様には黙っていた。

蔦屋のクリーム・コロッケは、他のお店のものよりも少し大きめで、とてもおいしかった。表面はカリッと揚がっていて、中味は口のなかで溶けていくようで、三種類のクリーム・コロッケに入っている具は、海老《えび》と鮎《あゆ》とマッシュルームだったが、どれもそれぞれの持ち味が生かされている。

どうして、こんなにおいしいクリーム・コロッケが作れるのかと、私は何度も叔父様や子供たちに言った。

いま夜の十一時半。日記をここまで書いて、なぜか私の心は、あの織部の菱形鉢に向かって吸い寄せられている。津田様の手を離れ、ことしの五月あたりに古彩斎の店内におさまった、あの波瀾万丈《はらんばんじょう》な運命を持つ織部の五つの菱形鉢が、どうして再び津田様のもとへと戻って来たのか……。

なぜか、古彩斎で見ただけの、あの美しい女性のうしろ姿が、今夜の私には訳もなく神経にさわる異物のようになっている。なぜなのか、まったくわからない。

蔦屋のお嬢様のあの一瞬の表情は、桐箱に織部の菱形鉢が入っていたことへの困惑、もしくは驚愕《きようがく》をあらわしていたと思う。

私とは無関係な織部の菱形鉢のことで神経がこんなにも冴《さ》えてしまったのはなぜだろう。

今夜は、お薬を服《の》んで寝よう。

二

七月五日。

ニューヨーク支社に転勤が決まったFさんの送別会の幹事役を私がすることになった。予算は一人五千円だが、そのなかからお餞《せん》別《べつ》の品も買わなければならないので実質的には一人三千円とちょっとということになる。

いまどき三千円くらいで食べて飲めるお店があるのだろうかと考え込んでいたら、同じフロアの総務部の若い女子社員が、新橋にある居酒屋風のお店を教えてくれた。

食べ切れないほどのお料理と生ビールがジョッキに二杯付いて三千円だという。それ以上にお酒を飲んだ人は、各自その分を現金で幹事に渡すというやり方を取ればいいらしい。

送別会は七月十六日なので、社を出てから、そのお店へ行って予約をする。電話で済ませることもできたのだが、幹事としては店の雰囲気とか、どんなお料理が出るのかとかを見ておいたほうがいいと思ったのだ。

オードブルのAセットには、スモーク・サーモン、ミニ・ピザ、春巻、焼きビーフン、ロースト・ビーフが人数分大皿に盛られている。

そのあとに焼き鳥コースとすき焼きコースの二種類があり、どちらもトム・ヤンクンのスープ付きとなっている。国籍不明のお料理だが、大人数で騒ぐには、こんな献立てのほうが楽しいのかもしれない。

大学生のとき、自分たちはコンパでどんなものを食べていたのか思い出しながら地下鉄の駅のほうへ歩いていて、私はあの気楽で自由だった時代からもう二十年もたってしまったことに愕然《がくぜん》としてしまった。

二十年前、いったいどんなことを考えて生きていたのかすら思い出せない。きっと、何も考えていなかったようなものなのであろう。そんな時代があったことをありがたく思ってしまい、歩きながらひとりで笑ってしまった。

地下鉄の階段のところで、うしろから声をかけられて振り向くと、古彩斎のご主人だった。

大きなリュック・サックを背負い、オレンジ色のチェックの柄の入ったスポーツ・シャツをお召しになっているうえに、白い木綿のお帽子までかぶっていらしたので、声をかけられたとき、いったいどなたなのか、まるでわからなかった。

お仲間三人と槍《やり》ヶ岳《たけ》に行ってらして、いま帰って来たとのこと。十月にチョモランマ・トレッキングを計画しているので、体を鍛えておこうと思ってと仰言《おつしや》り、コーヒーのおいしい店があるのでご一緒にいかがと誘って下さる。

山歩きをして東京に帰ってくると、そのお店のコーヒーを無性に飲みたくなるそうだ。コーヒーを飲みながら、東京の雑踏を見つめ、あすからまた騒音と人いきれのなかで生きていくための態勢を整えている時間が好きなんですと仰言る。

古彩斎から通りを二つ隔てたところにある古い雑居ビルのなかの、十人も入れば満員になりそうな喫茶店は、古彩斎のご主人がもう二十五年もご贔屓《ひいき》にしていらっしゃる。

「特別なコーヒー豆を使ってるわけでもないし、特別な水を使って、特別な方法でいれてるわけでもないのに、この店のコーヒーは特別にうまい。二十五年間、ここのマスターがコーヒーをいれるのを見てきたのに、なぜなのかさっぱりわからない。やっぱり、いいものってのは、その理由を説明できないんですな。絵でも焼き物でも」

そう仰言って、古彩斎のご主人は窓ぎわの席に私を案内して下さり、重そうなリュック・サックを降ろして、ビルとビルのあいだから見える通りを指差された。

「人と車の海ですな」

「おひとりで静かに態勢を整えるお時間なのに、私がいたらお邪魔じゃありませんこと？」

そう私が言うと、

「美しい方とコーヒーを飲めるほうがもっといいですよ」

と仰言る。お店で焼き物と一緒のときは謹厳で、必要なこと以外は口になさらないのにと思って、私は古彩斎のご主人の若やいでいるお顔を見つめてしまった。美しい方なんて言われたのは何年ぶりかしら。とても嬉《うれ》しかった。

お好きな山歩きを楽しんで、いい空気を吸ってらしたからであろう。全身が生き生きしていらっしゃる。

夏の山歩きでも、こんなに多くのものをリュックに詰め込まなければならないのかと私が訊《き》くと、チョモランマ・トレッキングのためのトレーニングだったので、わざと荷を重くしたのだと仰言り、十月のご旅行について、いろいろと説明して下さった。

ネパールのカトマンズへは、日本からの直行便はなく、バンコクとかニューデリーとかの周辺の国で飛行機を乗り換えるのだが、どうやら飛行機の接続の都合で今回はパキスタンのカラチからカトマンズに入ることになりそうだと仰言る。

私は、カラチ空港の荷物のチェックは、あきれるほど厳しいと言った。

「ほお、カラチに行かれたことがおありですか」

と訊かれ、私は余計なことをうっかり口にしてしまったと悔やんだ。カラチ空港に着いたときの自分の気持が蘇《よみがえ》ってきてしまったからだ。

学生時代の友人夫婦がカラチに住んでいて、一度だけ遊びに行ったことがあるのだと私は嘘《うそ》をつき、

「税関で調べられ、空港の出口で調べられ、タクシーの乗り場でまた調べられるんです。入国のときも出国のときも。でも、飛行機の安全のことを考えたら、それも仕方がないなって思うんですけど」

と言った。

「アフガニスタンからの難民がパキスタンに麻薬を持ち込むそうですな」

「そのチェックも、とても厳しいんです」

コーヒーが運ばれてきて、古彩斎のご主人は、それを味わいながら、渋滞してひしめき合う車の群れや、勤め帰りの人々を眺めてから、

「クリーム・コロッケはいかがでした？」

と話題をお変えになった。

私は、きのう蔦屋のクリーム・コロッケを真似《まね》してやろうと挑戦したが、到底あの味に近づけないと言った。言いながら、織部の菱形鉢を思い浮かべた。

どうしようか迷ったが、私は古彩斎のご主人から何かを訊き出したくて、

「あの織部、津田さんのもとへ戻ったんですのね」

と言った。

とりたてて驚いたふうでもなかったが、古彩斎のご主人は、手に持ったコーヒー・カップを宙に浮かせたまま、

「蔦屋でご覧になったんですか？」

とお訊きになった。

「店に飾ってあったんですか？」

私は、お店のある場所で、ちらっと目にしたのであって、人目につくところに飾ってあったのではないと答えた。

「津田さんが買い戻したんじゃなくて、他のどなたかがお買いになって、それを津田さんに届けたのかなって気がしたんです」

私はそう言ってから、

「あのご婦人でしょう？」

と訊いてみた。

「あのご婦人、気になりますか？」

古彩斎のご主人が、かすかに笑みを浮かべて、私の顔を見つめたので、私はどぎまぎ

してしまい、

「だって、あの織部を見ていらっしゃったあのご婦人は只者《ただもの》じゃないって感じだったんですもの。あの織部とご婦人はお互い初対面じゃないけど、お互いが距離を取って、また逢《あ》ったねって語り合ってたみたいで」

と正直に言ってしまった。

「只者じゃない、ですか……。あの織部も只者じゃありませんからね」

古彩斎のご主人は、誰が買ったのかは、つまり企業秘密というやつだが、加古さんの眼力はなかなかに面白いと仰言って、楽しそうにいつまでもお笑いになった。

「面白い眼力なんて、賞《ほ》めて下さってるのか、からかわれてるのか、よくわかりませんわね」

私は、不利になった形勢を立て直そうとして、わざと少し気を悪くしたように言ってみた。言ってから、自分が何を相手に一人相撲を取っているのかわからなくなってしまった。

「賞めてるんですよ。だけど、加古さんの勘は図星だと言ってしまったら、この古彩斎は口の軽いやつってことになりますからね」

古彩斎のご主人は、そう仰言り、話を山歩きにお戻しになった。

トレッキングといっても、あれはあれで結構過酷なものだ。トレッキング中に雪崩《なだれ》に遭ったり、足を取られて渓谷に落ちたり、天候を甘く見て遭難したりする例は多い。

自分が初めてトレッキングなるものを体験したのは二十五年前で、それもなんと世界中のトレッキング愛好家の垂涎《すいぜん》の的とされるヒマラヤ・トレッキングであった。

戦前、自分の父である先代古彩斎の秘蔵の焼き物が何点かあり、それは売り物ではなかったのだが、敗戦直後、若くして跡を継いだ自分は、インド人の貿易商にそれを売ってしまった。食べる物を得るために手放さざるを得なかったという事情もあるが、若い自分は本当には目利《めき》きではなく、名高い先代への反抗心も手伝って、売ってしまったということになる。

ところが、二十五年前、パリから南廻り便でインドへ行き、インドのあちこちを旅して帰った津田富之《とみゆき》が、デリーでその焼き物を見たという。津田富之と自分とは、父親同士が懇意だったので、子供のころからの遊び仲間だった。

自分は、数点の焼き物の持ち主であるインド人と何通かの手紙のやり取りの後、それらを買い戻すためにデリーへ向かった。

デリーの空港には、ある若い日本人女性が迎えに来てくれた。

すべてを買い戻すことはできなかったが、主要な三点の焼き物が自分のもとに帰るのが決まり、これで戦争中に死んだ父に幾分か顔向けができると思うと、旅行者気分にひたって十日ほどインドを旅してみたくなった。

そんな自分の気持をその日本人女性に言うと、彼女はじつはあさってからヒマラヤ・トレッキングに行くという。

インドに支店を持つイギリスの旅行社が参加者を募集していて、決して危険ではないというし、参加する人々はイギリス人やアメリカ人で、旅券の手配も現地の宿泊先もすべて旅行社がやってくれるのだが、日本人は自分だけなのでやはり心細く思っていたという。

山歩きなどやったことはなかったが、ヒマラヤの麓《ふもと》に行けるなんて機会は滅多にないだろうし、説明を聞くと、自分でもなんとか参加できそうだった。

そのときのトレッキングで、自分はすっかり山歩きに魅せられてしまい、帰国後、トレッキングの素晴らしさを津田富之に熱っぽく語った。

例の贋作《がんさく》事件が起こるまで、自分と津田は、ヒマラヤ山脈のさまざまな高峰の麓に行き、トレッキングをやったものだ。

そのたびに、自分はこの世の中の不動なものと不動ではないものとの違いを学んだような気がする……。

古彩斎のご主人は、何度も、不動なものと不動ではないものという言葉をお使いになった。

それはきっと、ご自分のお仕事に対する大切な啓示でもあったであろう。

私はもっとトレッキングのお話を聞いていたかったが、夕飯のことが気になったし、そんな私の少し落ち着きのなくなったのを敏感に察して、古彩斎のご主人は、

「自分にとって興味のあることだけを無理にお聞かせしてしまって」

と恐縮され、私を地下鉄の駅まで送って下さった。

そして、別れしな、言っていいものかどうか迷っているような表情を浮かべたあと、自分を初めてヒマラヤ・トレッキングなるものに導いてくれた女性が、古彩斎であの織部を見つめていた婦人なのだと仰言り、リュックをかついで、ご自分のお店のほうに歩きだしておいきになった。

古彩斎のご主人と、あの印象深い女性とが二十五年来のお知り合いで、しかも最初の出逢いがインドのデリーだったとはなんとも意外だった。

そのころ、あの女性は何をなさっていたのだろう。なぜ、古彩斎のご主人をデリーの空港まで迎えに来たのだろう。

きっと、あの女性は、津田富之さんと縁が深くて、その関係で、古彩斎のご主人ともつながりがあったのに違いない。

そんなことを考えながら家に帰る。

七月六日

いまでもときどき夫宛《あて》の郵便物が届く。大抵はダイレクト・メールだが、私の知らない人からのものもある。そんな郵便物を目にするたびに無意識のうちに身構えてしまう。塔屋米花さんと関係がある人からではないのかと思ってしまうからだ。

夫の葬儀のあと、私の精神はおかしくなっていたので、これまでに届いた年賀状や暑中見舞いを集めて、母が死亡を通知する葉書を送ってくれたが、たくさんの洩《も》れがあったのだろう。母とて、哀《かな》しみのなかにいたのだから、無理からぬことだ。

きょうはとても暑かったので、ひどく疲れてしまったが、精神は落ち着いている。体は疲れているのに精神的な安定があるのは、私がやっと会社勤めに慣れて、自分の仕事への反応を自分に強いることなくできるようになったからだと思う。

夜、お風呂《ふろ》からあがった真佐子と久しぶりに二人きりで長話をした。

真佐子は、最近お熱になったタレントの話ばかりしている。男のくせに眉《まゆ》を剃《そ》って口紅を塗っているタレントのどこがいいのかしら。やっぱり最近の女の子は、私たちの子供のころとはまるで違うようだが、十歳という年頃は、異性に魅《ひ》かれるための前段階を必要としているのかもしれない。ユニ・セックス的なタレントへの憧《あこが》れとは、つまりそういうことなのだと、変に納得しながら、とりとめのない真佐子の話に相槌《あいづち》を打ちつづける。

何か買ってほしいものがありそうだが、真佐子はいつまでもそれを口にしない。

子供にとって、おとなへと変貌《へんぼう》していく時期に必要なのは父であろうか母であろうかと考えているうちに、女っぽすぎる母親が一番良くない存在みたいな気がしてくる。「女の悪あがきがお化粧をして着飾っている」ようなお母さん連中が、ご近所にもたくさんいる。

私はどうなのかしら。私はそれとは反対に、修道女のような固さを身にまとってしまったのではあるまいか。それもまた不健康だ。

二階にあがるとき、真佐子が自分の首や腕を撫《な》でてから、私の肌に触れ、肌の張りでは勝負ありねと言ったので、私は笑いころげてしまった。

七月七日

海外調査室の夏期休暇スケジュール表を作る。

室長の希望は八月の末に休日と有給休暇を加えて六日間だが、どうやらそのあたりに外せない会議が入りそうで、舌打ちばかりしている。

Kさんは十二日間のアメリカ旅行。ボストンに叔母さまが住んでいらっしゃるそうだ。

Aさんはお盆に博多《はかた》の実家にどうしても帰りたいらしい。お祖母《ばあ》さまの具合が悪くて、一緒にすごせる夏はことしが最後になりそうだという。

同時に四人以上の者が休んでいる日を作らないようにと言われたので、部員みんなの希望をまとめて、それを割り振りするのに意外に手間取ってしまう。

ことし入社したOさんが希望する八月十六日から十日間の休暇は、一日とて変更できないものなので、なんとしても実現できるようにしてくれと私に手を合わせて頼んできた。オーストラリアでスキューバ・ダイビングを楽しむツアーに申し込み、すでに費用の半額も旅行会社に払ってきたらしい。

新入社員が何を言うかと怒られるのは覚悟のうえで、夏の旅行を決断したと言って、Oさんは旅行会社から貰《もら》った大きな十二枚組のカレンダーを私にくれた。

とても人気のあるカレンダーで、どこの営業所にも在庫はなく、無理を言って、旅行会社の社員が個人的に持っていたのを譲ってもらったそうだ。

カレンダーなんか貰っても、私には休暇に許可を出す権限はないんだけどと言っても、Oさんはひたすら両手を合わせて頭を下げつづける。Oさんは大学の合気道部出身なので、目上の者をたてるのがとても上手だ。

アメリカの有名な写真家が撮影したというモノクロームの写真は、世界の十二の山々だった。

マッキンレー、K2、マナスル、ディラン、ナンガパルバット、チョモランマ……等々。

私は、古彩斎のご主人に差し上げようと思って、一枚一枚をめくっていったが、チョモランマの峰が光り輝いている写真を目にした瞬間、その光景に釘付《くぎづ》けになってしまった。チョモランマの頂きを中央にして、月と太陽が写っていたのだ。

頂きの雪はかすかに灰色がかっていて、太陽は夕日なのか朝日なのか区別がつかない。月も昇りかけているのか沈みかけているのかわからない。

月は皓々《こうこう》と丸く、太陽は周縁を黒ずませて、どちらもチョモランマの頂きに光を投じている。

私は、その写真から目をそむけたかったが、あまりの美しさに、ただ見つめつづけるばかりだった。

月光の東という言葉から逃げたいと思いながらも、月光の東にあるものが、思いのほか単純な光景だったことに拍子抜けして、ただぼんやり見入るしかなかったといったところかもしれない。

私はOさんに、

「これ、朝なのかしら、夕方なのかしら」

と訊《き》いた。

「朝でしょう」

とOさんは事もなげに言った。

「だって、月は東に日は西にって言葉があるでしょう？　日は西にってのは夕日ってことだから。だけど、この写真では月は西にあるんですよ」

「どうして、西だってわかるの？」

Ｏさんはカレンダーの下に印刷されてある文字を指差して、この写真を撮った日と時間、使用したフィルムの種類、絞りとシャッター速度が記載されていると教えてくれた。たしかに、そこには午前八時二十二分という時刻が印刷されていた。

「そうね、太陽が西から昇ってきたら大変よねェ」

私の言い方がおかしかったのか、Ｏさんは笑い、加古さんには室長以下みんな一目置いているので、休暇の件、なにとぞよろしくと言って、また何度も手を合わせた。

二十二歳にしては如才がなさすぎて、私はＯさんにカレンダーを返そうとしたが、古彩斎のご主人が歓《よろこ》んでくれそうな気がして、そのまま貰ってしまった。

残業があったので、古彩斎に寄ることができないまま、私はカレンダーを家に持ち帰った。

いま、Ｂ全の大きなカレンダーは、丸めて居間の壁に立てかけてある。

あの写真では、月光の東にはチョモランマの頂きと太陽がある。

でも夕方、もしくは夜、西から東に位置を変えた月光の東には何があるのだろう。

もうやめよう。こんなことを考えるのは馬鹿《ばか》げている。私までが、塔屋米花という女の術中にはまるようなものだ。

七月十日
唐吉叔父様はきょうから二週間の予定でヨーロッパに行かれる。フランクフルトで、全ヨーロッパの各支社長との会談があり、そのあと、デュッセルドルフ、ベルリン、パリ、ロンドンをお廻りになる。

ことしの夏は、ヨーロッパは異常な暑さだという。フランクフルト出張からおとといお帰りになった副室長は、フランクフルトで車に冷房を入れたのは初めてだと仰言《おつしや》っていた。

定時に仕事が終わったので、カレンダーを持って古彩斎へ行く。

ご主人はとても歓んで下さり、カレンダーに見入って、これとよく似た角度からK2を見たことがあると仰言る。

お客さまがいらっしゃったので、失礼しようとすると引き留められる。私に見せたいものがあるとのこと。

十五分ほどでお客さまがお店から出て行ってしまわれると、ご主人は奥から茶色に変色した桐箱《きりばこ》を出してこられる。

「いわゆる〈綺麗《きれい》さび〉ってやつですよ」

綺麗さびという言葉で、昔、唐吉叔父様に見せていただいた小堀遠州が作らせた香合《こうごう》

を思い出し、

「遠州好みっていうものですか？」

と訊き返すと、やっぱりご存知でしたねと賞《ほ》めて下さる。

小堀遠州が中国の景徳鎮で焼かせた茶碗《ちゃわん》と水指《みずさし》を見せていただく。遠州は、もともと古田織部から茶を学んだ人だから、やはり好みも織部の影響を受けてはいるが、遠州は遠州の独自性がある。

古彩斎のご主人が、私ごとき者に大切なものを見せて下さるのは、私が生半可な聞きかじりではあっても、とにかく焼き物が好きだという点を買って下さったからであろう。

「これは波瀾万丈《はらんばんじょう》じゃありませんよ。織部は切腹を命じられましたが、小堀遠州は徳川家に仕えて天寿をまっとうしましたからね」

ご主人はそう仰言ったあと、もっと古いものと思われる瓢箪《ひょうたん》型の壺《つぼ》を桐箱から出し、これは誰の作と思うかと質問なさった。

私がわからないと答えると、

「利休の孫ですよ」

と言って意味不明の笑みを壺にお向けになった。

「千宗旦《そうたん》のものです。値段を聞いたら馬鹿らしくなりますが、いいと思う人にはいいんでしょうな」

「これみよがしの侘《わ》びですわね」

「私が見た宗旦のなかでは、これはほとんどげてものですが、これを名指しで買いたいと言ってきた御仁がいまして、ここに届くのに三年半かかりました。つまり、私もあくどい商売をするときがあるってことですよ」

私は、小堀遠州が作らせたものを唐吉叔父様にお見せしたらどうかとご主人に言ったが、ご主人は黙っていらっしゃる。

それからも、次から次へと、ご主人は奥から焼き物を持って来て、私に見せて下さりながら、私の知らないことをたくさん教えて下さる。

小一時間ほどたってから、ご主人が、

「また引き留めてしまって、ご主人やお子さんがお腹《なか》をすかせて待ってらっしゃるでしょうに」

と仰言ったので、私は古彩斎のご主人が私のことについては何もご存知ないままであったのに気づいた。

私が唐吉叔父様につれられて初めて古彩斎に来たのは、真佐子が生まれて三年ほどたったころだったと思う。

「私の主人、亡《な》くなりましたの」

と言うと、古彩斎のご主人は驚き顔で、

「いつです？」

とお訊きになる。

「去年の十月に」

「それはまったく存知ませんで失礼いたしました。社長も、そのことはまったくお話しにならなかったもんですから」

私は、夫の死後、叔父のはからいで明和証券の海外調査室で働かせてもらうようになったことを話し、

「夫はカラチで死んだんです」

と言った。

カラチに一度行ったことがあるという私の言葉を思い出されたらしく、ご主人は何度も頷《うなず》かれ、

「私も、三年前、末娘を亡くしまして」

と仰言る。

まだ三十七歳で、中学生と小学生の娘がいた。娘の亭主には、いい人がいたらいつでも再婚しろよと言っているが、もうあんなに哀しいことは二度と味わいたくないという。

ご主人はそう仰言り、

「娘の亭主は、なかなか気のいい男で、二人の子供たちが親離れしたら、私と一緒にヒ

マラヤ・トレッキングに行ってみたいなんて言ってます。再婚する気はさらさら持ち合わせていないみたいなんです。でもまだ四十歳です。男盛りですからね。それに、娘たちが親離れするまで私が生きてるかどうかわかりゃしません」

私は、古彩斎のご主人と話をしているのがとても好きだ。それがお仕事なのだから、焼き物への造詣《ぞうけい》の深さは当然だが、造詣を超えたところでの、個々の焼き物に対する好き嫌いが、私と似ているのだ。魯山人《ろさんじん》の織部青釉《せいゆう》は、厚化粧すぎるという点でも意見が一致した。そうなのよ。真佐子の言うとおりよ。青いんだから肌に張りがあって、体は混沌《こんとん》としてなくっちゃ。

それればかりではない。会社の帰り、古彩斎に寄った日は、夜、ひとりになってからも心の安寧を感じる。

きっと、古彩斎のご主人のお人柄と、年月を経てなお動じない美しさをたたえる優れた焼き物に触れる時間が、私に充足をもたらしてくれるのだと思う。

私はそんな自分の気持を伝えようとして、危うく思いとどまった。親しくなりすぎることが、お互いの負担になる場合もあると考えたのだ。

私は、カレンダーをめくり、月とチョモランマと太陽の、例の写真をご主人に見せて、

「この写真、とても好きなんです」

と言った。言ってから、自分でも驚いてしまった。

たしかにこの世ならぬ美しさをとどめている写真だが、月光の束という言葉を想起させつづけて、私に塔屋米花の存在を思い起こさせる忌《いま》わしい写真でもあるのに、私は極く自然に、この写真が好きだと言ってしまったからだった。

「チョモランマのトレッキングには、まだ行ったことがないんですよ」

とご主人は仰言り、山の名前のなかでは、自分はチョモランマが一番好きなのだと微笑《ほほえ》まれた。

「チョモランマ……。いいですな。言葉の響きに稚気がある。それなのに、登山家にとっては手強《てごわ》い相手です。標高八八四八メートル。見た目はなんでもないが、一歩踏み込むと死の世界が口をあけている。利休の茶のようですな。あの時代、武将たちにとっては、茶は今生との別れの儀式だった。死の茶の儀式といってもいい。その死の儀式を傍観者として数限りなく取り仕切ったのだから、利休、お前も死ね。秀吉は半分からかうつもりでそう命じたが、利休は言われたとおりに腹を切った。成り上がり者が、成り上がり者に腹を切れとはちゃんちゃらおかしい。俺は命じられたとおり腹を切ることで、死んでいった武将たちに詫《わ》び、成り上がり者の天下人を笑ってやる……。私は、そんなところではなかったのかと思ってるんです」

そう仰言ってから、ご主人はハサミを持って来て、私が好きだという写真の部分をカレンダーから切り離そうとなさったので、私は慌《あわ》てて制止した。十二枚揃《そろ》っているから、これはこれで値打ちがあるのだと思ったのだった。

「好きですけど、私、この写真をいつも見ていたくはないんです」

私はついそう言ってしまった。

「この写真を見てると、月光の東って、どこにあるのかって考え込んでしまって、眠れなくなりそうで」

その私の言葉で、ご主人は私を長いこと無言で見つめ、月光の東という言葉をどこで誰にお訊きになったのかと、怖い顔をお向けになる。

私は、何かの書物で読んだような気がすると答えた。古彩斎のご主人の顔に、異常とも言えるこわばりがあったからだ。

いま、夜の十二時前。古彩斎のご主人の表情がちらついている。なぜなのだろう。

三

七月十二日

きのうもきょうも、とても仕事が多くて、帰宅すると、いつもよりも自分だけの時間を欲する気持が強かった。

それなのに、日記をつける気になれなかった。日記をつけるのをひどく億劫《おっくう》に感じるときは、私にとっては心が弱っていく前兆なので、精神的には安定していたのだが用心のために御薬を服《の》んだが、きのうの夜、母の具合が悪くなり、夜の十一時に熱をはかると四十度近くもあったので、タクシーに来てもらって、近くのお医者様につれて行くと、膀胱炎《ぼうこうえん》と診断され、解熱剤《げねつざい》が効いてくるまで傍についていた。

母の熱が三十七度五分まで下がったのが夜中の三時。熱が下がるまでの震えがあまりに烈《はげ》しかったのと、お医者様の不親切な言葉つきへの腹立たしさとで、神経が苛立《いらだ》ってしまい、窓の外が薄く白み始めるころまで眠れなかった。

結局、二時間ほどしか眠っていない。勤めるようになって以来、きょうほどつらい日はなかった。頭のなかがぼおっとして、自分が自分でないようで、これは寝不足のせいだとわかっていても、そんな自分に不安を感じた。

母は、きょうも一度、四十度近くまで熱が上がったそうだが、私が帰宅したときには三十七度三分まで下がって、よく眠っていた。

駅前のピザ屋さんに出前をしてもらって、それで子供たちの夕食を済ませたが、私は何も食べないで一時間だけ眠った。

いま十二時二十分。母の熱をはかったら寝ることにしよう。

リビングのクーラーの調子が悪い。電機メーカーは、どの製品も五年で故障するように作っているのではないかと疑ってしまう。

ついこのあいだ買い変えたビデオ・デッキも、巻き戻せなくなって、電機屋さんに修理を頼んだが、部品を取り替える費用に少し追加するだけで新しいのを買えると言われたのだ。

何もかもがその調子だ。洗濯機も掃除機も、修理するよりも買い替えるほうがお得ですだなんて……。

カラチの街では、十数年前に製造された日本製のトラックやバスや乗用車が走っていた。南アジアや東南アジアでは、部品がなくても、工夫して修理して、古い日本製の車に乗っている。こわれたら直すということが常識の国と、修理すれば使えるものを捨てて、新しいものを買う国と、どっちが健全だろう。

不健全なものは、国であれ物であれ人間であれ、長つづきしないと私は思う。夫がそうであったように……。

夫が、塔屋米花さんにどんな思いを抱いていたのか、私にはわからない。夫にとって、自分の家庭がどんな価値を持っていたのか、それも訊《き》いてみたことはない。

だが、私と二人の子供との世界とは別に、隠さなければならない女性との世界も維持しようとした夫が疲れたのは当然だと思う。

不健全であることは疲れるにちがいない。疲れると、機械だって故障する。

夫は、俗に言う〈面《つら》の皮のあつい人間〉ではなかった。私と二人の子供のある家庭を大切に思っていたはずだ。

それにしても、夫と塔屋米花さんとの関係は何年くらいつづいたのであろう。夫は、私にどんな思いを抱いていたのであろう。夫婦になる前、私と夫とのあいだでは、恋という感情はあったのだろうか。そろそろ時期が来たから、おさまるところにおさまってしまおうといった形で、私たちは結婚したような気がする。

私にとって、加古慎二郎という男性は、結婚相手としては不満はなかった。格別、経済的に豊かではないが、見た目も性格も、学歴も、勤めている会社も、生意気な言い方をするならば、それぞれ基準に合格していた。

夫にとっても、私はそうであったのであろう。

つまり、私たちは結婚を前提にして恋愛を始めたのだ。この人と結婚するにあたって、さあ、この人を好きになろう……。

好きになるための恋という露払いを、私も夫も幾分自覚しながら開始し、自覚しながら短い持続のときを持ち、そして結婚した。

けれども、夫婦になり、家庭を作ったとき、夫は私にはかけがえのない大切な人になった。ひょっとしたら、夫婦になってから、私は夫に本当の恋をしたといえるかもしれない。

私の実家への心遣い、仕事に対する責任感、誰かに同調して下卑《げび》た冗談など言わないところ、神経質な私の性格への理解、一見とっつきにくいのに、笑うと別人のように柔和で、それでいてどこか野太くなる笑顔……。

それらは、私の誇りにも似たかけがえのない美徳に感じられた。私は、夫のそんな美徳を愛したが、夫という生身の、丸裸の人間としての加古慎二郎を愛したであろうか。私の愛情は、なにかのマニュアルにのっとっただけのものではなかっただろうか。

私は、性の真の歓《よろこ》びを知らないと思うし、夫も私との交わりで充足していたとは思えない。そしてそのことについて、私と夫とが正直な会話をかわしたことはない。

結婚前の、夫以外の男性との関係でも、私にとってそれはいつも空《むな》しいものだったので、私は自分が体質的にも気質的にも淡白なのだと思ってきた。

でも、この二、三ヵ月、ときおりふいにそれを烈しく求めたくなって、とまどうときがある。

その求め方の深さと執拗《しつよう》さは、これまで一度も経験したことのないものなのに、空想から得る歓びは、とてもどろどろしている。

ひょっとしたら薬のせいかと思うが、そんなことは恥しくて安倍先生には言えない。

七月十五日

室長が競馬で儲《もう》けたからと仰言《おつしや》って、社に残っていた者たち四人を食事に誘って下さる。

競馬なんかやったことがないのに、出張先の札幌でお知り合いに勧められ、付き合いで馬券を買ったそうだ。

もうじき嫁がれるお嬢様の誕生日が五月十六日なので、馬の名もわからないまま五番と十六番の組み合わせを千円で買ったら、それが二万三千円の大穴で、二十三万円にもなったという。

あしたはFさんの送別会で、幹事の私は帰りが遅くなるだろうし、尿のなかの細菌はなくなったといっても、高熱の後遺症で足取りの頼りない母の面倒を真佐子にばかりみさせるわけにはいかなかったが、誘われてもいつもお断わりしてばかりなので、お相伴にあずかることにした。

室長は、これまで二、三度行ったことがあるというフランス料理のお店につれて行って下さる。

その日のおすすめコースが一人前六千円で、場所柄を考えても、これで六千円かと感心するくらい立派なお料理だった。

一本だけ高価な赤ワインを飲もうと仰言ったのに、室長はご機嫌が良くて、メイン・ディッシュが運ばれて来る前に、同じ銘柄のワインを追加なさった。

私と、去年入社したT子さんはお酒が飲めないが、室長もNさんも、ほとんど底無しみたいだ。

Nさんは、「ここだけの話」がお好きで、ここだけの話を五つも六つも喋《しゃべ》って、二本目のワインが空になったころ、総務部の女性社員の不倫を話題にした。

「Sくんは進退極まってますよ。もう会社の連中に知られるところになるし、女はひらきなおるし」

とNさんは言った。

「俺も、まるで覚えがないわけじゃない。一昔前、俺にもそんなことがあったな。相手はおんなじ会社の女じゃなかったけどね」

室長は、Nさんを遠廻しにたしなめて、そう仰言ったのだと思う。

すると、T子さんは、大事な家庭がありながら、他の女と深い関係になり、事がそれほど荒だつこともなく終わった場合、男性はその女性にどんな思いを抱くものなのかと訊いた。

「申し訳なかったな、すまなかったな、俺はそう思ったね。いまでも、そう思ってる」

「いまでもですか？」

「うん、いまでも、ああ、あのときはすまなかったなって思ったりするね」

「それはいまでも別れた女性を思いだすってことですか？」

「ほんのときどきね。ふっと、どうかしたひょうしに思い出したりするんだ。男ってのは、その点、甘いもんだな。別れちまったら、女のほうがさばさばしてるらしいな。十何年もたって、ふっと思いだして、なんらかの思いにひたるってのは女にはないって、ある女性が断言したよ」

T子さんは、まだ二十三歳だが、うわついたところがなく、はめを外しすぎることもない。それなのに、同じ部署の男性のなかで最も嫌いなNさんと一緒なので、室長の珍しく機嫌のいい、飾りのなさそうな暴露話に、逆に生真面目《きまじめ》に向き合ってしまったのかもしれない。

「奥さんに対してはどうなんですか？　あとになればなるほど、その女の人よりも、奥さんに申し訳ないと思う気持のほうが強くならないんですか？」

T子さんの問いに、室長は照れ臭そうに、

「勿論《もちろん》、その最中は申し訳ないって思いつづけてるんだけど、いまになって、ああ、あのときは申し訳なかったとは思わないな。とにかく、ばれなかったんだから」

と仰言りながら、ちらちらと私に視線をお向けになった。話題を変えてくれないかと信号を送っていらっしゃるのだと思い、私は食べたばかりの甘鯛《あまだい》のソテーにかかっていたソースのこくのある香りは何だったのだろうと言った。

それなのに、T子さんは、

「もし奥さんにばれてたら、どうなさいました？」

と少しケンカごしに訊いた。

「もう勘弁してくれよ。つまんないこと口にしなきゃよかったな」

室長は笑って、その話題を打ち切ろうとなさったのに、T子さんはなぜかしつこかった。

Nさんがあからさまに不快な表情を浮かべ、

「なんできみが室長を責めなきゃいかんのだ」

と、きつい口調で言ったので、座がしらけてしまった。T子さんも自分の言い方が場にふさわしくなかったことに気づいたのであろうが、雰囲気を変える術《すべ》が思いつかないのか、それきり黙り込んでしまった。

室長は、笑顔でご自分の財布から一枚の写真をお出しになり、それをT子さんの前に置かれた。

「まだ持ってるんだ」

そう仰言ってから、

「嘘《うそ》だよ。これは、もうじき、どこかのつまらねェ男のものになりやがる俺の娘さ」

T子さんはやっと日頃の笑顔を取り戻し、

「へえ、お嬢さんですか？　すごくきれい」

と言った。

私もお嬢様の写真を見せてもらいながら、この五年間ほどずっと不遇をかこっていると社内で噂《うわさ》されながらも、そのことについてどこかで誰かに不満を洩《も》らしたりはいっさいせず、淡々とご自分の仕事を遂行していらっしゃる室長のお人柄に感心した。

　室長と同期の方が三人、ことしの五月に取締役に就任したが、室長は、社では地味な部署に据え置かれたままなのだ。

　以前、唐吉叔父様が仰言った言葉を私は思いだしていた。

　――長い期間に何の意味もないときもあるし、一瞬に大きな意味があるときもある――。

　これはどこかの政治家の言葉だそうだが、そして、唐吉叔父様から聞いたときはよくわからなかったが、なぜか、室長が財布からお嬢様の写真をお出しになったとき、私にはその言葉の意味が少しわかるような気がした。

　夫は生きていればよかったのに……。

　たかが女の一人や二人のことで首を吊《つ》るなんて。

　室長が企業というもののなかで不遇をかこったまま定年を迎えたとしても、室長の人生がそこで終わるわけではない。

　そう考えると、私はいま日記を書きながらも、夫は生きていればよかったのにと心から思ってしまう。

　私は、メイン・ディッシュの鴨肉《かもにく》を食べているとき、

「一昔前に別れた女性、そのときお幾つで、どんな方だったんですか？」

と訊いた。

せっかくなごんだというのに、なぜまた話をむし返すのかという表情でNさんは私を見やったが、私は楽しい話になる自信があったし、T子さんもそうするために頭を働かすだろうと思ったのだった。

「まさか、お嬢さんに似てるんじゃないでしょうね」

T子さんは、茶目っぽく言った。

「三十二歳だったかな。どっちかって言うと美人の部類だけど、人目を魅《ひ》くってほどでもなかったな。俺も、どうして好きになったのかわからないんだ。たぶん、好きになったんじゃないね。向こうも、そうだったんじゃないのかな。向こうは寂しかった。俺は、ちょっと冒険がしてみたかった。それだけのことだったのに、俺は苦しんだし、相手も苦しんだ。古今東西、こういう男と女の関係の行く末は決まってるんだな。女房にばれなくて、ほんとによかったよ。だって、ばれたりしたら、女房が可哀相《かわいそう》だよ」

レストランを出たところで、私とT子さんは、室長とNさんと別れて信号を渡ったが、そのとき、斜め前に〈ヒノキ・ビル〉と最上階に看板の掛かっているビルが目に入った。

ひとりでそのビルに足を踏み入れるのは怖くて、T子さんに、ついて来てほしいと頼んだ。たしかこのビルに知り合いの方が経営しているオフィスがあると思うのでたしかめてみたいと口実を作って。

一階フロアに案内板が設けられていて、入居している幾つかの会社の名が各階ごとに記されていた。

ただ社名だけで、どんな職種なのかはわからない。キクタ・コーポレーション、横沢興産、松井貿易、ジュエリー・スミタ、株式会社アート・センテンス、鈴峰法律事務所、津山歯科医院……。

ほかにもあと五つほどの名前があった。

塔屋米花さんが夫への手紙に書いた「ヒノキ・ビルの例のところ」が、どこなのか、さっぱりわからない。

そこがわかれば、私はあるいは塔屋米花という女性と逢《あ》えるかもしれないのだが、案内板の前に立っているうちに、逢ったところで何がどうなるわけでもないという気持が、私自身を空しくさせてきて、T子さんに礼を言ってビルから出た。

今夜はとても蒸し暑い。

帰りの地下鉄のなかで、T子さんは、どうしてあんなに人の噂話や悪口が好きなのかとNさんのことをしきりに不思議がっていたが、Nさんは人間が軽いだけで、それほど悪意はないのだ。

悪意のない風聞というものが始末に負えないのだけれど。

七月十六日

Fさんの送別会。終わってから二次会へくりだす人たちに、室長が三万円お渡しになった。競馬で儲けたお金は、そうやってお使いになってしまうおつもりらしい。

送別会の最中、何かの話題から、室長も山歩きがお好きだったことを知る。三年ほど前に腰痛《ようつう》が持病になってしまってからは、山歩きも断念せざるを得なくなったとのこと。

私は、ふと思いついて、登山家などが使う専門用語のなかに〈月光の東〉という言葉はないかと室長に訊《き》いてみた。

先日の古彩斎のご主人の表情がずっと気になっていて、月光の東という言葉は、何かの専門的な熟語かもしれないと思ったからだが、室長はご存知ではなかった。

私にカレンダーを下さったOさんも、高校時代は山岳部だったそうだが、月光の東なんて専門用語は一度も耳にしたことがないという。

私と室長とOさんの会話を耳にしたらしく、オオバントウさんが、月光の東って何ですかと私に質問なさった。

本名は板東で、体が大きいのでオオバントウさんと呼ばれているのだが、来年に定年をお迎えになる。

語学が堪能《たんのう》で、英語、フランス語だけではなく、ロシア語やアラビア語にも通じていらっしゃる。

どうしてこのような方が、大学を卒業してから今日まで証券会社であまり日の当たらない部署を異動しながら、出世とは無縁のままお勤めをつづけてきたのかと思ってしまうほどに無口で学者肌だ。

オオバントウさんは、来年の四月から名古屋に新設される女子大で教鞭《きょうべん》をとることが決まっていらっしゃって、それはみんなも知っていたのだが、アラビア語とアラブ文学を教える予定であるのを今夜初めてご自分からお話しになった。

みんなは英語かフランス語を教えるのだろうと思っていたので、Fさんの送別会は途中からオオバントウさんが主役になってしまった。

オオバントウさんは、しきりに月光の東という言葉に興味を示され、アラブ世界では、太陽よりも月に重きを置くのだと仰言った。

オオバントウさんが、ご自分が主役になって重い口をひらくのは珍しいことだった。

これまで十数回、アラブ世界を旅していらっしゃるそうだが、去年の夏はパミール高原からアム・ダリヤ河の流域に行かれたという。

アム・ダリヤ河がどこにあるのか、パミール高原とはどのあたりなのか、それを説明していると長くなるのでと前置きし、オオバントウさんは月氏《げっし》について少しお話をなさった。

古代から中国の西のあたりで勢力を誇ったイラン系遊牧民族を月氏と呼ぶそうだ。

オオバントウさんは、パミール高原でもアム・ダリヤ河流域でも、毎晩長い時間、月を見つめたという。あのあたりの月には、いつも魅了されてしまい、古代シルクロードの興亡や人間模様を夢想するが、この月光の東には、自分の故国があるのだという思いは、妙に格別なものだと仰言《おつしや》る。

「日本という東の小さな国に生まれた自分も、この中央アジアを真のふるさととしているんだって、あのあたりの月を見上げるたびに実感するんです」

とオオバントウさんは仰言り、こうおつづけになった。

「逆に、古来の人々は、月光を見て、この東には何があるのかと思ったでしょうね。西にあるものは、ヨーロッパの白人文化で、自分たちとは相容《あいい》れない邪悪な世界だが、東には何か清らかな世界が待ち受けてる。アラブの説話には、東方世界を清浄なものとして憧《あこが》れているものが幾つかあるんです」

そう仰言って、オオバントウさんは、月光の東、月光の東と何度も小声で繰り返し、ひとりで納得するように頷《うなず》いていらっしゃった。

この日記を書く前に、納戸《なんど》にひとまとめにしてしまってある百科事典を出し、パミール高原、アム・ダリヤ河、月氏の項を読んでみた。パミール高原は、古彩斎のご主人がトレッキングをする有名な峰々があることを考えると、オオバントウさんの感懐と同じものを、古彩斎のご主人も抱いたことがおありなのかもしれない。

ひさしぶりに百科事典をひもといて、お勉強らしいことをしたので、忘れないうちに要点だけ、この日記にまとめておこう。

月氏

中国古代の春秋戦国時代から現在の甘粛省地域に勢力を拡張していたイラン系遊牧民族。シルクロード交流の先駆的役割を担《にな》っていた。

しかし、モンゴル高原で勢力を拡大した匈奴《きょうど》が、月氏と西域貿易の利を争うようになり、匈奴の冒頓単于《ぼくとつぜんう》に潰滅《かいめつ》的打撃を与えられた月氏の主勢力は西方に逃れ、パミール高原を越えてアム・ダリヤ河流域に移動し、アフガニスタン北部のバクトリア王国を征服した。

中国史では、中国辺境に残留したものを小月氏、西方に移動した勢力を大月氏と呼ぶ。紀元一世紀中頃、大月氏の地からクシャーナ朝が勃興《ぼっこう》し、中央アジアからインドにかけて雄飛し、中国史、漢訳仏典は、それをも大月氏の名で呼んでいる。しかし、クシャーナ、大月氏が同一民族であるかどうかは不明。

アム・ダリヤ河

中央アジアの川。パミール高原の氷河に源を発してアフガニスタンから旧ソ連邦中央アジアを経てアラル海に注ぐ。

全長二六二〇キロメートル。中国史料では嬀水《ぎすい》などと呼ばれ、中流、下流域は砂漠で流入河川はない。古くは東西交通路が各地でこの川を横切り、流域には先進文化地域が発展した。

パミール高原

中央アジア南東部の多数の山脈からなる高地。大半は旧ソ連領で、東端が中国領、南端はアフガニスタン領。世界の屋根と呼ばれ、山間の河川はアム・ダリヤ河上流のピャンジ川に集まる。

古く紀元前二世紀後半の張騫《ちょうけん》の遠征以来、中国では〈葱嶺《そうれい》〉の名で呼ばれ、高原越えの数本のルートは、東西交易、文化交流に大きな役割を果たした。

私は何のために、月氏やアム・ダリヤ河やパミール高原のことを調べ、こうやって日記にまとめてみたりしたのだろう。

私が〈月光の東〉という言葉にこだわるのは、夫がパキスタンのカラチで死んだことを無意識のうちにこだわっているのかもしれない。

塔屋米花という女性を月光の東まで追いかけて行って、そこで死んでしまった夫のことを知りたいのか、塔屋米花のことを知りたいのか、それとも単に〈月光の東〉というわけのわからない暗号そのものに嫉妬《しっと》しているのか、私には自分の心がよくわからない。

あしたは町内の生ゴミの当番日。いつもより三十分早く起きなければいけない。

母の膀胱炎はすっかり完治したようで安心した。

七月十七日
きょうも、ヒノキ・ビルに行ってみようかという思いに引っ張られそうになる。

あのビルの近くに立っていれば、塔屋米花が私の前を通るかもしれない。

私には、どの女性が塔屋米花なのかわからないが、ある種の勘は働きそうな気がする。

でも、今夜は真佐子ともう一度クリーム・コロッケ作りに挑戦する約束なので、お仕事を終えるとすぐに家に帰った。

帰ると、ついさっき、加納直彦という方から電話があったと母が言う。

ニューヨークから日本にお帰りになったのだろうか。

またあらためてお電話しますと仰言ったそうだが、今夜はかかってこなかった。

クリーム・コロッケは、私なりには上々の出来だが、それでも蔦屋の味には程遠い。

どこがどう違うというのかしら。私も真佐子も顔を見合わせて同じことをつぶやいてしまった。

気がつくと、この数日、お薬を必要としていない。

七月十八日
加納さんから社に電話がかかる。母から私の勤め先を教えてもらったとのこと。ニューヨーク駐在が終わったのではなく、仕事で日本へ戻っていらっしゃったらしい。ことしのニューヨークの暑さと比べたら、日本の暑さなんてどうってことはないと仰言る。

夫の死後、私は一度も加納さんとお逢いしていない。

一度、加納さんに手紙を書いたことがあったが、投函《とうかん》しないまま破り捨てたのだ。お葬式に行けなかったので、せめてお線香でもと仰言り、いつお邪魔すればいいかとお訊きになる。

ニューヨークへはあさって帰るので、それまでになんとしても行きたいとのこと。あすの夜の九時にお約束して電話を切る。私の知っている加納直彦さんは、冗談のお上手な優等生といった感じだが、電話の話し方には元気がなく、以前の加納さんとはちがった印象を受けた。

帰り道、歩いていて、突然、悲鳴をあげたくなるほどの寂しさを感じた。

その寂しさは、いまもつづいている。私は何のために生きるのだろう。

七月十九日

九時少し前に加納さんがおみえになる。

あらためて、お悔みの言葉をかけて下さり、お仏壇にお線香をあげて下さったあと、

「あいつが自殺するなんて」

と仰言ったきり黙っておしまいになる。

その沈黙と、どことなく身の置き所のなさそうな表情で、私は加納さんが、夫と塔屋米花とのことをご存知であるのを確信する。

加納さんは三十分ほどで辞されたが、私はタクシーがつかまる場所までお送りすると言って、家から出ると、単刀直入に訊いた。

「塔屋米花さんのことを、隠さないで教えていただきたいんです」

と。

その女性の存在はたしかに知っているが、自分は逢ったこともないし、どこで何をしている女性なのかも知らない、隠しているのではなく、本当に知らないのだと、加納さんは仰言る。

「加古と飲んでいるとき、三度ばかり、その女性のことで相談をもちかけられたんです。

でも、加古は自分から相談をもちかけたくせに、女の名前だけしか言わない。どんな女で、どんないきさつでそんな関係になったのか、まるで話そうとしない。それじゃあ、相談されても相談に乗りようがないだろうって怒ったんですけど、それでも名前以外はなんにも喋《しゃべ》らない」

どんな相談だったのかと私は訊いた。

「どうやって別れようかって相談です」

と加納さんはお答えになったが、私は加納さんが嘘《うそ》をおつきになっているように感じた。

それで、どうか嘘をつかないで、ありのままを話していただきたいとお願いした。その女性の存在と謎《なぞ》だけが残って、自分は二人の子供と一緒に置き去りにされたのだ。何もかもをきれいさっぱり忘れて、新しい人生と向かい合うためには、自分のなかでかたをつけなければならないことがある。塔屋米花という存在は、私を蛇の生殺しのようにさせている、と。

加納さんは長いあいだ迷っていらっしゃったが、

「加古の相談らしきものを、ぼくは奥さんに喋るわけにはいきません。たいしたことじゃないんです。その女には、自分よりももっと好きな男がいるから、もうさっさと別れてしまいたい、自分には大事な女房や子供がいるのに、なんて馬鹿《ばか》なことをやっちまったんだろうって、加古は二度ほど、愚痴っぽく言っただけです」

加納さんは九月初旬にニューヨーク駐在を終えて東京本社にお戻りになるという。

私は、加納さんがタクシーにお乗りになって帰って行かれたあとも、加納さんが嘘をついていらっしゃるという思いをぬぐいきれなかった。私のために、言わないでおこう、言わないほうがいいのだ……。加納さんの目には、そんな思いが沈んでいた。

寝る前、中央アジアの地図を見つめる。私も、おごそかな峰を間近に見てみたい。人間のちっぽけな、愚かな、卑《いや》しい欲望を吹き流す風に向かって立っていたい。

第五章

一

塔屋よねかの来し方や現在の境遇を、向こう岸からそっと盗み見てみたい……。

私はそんなふうな言い方をしたことがありますが、私のなかにあるものは、どうもそれだけではなさそうです。

つまり、私の本心が、もうひとつの本心を隠そうとしつづけて、かれこれ十ヵ月がたちました。

きょうは十月十五日。加古慎二郎がカラチで死んでちょうど一年がたったことになります。加古家では、一周忌の法要が行われていることでしょう。

この一年間、加古夫人がどんな思いで暮らしてきたのか、私には推し量ることはできませんし、一年間という月日が、遺《のこ》された者たちに癒《いや》しを与えるに充分なのかどうかもわかりません。

よねかは、どんな思いで、きょうという日を生きているのでしょう。去年のきょう、加古が死んだ……。あの日からちょうど一年たったんだわ……。ただそのような思いだけかもしれませんし、よねかだけの深い感情に包まれているかもしれません。

私は、私の本心がもうひとつの私の本心を隠しつづけると言いましたが、そのような考え方は、よねかの足跡を追っているうちに、なぜか自然に私のなかに生まれてきたのです。

よねかのことを調べ始めて、私は自分が塔屋よねかという女に奇妙な思いを抱くようになったのに気づきました。

糸魚川《いといがわ》の時代以降のよねかを知っている人物が、私の前には何人かあらわれてきました。信濃《しなの》大町駅近くの小料理屋の女将《おかみ》、よねか一家が身を寄せた瀬戸口自動車工場の隣に住んでいた男、それから北海道の合田澄恵、たかのり学園で働いていた女、よねかの母を雇っていたという旅館の女将、たかのり学園の元理事長。合計六人ということになります。

この六人の言葉によって、現在のよねかのことが判明したわけではありませんし、よねかの来し方が具体的にひとつながりになったわけでもありません。

それぞれは断片的であり、一貫性を欠いているのですが、一貫性を欠いていることによって、私のなかでは統一されたよねかの像が少しずつ形づくられたといってもいいでしょう。

ようか。

どんな像かと訊《き》かれると困ってしまうのですが、ひたむきな努力で経済的基盤を築き、自分の仕事によってその世界で強い輪郭を持つ美貌《びぼう》の中年女性ということになるのでしょうか。

なんだ、たったそれだけかと笑われそうですが、その像の背後に、幸薄い宿命を垣間《かいま》見《み》せるよるべない陰影の横顔があり、敵にたちむかう強い眼光があり、潔癖に生きようとする凛《りん》とした口元があり、自分の美貌を知り抜いた邪気の微笑があります。

つまり、簡単に言えば、私は、塔屋よねかという女を、なにかしら人間として好きになってしまったのです。

背筋をのばし、負い目を見せず、きょうまで生きてきたのだな。少しは肩の力を抜けばいいのに。そんなに頑張ってどうするんだ。いったい何を相手に闘っているのだ。もう少しらくに生きればいいのに……。

わずか六人の証言が、私を現在の年齢のまま糸魚川時代に引き戻し、中学一年生のよねかの肩を抱いて、ねぎらいの言葉を投げている幻想を作りあげました。

十三歳のよねかに話しかけるのは、なぜかいつも四十九歳の私です。十三歳の私だったことはありません。

よねかが橋を渡ってくる。きょうも、なにか辛《つら》いことがあったような顔をしている。

私はクシムナレーのうしろによねかを乗せて田園の道を行きながら、大丈夫、すぐにおとなになるよとささやきます。おとなになって、いやな世界から去っていけるよ……。

そんな幼稚な幻想とも妄想ともつかない時間にひたることが、私の秘密の歓《よろこ》びになってしまったとき、私は〈本心〉というものはひとつだけではないと気づきました。

本心は無数にある。それが百個あろうが三千個あろうが、その瞬間その瞬間、すべて本心なのだ。

十三歳のときの私の恋は、いまもまだつづいていると思うのも本心ですし、加古慎二郎への嫉妬《しっと》も本心ですし、よねかを癒せる男になりたいのも本心なのです。

誰もが、みなそうであるにちがいありません。人は誰もが無数の本心を持っている。私が糸魚川以降のよねかについての極めて部分的な映像から得たものは、よねかの姿ではなく、そのようなさしてきわだってもいない思考でした。


十月末の金曜日、ひとりの男が私に逢《あ》うために社を訪れました。

受付係が面会人の名を私に告げたとき、私は首をかしげ、そのような人は知らないと言いかけたのですが、熊沢浩二という名に聞き覚えがあるような気がして、どんな用向きかを受付係に訊いてもらったのです。

「たかのり学園のことでお越しになったと仰言《おっしゃ》っています」

私は、熊沢浩二という名を思い出し、エレヴェーターへと急いだのですが、なぜ、たかのり学園で調理師をしていた男が、わざわざ自分から訪れたのか、なぜ私のことを知っているのか、不安を感じたのです。

四十歳前後にも見えるし、五十代の半ばにも見える熊沢浩二は、背が高くて、頬がひどくこけていました。

「杉井さんですか？　門別で塔屋米花《よねか》さんのことを調べてましたか？」

熊沢浩二は、私がそうだと答えると、しばらく私の顔を見つめたり、受付の壁に掛かっている大きな油絵に目をやったりしてから、少し時間を頂戴《ちょうだい》できないかと言いました。

私は社屋の地下にある喫茶店に彼を誘い、用件を訊きました。

「久しぶりに門別に行ったら、杉井って人が塔屋米花さんのことを調べに来たって聞いてね。大杉厚子から。覚えてる？　大杉厚子を。彼女が、あんたから貰《もら》った名刺を見せてくれたんだよ。それで、どうして塔屋さんのことを調べてるのかと思って。名刺は偽《に》せ物じゃないかって思ってね。でも、本物だったんだな」

「名刺が偽せ物って、どういう意味ですか？」

「つまり、警察の人かなって思っちゃったんだよね」

「それで、わざわざ東京までお越しになったんですか？」

私が訊くと、熊沢浩二は、別の用事で上京したのだが、なんだか気になって仕方がないので、杉井という男が本当にこの会社に勤めているのかどうかを確かめてみようと思ったのだと言いました。

熊沢浩二は、何かに怯《おび》えているようだったのですが、コーヒーが運ばれてきたときには笑みを浮かべ、

「警察なら警察だって言うよね。偽せ物の名刺なんか使う必要はないんだから」

と言いました。

私は、北海道に出向いた際、小樽《おたる》に足を延ばして熊沢さんにも逢おうかと考えたのだと言いました。

「塔屋さんのことは、熊沢さんがよくご存知かもしれないって、大杉さんが仰言ったもんですから」

「たいして知っちゃあいないけど、お天気屋で、自分の都合だけで学園をつぶしちまう女だよ」

「学園をつぶす？　火事だとか、他にもいろいろと事情があって、たかのり学園の運営をあきらめるしかなくなったって聞きましたが」

「誰から？　大杉厚子がそんなこと言ったの？」

「いえ、理事長だった平瀬敦雄《あつお》さんからです」

「平瀬に逢ったの？　俺のことは何て言ってた？」

「あなたのお名前は出しませんでした」

たかのり学園に勤める前、自分は横浜の給食会社で働いていた。その前は箱根の有名な旅館にいて、板長の次の次くらいの地位にあって給料に文句もなかったのに、塔屋米花の口車に乗せられて、あんな新冠《にいかっぷ》くんだりへ行くはめになり、あげくは塔屋米花の約束不履行で働き口を失《な》くした……。

熊沢浩二の言葉を聞いているうちに、このての男の話は信用できないと私は思いました。このての男はどこにでもいるのです。勤め先を転々とし、職場の悪口を言い、前の職場のほうがよかったと愚痴を並べ、何もかもを人のせいにする輩《やから》です。

しかし、何を勝手に案じたにせよ、熊沢のほうから逢いに来てくれたのですから、私は教えてもらいたいことを質問してみました。

「塔屋さんは、いまどこにお住まいなんですか？　どうしてもお伝えしたいこともあって捜してるんです」

「知らないな。あの女は秘密主義でね。本当のことは何ひとつ言わない。どうしてこんなことを隠さなきゃいけないのかって思うようなことも隠すんだよ。新冠に来て、帰りの飛行機に乗り遅れたことがあるんだけど、その晩、千歳《ちとせ》のどのホテルに泊まるのかって訊いても教えないんだ。俺は、別に下心があって訊いてるわけじゃないんだ。ただどのホテルに泊まるのかなっと思って訊いてるだけなのにさ。あしたは何時の飛行機ですかって訊いても教えない。そんなことがつづくと、こっちは、だんだん頭に来るんだ。

俺にだけじゃなくて、平瀬にも、他の連中にも、何にも教えない。変な女なんだ」

「でも、熊沢さんは北海道に行く前から塔屋さんとはお知り合いだったんでしょう？」

「箱根の旅館に勤めてたときに知り合ったんだけどね。向こうは客で、こっちは板場だから。板長の代わりに部屋まで挨拶《あいさつ》に行って、俺の弟とおんなじような妹をつれてたから、そのことを話したんだよ。そしたら、たかのり学園の計画を持ちだしてきてね」

「その場ですぐにですか？」

「いや、半年ほどたってから板長を介して持ちかけてきたんだよ」

「塔屋さんと連絡をとる方法はありませんか」

「たかのり学園の話が動きだしてからは、窓口はいつも平瀬だったからね。でも、平瀬は教えてくれなかっただろう？」

「ええ。訊いてみたんですが、なんとなく、はぐらかされてしまって。教えたくないって感じでしたね」

「そりゃそうさ。平瀬は塔屋だけじゃなくて、あの女の叔父貴の金まで使い込んでたんだから」

よねかの叔父？　私はよねかを知っている人間の誰からも出なかった言葉に驚きました。よねかに叔父さんがいても不思議ではないのですが。

「叔父さんというと、あの糸魚川の？」

私はかまをかけてみました。何ひとつ知らなくて、ただ質問するだけだと怪しまれて、熊沢の口を閉ざさせてしまうと思ったのです。

「糸魚川かどこか知らないよ。津田って人さ。知ってる？」

「ええ、名前だけは」

まだ十七、八歳のよねかを愛人にした男。贋作《がんさく》事件で美術商の世界から消えていった男は、たかのり学園があった時代も、よねかとの関係はつづいていたのでしょうか。

「津田さんはいい人だよ。俺は、あの人とは二回しか逢ったことはないけど、たかのり学園の創立準備のときには、陰で随分動いてくれたんだ。港区の家を改造してレストランをやるって言ってたけど、ほんとに店を開いたのかな。あんた知ってる？　蔦屋《つたや》って店の名も決めてたんだ」

「さあ、どうなんでしょう」

私は曖昧《あいまい》な返事をしたあと、平瀬敦雄が塔屋米花に対して悪口めいた言葉はいっさい使わなかったと熊沢に言いました。

「平瀬一流のやり方だね。あいつも腹と口とは正反対。あいつは嫌いなやつを賞《ほ》めるのが作戦さ。世間知らずな学校の先生のくせして、株に手ェ出しちまって。あっというまに火の車で、たかのり学園の金で自転車操業してやがった」

私は、熊沢に、どうして警察が調べているたりしたのかを訊きました。熊沢は火事の一件が完全に片づいたとは思えないので、そんなふうに考えてしまったのだと答え、煙草《たばこ》の火をせわしげにもみ消して、喫茶店から出て行ったのです。

火事の原因、もしくは元凶は、ひょっとしたら熊沢ではないのかと思いましたが、私は自分の机に戻り、女子社員に電話帳を持って来てもらうと、港区の蔦屋を捜しました。港区といっても広く、蔦屋という飲食店名も一軒だけではありませんでした。私はそれらをすべて手帳にひかえ、あれ以上追及しても、おそらく熊沢浩二からも、よねかのことをさらに詳しくは訊き出せなかっただろうと考えました。

よねかは、たかのり学園の関係者たちに、津田富之《とみゆき》を自分の叔父だと説明したのでしょう。いずれにしても、よねかと津田富之の関係は長くつづいていたことになります。贋作事件のあとも、よねかと津田富之は別れなかったと思われるのですが、よねかと加古慎二郎は、いったいいつどこで再会したのかという疑問が、これまでとは違った意味を持ち始めたのです。

よねかが新冠にたかのり学園を創立したとき、すでに加古との関係が深まっていたとすれば、よねかと津田富之は、そのときどのような男と女であったのか。

そんな思いは、私のなかの幼稚な妄想を乱れさせました。十三歳のよねかを癒す男が、私ではなく津田富之に変わったのでした。

見たこともなく、どんな顔つきの男なのかもわからないのに、津田富之は、いかなる場合でも、よねかを癒《いや》すただひとりの人物として、その枯れた背中を私に見せ始めたのです。

六軒目の店で、

「津田さんはいらっしゃいますか?」

と訊いたとき、応対した女性は、

「どちらさまでしょうか?」

と私に訊き返しました。

私はそのまま電話を切り、その蔦屋の電話番号と住所を手帳の別の場所に書き写しました。

熊沢浩二の言ったことは本当だったのです。津田富之は、画商から身をひいたあと、港区で蔦屋というレストランを営んでいたのです。

私からの手紙を読んだはずの津田富之から返信がないのは当然ですが、逢っても何かを語ってくれそうな気はしません。

レストランのオーナーが、いつも自分の店にいるとはかぎりませんし、予想をはるかに超えた高級レストランで、一見《いちげん》の客は入れないといった場合もなきにしもあらずで、私は蔦屋へ行ってみようと思いながらも、すぐに行動には移せませんでした。

もうじき師走《しわす》に入るというころ、北海道の合田澄恵から手紙が届き、秋の菊花賞では残念ながら勝てなかったポトラッチが、十二月の中山競馬場で行われる有馬記念《ありま》に出走することになった。菊花賞の日は、あいにく都合が悪かったようだが、もしご興味がおありになるなら、有馬記念のレースを馬主席でご覧になってはいかがかと書かれてありました。

たしかに菊花賞のときにも招待されていたのですが、私はスウェーデンから来日したバイヤーを工場に案内しなければならなくなりましたし、菊花賞はなにぶんにも京都で行われることもあって、遠慮させてもらったのです。

しかし、競馬に興味のない私も、有馬記念というレース名くらいは知っていますし、大レースの前々日あたりから、周りの社員たちが馬券の予想を楽しそうに口にするのを耳にして、一般の者は入れない馬主席に行ってみたくなりました。

久しく活躍馬を出さなかった合田牧場の生産馬を応援したい気持もありましたし、合田澄恵という女性の人柄も好きだったので、私はお誘いに応じることにしたのです。

有馬記念の当日、私は昼前に家を出て、電車で千葉の中山競馬場へ向かいました。

合田澄恵は馬主席の受付で私を待っていてくれました。

「菊花賞は惜しかったですね。出張先のホテルでレースを観《み》て応援してたんです。馬券も買ってないのに、ゲート・インが始まったとき、どきどきしました。勝った馬とはそんなに差がなかったですよね」

私がそう言うと、合田澄恵は馬主席へのエレヴェーターの前で、

「五馬身差ですもの、完敗ですわ」

と笑いました。

出走馬の生産者には、馬主席とは別に席が設けられているらしくて、私がゴール前近くの席に坐《すわ》ると、合田澄恵は十五分ほどどこかに姿を消しました。

私のいるところに戻って来ると、何人かの知り合いと挨拶してから、

「三着までに来たら、お赤飯を炊《た》きますわ」

と言いました。

「一着でなくてもお赤飯ですか」

「古馬に強いのが三頭いますし、四歳馬では、まだ菊花賞の勝馬のほうが強いと思うんです。うちの馬に本当の力がついてくるのは、五歳になってからです。でも、競馬はやってみないとわかりません」

有馬記念は第十レースで、私と合田澄恵が馬主席に並んで坐ったのは、第七レースに出走する馬たちが馬場に入場して来たときでした。

合田澄恵は、双眼鏡で馬を観ながら、一万円を捨ててみる気はおありかと、はしゃいだ口調で言いました。

「合田さんが作った馬の単勝馬券を一万円買うつもりで来たんです」

「うちの馬じゃなくて、このレースの十二番の馬の複勝を一万円買うんです。もし入ったら、その儲《もう》けを次のレースの複勝に全部。それも勝ったら、その儲けをまた次のレースに全部っていうふうにするのを、複勝式のころがしって呼んでるんです。私、若いころから、このやり方が好きで、競馬場に来ると必ずやってたんです。複勝式は、買った馬が三着以内に入ればいいから配当は安いんですけど、ころがしつづけるのはとても度胸がいりますのよ。これをやると自分の姑息《こそく》さってものが、よくわかりますわ」

たとえば第七レースで買った馬が三着までに入れば、たぶん配当は三倍くらいつく。元金の一万円は三万円になる。その三万円を第八レースに賭《か》ける。それが入って二倍つくとすれば、元金は六万円に増える。その六万円をまた第九レースにというふうにして、最終の第十一レースまでころがしていく。

途中で外れたら、そこで終わりだ。しかし、入りつづけると、最終レースを買おうかどうかしりごみしてしまう。

「七、八、九、十と入りつづけたら、元金の一万円は、びっくりするくらいの額に膨らんでるんです。もうこれで充分じゃないかって思うか、どうせ最後に外れても、損は一万円だけだって思えるか……。やってごらんになります？」

「面白いですね。やりましょう。買う馬は合田さんが決めて下さいね。私には馬のことはさっぱりわかりませんので。でも、第十レースの有馬記念だけは、合田牧場の生産馬を買いますから」

「勿論《もちろん》、私もそうしますわ」

合田澄恵は、再び双眼鏡をのぞき、やはり十二番の馬が目につくと言いました。私は、合田澄恵の一万円もあずかって、馬券を買いに行きました。

第七レースは、十二番の馬が二着に入り、複勝式の配当は三・四倍でした。

「一番人気馬が四着になったから、配当金が高くなったんです」

と合田澄恵は言いました。そして次のレースの馬を選ぶために予想紙を見、パドックを映しだしている場内テレビのところに行き、馬たちが入場してくると双眼鏡をのぞきました。

「こんどは二番の馬。二番人気だから、一・五倍ってところかしら」

「三万四千円の一・五ってことは、入れば五万一千円になるわけですね。それで充分ですよ」

「もう弱気になってらっしゃる」

第八レースも取り、元金は五万七千八百円になりました。一・七倍の配当だったからです。

第九レースで買う馬を決めると、合田澄恵は有馬記念の出走馬の生産者席に行かねば

ならないと言って人混みに消えましたが、席を立つとき、

「有馬記念は、うちの馬ですわよ。三着以内にこなくても恨まないで下さい。第九レースも取ったら、元金はたぶん十五万円くらいになりますわ。そこでやめたら十四万円儲けて帰れますのよ。うちの馬が三着以内に来る確率は、十パーセントくらいかしら」

と私をからかうように言いました。

「元は一万円ですよ。最終レースまで行きましょう。でも、第九レースで外れるかもしれない」

しかし、第九レースも取ってしまったのです。配当は三・二倍でしたから、十八万四千九百六十円にもなってしまいました。

私は、その金額に驚きましたが、合田澄恵の馬を見る目にも舌を巻く思いでした。子供のころから競走馬と一緒に暮らし、いまも競走馬と毎日接している合田澄恵には、馬たちの体調の良し悪《よしあ》しや、気力の有無が、かなり具体的に判別できるのだという驚きでした。

有馬記念出走の馬たちの本馬場入場が始まると、私は六番の馬ばかり見ていました。あっちを向いたり、こっちを向いたりして、なんだか落ち着きがなさそうでした。

場内テレビでオッズを見ると、八番人気で四・八倍から六・五倍ということになっています。一番人気と二番人気の馬の複勝式の配当は、どちらも差はなく、一・二倍から

一・六倍ですから、合田牧場生産の四歳馬が三着以内に入る確率は、たしかに低いようでした。

それなのに、六番の馬は三着でした。一着と二着がどの馬なのかは誰の目にもわかりましたが、三着から五着まではほとんどひとかたまりになってゴール横を駆け抜け、合田牧場の生産馬は、それらの馬の内側にいたので私には見えなかったのです。

大観衆の三分の一ほどがいなくなり、最終レースの出走まであと十分という時刻になるまで合田澄恵は戻って来ませんでした。

私は、五・三倍の配当がついて九十七万九千九百七十円にもなってしまった金をコートのポケットに入れ、ひどく高揚して、うろたえてしまっている自分を持て余しました。一万円が百万円近くに増えてしまった……。でも、これを全部最終レースに使って外れても、一万円の損だとは思えるはずがない……。そんなふうに思える人間なんているものか……。

「騎手がうまく乗ってくれたんです。四コーナーでごちゃついたとき、慌《あわ》てずに内でじっと我慢したから、かろうじて三着に残れたんです。でも、馬にも力がついてきました」

戻って来た合田澄恵は、そう言って、大きく肩で息をしました。

「九十八万円近くになりましたよ」

私がそう言うと、合田澄恵は、

「うちの馬がグランプリで三着になるなんて」

とつぶやきました。

自分の牧場で生まれ育った馬が大レースで三着になったことは、複勝式の馬券ころがしで一万円が百万円近くになったことよりも大きな意味を持っているのに気づき、私はお祝いの言葉を述べる余裕もなくしていた自分が恥しくなりました。

「もうやめましょう。勝ち逃げしちゃいましょう」

と合田澄恵は笑いながら言いました。

「えっ？　やめるんですか？」

「私、度胸のない女なんです。所詮《しょせん》、小市民なんですもの。五レースもつづけて取れるはずありませんわよ。うちの馬が三着になったのは奇跡みたいなもんなんです。だって、最終レースで外れたら、百万円が消えちゃいますわ」

「それをやるのが、ころがしってやつの醍醐味《だいごみ》なんでしょう？」

「杉井さんは醍醐味を取ります？　百万円を取ります？」

「百万円を取りましょう」

私たちは笑い合って馬主席から出ると、最終レースの馬券を買うために並んでいる人々の列を縫ってエレヴェーターのところへ行きました。

馬主席から出て来た人たちがエレヴェーターを待っていました。合田澄恵は、列のうしろで歩を停め、私のコートの袖《そで》を引っ張って、

「津田さんですわ」

とささやいたのです。

「エレヴェーターの扉のところにいらっしゃるグレーのスーツの方。ほら、いま帽子をかぶってる方と話をなさってる方。あの人が津田富之さんですわ」

私は、その人物を見ようとして、立っていた場所を変えました。すると、津田富之は何気なくうしろを振り返り、合田澄恵に気づいたのです。

津田富之は、横にいた人に何か言ってから、人々をかきわけて合田澄恵のいるところに来ると、

「三着でしたね。いい競馬をした。来年が楽しみですよ」

と言いました。

「勝てなかったのにお祝いを言うのはどうかと思いましたが、この三着はやはりお祝いすべきだろうと思って、あちこち捜したんですが、お姿が目に入らなくて」

「ありがとうございます。この三着は鼻高々です。津田さん、とてもお元気そうで、なによりでございます」

と合田澄恵は何度も深くお辞儀をしました。

「競馬場でお逢《あ》いするのは何年ぶりでしょうかしら。競馬場に来ると、いつも津田さんはいらっしゃってないかって、つい捜してしまうんです」

「十年ぶりですよ。いや、もっとかな。知り合いの馬が有馬記念に出るんで、ひとつ応援しようと思いまして。十一着でした。三コーナーの手前で、もう手ごたえを失《な》くしました」

エレヴェーターがやって来て、一緒に立っていた男が津田富之を呼びました。津田富之は、合田澄恵とお辞儀をしあってから、人々をかきわけ、エレヴェーターに乗りました。

私と合田澄恵は、次にやって来たエレヴェーターにも乗れず、最終レースが終わって殺到してくる人々の群れに押されました。

「塔屋米花さんはいませんでしたわ。ひょっとしたらって、津田さんとお話をしながら、周りを探してみたんですけど」

エレヴェーターから出て、正面玄関へと歩きながら、合田澄恵はそう言いました。

私は、コートのポケットに入れてあった合田澄恵の配当金を出し、それを彼女に渡しました。

「なんだか、手品を見せられたみたいな気分ですよ。私の一万円が百万円近くにもなるなんて。何かお礼をさせていただかないと」

「運が良かったんですわ。最初のレースで負けてしまうときも多いんです」

「最終レースも買ってたら、結果はどうでしたか?」

私が訊《き》くと、有馬記念のレースが終わったとき、最終レースのことなんかまるで頭になかったと合田澄恵は言って笑いました。

「さっき、津田さんに、米花さんはどうしていらっしゃるかを訊いてみようかと思ったんですけど、そんなこと、訊いちゃいけないって気がして」

「そりゃそうでしょう。そんなことを訊いたりするのは、やぼってやつでしょうから」

「でも、せっかくのチャンスだったのに」

合田澄恵は、あの馬が三着に入ったのだから、馬主や調教師や厩務員《きゅうむいん》に挨拶《あいさつ》をして帰らなければならないと言い、競馬関係者しか入れない一角へと踵《きびす》を返しました。

私は、津田富之が港区で蔦屋というレストランを営んでいることを言おうとしましたが、合田澄恵の足は速くて、すでに声の届かないところへ行ってしまっていました。

二

翌日、私は出社すると、一万円の元手で九十七万九千九百七十円を馬券で儲《もう》けたことを誰かに喋《しゃべ》りたくてなりませんでした。

家内には競馬場に行ったことは内緒だったので、私は金を自分の書斎の机に隠したのです。

娘が中学と高校の時代に使っていた四畳半が狭くなり、大学生になったとき、亡《な》くなった祖母の部屋を少し改造して使うようになりました。

それまで書斎なんて持たなかった私は、その娘の四畳半に書棚と机を置き、そこに自分の時間をすごすための書斎らしき部屋を設けたのです。

書斎といっても、なにもそこで書き物をするわけではありません。私にしては高い買い物だったフランス人画家の小さなリトグラフを眺めたり、気が向けば本を読んだり、うたたねをしたりするだけの部屋なのです。

そのつつましい書斎では断固仕事関係の本や書類には目を通さないと決めていたのですが、いつのまにか机の上にはその類《たぐい》の本が並ぶようになり、社から持ち帰った仕事を夜半までやってしまうこともあります。

台所の改造をやりたがっていた妻が、業者からの見積りを見て溜息《ためいき》をついていたことを思いだし、私はいわばアブク銭のような百万円近い金を渡そうかと思いましたが、そのためには、競馬場に内緒で行った理由も説明しなければなりません。

なんとでも誤魔化しようがあるはずですが、そのための嘘《うそ》を考えるのも面倒で、私は机の引き出しに金を隠したまま出社したのです。

部下を二人誘って、私は社の近くのトンカツ屋に行くと、きのうのことを話して聞かせました。

「一万円が百万円になったんですか？　複勝式のころがしで？　四レース当てただけで？　ほんとですか？」

格別競馬が好きというわけではないが、年に五、六回、大レースだけは馬券を買うという課長がそう言いながら胸ポケットから電卓を出しました。

「ほんとだよ。第七レースが二着で三・四倍だから、一万円が三万四千円になる。第八レースは一着で一・七倍。三万四千円に一・七を掛けてみろよ」

「五万七千八百円ですね」

「その五万七千八百円で次のレースの二着馬を買って三・二倍ついたんだ」

「すげえ、十八万四千九百六十円になっちまいましたよ」

「だろう？　その金を全部有馬記念でポトラッチの複勝式につぎ込んだんだ。三着に入って配当金は五百三十円なんだ」

「ほんとだ。九十七万九千九百七十円になりますよ」

「手品でもなんでもないだろう？」

「するとですね。このトンカツは当然奢《おご》りですよね」

「まあ、そのつもりで誘ったんだからね。誰かに喋らずにはいられなくてね。きのうはなんだか興奮して寝つきが悪かったよ。それに、競馬場ってところは、妙に神経が疲れるな。あれは人が多いからだけじゃないみたいだな」

「きょう負けたら、いよいよ首を吊《つ》るしかないってやつが、かなりの数でいるでしょうからね。欲望の気みたいなのが充満してて、それがこっちにひどい疲れを感じさせるんじゃないですかね」

欲望の気……。なるほど、そのようなものが、目に見えない力でこちらの活力を枯渇《こかつ》させるといったことがあるかもしれない。私はそう思いました。

「欲望だけじゃないかもしれませんね」

とまだ入社して三年目のMくんが言いました。

「負けたら首を吊ろうなんて、欲望ってより、なんていったらいいのかな、そう地獄ですよ。もうそうなったら地獄ですから、地獄の気なんじゃないですか？　大きな病院に誰かの見舞いにいくと、いやな疲れ方をしちまって、その人には悪いんだけど、いっときも早く退散したくなるでしょう？　とりわけ大病院てのは、重病の人が多いから、苦痛や不安の気が満ちてて、それがこっちに伝播《でんぱ》するんですよ。死を伴った苦痛や不安てのは、つまり地獄みたいなもんですよね」

競馬で儲けた話は、いつのまにか、人間の個々の〈気〉の問題へと移ってしまいました。

「人にはいろんな気がありますよ。その人からどうしようもなく発散される気ってやつが」

とMくんは言いました。

「それって、その人独特のたたずまいって言い換えてもいいのかな」

と私が言うと、Mくんはしばらく考えてから、

「たたずまいより目立たなくて、しかしもっと濃いものですね。だから、やっぱり、その人だけの気っていうのが正しいんじゃないですかね」

と言いました。

「たたずまいでも雰囲気でもなく、もっと直截《ちょくせつ》に、気っていうしかないんだ。うん、あるある。たしかにあるな。お前、若いのに詳しいな」

課長はご飯のおかわりをウェイトレスに頼んでから、そう言いました。

「課長が欲望の気なんて言葉を使ったから、ちょっとびっくりしちゃって。ぼくも一年ほど前、気ってものについて真剣に考えたことがあるもんですから」

「中国のあの気功か？」

課長の言葉にそっと苦笑し、Mくんは、じつは一年前、ひとりの女のことで悩んで、会社を辞めようかと思ったほどだったと言いました。

「友だちの恋人の妹ってのが、すごい美人だったんです。一目見て、もうぼおっとなっちゃって。こんなすごい美人なんて、ぼくには高嶺《たかね》の花だと思ってたら、向こうから電

話がかかってきて」

Ｍくんは有頂天になったといいます。高校生のころから、町を歩いていて芸能関係者にスカウトされそうになったことは二度や三度ではなく、大学時代も男たちの視線を集めつづけたという女性のほうから恥じらい混じりに交際をもちかけられたのです。

「でも、なにかいやなものを感じたんですよ」

「いやなものって？」

と私は訊《き》きました。

「口ではうまくいえないんですけど、どうかしたひょうしに、その子の目とか横顔とかに、尋常じゃない何かが漂うんです。それが、なんだか怖いんです。恐ろしい何かが、ほんの一瞬、その子から漂うって感じなんです」

Ｍくんは、彼女にはたぶん気の強いところがあって、それが何かのひょうしに醸《かも》し出されるのであろうと思ったのです。

「つきあいだして二ヵ月ほどたって、彼女の誕生日に青山のイタリー料理屋で待ち合わせたんです。誕生日のお祝いをするために。ぼくはなけなしの貯金をはたいてプレゼントにネックレスを買って、頼み込んで、友だちの新車まで借りて。だけど、その日、急に残業しなきゃあいけなくなって、約束の時間に四十分遅れたんです。ぼくは残業で遅れるってことをレストランに電話をかけてちゃんと言ったんですよ。彼女も、べつに気を悪くした様子もなくて、じゃあ何か本でも読みながら待ってるわって」

しかし、Mくんが四十分遅れて青山のレストランに着くと、彼女はMくんの顔を見るなり、テーブルを引っくり返したのです。

「それから、満員のレストランのなかで、大声でぼくをなじり始めたんです。私の誕生日を何だと思っているのか。なぜこの私が、誕生日にこんなところでひとりで本を読んでいなきゃいけないのか……。ハンドバッグを投げつける。テーブルクロスを振り廻す……。レストランの人も茫然《ぼうぜん》としちゃって、どう対処したらいいのかわからないほどの、すさまじさなんです」

「お前が来るまでに、しこたまワインでも飲んでたんじゃないのか?」

という課長の問いに、Mくんは首を横に振り、恥しかったが迷惑をかけたレストランに翌日謝りに行き、自分が来るまでに彼女は酒を飲んだかと訊いたのです。店の者は、いや、水を飲みながら雑誌を読んでいたと答えました。

「それからが大変だったんです。つまりぼくは恐れをなしてしまって、それから三日ほど彼女に電話をかけなかったんです。そしたら、会社の前でぼくを待ち伏せしてて、泣く、わめく、叫ぶ、あげくの果てには、ここで死んでやるって。それが三日間つづいたんです」

「で、どうなったんだ?」

と課長は訊きました。

「彼女、ビルから飛び降りたんです」

私と課長は顔を見合わせました。Mくんは慌《あわ》ててかぶりを振り、

「それは、ぼくと別れてからなんです。彼女に好きな男ができて、ぼくは、ああ、助かったと思って。別れたといっても、その二ヵ月間だけのつきあいでしたし、キスぐらいはしたけど、それ以上のことはなかったんです。ぼくは、なんとしても彼女と別れようと思って、ぼくの友だちを紹介して、つまり、そいつと彼女がくっつくように仕向けたんです」

「お前って悪いやつだな」

と課長は言いました。

「だって、それ以外にどうしようもなかったんですよ。彼女がビルから飛び降りたのは、ぼくの友だちとつきあいだして三ヵ月目です」

「彼女はどうなったの？」

と私は訊きました。

「腰の骨を折ったそうです。いまはどうしてるのか……。でも、ぼくのあとに彼女とつきあったやつは、地の果てまで逃げても、こいつと別れたいって、何度も思ったたって言ってました」

「お前、それはただの気じゃなくて、狂気だよ。その女の気は、欲望や地獄の気なんかじゃなくて、はっきりと狂気だ」

「いや、あれは狂気よりも、もっと恐ろしい何かの気ですよ。狂気のほうがまだましだって思うんです」

彼女と優しく寄り添っているときにも、自分は奇妙な恐怖を感じるときがあった。あとになって、それが何だったのかと考えつづけたが、狂気をはるかに超えた恐ろしい気が、彼女のなかから出ていたのだとしか思いつかない。

Mくんはそう言ってから、

「あれ以来、もうなんだか女ってものが怖くって。とくに並以上の顔立ちで、エキセントリックなところを多少でも感じさせる女には必要以上に警戒してしまうんです」

と苦笑しました。

私は、Mくんの話を聞いているうちに、いつのまにか、よねかのことを思いだしていました。

いや、よねかだけでなく、よねか一家の持っていた独特の気というしかないものを思いだしたと言ったほうがいいのかもしれません。

よねかにも、よねかの両親にも、尖《とが》ったものやエキセントリックなところはありませんでした。まだ中学生だった私に、そのようなものを感じ取る能力がなかったからかとも考えられますが、もしよねかだけの気のようなものがあったとすれば、それは孤独、もしくは寂寞《せきばく》と表現するしかないものだったのです。気であるかぎり、あくまでもそこはかとないものでありながらも決して希薄なものではないのです。

けれども、どうやらそれだけではなく、そこによねかの両親のたたずまいが加味されると、ある種の官能といったものも浮かび出てきます。

孤独な官能。寂寞とした官能。もしそのようなものがあるとすれば、それこそが、私がよねかから感じた気というものになりそうですが、その背後には、よねかの両親から発散される何物かも存在していたのです。

「気ってものがあるとしたらだよ、どっちにしてもそれは人畜無害じゃないんだよな。たいていの場合、相手をわずらわしくさせるもんだって気がするね」

課長はそう言って、複勝式馬券のころがしに話題を変えました。

「その女牧場主に予想してもらって、複勝式の馬券を買う方法はないもんですかね。たとえば、ぼくが競馬場なり場外馬券場に携帯電話を持っていって、その人に電話をかけるんです。いまはケーブルテレビで、全レースのパドックもオッズも観《み》られますから、彼女がこれって目をつけた馬を教えてもらう。ころがしってのは、なにも第一レースの次は第二レース、その次は第三レースっていうふうにころがさなくてもいいでしょう。

第一レースの次は第四レース、その次は第六レースっていうふうに自信のあるレースだけをころがしていってもいいわけなんだから」

こいつ、本気でその気になってやがる。私はそう思い、

「あんなのは、半分お遊びだから当たったんだよ。それに、いくら馬を観る目があるったって、パドックや本馬場で実際に目にしないと閃《ひらめ》くものも閃かないだろう。牧場ってのは、俺たちが考えるほどのんびりしたところじゃないんだ。朝から晩まで馬の世話で忙しい。そんなことを頼まれたら、向こうは大迷惑だよ」

と言って、その話を打ち切りました。

ところが、昼食を終えて社に戻り、二十分ほどたったとき、合田澄恵から電話がかかってきたのです。

ポトラッチの馬主の奥さんが病気で入院していて、そのことをきのうの夜、関係者の慰労会で知り、お見舞に伺いたいのだが、病院の場所がわからないと合田澄恵は言いました。

「杉井さんから頂戴《ちょうだい》したお名刺と同じ区で同じ町名なんです。ご存知ありませんかしら」

私は合田澄恵が言った病院の名にこころあたりはありませんでしたが番地を訊くと、たしかに社の近くのようでした。

「病院に電話をかけたんですけど、留守番電話になってるんです」

「病院が留守番電話？　それは変ですね」

私は周りにいた社員に訊いてみました。若い女子社員が、その病院の場所を知っていて、メモ用紙に地図を書いてくれたので、私は合田澄恵が電話をかけてきたところへ行きました。

合田澄恵はひどく恐縮し、会社にお電話なんかして申し訳ないと何度も謝りました。

「そんなこと、お気になさらないで下さい。大きな仕事が一段落して、私の部署はここんとこ暇なんです。なにしろ大仕事を成功させたもんだから、重役連中もうちの部署の連中が遊んでても見て見ぬふりをしてます。きょうも通産省のお役人の接待と称して三人がゴルフに行ってます。通産省のお役人なんて呼んじゃあいないんですけど」

私の社のビルは大通りに面していて、周囲には雑居ビルや飲食店がひしめいていますが、その一角を東に少し行くと、ふいに閑静な住宅地に入るのです。病院は、その住宅地のはずれにありました。

病院の看板を目にして、合田澄恵は、あらっと困ったように立ち停まりました。病院名の横に〈肛門科《こうもん》〉と書かれてあったのです。

「だから、みんなどんな病気なのか知らなかったんだわ。手術も簡単で、もうじき退院できるらしいよって言うもんですから」

「ご主人は、奥さんの病気のことを何も仰言《おつしや》らなかったんですか？」

「きのうの慰労会には用事があってお越しにならなかったんです。私と調教師と騎手の三人を築地《つきじ》の料亭に招待して下さったんです」

その馬主の夫人も馬が好きで、ポトラッチが自分たちのものになって以来、月に一度訪れて、帰るまで馬の傍から離れようとはしなかったのだと合田澄恵は言いました。

「お宅にお電話をかけてからと思ったんですけど、お子様もいらっしゃらないし。お手伝いさんもお歳《とし》を召してて要領を得ないもんですから」

「どうなさいます？　せっかく来たんですから。女性同士だから……」

「やめときます。私だったら、やっぱりいやですもの。ご本人が隠してらっしゃるんですから」

「肛門科とは思わなかったな。まあたいてい男でも隠しますよ」

合田澄恵は、持参した見舞いの花を両手にかかえて元来た道を戻り始めました。

「これ、どうしようかしら」

「私って、思いたったら、あとさきを考えないで動きだしちゃうんです。どんなご病気で入院なさってるのか、ちゃんと調べたらいいのに……。調教師さんが、たいした病気じゃないし、簡単な手術だったし、もうじき退院できるそうだなんて言うもんだから……」

私は合田澄恵があとさきを考えずに動きだすタイプの女性だとは思えませんでしたが、入院している相手の病気がどんなものかをたしかめずに見舞いに出向くのは、やはり軽率だとはいえなくもなさそうで、ポトラッチが大レースで思いがけず三着に入ったことで、珍しくはしゃいでいたのだろうと思いました。

私がそう言うと、

「そうなんです。私、きのうははしゃいじゃって……。ああ、自分ははしゃぎすぎてるって思いながらも、そんな自分を抑えられなくて」

と合田澄恵は照れ臭そうに微笑《ほほえ》みました。

父親の跡を継いで以来、クラシック・レースに出走する馬を生産したのはポトラッチが初めてなのだと彼女は言いました。

薄日が差していましたが、風が冷たくて、私はコートを持たずに社を出たので寒くてたまりませんでした。それで、賑《にぎ》やかな通りの手前にある喫茶店に合田澄恵を誘いました。

門別の牧場で生まれ育ったので、この程度の寒風はそよ風のようなものだと合田澄恵は笑いました。

初めて入った喫茶店でしたが、妙に居心地がよくてコーヒーもおいしく、作者はわかりませんが、味わいのある年代物のリトグラフが店の雰囲気に合っていました。

私は、きのうの手品のような大儲《おおもう》けのこととか、競馬場での馬の見方などを話題にしました。

「のっしのっしって歩いてる馬がいいんです」

と合田澄恵は言いました。

「自分では気づかないんですけど、人間でも元気なときは、その人なりに、のっしのっしって歩いてるんですよ」

「なるほど、元気のないときは、とぼとぼ歩きますよね」

「どこか痛いところがあると、人間でも体を歪《ゆが》めたり屈《かが》めたりしますでしょう？　馬もそうなんです。どこか具合が悪いと、馬体が窮屈になるんです。どこがどんなふうに窮屈になるかは言葉では説明できませんけど」

「そういう見方で馬を見るんですね」

「でも、どんなに調子がよくても、その馬が基本的な能力ではっきり劣ってる場合もありますし」

合田澄恵は、曖昧《あいまい》な言い方だが、と前置きし、

「強くなる馬って、子供のころから、なんとなく華《はな》があるんです。競走馬としてデビューしてからも、やっぱり華があるし、大レースのパドックでも華を感じさせます。身びいきなんでしょうけど、私、ポトラッチには、その華があるような気がしてたんです。

生まれたときから」

と言い、それから牧場経営の裏話などを話してくれました。

やがて話題が途切れ、合田澄恵は腕時計を見て、

「お仕事中に、突然お電話して、こんなに時間をさいていただいて」

と言いました。

「時間はいいんです。いま私の部署は社長も認めてくれてる堂々たる開店休業中ですから」

私は、合田澄恵と話をしていることが楽しかったのです。門別の合田牧場を訪ねたときも、きのうの競馬場でも、私は他の友人と一緒にいるときよりもはるかに楽しくてのびやかであったような気がしました。

私は、昼飯の際に話題になった〈気〉のことについて口にしました。

「津田さんの印象は、私には意外でした。もっと脂《あぶら》ぎった人物みたいな気がしてたんですね。なかなかお洒落《しゃれ》な、懐《ふところ》の深そうな人だなと思いました」

「津田さんからは、どんな気をお感じになりました？」

「うーん、なんというのか、穏やかな、だけどどこかに烈《はげ》しいものがありそうな、そんな気ですかね」

「米花さんのこととか、贋作《がんさく》事件なんかがあって、私も津田さんに対してある時期から

私なりの色眼鏡をかけて見るようになりましたけど、その色眼鏡を外すと、津田さんは昔からとてもまっとうなお方だったって思うんです。スーパートリックがデビュー戦で勝ったとき、古常滑《とこなめ》の壺《つぼ》を私の父に贈って下さったんです。父も母も、それがどんなに価値があるものかわからないまま、応接室に飾ってたんですけど、父が死んだあと、その古い壺が、馬のデビュー戦で勝った賞金よりも高いものだってわかって、びっくりしました。でも、贈って下さったとき、そんなことは一切口になさらない。私が結婚したとき、お祝いに小さな仏像の顔を贈って下さったんです。顔の半分が欠けてるけど、たぶんガンダーラ時代のものかもしれないって仰言って。顔が半分欠けてるせいなのか、その仏像の顔がとても優しくて。丁寧に台座に固定して、立派なガラスケースに入れて贈って下さいました。お礼状を書いたら、お返事を下さって、パキスタンのカラチのバザールでみつけたものだって」

「カラチ？」

私は合田澄恵を見つめました。

「ええ、津田さんは山歩きがお好きなんです。山歩きといっても、エヴェレストまでお行きになる本格的なトレッキングですの。そのときはナンガパルバットって山のトレッキングをして、カラチに出て日本への飛行機に乗ったってお書きになってました」

「津田さんは、あのあたりの山に行くとき、いつもカラチから入るんでしょうか」

と私は訊《き》きました。

「さあ、どうなんでしょうか。山歩きのことを詳しくお訊きしたことはありませんから」

うちとけた気分が私の口をほどいたのでしょう。私は、名前は伏せましたが、加古慎二郎と塔屋よねかのことを合田澄恵に話して聞かせました。

「このことは、死んだ友人の奥さんから聞いたんです。塔屋よねかという人をご存知ないかって訊かれて。びっくりしましてね、そんなことがあって、塔屋よねかがいまどうしてるのかを調べ始めたんです」

合田澄恵は、

「そんなことがあったんですか……」

とつぶやいて、しばらく考え込んだあと、

「津田さんはご自分のお好きなトレッキングに米花さんをつれて行ったかもしれませんわね」

と言いました。

「でも、だからといって、死んだ友人と津田さんが知り合いだったというふうには考えられないな。彼がカラチでよねかと逢《あ》ったあと首を吊《つ》ったのは、偶然てやつでしょうかね。カラチっていう地に特別の意味があるのかもしれない」

私は、そのことに関して合田澄恵から何らかの答や感想を得ようと思わないまま、そうつぶやきました。

「やっぱり、きのう、米花さんのことを訊いてみればよかったですわね」

と合田澄恵は言い、ハンドバッグから航空券を出しました。

「何時の飛行機ですか?」

「三時半ですわ」

「じゃあ、もうそろそろ行かないと」

合田澄恵は、航空券をバッグにしまい、壁に掛かっているリトグラフを見つめながら、

「兄の友だちで、いま銀座でバーをやってる人がいるんです。銀座ではとても古いバーで、その人は広告関係のお仕事をなさってたんですけど、お父様がお亡《な》くなりになって、古い馴染《なじみ》客にお店がこのまま失《な》くなるのはあまりにも残念だからって勧められて、広告のお仕事を辞めてお店を継いだんです」

兄の友人のなかでは、その男がもっとも米花のことに詳しいはずだと合田澄恵は言いました。

「兄が死んでからも、毎年、夏になるとうちの牧場に来てました。いつもひとりで、ぶらっと。私はその人のことをあまり好きじゃありませんでしたけど、アルバイトの女の子なんかはうっとりしてました。崩れた感じで、なんて言ったらいいのかしら、不良っ

ぽい男のフェロモンみたいなものがいつも出てるっていうのか」

兄が死んでから十年たったころだと思うが、その男が牧場を訪れて、

「米花は可哀《かわい》そうなやつだよ」

とふいに言ったというのです。

それまで米花の話題などまったく出なかったので、合田澄恵は不審に思って、

「米花って、あの塔屋米花さんのこと?」

と訊きました。

「ああ、そうだよ。あんたの兄貴の恋人だった米花だよ」

「米花さんが、どうかしたの?」

「いつも結局は悪い籤《くじ》を引くんだ。可哀そうなくらいに悪い籤を引く。そういう星のもとに生まれた女にかかわると、男も一緒に悪い籤を引いちまう」

なんだか、それだけを言うために門別まで足を運んだといった風情《ふぜい》だったので、合田澄恵は、ああこの男と米花とは何かあるのだと思いました。

男は、合田澄恵が電話の応対をしているあいだにいなくなってしまいました。

それ以後も、男は事前の連絡もないまま、ふらっと合田牧場にやって来て、それだけは律儀《りちぎ》に、合田澄恵の兄の墓参りをして帰るのです。

「行ってみましょうか、そのバーに」

と合田澄恵は言いました。

「でも飛行機が」

「帰るのはあすに延ばしますわ。東京は久しぶりですから、買い物もしたいんです。きのうの儲けで、服を二着ほど買っちゃいます。それに、きのう馬主席で久しぶりに顔を合わせた馬主さんが、いい二歳馬はないかって仰言ってくれたんです。あした、その方に逢って営業して帰ったら、とても充実した東京での四日間てことになりますもの」

私と合田澄恵とは、有楽町のTホテルのラウンジで七時に待ち合わせました。

地下の寿司《すし》屋での食事は私の奢《おご》りということになりました。彼女のお陰で百万円近い大金を得たのですから、寿司だけでなく、他にも何かプレゼントさせてくれと言ったのですが、合田澄恵はかたくなに辞退しました。

「そういうお金が入ったあとって、必ず何か物入りなことが起こるんですのよ」

「声をかけてくれた馬主とは連絡がつきましたか？」

「ええ、あしたの朝の十時にお逢いすることになりました。馬の写真を持って来てよかった。私、このごろ、東京に来るときはあつかましいくらい営業に徹してるんです。馬主さんに電話をかけたり、調教師さんに写真を見せたり」

「ぼくなんか、要するに技術屋でしてね、いい歳《とし》をして世間知らずなんです。特殊金属の合成と実用化……。朝から晩までそればっかり。だから人間までがどうも固くなっちまって」

「そんなことありませんわ。とっても、たおやかですわ」

「たおやか……。ぼくが？　女性からそんなことを言われたのは初めてだな。合田さんは、いま少しお酒が入ったから」

「ものを言わない馬を見て暮らしてるんですもの。話ができる人間のことなんか、私、ちゃんと見抜いちゃうんです。きっと、ひっそりとお熱をあげてる女子社員が何人かいますわ」

私はいつもよりも多く日本酒を飲みました。その柏木《かしわぎ》という男と逢って、よねかのことを訊きだすには、酒の勢いを借りたほうがよさそうに思ったからです。

三

銀座の本通りから少し西へ入ったところに〈かしわぎ〉というショット・バーはありました。ときおり会社の連中と行く焼き鳥屋の向かい側だったのですが、看板は小さな木彫のもので、壁も薄汚れた漆喰で、いったいどんな店なのかよくわからないたたずまいだったせいでしょうか、私はこれまで焼き鳥屋に出入りする際、その店の存在を意識したことはありませんでした。

しかし店内に入ると、そこはまぎれもなく老舗《しにせ》の、しかも馴染み客が長年贔屓《ひいき》にしているバーであることをものがたるように、夥《おびただ》しいスコッチやバーボンやコニャックの壜《びん》が、光沢のあるマホガニーの棚に並び、茶色のタータン・チェックのベストを着た六十歳くらいのバーテンが仄《ほの》かな笑顔で私たちを迎えました。

合田澄恵は、柏木という男が自分の店でバーテンをしていると思っていたらしく、

「あら?」

とつぶやき、カウンターの椅子《いす》に坐《すわ》りました。

私はサイド・カーを、合田澄恵はマルガリータを注文し、それからあらためて店内に目をやりました。

入口近くの壁に、ほとんどセピア色になった写真が額に納められて飾ってあり、写真には撮影の年月日が書かれていました。

昭和二十三年六月十日と記された写真に写っているのは、軍服を着たアメリカ人と初老の日本人でした。

「創業者ですか?」

と私はバーテンに訊《き》きました。

バーテンはそうだと答え、戦争中は店を閉めていたが、創業は昭和十年なのだと言いました。

「じゃあ、あなたは二代目? それとも三代目?」

私が訊くと、

「いえいえ、私は経営者じゃありません。オーナーは三代目なんです。私は二代目のオーナーの時代から、ここで働かせていただいてるんです。ことしでちょうど四十年になりますね」

とバーテンは笑みを絶やさないまま言いました。

「四十年か……。戦後の銀座の生き証人みたいなもんですね」

「そうですね。私よりもはるかに戦後の銀座をご存知の方はたくさんいらっしゃいますが、まあ私もいささかは銀座を見てきた人間でしょうか。ただ長くここにいるというだけですが」

若い女性の三人連れが入ってきて、バーテンに、きのうの有馬《ありま》記念の馬券は取ったかと訊きました。

「駄目だったですねェ。三着でした。私はポトラッチから総流しでしたから」

バーテンの口からポトラッチという馬の名が出たので、私はオーナーの柏木と逢《あ》うためのとっかかりにしようと思い、合田澄恵をポトラッチの生産者なのだと紹介しました。

バーテンも三人の女性客も驚き顔で合田澄恵に視線を注ぎました。

「生産者と仰言《おっしゃ》いますと……」

「ポトラッチは、この方の牧場で生まれたんです」

「それはまた……。穴ならポトラッチだって力説する方がいらっしゃいましてね。自分はこの馬が生まれた牧場に何度も行ったことがあるんだって……」

とバーテンは言いました。

「柏木さんでしょう？　柏木邦光《くにみつ》さん」

合田澄恵の言葉に、バーテンは頷《うなず》き返し、

「うちのオーナーとお知り合いの方だったんですか」

と言って、マルガリータをカクテル・グラスに注ぎました。

「三着で申し訳ありません。損をさせてしまいましたわね。でも来年の春の天皇賞では仇《あだ》を討ちますわ」

「オーナーは複勝馬券も買っとけって言ってくれたんですけど、複勝じゃあ取っても妙味がないんで買わなかったんですよ。あとで買っときゃよかったって後悔しました」

「柏木さんは、きょうはお店に来られますか？」

と合田澄恵は訊きました。

「いつもは九時には来てるんですが、きょうは何か用事を済ませてから行くって電話がありました。もうそろそろ来るでしょう」

若い三人の女客は、揃《そろ》って競馬ファンらしく、ポトラッチの生産者である合田澄恵と何か話をしたそうでした。私は、最近の若い女は、女同士でこんなショット・バーに来るのかと思いました。

一昔前は、男が、それもある程度の年齢に達した男が飲むバーで、それ以外の人間にはどうも敷居が高いといった場所だったという認識があるからです。

柏木邦光が店にやって来たのは、四十分ほどたってからでした。

柏木は、若い女客たちとふたことみこと言葉を交わしてから、カウンターのなかに入ろうとして身を屈《かが》め、合田澄恵に気づきました。

「偶然なのかな、それともわざわざぼくの店に足を運んでくれたのかな……」

と言って、バーテンとお揃いのベストを着て蝶《ちょう》ネクタイをしめ、柏木は私に笑みを向けました。

どこか崩れた中年男を想像していたのですが、柏木は血色も良く、野太そうな目鼻立ちに下卑《げび》たものはありませんでした。

柏木さんのお店がこのあたりにあることを思い出し、少しお話がしたくてやって来たのだと合田澄恵が言うと、

「きのうのポトラッチ、粘り強かったね。四コーナーで窮屈な位置取りだったけど、馬がひるまなかった。馬がおとなになってきたって感じだったよ。十五年かかって、土と牧草を改良してきた澄恵さんの努力が結果を出したんだなァ。この二、三年、合田牧場の馬は成績がいいもんね。十月の新馬戦で三歳馬が三頭も勝っちゃって、びっくりした

よ。これは楽しみな馬がデビュー戦で勝ったなと思って生産者の欄を見たら合田牧場って書いてある。土と草の改良に踏み切った澄恵さんの読みが十五年かかって実を結びかけてるんだなァって思ったよ」

柏木はそう言って煙草《たばこ》に火をつけました。

「ほんとに結果が出たのかどうか、まだわからないんですけど、たしかに五年ほど前から、うちの馬は丈夫になってきたんです。どんなに血統が良くても、馬の体質が弱いと競走馬になれないから……」

「合田牧場は、どん底の時代があったよね」

「見た目は立派なんだけど、力のつかない筋肉だったり、骨が大根の鬆《す》みたいだったり……。合田牧場の馬は弱い、どれもこれも競走馬になる前にこわれちまうって、いろんな調教師や馬主さんに言われて……。私、親戚《しんせき》の子供たちがアトピー性皮膚炎になったとき、化学薬品が諸悪の根源じゃないかって思ったんです。いまはありとあらゆる食品に防腐剤だとか化学調味料だとか、なんだかわけのわからないものがいっぱい入ってて、それを父親も母親も食べて、子供はお母さんのお腹《なか》のなかですでにそれを摂取して、生まれてからもそれを食べて……。馬も生き物だから、うちの牧場も同じことをやってるんじゃないかって考えたの。だったら、牧草を化学肥料で生育させるのはやめようって。五年で結果が出ると思ったんだけど、十五年もかかっちゃって……」

合田澄恵と柏木はひとしきり馬の話をしていましたが、そのうち柏木のほうから来店の目的を訊きました。

「俺に馬を売りに来たんじゃないだろう?」

「塔屋さんのことを訊きたくて」

合田澄恵は単刀直入に切り出しました。

「塔屋米花のこと?」

「以前、うちの牧場にふらっと来たとき、柏木さんは米花さんのことを口にしたでしょう? 米花さんについて、いろいろ知ってらっしゃるみたいだったから」

柏木は、なぜいまごろ米花のことを知りたいのかについては合田澄恵に質問しようとはしませんでした。

「五年前に逢ったきりだね」

よねかのことを知りたいのは合田澄恵ではなく、この男のほうなのであろうと思ったのでしょう。柏木邦光は、店の名刺を出し、

「いつも一時過ぎまでやってるんです。お近くにお越しになったら、お気軽にドアをあけて下さい」

と私に言いました。

私も自分の名刺を渡し、向かいの焼き鳥屋にときおり来るのだと言いました。

「外国の客が喜ぶんですよ。目の前で炭で焼いた焼き鳥とかスナズリとか手羽を食べるのをね。うちの取引先のドイツ人は、日本に来ると必ず向かいの焼き鳥屋に行きたがって」

「最近、味が落ちましたよ」

と柏木は顎《あご》を向かいの焼き鳥屋のほうにしゃくって言いました。

「妙に上品な味にしちまいやがって、値段も上げやがった。焼き鳥道《どう》を極めたそうなんです。日本人てのは、何でもかんでも道にしちまうんですね。ラーメン道、コーヒー道、蕎麦《そば》道、寿司《すし》道、ギョーザ道……。そんな店に行ったら、食べさせていただくって感じで……。こないだどこかのマニアックな喫茶店に入ってアメリカン・コーヒーを注文したら、うちはアメリカンはやってないだって。そんなのコーヒーを湯で薄めりゃいいじゃねェかってケンカして出て来ちゃった。そのうち、恋愛にも恋愛道なんてできちゃうんじゃないかな。夫婦道だとか、同性愛道だとか」

「うちの社にも、ゴルフ道に邁進《まいしん》してる輩《やから》がたくさんいますよ」

私は、よねかのことは次にひとりで来たときにあらためて訊いてみようと思いながら、そう言いました。今夜は、こうやって柏木邦光と世間話をしていればいい。いつか、ある程度気心がしれたら、柏木は喋《しゃべ》ってもいいことは喋るかもしれないと考えたのです。

けれども、しばらくしてから、柏木は、どうして塔屋米花のことを知りたいのかと合田澄恵に問いかけてきました。

最近、ひょんなことから、塔屋米花が新冠に〈たかのり学園〉という養護学校を自費で営んでいたのを知ったのだと合田澄恵は言いました。

「たかのりって、きっと兄の孝典にちがいないと思って……」

柏木は怪訝《けげん》な表情でグラスを拭《ふ》く手を止め、

「新冠に？　いつから？」

と訊きました。

「五年前に。でも二年前に廃校になったから、三年間しか開校してなかったの。米花さんの妹さんはそこで亡《な》くなったそうなの」

「えっ、あの子、死んだの？」

「新冠のたかのり学園でね」

「そう……、あの子、とうとう死んじゃったのか……」

柏木はそうつぶやき、うしろの棚からスコッチの壜を取り出し、自分でオン・ザ・ロックを作って、それを飲みました。

五年前に逢ったきりだという言葉に偽りがなければ、よねかが〈たかのり学園〉を開設したのは、それ以後のことになるようでした。

「俺と澄恵さんのお兄さんとは、すごく仲が良かったんだ。大学に入ってから知り合ったんだけど、何か前世の因縁でもあるのかって思うくらい気が合ってね。たぶん、俺には孝典以上の親友が、これから先あらわれるとは思わないな。孝典が交通事故で死んじまったとき、俺は酒びたりになって泣いたよ。他人が死んであんなに哀《かな》しんだりするのも、あれが最初で最後じゃないかって気がするんだ。夏休みに門別に帰るとき、俺もついて行ったんだ。孝典が、誰にも内緒で米花と逢うのを手助けするために、俺は門別まで行ってたんだぜ。孝典は俺とどこかへ行くふりをして、まだ中学生の米花と逢ってたんだ。俺を隠れみのにしてね」

柏木はそう言って、合田澄恵に笑みを向けました。

「俺もまだ二十歳かそこいらの子供だったから、いくら孝典と親友だといっても、やっぱり焼きもちを焼いたよ。焼きもちって言葉よりもっと屈折した思いがあったかな。俺は海岸べりに坐って、孝典と米花が遠くで話し込んだり、ふざけあったりしてるのを見てるんだ。米花がひとりでバスに乗って門別へ帰るのを見送ってから、俺と孝典は次のバスに乗る……。こんな可哀相《かわいそう》な役廻りは、ちょっとひどいんじゃないかって思ったけど、まあいいか、孝典のためにやってんだからって自分に言い聞かせてね」

三人連れの若い女客が出て行くと、入れ替わるように二組の客が入って来て、柏木に話しかけてきました。

親しい馴染み客のようで、柏木はオン・ザ・ロックのグラスを置き、その客たちの前に移ると、共通の話題の相手を始めました。

「なんだか別人みたい……」

　と合田澄恵は柏木を見ながらつぶやきました。

「険しいところがすっかり消えたっていうよりも、消えすぎちゃって、なんだか好々爺《こうこうや》みたい」

「でも、たしかに不良っぽいフェロモンは絶えてませんよ。さっきの若い女の子のなかに、彼を特別な目で見てる子がいましたよ」

「一番向こう側に坐《すわ》ってた子でしょう？」

「気がつきましたか？」

「これで結構めざといんです」

「物を言わない馬を四六時中見てるんだから、そりゃあ何かにつけてめざといでしょうね」

「あら、ご自分はめざとくないみたいな仰言り方。あの若い女性の視線にちゃんと気づいてらっしゃったくせに」

「合田さんのお兄さんとおない歳《どし》ってことは五十三歳か……。五十三歳になって、二十歳そこその女を魅《ひ》きつけるものがあるってのはうらやましいですね」

「彼は、きょう、米花さんのことに関して何か喋ってくれると思います？」

と合田澄恵は小声で訊《き》きました。

「さあ、他に客もいることですし、たぶん喋ってはくれないでしょうね。私はまたこのバーに来ますよ。多少なりとも個人的に親しくならないとね」

「杉井さんのお友だちの一件を話したほうがいいんじゃないかしら」

と合田澄恵は言いました。

「米花さんのことを知りたがってる大義名分ができますわ」

「そうですね。次か、その次に来たときあたりに話してみましょうか」

私も合田澄恵も、ホテルの寿司屋で満腹になっていましたので、カクテルを半分ほど飲んだきりグラスを口に運びませんでした。

別の客が入ってきたのを潮に、私たちは立ちあがりました。

「またうちの牧場に、いつでもご遠慮なく遊びに来て下さいね」

と合田澄恵は柏木に言いました。

最近は出不精になってしまって、休日はたまに場外馬券場に行くくらいだが、それすらも億劫《おっくう》でと柏木は言い、頑《かたく》なに代金を受け取りませんでした。

タクシーに乗る際、あしたは馬を売り込むのだから、よく寝て英気を養っておかなければならないと合田澄恵は笑顔で言いました。

「うまく売れるといいですね。サラブレッドって、幾らくらいなんですか?」

「ピンからキリまでですわ。一億近い馬もいますし、お金は要らないから持ってってくれって馬もいます。いっときと比べると景気が悪いですから。あした売りつけようと思ってる馬は、二千二百万で交渉するつもりですの。たぶん、値切られて千七百万で決まると思ってるんです」

「相手は必ず買うって自信があるんですね」

「ええ、あした逢《あ》う馬主さんは、別れた夫のお兄さんなんです。競馬場で私に声をかけてきたってことは、つまり『買うよ』ってことなんです」

「別れたご主人は北海道の人じゃないんですか」

「ええ。合田の家に婿《むこ》に来て、朝から晩まで馬の世話なんて、初めから無理な話だったんです」

　来年の大レースには、また馬主席にご招待すると言って、合田澄恵はホテルに帰って行きました。

　私はあしたが仕事納めだという日、製品の検査データーに目を通す作業が思いのほか手間取り、十時前に社を出るはめになったので、〈かしわぎ〉へ行ってみることにしました。

　やはり一年の疲れが出たのか、私には珍しく、いやに酒が飲みたかったのです。

ひとりで酔いたいなァと思ったとき、〈かしわぎ〉のたたずまいが浮かびました。

柏木邦光は、私の顔を覚えていました。

「鮭《さけ》の皮の燻製《くんせい》があるんです。アラスカに住んでる友だちが日本に帰って来て、きょう届けてくれたんです。八十歳のエスキモーが作った燻製で、これはうまいですよ」

と柏木が勧めてくれたので、私はそれを肴《さかな》にスコッチの水割りを飲みました。

「きょうはカクテルはできないんです。うちのバーテンが休みなんで」

私のあとから入って来たカップルに柏木はそう言いました。

「私はグラスを洗って拭くのと、水割りを作るだけ。それ以外のことはできないんです。その水割りにしたって、うちのバーテンが作ったほうがうまいんですよ。不思議だけど、味が違う。おんなじように氷を割って、おんなじ分量のウィスキーを注いでるのに味がはっきりと違う。だけど、うちのバーテンは、バーテン道なんてひけらかさないんですよね。そこが名人の名人たるところなんでしょうね」

カップルに言っている柏木の言葉を聞きながら、私は、長い脚の木の椅子《いす》がなんとも坐りごこちがいいのに感心していました。

「仕事納めはあしたですか？」

柏木は私の前に移って来て、そう訊きました。私がそうだと答えると、うちは今夜が仕事納めなのだが、バーテンはきのうから一月五日まで正月休みを取ったのだと言いました。

「休まない人でしてね。先代は大晦日《おおみそか》まで営業してたっていうから、俺みたいないいかげんな三代目がオーナーになっちまったんだから、外国旅行でもしてこいってしつこく勧めたんです。そしたら、ロンドンのパブを見学して勉強してきますだって。外国旅行は生まれて初めてだって言うもんだから、やたら世話を焼いちまって……。水が変わると腹をこわすからこの薬を持って行けだとか、思いつくありとあらゆるトラブルに対処するためのマニュアルなんか作ったりして、もうへとへとですよ。きのう成田まで送って行ったんだけど、なんだか子供を一人旅に送り出すみたいで、帰りがけ寂しくなっちゃって」

「あのバーテンさん、奥さんも子供さんもいらっしゃるんでしょう?」

と私が訊くと、柏木は首を横に振り、

「六十九歳のきょうまで、一度も結婚したことはないんですよ」

と答えました。

「柏木さんは?」

「女房らしい女がいることはいますね」

「あのバーテンさんは、この店の大切な宝物なんですね」

私の言葉で、柏木は笑みを消し、

「ほんとにそうですね。うん、宝物か……。ああ、俺はどうしてそんな言葉が思いつかなかったのかなァ。成田で別れるとき、星さんがいないと〈かしわぎ〉はつぶれちゃうんだから、ちゃんと無事に帰って来てくれよって言ったんです。そうか、星さんはうちの宝物なんだって言えばよかったんだなァ」

と言って首をかしげました。

「星さんていうんですか？」

「星崎謙一郎。特攻隊の生き残りですよ」

「でも、とても六十九歳には見えないですね。どう見ても六十前かな」

「俺の知ってるかぎりでは、塔屋米花が自分を素直にさせてあまえたりした唯一《ゆいいつ》の人間ですよ、あの星さんは」

柏木はそう言って、自分のための水割りを作りました。

「よねかさんは、このバーに来たことがあるんですか？」

と私は訊きました。

「ある時期、しょっちゅう来てましたね。あのころは、星さんがひとりで店を切りもりしてたんです。親父《おやじ》は病気で寝たり起きたりだったし、俺は広告スタジオを作ってはつぶして、ろくでもない生活をおくってたから」

私は思い切って、カラチでの一件を柏木に話しましたが、加古慎二郎の名は伏せました。

しかし、柏木は何か物思いにひたってから、水割りを飲み干し、

「首を吊《つ》ったのは、加古慎二郎って人でしょう」

と言ったのです。

「加古をご存知ですか？」

「逢ったことはありません。でも、名前は知ってました。商社マンがカラチのホテルで首吊り自殺をしたっていう新聞記事を見て、その人の名前が加古慎二郎だったから、びっくりしましたよ。びっくりするっていうよりも、万感の思いが込みあげたって言ったほうがいいかもしれませんね」

「加古とは、中学校で同級生だったんです」

私は自分の財布から、三十六年前に買った列車の切符を出し、それをマホガニーのカウンターに置き、その由来を語りました。

カップルの客が出て行くと、柏木はカウンターのなかから出て来て、ドアに〈閉店〉の札を掛け、再びカウンターのなかに戻りました。

「終わった女とのことを喋るのは仁義に反するんだけど、私は塔屋米花に悪感情なんてひとかけらも持ってないんです。それどころか、いまとなっては彼女に尊敬の念を抱いてるくらいでしてね。たった二年間だったけど、いろんなことがあった。彼女の屈曲や

嵐《あらし》みたいな感情を理解してやれなくて申し訳なかったなァって、いまでもときどき沈んでいくような気持で思いだしたりしますよ。なにもかも俺が悪かったんだって。だけど、あの二年間は、俺はひたすら消耗しつづけたなァって思うと、なんだかひとりでにやにや笑っちまう」

加古慎二郎という人の自殺の記事を目にした瞬間、固い約束を破って、米花に逢おうかと思った。別れるとき、生涯逢うことも電話で話すこともしないと誓い合ったのだが、その誓いを破ってでも、米花の傍にいてやりたいと思った。

柏木邦光はレモンを掌でもてあそびながらそう言いました。

「彼女は自分のなかに架空の世界をいっぱい作って、それをよるべに生きてきたんだって気づいたんだけど、気づいたときはもう手遅れでしたね」

と柏木は言いました。

「架空の世界って、月光の東ですか?」

私の問いに、柏木は表情を変えず、

「月光の東って?」

と訊き返しました。その柏木の表情で、私はよねかが柏木には月光の東という言葉を使わなかったのだろうかと思いました。

「いや、中学生のとき、彼女が月光の東って言葉を私に言ったことがあって……。加古慎二郎への手紙にも、月光の束まで追いかけてって書いてあったそうなんです。これは加古の奥さんから聞いたんですが」

柏木はレモンを持ったまま、首をがくんと横に倒し、長いこと考え込んでいました。糸の切れたあやつり人形のような首は、私がいぶかしく思うまで動きませんでした。

やがて柏木は、もう一杯水割りを作り、それを三口ほどで飲み干してから、

「相手を苦しめるためのセックスってのがあるとしたら、いや、たぶんあるでしょうけど、彼女はそのために手抜きをしたり、うっかり気を緩めるなんてことはしない女でしたね」

と言いました。

「そのための手抜きとか気を緩めるって、どういう意味ですか？」

「相手を苦しめるためのセックスを徹底的にやり抜くってことですよ」

私には柏木の言っていることがよく理解できませんでした。

「このへんでやめときましょう。別れた女との房事を他人に喋《しゃべ》るなんて、仁義に反するどころか、卑劣極まりない」

柏木はそう言って、カウンターの上に置いたままの古い切符に視線を落とし、薄い笑みを浮かべながら、

「こういうことを男にさせちまうってのは、もう中学生のときから彼女は身につけてた

んだな」

とつぶやきました。そして、それがいかにも塔屋よねかそのものであるかのように、そっと指を伸ばして切符に触れたのです。

「ほっといてやりましょうよ。彼女は彼女らしく生きてるはずです。また私みたいな男と知り合ったり、自分の架空の世界でひとりぼっちになったり、別の加古慎二郎を生みだしたりしながら、彼女は歳を取っていくでしょう。平和で安穏な巣に落ち着くのは、彼女が六十歳を過ぎてからかもしれない」

柏木の言葉に、私は何も応じ返しませんでした。

「別れるとき、私はなんだか妙に、彼女から影の薄さみたいなのを感じましてね、いまでもそのことが少し気がかりなんです。せっかく努力を重ねて経済的基盤を築いたんだから、その境涯を長く満喫させてあげたいなァって思っちゃって。とにかく、彼女は小さいときから可哀相《かわいそう》なことばっかりでしたよ」

と柏木は言い、さっきよりも濃い水割りを作りました。

「彼女は、子供のころのことを柏木さんに話したんですか？」

「いいえ、私にはいっさいそんな話はしませんでした。星さんには、ちらっと言ったことがあるみたいだけど、私は別の人から聞いたんです」

「別の人って、津田富之さんですか？」

柏木はあきらかに不快そうな顔つきで、

「探偵みたいな人ですね。いったい彼女の何を知りたいんです？」

と訊き返しました。

私は新しい水割りを注文してから、そのことは自分でもよくわからなくなっているのだと答えました。

「ひょっとしたら、月光の東って何だったのかを彼女の口から教えてもらいたいのかもしれないですね。たぶん、加古も、その意味がわからなかったんじゃないかって気がするんです。それがわかったからって、どうなるもんでもないんですが」

柏木は、微笑を取り戻し、この切符を財布に戻してはいただけないかと私に言いました。

「なんだかこの切符のなかにひきずり込まれそうな気がして……」

私も笑いながら切符を財布にしまいながら、

「柏木さんは、津田富之さんとお逢いになったことはおありなんですか？」

と訊きました。

「ええ、二度、お逢いしてます」

「私も、競馬場の馬主席でお姿を拝見しました。合田さんが、あの人が津田富之さんだって小声で教えてくれて」

柏木は驚き顔で、

「津田さんが馬主席にいたんですか？」

と訊きました。

「お知り合いが所有してる馬が有馬記念に出走するんで、久しぶりに競馬場に来たんだって、合田さんに言ってました。どう言ったらいいのか、中国に大人《たいじん》て表現がありますが、そんな風情《ふぜい》を感じましたね」

柏木はまた長いこと考え込み、水割りを飲み、手に持っていたレモンをカウンターに転がしてから、

「塔屋米花の両親は、じつは兄妹だったんだって話が津田さんに伝わったとき、津田さんはそれをご注進に及んだ男に、嘘《うそ》であろうが本当であろうが、そのことだけは決して自分以外の人間に口外してはならないって叱《しか》ったそうです。どんなことがあっても、そんな噂《うわさ》だけは米花の耳に入れてはならないって」

と言い、カウンターのなかの明かりを消しました。

よねかに関する話を打ち切ろうとした柏木が、なぜそのような話を私にしたのかわからないまま、私は代金を払って〈かしわぎ〉から出ると、なぜかもう一軒どこかに寄って飲みたくて、風の強い通りを歩きつづけたのです。

第六章

一

一月二十日

冬休みが終わって十日目に、修太が学校に行っていないことに気づいたが、少し様子を観《み》ようと考え、きのうまで知らんふりをしてきた。

けれども、毎日、学校に行かずにどこで何をしているのかが心配になり、きのう、そのことについて修太と話し合った。

担任の先生から連絡があったこと、先生には思いあたるふしはなく、他の生徒に事情を訊《き》いても要領を得ないこと、生徒たちが隠しているのかもしれないが、いじめられているような気配は感じられないこと、夏以降、それまで得意だった数学の成績が極端に悪くなっていること……。

修太は口を閉ざしていたが、一度自分の部屋に入ってしまったあと、真佐子が寝たころをみはからって、私のところに来ると、自分は学校に向いていないような気がすると言った。

数学の成績が悪くなったとき、誰かが、

「こいつ自殺するぞ。いつも九十点近く取ってた数学の試験が五十三点に下がっちゃって、こいつ自殺するぞ」

と言ったという。

自殺という言葉の背後には、修太の父親のことが含まれているのであろう。そう言われたあと、ひょっとしたら本当に自分は自殺するかもしれないという気がして恐ろしくなり、ふいに人と顔を合わすのがいやになったらしい。

最初は、三日間学校をずる休みしたが、その翌日登校すると、別の女子生徒が修太の指をつまんで、

「加古くんの指って女みたい」

と言ったそうだ。そんなふうに言われたのは初めてだったので、それ以来、自分の指が気になって、一日に何回も指を見るようになってしまった。

なるほど、自分の指は細く、わざと磨いたように爪《つめ》も光っている。それで、両手をポケットに入れて、人に見られないようにしていたら、担任の教師にひどく叱《しか》られた。

数学の成績が下がったくらいでふてくされた真似《まね》をするなと言われたのだ。両手をポケットに入れたまま授業を受けるなんて生意気だとも言われたという。

それやこれやで、自分でも不思議なくらい学校がいやになってしまったのだ。

学校がいやになり、母親に内緒で下校時まで公園や商店街で時間をつぶしているうちに、そんな自分はもう駄目な人間だという気がしてきた。すると、学校がいやになったから自殺してしまうのではないかという恐怖が生じた……。

私は、修太の話を聞き、女のようだという指を見たが、以前よりも指の関節が太くなり、男の子というのは変声期には指まで男らしくなっていくものであることを発見した。

私がそう言っても、修太は心を閉じてしまって、パジャマの裾《すそ》で指を隠そうとする。

もう少し様子を観ていてもいいのだけれど、父親の一件が心に深い傷を作り、それが自殺の恐怖につながっているのだとしたら、早く手当てをしなければいけない。

ひとりの生徒の言葉が他の生徒たちにも波及して、やがてそれがいじめの殺し文句になってしまうということも有り得るかもしれない。

私はそう考えて、きょうのお昼休みに、安倍先生の精神クリニックに電話をかけて相談してみた。

いつも陽気で磊落《らいらく》な安倍先生のことだから、私にできる処置法をアドヴァイスして下さるかと思ったが、いつになく深刻な声で、きょうかあすにでも、坊《ぼ》っちゃんをつれていらっしゃいと仰言《おつしや》った。

学校を十日ばかり休んだくらいで精神科につれて行かれたら、修太はもっと落ち込むだろうし、だいいち、私の言うことをきいて素直に病院に足を運ぶとは思えなかったが、安倍先生には安倍先生のお考えがあってのうえだろうと考えて、きょうの六時に修太と東京駅で待ち合わせた。久しぶりに二人だけでおいしいものを食べようと誘ったのだ。

私は、修太と逢《あ》うと、きょうは安倍先生のところに行く日だということを忘れていたので、一緒に行ってくれと嘘《うそ》をついた。

私の診察が終わったら、そのあと食事をしよう、と。

修太はきょうも学校に行かなかった。

「おばあちゃんが心配するから、家は出たんだけど、帰ったら、担任の先生から電話があったって……」

私が訊くと、

「おばあちゃま、何か言ってた？」

「変な顔をしてたよ」

と修太は言った。

安倍先生には、連絡しておいたので、看護婦さんも心得ていらっしゃって、私が診察室に入ると、すぐに修太を招き入れて下さった。

「学校、いやになったんだって？」

安倍先生は笑顔で世間話をするように修太に話しかけ、私に診察室から出て行くよう目配せなさった。

　修太が診察室にいた時間は思いのほか長くて、あとからやって来た患者さんの数が待合室に増えていくばかりなので、私はとても落ち着かなくなり、初めて安倍精神クリニックに来た日のことを思い出したりした。

あの日は雨が降っていた。それを口実に家から出ようとしない私の手をつかんで、唐吉叔父様は、

「白旗をあげに行くんだよ」

と仰言ったのだ。

　その意味がわからなくて、私が見つめ返すと、

「いやァ、まいった。私はもうぼろぼろで、頑張ろうなんて気はどこを探しても出てきません。いやァ、まいった、降参、降参。こんな私でもよござんすかって、人間学の専門家に相談に行くんだよ」

　唐吉叔父様はそう仰言ったのだ。

「心の病気ってのは、つまり人間病だってのが、安倍先生の持論でね。一所懸命に生きてたり、辛《つら》い哀《かな》しいことが起こると、人間だから心が少しこわれちまう。それにはそれの治し方があるんだ」

　そう促されて、私はあの日、唐吉叔父様の車に乗ったのだ。

車のなかで、私はカラチの警察署の、ひび割れた壁の色を思い浮かべていた。壁のところで気味悪い羽音をたてている何匹もの蠅《はえ》は、夫の葬儀のあとから、絶え間なく私のなかで飛び始めたのだ。

私はあの日、安倍精神クリニックに行く車のなかで、唐吉叔父様も十二年前に安倍先生の患者であったことを知った。

「ちょっとした失敗と心配事が昂《こう》じて、いろんな神経症状が出て、鬱病《うつびょう》になっちまった。そのとき、学生時代の友だちに安倍先生を紹介されてね。まだ若いが、とてもいい医者だって」

どんな失敗で、どんな心配事だったのか、唐吉叔父様はお話しにならなかったが、叔父様にもかつてそのような症状に陥った時代があったのかと思うだけで、私の心はほんの少しらくになったのを覚えている。

唐吉叔父様が社長に就任なさったのは八年前だから、十二年前というと、まだ専務になる前で、たしか常務になるかならないかのころであろう。

あのころの叔父様はいつも帰宅が遅く、酒量も多くて、表情にはどこかすさんだところがあったような気がする。

でも、修太が生まれて二年目あたりから、唐吉叔父様の顔立ちに豊かな包容力のようなものがあらわれ、私にとっては以前にも増して頼りになる叔父様になったのだ。

そんなことを考えているうちに、修太は診察室から出て来て、私を呼ぶ安倍先生の声が聞こえた。

安倍先生は、

「修太くんは、なかなかの大器じゃないですか。学校なんて窮屈な檻《おり》からしばらく出しといたほうがいいですよ」

と仰言った。

そして、やはり、父親の自殺がもたらしたものは大きくて、内に向かおうとする年齢の始まりとともに、それが表に出て来たのだと私にだけ聞こえる声で教えて下さった。

「ぼくの父は外国で首を吊《つ》って死んだっていうんじゃなくて、つまり、逆の思考を始めたんですね。ぼくは、外国で首を吊って死んだ人の子だって」

安倍先生は、そのあと、

「お母さんが可哀相《かわいそう》だ。そんな思いも、急速に強くなってきたんです。おとなになっていってるんですよ」

と仰言った。

「母親は、どうしてやったらいいんでしょうか?」

「誉《ほ》めてあげるんです」

「誉めるって?」

「何をやっても、すごいわねェ、上手ねェ、へえ、こんなこともできるのね。へえ、すごいわねェって。数学の試験で三十点取ったら、こんな難しい問題で三十点も取るなんてたいしたもんねって。人に何か言われたら、そんなことないわよ、修太はこんなにいいところがあるのよ。あの人たちにはわからないのよって」

また何かあったら電話をくれと仰言って、安倍先生は次の患者さんのカルテに眼をお向けになったので、私は診察室を出た。

帰り道、自分からは何も話そうとはしない修太に、私は先生がどんなことを仰言ったのかを訊いた。

「ぼくだったら、学校に行きたくなるまで行かないなって」

「先生が?」

「うん。でも、そんなことをしなかったから、先生は大学の医学部に入れたんでしょうって言ったら、だってぼくは学校は嫌いだったけど、勉強は好きだったし、小学生のときから絶対に医者になろうって決めてたからだってさ」

修太はふいに立ち停まり、

「学校に行きたくなくなった自分が大好き」

と大声で言った。

私は、思わず、えっと訊き返した。

「安倍先生が、本当に心を込めてそう思えって」

修太はそう言って、同じ言葉を繰り返した。

「指が女みたいな、そんな自分が大好き」

「いままでクラスで数学が二番だったのに、あっというまに三十番になってしまった、そんな自分が大好き」

修太はそう言った。そして、もっと好きになる自分があるが、それは秘密だと私に言って歩きだした。

「沢田由紀に鼻もひっかけられない自分が大好き」

「それって、秘密じゃないの？」

私はおかしくなって、笑ってしまった。そういえば、一度、沢田由紀という同級生が家に遊びに来たことを思い出してしまった。自分は美人でございって顔をしてたっけ。

いま、夜の十一時。修太は、私が買ってきた山の写真集に見入っている。

一月二十一日
夫の浮気に気づかず、あげく夫に自殺されてしまった自分が大好き……。
朝、家を出てから会社に着くまで、何度も胸のなかで心を込めて本気で言ってみたが、馬鹿《ばか》らしくなってやめてしまった。

それなのに、仕事をしながら、いつもより段取りの悪い自分に苛立《いらだ》ち、つまらないミスばかりする自分が大好きと思ってみると、なんだか楽しくなってきた。

生きるということは、自分を肯定するところから始まるのかもしれない。

ひょっとしたら、医学では解決できない病気の多くは、知らぬまに自分を否定しつづけてきた心によって発生するのかもしれないという気がする。

安倍先生は、そのことを教えてくれたのではないだろうか。

でも、どんなに失敗しても、どんなに欠点や短所があっても、そんな自分を大好きだと思うためには、なにかしらの訓練が必要だ。

だから、安倍先生は、修太に、本気で心を込めてそう思えと仰言ったのであろう。

本気でそう思う努力をしているうちに、本当に自分のすべてを大好きになり、何があっても安心していられるようになりそうな気がする。

日本人がどこか卑屈なのは、自分たちを大好きだと思う思考が欠落しているからかもしれない。謙譲の美徳なんてことを生き方の倫理にする文化のせいかもしれない。

「だから日本人は顔と腹が違うのよ。面従腹背って人たちが多いのよ」

と私は思わず声に出してつぶやいていたらしい。オオバントウさんが、私の顔をのぞき込み、

「何を思ってるんです？」

と訊いた。

私は自分のひとりごとを誤魔化そうとして、オオバントウさんが推薦して下さった山の写真集をやっと手に入れることができたと言った。

「よくありましたね。もう絶版になってやしないかと思ったけど」

「本屋さんに取り寄せてもらうのに四ヵ月もかかったんです」

するとオオバントウさんは、女性で山の写真が好きだという人は珍しいと仰言り、ご自分が所蔵している写真集を進呈したいのだがご迷惑ではないかとお訊きになった。イギリス人の著名な写真家が撮影した写真集で、日本ではみつからず、ロンドンに住む友人に探してもらったのだという。

そんな貴重で大切なものを頂戴《ちようだい》するわけにはいかないと固辞すると、オオバントウさんはとても残念そうな表情で、

「私はさほど山には興味はないんですが、その写真集には、山だけでなくて、ソヴィエト連邦に取り込まれる以前の、キルギスタンとかカザフスタンの農民や農村を写したものもあるんです」

と仰言った。

あのあたりの人々の容貌《ようぼう》は、アラブ世界とアジア、もしくはアジアとスラブといった民族の血が融合していて、まさに民族の十字路であり、文明の十字路と呼ばれる由縁を

語りかけてくるという。

オオバントウさんは、少しためらっていらっしゃるようだったが、Aさんが席を立ってどこかに行ってしまうと、

「私は、社長には好きなことをさせてもらったんですよ」

と仰言った。

唐吉叔父様がまだ仙台支店の営業部長だったころ、オオバントウさんは入社してちょうど十年目で仙台支店に転勤になった。

ある日、営業部長のお伴で得意先を廻ったあと、そのまま社に戻らずに、部長の行きつけの寿司《すし》屋でご馳走《ちそう》になった。

「私は営業成績が悪くて、自分にはこの仕事が向いてないと思ってたんです。それで、いっそ会社を辞めて、ちゃんと勉強しなおして、好きな語学で生きる道はないものかって悩んでたんです」

ところが、お寿司屋さんで飲んでいるうちに、若き日の唐吉叔父様は、若き日のオオバントウさんに、こう言ったそうだ。

「企業ってところは、社員の人柄に給料を払ってんじゃないんだけど、板東くんにだけは、どうやらその人柄に給料を払ってるみたいだな」

オオバントウさんは言葉の意味がよくわからなかった。部長は、自分の能力のなさを

暗に皮肉っているのかと思い、身を固くさせた。

唐吉叔父様は、きみはたしかにノルマを果たしきっていないが、トラブルが生じやすい得意客の営業担当者をきみに変えると、なんだか物事が荒立たずに、丸く納まってしまうのだと言った。

そして、オオバントウさんをとてもうらやましそうに見つめ、きみはいまのままでいいんだと言ったという。

「俺がもしこの会社で出世したら、俺がきみを守ってやるから安心してろ。俺がえらくなって、きみを引き上げてやるってことじゃないんだぜ。俺がえらくなったら、きみが会社で好きなことをやっててもいいようにしてやる」

そのときは、部長は酔っていたので、酔っぱらいの威勢のいい空約束であろうと思ったが、そうではなかった。

海外調査室という新しい部署ができたとき、福岡支店にいたオオバントウさんは、専務に昇格した唐吉叔父様に呼ばれ、

「ここで好きなことをやってろよ。誰に遠慮することもないようにしとくからな」

と言った。

仙台のお寿司屋で飲んだ日から二十年余りがたっていた。

「でも、社長には長い不遇の時代がありましたよ。そのころは、寄らば切るぞって顔を

してて」

とオオバントウさんは仰言《おつしや》り、さらに何か言おうとなさったが、Aさんが戻って来たので、自分の席に帰ってしまった。

私は、そのとき、入社以来、オオバントウさんが絶えずそれとなく私を気遣って下さっていたような気がした。

寡黙《かもく》な方で、どんな用向きなのか、一日中社にいない日もあって、具体的に私に対して手を貸すとか言葉をかけるといったことはなかったのだが、いつもどこかから心を向けていて下さったという気配に私は気づいたのだ。

唐吉叔父様は、オオバントウさんに事情を話して、加古美須寿《みすず》をよろしく頼むと仰言っていたのにちがいない。

私は守られてきた……。その思いが、私を幸福にしてくれた。その幸福感は、仕事を終えて帰宅してもなおつづいていて、きょうは堂々と学校を休んで居間のソファに寝転がってテレビばかり見ていたという修太の姿に、いささかの焦燥も不安も感じなかった。夫が生きていたら得られたかもしれない私の幸福。夫が死んだことによって得られるかもしれない私の幸福。もし、私の幸福にその二種類があるとすれば、後者のほうが較《くら》べようもなく大きいという結果が出そうな気さえして、私はずいぶん長いこと物思いにひたった。

そうしているうちに、私はオオバントウさんがおとしの夏に旅したというパミール高原とアム・ダリヤ河流域に行きたくなってきた。その衝動は、胸が痛むくらいに強かった。

私は、自分の部屋から写真集と山のカレンダーを持って来て、修太に見せ、

「ねェ、お母さんと一緒にここに行かない？」

と言った。

「ここって、どこなんだ？」

「パミール高原。世界の屋根って呼ばれるところ。民族と文明の十字路」

「行くって、いつ？」

「いつでもいいわ。お母さんだって一週間くらいの休みは取れるわ」

「俺、学校はどうするの？」

「行きたくないんでしょう？」

「そりゃあ、行きたくないけど……」

「人間は学校に行くために生まれてきたんじゃないわよ。ねェ、このあたりを旅行しようよ」

修太は、顔をしかめて私を見つめ、私の額に掌《てのひら》を当てて、

「お母さん、大丈夫？　頭のなかの何かが切れたんじゃないの？」

と真顔で訊《き》いた。

「俺、働くことって、お母さんに向いてないような気がしてたんだ」

その修太の言葉で、私はさらに楽しくなったが、あまりの自分の幸福感に恐れを抱いた。鬱病ではなく躁病《そうびょう》にかかったのかと思ったのだ。

しかし、そうではない。私は、修太がいつのまにか一人前の口をきくようになっていたことに感動したのだ。

「何言ってるの。お母さんは海外調査室では、なくてはならない有能な社員なのよ」

と私は言った。

「それって、誰かに言われたの？」

「誰に言われなくても、そのくらいは自分でわかるわよ」

修太は不思議そうに私を見つめ、それから笑いだした。

私も修太も、はしゃいでしまって、一時すぎまで起きていた。

一月二十二日
昼食を終えて自分の席に戻ると、メモが置いてあった。古彩斎という方から電話があったとAさんの字で書かれていたので、私は古彩斎に電話をかけた。
古彩斎のご主人とは去年の十一月以来、お逢《あ》いしていない。

十月にチョモランマ・トレッキングを計画していらっしゃったのに、出発の二週間前にご自宅のお風呂場《ふろば》で転び、右の肋骨《ろっこつ》を二本折ってしまわれたのだ。

私は、てっきりトレッキングに出発なさって、もう帰国されたであろうと思い、去年の十一月の初旬にお電話をかけ、お怪我《けが》のことを知った。

あんなに楽しみにして、トレーニングに励んでいらっしゃったので、さぞご無念かと思ったが、怪我をしたお陰で命拾いをしたかもしれないと仰言った。

ことしのチョモランマは、春からずっと天候が悪く、思いもかけない場所で雪崩《なだれ》が起きたりして、現地の観光局の規制が強まり、これまでなら許可したような風の日でさえ、トレッキングの中止を命じるようになった。

古彩斎のご主人と一緒に行く予定だったお仲間たちは、結局三日間の天候待ちをしたあげく、山小屋の周辺をぶらつくだけで帰国せざるを得なくなったのだが、強行した別のパーティーは、突然の強風で身動きがとれなくなり、危うく大惨事になるところだったという。

そんなお話を電話でうかがって以来だったが、ご主人はとてもお元気そうだった。

電話に出るなり、

「いいものをお見せしますから、お仕事が終わったらお寄りになりませんか」

と仰言る。

「叔父もつれていきましょうか？　きょう、夜は予定がないみたいですから」

私がそう言うと、

「いやいや、社長みたいな朴念仁《ぼくねんじん》は、どこかでゲテモノをつかまされてりゃいいんですよ」

と仰言ったので、私は驚いてしまった。

古彩斎のご主人が、唐吉叔父様を朴念仁と言うときは、叔父様らしくない買い物をなさったときにかぎられているのだ。

「あら、私には、そんなことはひとことも口になさいませんわ」

「そりゃそうでしょう。恥しくって、加古さんに見せられやしないんでしょう」

古彩斎のご主人の口調には、なんとなく「ざまあみろ」といったところがあった。

仕事を終えてロッカー・ルームに行き、ドアのノブをつかんだとき、なかからB子さんの声が聞こえた。

「首を吊《つ》ったんだって。どこか外国で」

私はどうしようかと迷ったが、そのままドアをあけて入った。

ロッカー・ルームには、B子さんと、別の部署の女性社員が二人いた。

聞かれたかもしれないと思ったのであろう。B子さんは、私を見て、

「おつかれさまァ」

と言って微笑《ほほえ》んだ。

どこからどうやって伝わったのかわからないが、私の夫のことは、あっというまに社内にひろまってしまうだろう。

「夫に自殺された自分が大好き」

私は服を着替えながら、何度も胸の内で言った。

そんな自分が大好きなはずはないわ。馬鹿馬鹿《ばかばか》しい、子供騙《だま》しみたいなことを自分に言い聞かせたりしないでおこう。馬鹿馬鹿しいだけではなく、自分で自分が恥しい。

そう思いながらも、

「私は自分を大好きだ。私にはすばらしいところがいっぱいあるんだ」

と言い聞かせつづけていた。

「こんなすばらしい奥さんがいるのに、つまらない苦しみを招き入れて自殺なんかしたあなたは馬鹿よ。そんな馬鹿な男と一生をともにしなくて、ほんとによかった」

そう言い聞かせた途端、泣いてしまいそうになり、B子さんたちに声をかけずに速足でロッカー・ルームを出た。

古彩斎のご主人が私に見せたがっていたものは古備前の大振りのぐい呑《の》みだった。胴に丸味があり、淡い鉄色の窯変《ようへん》がたっぷりとしているのに、全体に稚気が溢《あふ》れている。

「室町中期のものだと思いますねェ。銘はありませんが、作者は枯れた名人ですな」

「叔父なら、一も二もなく買いますわ」

「いや、あんな朴念仁に、この境地がわかるかどうか。ただの小汚ないぐい呑みだってとこでしょう」

「なんだか叔父とケンカでもなさったみたいですわね」

その私の問いにはお答えにならず、

「どこでこれをみつけたと思います？」

と古彩斎のご主人は古備前のぐい呑みを布で包みながらお訊きになった。

私が首をかしげると、

「ネパールのカトマンズですよ。カトマンズの屋台です」

とのこと。

「屋台の主人は、これを唐がらしの粉入れに使ってたんです。昔、私のところで働いていて、いまは京都でこの商売をやってるやつが、去年のトレッキングの際にみつけましてね。屋台の親父《おやじ》に頼み込んで譲ってもらった。それを私がまた譲ってもらったってわけで」

「でも、こんな古備前が、どうしてネパールにあるんでしょう」

「戦前か戦中に中国に渡った誰かが持って行って、それがどこかを廻りに廻ってカトマンズに辿《たど》り着いたんでしょう。こんな逸品が、なんとカトマンズの屋台の唐がらし入れになってる。なんともいい形じゃないですか」

古彩斎のご主人は、そう仰言ったあと、なんだか気難しそうな顔つきで、布に包んだぐい呑みを私の掌に載せた。

「私からの、カトマンズのおみやげです。私は行けませんでしたがね」

「私に？」

「あの朴念仁に見せびらかしてやって下さい」

「こんな貴重なもの……」

「カトマンズの屋台の唐がらし入れですよ」

私はお礼を言って、掌の上のぐい呑みの包みをひらき、それに見入った。

お客さまが入ってきたので、何気なくそっちのほうに視線を向けると、いつぞやの、織部《おりべ》の菱形《ひしがた》鉢を買ったと思われる美しいご婦人だった。

「当分、お目にかかれないと思いますので、ご挨拶《あいさつ》をと思って」

とそのご婦人は仰言り、私に小さくお辞儀をされた。私もお辞儀を返し、ぐい呑みを布に包むと、お店の入口の唐三彩のところに移った。私がいると話しにくいこともおありかと思ったからだ。

「そうですか、それは存知ませんで失礼をいたしました」

という古彩斎のご主人の言葉のあとに、

「おととい、四十九日をすませたので、あした飛行機に乗ります。母が存命中は、いろいろとお世話になって」

とご婦人は丁寧にお礼を述べていらっしゃる。ああ、お母様を亡《な》くされたのかと思いながら、私は唐三彩の隣の三島茶碗に目をやった。

「パリには、どのくらいのご予定です?」

「三年、ひょっとしたら、もっと長くなるかもしれません」

「そうですか、どうかお体に気をつけて」

「ありがとうございます。古彩斎さんこそ、どうかお元気で」

ご婦人はお店を出るとき、私にもまた頭を下げ、ドアをあけて通りに出ると、浅黄色のスーツの上にカシミアの黒いコートを着てから、新橋のほうへと歩いて行かれた。そのうしろ姿は、なぜか息をのむほどにすっきりとして、清冽《せいれつ》だった。

いま、日記をしたためながら、古備前のぐい呑みを寝室の棚に置いてときおり眺め、なんと不思議なうしろ姿を持つご婦人であろうかと思っている。私はなぜあのご婦人のうしろ姿に、こうまで魅《ひ》かれてしまうのだろう……。

二

一月二十三日

修太が学校へ行った。行きたくなったからではなく、行かなければならないから行くのだという意味の言葉を、出がけに私の耳元で言った。

修太のことが気になって、仕事に集中できなかったが、B子さんや、B子さんと親しい女子社員の視線を気にしてしまったのだ。

ああ、私はまたつまらないことでくじけようとしていると思い、自分の弱い心にたまらなく嫌悪《けんお》を感じた。

私は弱すぎる人間だ。打たれ弱く、ちょっとしたことで自信をなくして不安に包まれてしまう……。

昼からは仕事が片づいて手があいたので、書類の整理をするふりをしながら、古彩斎のご主人から頂戴《ちょうだい》した古備前のぐい呑《の》みを眺めた。

頃合の桐箱《きりばこ》があったので、もし唐吉叔父様と二人きりになれる機会があれば見せて差し上げようと思い、大きいハンドバッグに入れてきたのだ。

茶碗《ちゃわん》というには小さいが、ぐい呑みにしては大きいような気がする。といって、鉢ではない。やはりぐい呑みとしか思えない。

そんな古備前を見ているうちに、ふと、室町中期に作り出されて、どこをどんなふうにさまよい、どんな人間たちの手から手へ渡って、この小さな焼き物は、ネパールのカトマンズの屋台に居を定めたのかと考えてしまった。

このぐい呑みが窯《かま》から出されたのが仮に一四六〇年ごろだとすれば、きのうの夕方、私の掌《てのひら》に載るまでに五百年余という年月がたっている。

屋台の唐辛子入れに使われていたのに、どこにも傷はなく、ひびも入っていない見事な完品の強靭《きょうじん》な運命に、私はうっとりとしてしまった。

きっと欠けたり、割れたりしそうな危機一髪の瞬間は数限りなくあったことだろう。それなのに、この小さな焼き物は深くて渋いたたずまいのなかに、心なごむ稚気をたたえて、傷つくことがなかった。

飄々《ひょうひょう》と、泰然自若と生きつづけてきて、いま、私のところにひとまず落ち着いてしまった……。

そんなふうに考えていると、私の心は安寧になり、このぐい呑みの物語を私流に作って、その流浪《るろう》の道筋を旅する計画を練ってみたくなった。

出発は備前岡山。大阪か京都の好事家《こうずか》の手に渡り……。

私の想像力は、そこで止まってしまった。どうやって、カトマンズの屋台までの物語を作ろうか。

オオバントウさんが珍しくパソコンの画面に見入って、ときおり難しそうな顔でキーを叩《たた》いていらっしゃったので、私はぐい呑みの入った桐箱を手に傍に行くと、

「コーヒー・ブレイクにいたしません?」

とお誘いした。

「あれ？　加古さんのほうから誘って下さるなんて嬉《うれ》しいですねェ」

オオバントウさんはそう仰言《おつしや》って、社のビルの東側の細い通りにある喫茶店に案内して下さった。

「ここはうちの社の連中は滅多に来ないんです。なんとなく、うちの社の建物からは死角になってるんでしょうね。私の午後の読書室みたいなもんです」

それからオオバントウさんは、私が大事そうに両手で持っている桐箱を見て、

「それ、何です？」

とお訊《き》きになった。

私は、ぐい呑みを桐箱から出し、小さな木のテーブルに置いて、いきさつを話して聞かせた。

「へえ、カトマンズの屋台にですか」

オオバントウさんは、ぐい呑みを両手に持ってそれを目の高さにあげ、いろんな角度からご覧になりながら、うなずいたり、首をかしげたりなさった。

そして、テーブルに置いてからも、しきりに首をかしげていらっしゃった。

「価値のある美術品として渡ったんじゃなくて、生活用品として誰かが持って行ったってことにしましょう」

「誰が、どこにですの？」

「明治の中頃に中国人の貿易商が上海《シャンハイ》に。だって、江戸末期に黒船の乗員がアメリカに持って帰ったりしたら、加古さんは世界一周の旅をしなきゃいけないはめになりますからね」

私は笑って、さっきからどうして首をかしげてばかりいらっしゃるのかと訊いた。するとオオバントウさんは、喫茶店の天井に吊《つ》るされている電球の光を受けると、この丸い胴にも中の底にも、月光のようなものが生まれて、それが朧《おぼ》ろ月になったり、鮮明な三日月になったりするのだと仰言った。

「私がこの焼き物に名をつけましょう。月光……。うん、それだとちょっと陳腐だから、月光の東」

そう仰言って、オオバントウさんは私を見ながら微笑《ほほえ》まれた。送別会のときの話題を覚えていらっしゃって、そんな名をおつけになったのだろうが、私には楽しくない名だった。

一瞬、私の表情が翳《かげ》ったのであろう。オオバントウさんは、

「焼き物のことなんかわからない無調法者のくせして、名をつけようなんて、えらそうなことを言ってしまって……」

と照れ臭そうに頰のあたりを爪《つめ》でお掻《か》きになった。

たしかに窯変《ようへん》の形が、丸い胴を照らす明かりを単なる反射光ではなく、宙空に浮かぶ満月にも上弦や下弦の月にも見せた。そのようであることを作者が願ったかと思えるほどに、月の形は意志的でさえあった。

「月光の束って、どこなんでしょう……」

私は頬杖《ほおづえ》をついて、そうつぶやいた。

自分だけの事情で気まずくさせてしまってはいけないと思い、私は話題を変えた。息子が死んだ父親のことで学校に行かなくなってしまったが、きょう自分で行く気になって登校したのだと私は説明した。

「それで、なんだか朝からずっと落ち着かなくて」

オオバントウさんは、自分の弟の末っ子も、中学だけはなんとか卒業したが、高校に入学して三週間ほどで退学してしまったのだと仰言った。

「加古さんの息子さんは大丈夫ですよ」

「どうしてですか？」

「だって、どうして学校に行きたくないのかをお母さんに喋《しゃべ》ったんですから。私の甥《おい》っ子は、どうしても理由を親にも誰にも喋らなかったんです。喋ったのは、高校を辞めて二年ほどたってからです」

教師の何気ないひとことが、オオバントウさんの甥っ子を固い殻に閉じ込めさせたのだという。
「いまの教師は、社会性というものが欠落してますね。これは日本において大きな問題です。包容力も愛情もあったもんじゃない。人間として足りない人たちが、内申書なんてもので子供たちの生殺与奪を握ってる。これはまったく役人の世界ですよ。社会でもまれたことのない人たちが、大学を卒業して教師になって、先生、先生と呼ばれて、学校っていう小さな世界を社会のすべてみたいに錯覚して、自分にとって煩《わずら》わしい生徒は排除していくんです」

自分にも覚えがあるが、子供というのは、制度とか規則といったものに対して反抗することからおとなへの一歩を踏みだすのだ。

それが古今東西、思春期というものの不変の形なのに、規則や制度でがんじがらめにして一律化させようとするのは、教育者が己の仕事を放棄したに等しい。

オオバントウさんは、甥っ子さんのことでよほど腹にすえかねることがあったのか、そう仰言った。

「子供たちに、人間としての道を教える教師がいなくなったのは当然ですよ。だって、自分たちのほうこそ、人間の道がよくわかってないからです」

オオバントウさんは、そう仰言ってから、加古さんの息子さんの登校拒否の理由は何なのかとお訊きになった。

私は、オオバントウさんはきっとご承知なさっていると思い、父親の死に方に絡《から》めて同級生から揶揄《やゆ》されたらしいと説明した。

やはりオオバントウさんはご存知だった。小さく頷《うなず》いて、

「そんなことを言うやつは、ぶん殴ってやりゃあいいんです。こっちが根性を決めたら、相手は恐れをなします。一対一でケンカをしようなんて度胸のあるやつは、そんな姑息《こそく》な意地悪はしないもんです」

と仰言った。

「じゃあ、今夜、一対一で決闘をしろって息子を焚《た》きつけてみます」

私が冗談でそう言うと、オオバントウさんは真顔で、

「そうですよ。男は、そのくらいの気迫がなきゃあ。俺の親父《おやじ》のことで俺を侮辱したってことは、俺のお袋を侮辱したのとおんなじなんだ。この野郎、俺のお袋の仇《かたき》をうってやる。さしで勝負だ。表へ出ろ。そう言って、鼻をぶん殴るんです」

「鼻をですか？」

「そうです、鼻です。すると鼻血が出る。人間てのは、自分の血を見ると、たいていひるみます。まあ、それで勝負がつくでしょう。鼻以外のところを殴ると、切れやすいんです。切れると傷が残る。鼻に的を絞って殴るのがこつですね」

私は呆気《あっけ》にとられてオオバントウさんを見つめてしまったが、そのあと笑いがこみあ

げてきて我慢できなくなり、両手で口をおさえて笑った。寡黙《かもく》で学究肌のオオバントウさんの、別の一面を見たような気がして、なんだか楽しかったのだ。

「オオバントウさんから、そんな言葉が出るなんて」

と私は笑いながら言った。

「おかしいですか？　私にだって、やんちゃな時代はありましたよ。遠い昔ですが、血気盛んな青春時代があったんです」

オオバントウさんは、自分の甥っ子は、高校を辞めてからしばらくぶらぶらしていたが、去年から大学の検定試験めざして勉強を始めたと仰言った。

帰宅してすぐに修太の部屋に行き、久しぶりに学校に行った感想を訊いてみた。

二時限目が終わったあと、担任の先生に呼ばれ、理由を訊かれたという。

正直に話すと、先生は相手の生徒にあとで注意しておくと言ってくれたそうだ。

私は、オオバントウさんの言葉を修太に話して聞かせた。修太は困ったような表情で苦笑しただけだった。

一月二十五日

加納さんからお手紙が届いた。航空便ではなかったので、ニューヨーク勤務を終えられて日本に帰国されたことを知る。

お手紙の内容は、帰国の挨拶《あいさつ》に終始していて、塔屋米花《よねか》に関しては一行も触れていらっしゃらなかった。

ただ最後に、「ご主人様の最も近い友人と自任しながらも無力であった自分を不甲斐《ふがい》なく思うばかりです」としたためられている。

私は、文面から、加納さんが塔屋米花さんについて知っていることは幾つかあるが、それをいまさら口外する意思はないし、たとえ口外したとて何の意味もないと思うと行間に秘されているような気がした。

いまさらそれに何の意味があろう……。たしかにそのとおりだ。私もそう思う。塔屋米花という女性がいかなる女性なのか、私は永久に知らないままのほうがいいのだ。私の心の九割はそう思うようになっている。

ただ、夫の理不尽な死を私自身がまだ受容できないでいることが苦しくて、そのためには、夫の死の原因となった女性を謎《なぞ》のままにしておいていいものかという思いもある。

つまり、夫の死というものを私が受け容《い》れるための決着がつかないのだ。決着がつかないかぎり、それに背を向けて新しい生活へ移ることはできないのだ。そうすることは、私のためにならないのだという気がしている。

古備前のぐい呑みに、オオバントウさんが〈月光の東〉と命名したことが、私に重くのしかかっている。何がどのように重くのしかかっているのか、よくわからない。

決着をつけなければならない。〈月光の東〉というわけのわからない呪詛《じゅそ》のような言葉が、私には気味悪くてたまらない。

一月二十六日

修太がやってのけた。

あの意地悪な同級生をぶん殴ったのだ。オオバントウさんの言葉どおりに、「俺を侮辱したってことは、俺のお袋を侮辱したのとおんなじなんだ」と言って、一対一でけりをつけようと言ったのだ。

だが、相手は、顔を真っ赤にさせて教室から出て来たが、殴り合いになる前に謝り、もう二度とそんなことは言わないと誓ったという。

どうりで、修太は今朝は顔色が悪く、何も食べないで登校した。決闘する覚悟だったからだ。

三時ごろ、B子さんが「息子さんからよ」と言って電話を指差したとき、私はひどく胸騒ぎがした。

けれども、修太はこう言った。

「ちょろいもんだよ。びびっちゃって、唇を震わせてやがんの。せっかく、きのう二百回もストレートを打つ練習したのに、拍子抜けだよ」

　私は、廻りに聞こえないように、

「相手がすごく強い子だったら、どうするのよ」

　と言った。

「正直言うと、教室に入るまで脚が震えつづけてたんだ。これからケンカするんだと思うと、キン玉が冷たあくなっていくんだ。すうっとあそこが縮んじゃって。お母さんには、あの感じはわかんないだろうな」

「わかりたくても、わからないわねェ」

　私は思わず「キン玉」と口にしかけて笑った。

　四時までに室長に渡さなければならない報告書があったので、私はいっときも早くオオバントウさんに報告したかったが、自然に湧《わ》いてくる笑みを抑えて仕事をした。

　それでも、私の視線を感じたオオバントウさんが、私の傍にやって来て、どうしたのかとお訊きになった。

　私は、仕事を片づけたら、あの喫茶店でコーヒーをご馳走《ちそう》しますと言った。

　報告書を室長に渡し、喫茶店に行き、オオバントウさんに修太からの電話のことを話して聞かせると、

「ほう、やりましたか」

　そう仰言って嬉しそうに手を叩かれた。

「へえ、ストレートを打つ練習を二百回もやって決闘にそなえましたか」

「ちょろいもんだよ、だなんて、えらそうなこと言ってました」

すると、オオバントウさんは、加古さんの息子さんはとても大きな峠を越えたのだと仰言る。

男だから、衝動的なケンカはできるのだが、前の夜から肚《はら》を決めて、その場に臨むというのは誰にでもできる芸当ではないという。

「うん、あれが冷たあくなったか……。うん、わかるなァ。うん、ぼくは中学生のとき、これからケンカするっていう前に、あの二つのボールが上に行ったり下に行ったりしたのをはっきり覚えてますよ」

オオバントウさんは、そう仰言ってから、ご婦人の前で下品なことを言ってと頭をお搔きになった。

「あれって、勝手に動くんですか?」

私は、びっくりして訊《き》いた。絶えず動いているものだと教えられて、またびっくりしてしまった。

ひとしきり、修太の一件で笑い合ったあと、オオバントウさんは、あの古備前の物語を考えつづけているのだと仰言って、世界地図のコピーを背広の内ポケットからお出しになった。

「やっぱり、私の好きなアム・ダリヤ流域には行ってもらわないと」

「あの月光の東は、アム・ダリヤ河のどこかに行くんですか？」

　私はそう言ってから、自分に驚いてしまった。忌《いま》わしい呪詛のような言葉を何の抵抗もためらいもなく口にしたからだったし、あの古備前に〈月光の東〉と名づけることを私自身が認めてしまったようでもあったからだ。

「ただ行くだけじゃあ物語になりませんからね。どういういきさつで、どんな人間が、いつごろ、あの月光の東をウズベク人、もしくはトルコ人に渡したかというお話ぐらいは作らないと」

　私はオオバントウさんと一緒に地図を見ているうちに、やはり京都へ行こうと決めた。

　塔屋米花を捜し出すのだ、と。

　あの女からの手紙にあった京都の大崎病院に行って、そこに入院していた津田という人物のことをしらべれば、きっと何かがわかるにちがいない。

　私は、塔屋米花という女と逢《あ》うことを本当は恐れていたのだ。だから、京都市左京区の大崎病院に行くことを避けていた。糸魚川《いといがわ》まで行ったくせに、あのあと、塔屋米花という存在に対して、自分のなかに萎《な》えるものが生まれたのは、私が働くようになったせいだけではなく、ひるむ気持が強くなったからだ。

　けれども、私には、夫の死を受容する何等かの儀式、あるいは手続きが必要だ。

修太が意地悪な同級生との決闘をやってのけたように、私も忌わしい何物かとの決着をつけなければならない。

それを済ませて、私は新しく生きるのだ……。

地図に描かれたカスピ海やアラル海と、アム・ダリヤ河の長い線を見ながら、私はそう思っていた。

いま、夜の一時。居間の明かりを消し、小さなスタンド・ランプだけをつけて、〈月光の東〉を見ている。

修太はさっきまで、庭でジャブからストレートを繰り出す練習をしていたが、あまりにも風が冷たくて、鼻水を垂らしながら戻って来て、自分の部屋に入って行った。きっと、もう寝たのだろう。

それにしても、今夜はとても風が強くて寒い。

ふと、〈月光の東〉という言葉に奇妙な反応をなさった古彩斎のご主人の顔が浮かび出る。頂戴《ちょうだい》したこの古備前に〈月光の東〉と名づけるはめになったことをお話ししたら、どんなふうな反応をなさるだろうかと考える。

一月二十七日
朝の八時過ぎの新幹線に乗り京都へ向かう。

出がけに電話局の番号案内で大崎病院の電話番号を調べておいた。

関ヶ原の手前から雪が降り始めて、見るまに吹雪になり、列車は速度を落としたが、予定より十五分遅れただけで京都に着いた。

病院はたいてい土曜日は午前中だけしか診察しないし、当直医や看護婦以外の事務関係者は帰ってしまう場合が多いので、十二時までに着いたほうがいいと思って早起きしたのに、この雪で大幅に遅れたらと案じたが、十二時少し前に大崎病院に着いた。

鴨川《かもがわ》べりから東へ少し行った閑静な住宅街にあり、個人病院だからと予想していたよりも大きな病院だった。

京都駅から乗ったタクシーの運転手さんが話し好きで、大崎病院には自分の弟が三ヵ月ほど入院したことがあって、何回か見舞いに行ったと話しかけてこられた。

京都では古い病院で、元は消化器専門だったが、三代目の院長になってからは眼科、耳鼻科、皮膚科だけがない病院になったとのこと。

二代目の院長に息子はなく、三代目は婿《むこ》養子なのだということも早口の京都弁で話して下さった。

運転手さんの京都弁は、大阪弁とちっとも変わらない。運転手さんに言わせると、京都の下町の、とりわけ男性の言葉はがらが悪くて、大阪の河内《かわち》言葉に似ているとのこと。

私は、病院の事務局で、たしか三年ほど前に入院なさっていた津田という方を、この病院に見舞ったことがある者だが、その方の住所がわからなくて、ここで教えていただけないものかと訪れたのだと言った。

事務員さんは、けんもほろろに、病院では、他人に患者の住所を教えないことになっていると仰言《おつしや》り、そのまま背を向けておしまいになった。

予測していなかったわけではないが、私も自分の迂闊《うかつ》さに腹が立ってしまった。病院が患者のプライバシーを簡単に口外しないのは当然だし、だいいち、私は津田という人物の姓しか知らないのだ。

フル・ネームを訊かれて、下の名は知らないと答えれば、さらに怪しまれるし、たとえ調べてくれたとしても、津田という姓の患者が多かったら、誰が私の捜している津田さんなのか見当もつかないであろう。

取りつく島もない事務員さんの背を見ているうちに、私は東京から京都の大崎病院まで足を運んだことが、まったくの徒労であったことを思い知った。

どんなにうまい口実を設けても、津田というかつての入院患者の住所は教えてもらえないとあきらめ、私は大崎病院を出ると、鴨川べりまで歩いた。

関ヶ原近辺は吹雪だったのに、京都は薄日が差していて、思っていたよりも寒くなかった。

お漬物屋さんがあり、京なすのおいしそうなお漬物があったので、買おうかどうしよだ。


うか迷っているうちに、私はふと塔屋米花が夫に宛《あ》てた手紙の文面を思い出した。たしか、——津田さんは、左京区の大崎病院に入院なさいました。大崎病院……。ちょっとびっくりでしょう？　でも、まったくの偶然なのです——と書かれてあったはずだ。

つまり、夫も京都市左京区の大崎病院を知っていたことになる。

東京に住んでいて、京都とはゆかりのない夫が、どうして大崎病院を知っているのかと私は考えてみた。

いろんな想定の仕方がある。

病院関係者に夫の知り合いがいる。夫と塔屋米花の共通の知人が、大崎病院に入院したことがある。もしくは、塔屋米花自身が通院か入院をしたことがある。

私は大崎病院に引き返しかけてやめた。津田なにがしであろうが塔屋米花であろうが、病院側は私に住所を教えたりは決してしないのだと思ったからだ。

だが、私のほうに正当な大義名分があれば教えてくれるかもしれない。

どんな大義名分をでっちあげればいいのか、私には名案が浮かばなかった。仮に浮かんだとしても、私にはそれを上手なお芝居で実行する自信もなかった。

私は何種類かのお漬物を買い、冬の風が下流から上流へと小さな波立ちを与えている鴨川のほとりに行き、日帰りではあっても、なんと寂しい旅であろうかと思った。

もう少し考えて行動すればよかった。そう思ったとき、いちかばちかで当たって砕けろという気になったのだ。

私は、唯一《ゆいいつ》思いついた案を実行してみようと、橋のたもとの公衆電話ボックスに入り、大崎病院に電話をかけた。

若い女性が出てきたので、

「入院なさっている塔屋米花さんをお願いします。私、山口節子と申します」

と言った。山口節子さんは、私の家の隣にお住まいの方の名だった。

「塔屋さん?」

と相手は訊き返し、

「塔屋さんはお亡《な》くなりになりましたよ」

そう言ったのだ。

私は驚き、

「えっ?　いつですか?」

と訊いた。

「去年の十二月です。塔屋正恵さんでしょう?」

「すみません。何度も報《しら》せを受けたのに、外国に行っておりまして、きょう帰って来て、びっくりして電話をかけているもんですから。なんだか、うろたえてしまって」

その女性は笑い、塔屋米花さんはお嬢さんのほうだと言った。

「私、塔屋さんご一家にはとてもお世話になったのに、お葬式にも行けなくて。そちらでご住所がわかりますかしら」

事務員らしき女性は、ちょっと待っていてくれといい、二分ほどして、塔屋正恵さんの住所を教えてくれた。東京だった。

私は礼を述べて電話を切り、手帳に走り書きした住所を見つめた。

塔屋米花のお母様は大崎病院に入院していて去年の十二月に亡くなったのだ。東京に暮らしていらっしゃるのに、どうして京都の病院で亡くなったのかわからないが、いずれにしても、私はこれで塔屋米花をとうとうみつけだすことができる。

彼女が母親と同居していたのかどうか、そこのところもわからないが、母親の住所がわかったのだから、塔屋米花の居場所もわかったと同然だ。

私はバスで京都駅に戻り、新幹線で東京へ帰ると、江東区の塔屋正恵さんの住まいに向かった。

近所のクリーニング屋さんで訊くと、家はすぐにわかったが、引っ越したとのことだった。

クリーニング屋の奥さんは、家はお母さんが亡くなってすぐに売りに出され、噂《うわさ》ではもう買い手がついたそうだと教えてくれた。

「どこにお引っ越しになったのか、ご存知じゃありませんか?」

私の問いに、クリーニング屋の奥さんは、知らないと答え、

「塔屋さんの家の二軒隣の、村崎さんと親しかったみたいだから、そこで訊いてみたらどうかしら」

と言った。

塔屋という表札はすでに失《な》く、建築会社の立札が玄関と植込みのあいだに立てられていた。

家はもうじき取りこわされて、新しい家が建つらしく、大きな立札には施主《せしゅ》や工事責任者の名前が書かれてあった。

小型のブルドーザーが、五坪ほどの庭に置かれている。

私は、村崎という表札がかかっている家のチャイムを押した。

玄関から出て来た女性は、古い木造の日本建築の住人とは思えない厚化粧と派手な服を来ていて、ハンドバッグを持っていた。

中年の水商売の女性がこれからお店に行くといった風情《ふぜい》に思われたが、まさしくそのとおりだった。

急いでいるらしく、玄関に鍵《かぎ》をかけ、歩きながら、

「米花さん、どこに行ったのか知らないわ。外国に行っちゃったって噂もあるけど。母

親の四十九日も終わらないうちどころか、亡くなって三日目に、あの家を売りに出しちゃったのよ。ひどいと思わない？　せめて三十五日か四十九日が済むまでは、母親が住んでた家をそっとしとくってのが人の道ってもんよ」

そう言ってから、

「あなた、塔屋さんのどっちと親しかったの？」

と訊いた。

私は、お母さんのほうだと答えた。そのほうがいいような気がしたのだ。

「私、あのお母さんにはお世話になったわ。いい人だった。だけど、娘はひどい女よ。お母さんは、京都の病院に入院するのをとてもいやがってたのよ」

私が、塔屋正恵さんにお世話になったこと、お葬式にも行けなかったのを残念に思っていることを歩きながら言うと、村崎さんは、これから大事な客が店に来るのでと歩調を速めた。

私はお店の場所を訊いた。駅前の貸しビルの三階で〈むらさき〉という小料理屋を営んでいるという。

私は、八時ごろ家に帰り、少し眠った。気持はたかぶっているのに、一時間半も深く眠った。

いま、夜中の二時。修太も真佐子もまだ起きてテレビを観《み》ている。

三

一月二十九日

朝、私よりも先に目を醒《さ》ました真佐子が降りつのる雪に大騒ぎして、その声で母も起きてしまった。

テレビをつけると、夜半から降りだした雪が関東から中部地方にかけて、多いところでは五十センチも積っているという。

シベリアからの大寒気団が東北や本州東部を覆《おお》ったせいだそうで、飛行機も新幹線もストップしている。

寝込んでいるときによほど室内も冷えたのか、喉《のど》が痛くて鼻の奥がひりひりする。熱が出るほどの風邪をひいた際の症状だ。

私は型も古くなって、この一年近くしまったままの踵《かかと》の低い靴を履いて家を出た。

母には、決して雪かきなんかしないようにと念をおした。うっかり滑って怪我《けが》でもしたら大変だ。

町はあちこちでパニック状態。交差点では徐行しているのにスリップした車同士がぶつかったり、中年の男性が転んだのを見て笑った女子高生が、その男性よりも派手に尻《しり》餅《もち》をついたりしている。

私が子供の頃、東京に雪が降るのは珍しくなかったような気がする。雪が降らなくても、登校時、水溜《みずた》まりにはたいてい氷が張っていた。

地球の温暖化で、この程度の雪が日本という国を麻痺《まひ》させてしまうようになったのだなと、変に納得しながら地下鉄に乗ると、近くの男性同士が同じことを話していたのでおかしかった。

社に着いても、受付のSさんはいないし、他のフロアもひっそりしていて、私の部署では、いつも一番早く出社するMさんが来ていない。

私と同じ沿線のTさんはゴム長を履いて出社。室長もまだなので、喫茶店でトーストでも食べて来ますと言って出て行かれた。

誰もいないので、私は唐吉叔父様のお宅に電話をかけてみた。

叔父様は、運転手さんがまだ到着しないので心配なさっていた。迎えに来る道で事故でも起こしていないかと思っていらっしゃるご様子だった。

「長いこと顔を合わせてないな。今夜、飯でもどうだい」

と誘って下さる。この雪で、今夜、大阪から上京なさる予定だったお客様との食事が中止になったとのこと。

私も唐吉叔父様にご相談したいことがあったので、六時半にTホテルのメンバーズ・バーで待ち合わせをする。あそこなら、社の方と顔を合わせる心配はない。

何台かの電話が鳴ったので、唐吉叔父様が何か喋《しやべ》りかけていらっしゃったが電話を切り、事務所の電話に応対する。

Sさんも Mさんも電車が不通で、他の交通機関に変えるため、何時に着くかわからないと仰言《おつしや》る。この電話をかけるために公衆電話の列に二十分も並んだという。

他の電話も、みんな雪のために遅れるという連絡だった。

私はお茶をいれ、私以外誰もいない事務所で熱いお茶をゆっくり味わって飲んだ。額や首筋に触れると、やはり少し熱っぽかった。

あの〈むらさき〉という小料理屋の女将《おかみ》から、どうやって塔屋米花のことを訊《き》き出そうかと考える。まあ、あたってくだけろだと自分に言い聞かせる。

ほとんどの部員が出社したのは十二時前だった。オオバントウさんとKさんからは連絡がないが、室長はオオバントウさんのことは気になさっていない。この雪だから休むのだろうと思っていらっしゃったし、私たちもそうだった。

ところが、みんなが雪との悪戦苦闘をおもしろおかしく話していると、オオバントウさんの奥様から電話があり、オオバントウさんが怪我をして救急車で病院に運ばれたという。

奥様も三十分ほど前、病院から連絡を受け、いましがた病院に駆けつけたばかりだそうだ。

オオバントウさんはバスから降りる際、滑って転び、そこを走って来たバイクが足首を轢《ひ》いて行ったのだ。

足首には二センチほどのひびがはいったが、それよりも転んだときに後頭部を地面に打ちつけ、二、三分意識を失っていて、そのほうが心配だという。

「X線写真では骨にも脳にも異状はないんだけど、病院で吐いたらしくて、少し様子をみてから精密検査をするらしい」

と室長は仰言り、私に、病院に行ってくれないかと耳打ちなさった。

「たかがこれしきの雪だとなめてると、とんでもないことになるなァ。都会は、ひとつ狂うと脆《もろ》くて軟弱だよ」

室長は怒ったように窓から雪景色を眺めて仰言った。

「四月から大学でアラビア語と中央アジアの歴史を教えるってのに、こんな雪のお陰でオオバントウさんの頭のなかがこわれちまったりしたら大いなる損失じゃないか」

室長は、よほどオオバントウさんのことが心配だったらしく、私に早く行ってくれと目配せをなさった。

病院に着いて、受付で訊くと、病室は三階だが、いま五階で詳しい検査の最中だと教えてくれた。

私は、とりあえず三階に行き、オオバントウさんの病室がどこかを確認してから面会所と書かれたところの椅子《いす》に坐《すわ》った。

　両脚をギプスで固めた青年が、母親らしき女性がむいてくれるリンゴを食べながら煙草《たばこ》を吸っている。

　十五分ほどたって、小柄な、丸い眼鏡をかけた婦人が面会所をのぞき、私を見やった。看護婦さんから、見舞いに来た女が面会所にいると教えられたオオバントウさんの奥様だった。詳しい検査でも異状は認められなかったそうだ。

「朝ご飯を珍しく食べすぎたんです。いったいどうなったのっていうくらい食べて。ご飯を二膳《ぜん》に、ポテト・サラダを食パンに挟んで、それも二枚食べて……。ああ、ちょっと食べすぎて気持が悪いなァて言って出て行ったんです。だから、脳震盪《のうしんとう》と、食べた物を吐いたのとは別々のもんだったみたいですわね。私の話を聞いて、お医者様は笑ってました」

　いつも朝食はそんなに召し上がるのかという私の問いに、

「きのう、ポテト・サラダをパンに挟んで食べてる夢を見たらしいんです。それがすごくおいしかったって。だから作ってくれって。私、朝からポテト・サラダを作るためにスーパーに行かされましたんですの。あいにく、ジャガ芋もタマネギもきらしてたもんですから」

　普通の喋り方なら一分で済むところを、その倍くらいかかる……。オオバントウさんの奥様の、そんなのんびりした口調がおかしかった。足首のひびが治って歩けるようになるのに一ヵ月かかるという。

病室に行くと、オオバントウさんは氷枕《こおりまくら》を下にして、上から吊《つ》るした氷嚢《ひようのう》で額全体を覆われていた。

とても恐縮しながら、

「禍福は糾《あざな》える縄の如《ごと》しですよ」

とオオバントウさんは仰言った。

おとといときのう、とてもいいことがたてつづけに起こって、二日間、楽しいお酒に恵まれたというのに、今朝はたかが雪で危うく一巻の終わりになりかねないめにあうとは、まったく昔の格言どおりだと、しきりに感心なさっている。

オオバントウさんには息子さんとお二人のお嬢様がいらっしゃる。すでに息子さんもご長女も結婚して家庭を築いていらっしゃるが、末のお嬢様は三十歳でまだ独身だ。

五年前、好きな男性がいて、婚約して結婚式の日取りも決まっていた。

ところが、相手の男性が癌《がん》にかかっていることがわかった。睾丸《こうがん》の癌で、肺にも転移していた。

それを知った男性は、自分のほうから婚約破棄を申し出られた。睾丸癌には非常に効力のある薬が開発されていて、癌に冒されているほうの睾丸を摘出して、その薬を投与すれば、転移した肺の癌も消失する可能性はあるそうなのだが、自分はまだ二十八歳と若いだけに、助からない確率も高い。そのような男とあえて結婚することは避けたほうがいいと思う。目的地に着くだけの燃料を積んでいないとわかっていて、その飛行機に乗るのは愚かというものではないか。

結婚する前でよかった。婚約はなかったことにして、新しい人生のことを考えてもらいたい……。

男性の意志は固かったし、オオバントウさんも奥様も、テレビ・ドラマの純愛路線に似た道を走るよりも、現実を直視して、男性の申し出を受けることも愛情というものではないのかとお嬢様に言った。

お嬢様はずいぶんと悩まれ、婚約破棄のほうを選択されたが、そんな自分の罪悪感をひきずりつづけて、その後、特定の男性と交際することなく、会社勤めもやめて、家事を手伝ってこられた。たとえ結婚は断念しても、婚約者の闘病生活を支えつづけることが人間の道というものではなかったのかという思いは、お嬢様から快活な部分を奪い、人づきあいも避けて内にとじこもる日々をもたらした。

ところが、おとといの夜、買い物からの帰宅途中のオオバントウさんが私鉄の駅前でバスを待っていると、前を通りすぎた車が急停車して、運転していた青年が降りてきて、オオバントウさんに声をかけた。お嬢様のかつての婚約者だった。癌を克服し、去年の暮に、医者から完治を告げられたという。

その男性は、友人から、オオバントウさんのお嬢様はその後結婚したと伝えられていたらしい。

話しているうちに、友人の伝聞がどこかで誤って青年の耳に入ったことがわかってきた。その五年のあいだに結婚したのは、オオバントウさんのご長女のほうだったのだ。

オオバントウさんは、青年を誘って駅前の焼き鳥屋に入り、病魔に打ち勝って社会復帰したことへの乾杯をしてから、お嬢様に電話をかけた。

お嬢様は電話口で声をあげて泣いた。けれども、いまからタクシーで焼き鳥屋に来ないかというお父様の誘いを頑《かたく》なに断わった。自分は卑怯者《ひきようもの》だ。いまさら、ぬけぬけとおめでとうと言って顔を合わせる資格なんてない……。

お嬢様はただその言葉を繰り返すばかりだった。

オオバントウさんも、たしかにそのような考え方もあるだろうし、娘につきまとっていた罪悪感の深さを思うと、そうは簡単に再会できるものではあるまいと考え、まだ二、三年は酒を控えるつもりだという青年の代わりに、ひとりで祝盃《しゆくはい》を重ねた。

だが、その夜遅く、オオバントウさんも奥様も寝てしまったあと、青年とお嬢様は夜明け近くまで電話で話していたらしい。

きのうの夜、青年が訪ねてきて、お嬢様を食事に誘った。電話で約束が出来ていたらしく、その日、お嬢様は午後から落ち着きがなく、なんとなくわざと御両親と顔を合わさないようにしているのをオオバントウさんは感じ取っていた。

こんな僥倖《ぎょうこう》が現実に起こるとは、人生は捨てたものではない。オオバントウさんはお嬢様が出かけたあと、またお酒を飲みながら、何度もそう思ったという。

「誰かが、酒を飲みすぎたときの自分のありさまを、生ける屍《しかばね》と化したって書いてましたが、私はきのうもおとといも、まさに生ける屍と化すほど飲みました。それなのに、やたら朝食がうまくて。それで、こんな事故にあう前から、吐き気がしてたんです」

二人が今後どうするのかはわからないが、ある程度の成り行きは推測できそうな気がする。三月半ばに退社したら、ある大学の考古学調査隊の一員として、西トルキスタンの現在はウズベキスタンとして独立した国のソグディアナ地域へ行き、古代ソグド人の遺跡を調べるのだが、そこで青年の復活を祝す品を探すつもりだ。

オオバントウさんの話はそのようなものであった。

お嬢様は、買い物だと言って、オオバントウさんよりも三十分ほど先に家を出て、まだ帰宅していないので、お父様の事故のことはご存知ないらしい。

私は病院から室長に電話をかけ、精密検査でも異状はみつからなかったことを報告した。

室長は、きょうは社に帰らなくてもいいと仰言って下さった。

私は自宅に帰ると、叔母様に電話をかけ、理由を説明して、叔父様にお食事の件をお断わりしなければいけないのだが、私が社長に電話をかけたりしたら変に思われるのでとお願いしてから、風邪薬を飲んで眠った。

夕方から咳《せき》がひどくなり、熱も出て来たが、十時頃に平熱に下がった。

一月三十一日

きのうもきょうも会社を休んだ。体のあちこちが痛く、熱は下がったかと思うとぶり返す。

「風邪に効く薬なんてないのよ」

と母が言うので、風邪薬を服《の》むのをやめて、ひたすら眠ることにする。

真佐子のお風呂《ふろ》が長すぎると母が文句を言っている声が聞こえる。一時間半も浴室から出てこないらしい。シャンプーに四十分もかけるそうだ。どうりで美しい御髪《おぐし》ですこと。

二月一日

咳はまだおさまらないが熱は退《ひ》いた。

高熱が退いたあとは、自分が以前よりもとても元気になったように感じるものらしいが、そのせいだけではなく、私は自分という人間の芯《しん》の部分に力強さのようなものが生まれている気がする。

この十日ほど、安倍先生のお薬を服んでいない。服んだほうがいいかもという状態にならないからだ。

私は元気になってきたのだと思って、幸福な気持になった。

社内でも風邪が流行《はや》っているらしく、マスクをしていたり、咳をしている人が多いし、Kさんはきょうも休んでいる。

室長から電話があり、オオバントウさんを見舞ったあと、A社の新重役に挨拶《あいさつ》し、それから出社するとのこと。

Kさんが休んでいると聞いて、私にT&J社に行ってくれないかと仰言る。調査資料を受け取るだけでいいとのこと。

T&J社は東南アジア圏のマーケティング・リサーチ専門の会社で、本社は香港《ホンコン》にあり、日本支社には私も二回行ったことがある。

あそこから歩いて二十分ほどのところに塔屋米花さんの御家族が暮した家があるのだ。

私は、T&J社に行ったあと、あの村崎という女性を訪ねてみようかと思った。

ただ、この二、三日、ときおり脳裏をよぎったのだが、村崎さんは塔屋米花にはいい感情を抱いていない。

悪感情を持っている人の話はやはり一方的で公平さに欠け、信憑性《しんぴょうせい》も少ないだろうから、話半分程度に受け止めなければならないということだ。

午後二時にT＆J社で調査資料を受け取り、迷ったけれど思い切って村崎さんのお宅を訪ねる。塔屋家の二階建ての木造を取り壊す作業が始まっていた。

村崎さんは、私を覚えていて、米花さんのことを知りたいようだが、自分は彼女とはほんの一、二度言葉を交わしただけで、滅多に顔を合わせなかったし、米花さんの両親も個人的な話をしなかったので、話すべきものを持っていないと仰言る。

「この家は、もとは借家だったんだけど、暮らすには便利なところだから、住み始めて八年くらいあとに、米花ちゃんが買ったのよ。そのとき、米花ちゃんは二十三歳よ。しかも、フランスに留学してたの。到底、まともなお金とは思えないわよね。お父さんに定職はないし、身障者の妹はいるし、誰が考えたって、フランスに留学なんてのもおかしな話よ。そのうえ、この家と土地を買っちゃったんだから」

村崎さんは意味ありげに笑みを浮かべ、反対に私にこんな質問をした。

「ねェ、あなた、米花さんのお母さんと親しかったんでしょう？　だったら、あの噂《うわさ》を知ってるでしょう？」

噂とは、塔屋米花のお父様とお母様は、叔父と姪《めい》との関係だというものだった。

「自分の兄の娘と恋仲になって、大変な騒ぎになって、親戚《しんせき》中から見放されて、それで自分たちのことを知っている人間のいないところに手に手を取って逃げたって、本当?」

私は真相を知っていると思わせるような表情を作り、そんな噂を誰から耳になさったのかと訊《き》いた。

「希代ちゃんよ。だって彼女は、あの夫婦に嫌気がさして、お手伝いさんを辞めて、別のところに就職したことで、結果的には玉の輿《こし》にのったんだもの」

「別のところって、希代ちゃんはどこに就職したんですか?」

私の問いに、村崎さんが答えた瞬間、私は血の気が引いた。自分でも顔が青白く変色していくさまがわかった。村崎さんは、

「銀座の古彩斎って骨董《こっとう》屋さんよ。有名な老舗《しにせ》で、私、いっぺん訪ねて行ったことがあるけど、なんだか敷居が高くて入れなかったわよ」

と言ったのだった。

「古彩斎……」

私はつぶやき、村崎さんを見つめたまま、少しあとずさりした。

「じゃあ、希代ちゃんを訪ねてみます」

私はやっとの思いでそれだけ言うと、村崎さんにお辞儀をして、来た道を引き返した。村崎さんが何か言ったが、私の耳には入らなかった。

社に帰ってからも、私は茫然《ぼうぜん》としたままで、TさんにもNさんにも、何かあったのか、どうしたのか、とても顔色が悪いと言われた。

古彩斎さんは、きっと塔屋米花と親しい……。だから、〈月光の東〉という言葉に異常な反応を示したのだと私は思った。

仕事を終え、帰り支度をしながら、私は古彩斎へ行こうかどうしようか迷った。

きょうはやめておこう……。そう決めるのにとても時間がかかった。古彩斎への道に歩きだし、躊躇《ちゆうちよ》して引き返し、考え直してまた踵《きびす》を返し……。そんなことを四、五回繰り返し、結局、地下鉄のホームに立ち、帰宅する人々の群れの力を借りるみたいに電車に乗ったのだった。

でも、お風呂に入っているとき、決心がついた。古彩斎さんになら、私は夫と塔屋米花とのことを話せると思ったのだ。

でも、もし、若い塔屋米花に家を買ってあげたり、フランスに留学させたりしたのが、古彩斎さんだったら……。

とにかく、今夜は眠ることにしよう。

二月五日

私は今夜は遅くなると言って家を出た。古彩斎さんがお店を閉めるのは夜の九時。そのときの気分次第では、八時に閉めてしまわれたりする。

いずれにしても、お店を閉める時分にお訪ねしたほうがいいと思ったのだ。

八時頃、通りからお店のなかの様子をうかがうと、古彩斎さんは、お客さまとお話をなさっていた。

そのお客さまがお店を出て行かれたのは、八時四十分で、古彩斎さんはそのあとショーウィンドウの明かりを消して、店仕舞いにとりかかられた。

心臓がどきどきして、お店に向かって歩きだせないまま立ちつくしていると、古彩斎さんは私にお気づきになり、

「あれ？　そんなところで何をなさってるんです？」

と声をかけて下さった。

私の様子に異常なものをお感じになったのであろう。古彩斎さんは通りを渡って私の立っているところまでお越しになり、

「どうなさいました？」

と心配そうに訊いた。

今夜、少しお時間をいただけないかと私が言うと、古彩斎さんは私の腕のあたりに手を添えて、お店のなかまでつれて行って下さった。

私は、勧めて下さるまま椅子《いす》に腰かけ、塔屋米花という女性をご存知であろうかと訊

いた。

古彩斎さんは、訝《いぶか》しそうに私を見つめ、

「ええ、存知ております が……」

と仰言《おつしや》った。

私は包み隠さず、夫と塔屋米花のことを話した。塔屋米花が夫に宛《あ》てた手紙の内容も、覚えているかぎりのものを話した。

そして、どうして古彩斎さんのお名前に行き着いたのかという理由も説明した。

その間、私はときおり声がうわずり、顔が火照《ほて》ったり、掌《てのひら》にたくさん汗をかいたりした。

古彩斎さんは、私の話を聞き終えると、

「そうだったんですか」

とつぶやき、火鉢の炭火を火箸《ひばし》で並べ変えた。

私は、もしや古彩斎さんと塔屋米花とのあいだに、他言できないご事情がおありならば、〈月光の東〉という言葉の意味を教えていただくだけで退散すると言った。

「私と塔屋米花さんとは、ただのお知り合いです。お知り合いといっても、もう二十数年前、彼女がまだ大学生のころから存知あげています」

古彩斎さんは、そう仰言って、しばらく考え込み、火鉢の灰の表面を火箸でなぞっていらっしゃった。

「なんとなんと、世の中は狭いもんですな」

古彩斎さんは、そうつぶやき、火鉢のなかに目をやったまま、こんどの日曜日、梅でも観に行きませんかと仰言った。

「伊豆《いず》はそろそろ梅が見頃です。きれいな梅の花でも観ながら、私の知っていることをお話ししましょう」

私はお礼を述べ、待ち合わせの時間や場所についてはこちらからお電話を差し上げると言い、古彩斎を出た。

いま、とても落ち着いた気持だ。中央アジアの大きな地図を見ている。シル・ダリヤ河とアム・ダリヤ河に、私は赤い線を引いた。

四

二月十一日
この日記は、修善寺の、とても静かな旅館の部屋で書いている。
いま、夜の十時。古彩斎さんはもうお休みになっただろうか。それとも、旅館の御主人と旧交を温めて、御自分のお部屋でお酒を酌《く》み交わしていらっしゃるのだろうか。
木曜日、古彩斎さんは会社にお電話を下さり、梅を観《み》たあと、おいしい鴨鍋《かもなべ》を御馳走《ごちそう》しようと思い、古くからの友人が経営している旅館に料理だけの予約をしたところ、六年も逢《あ》っていないのだから、料理だけといわず、なんとしても泊まっていってくれと頼まれたと仰言《おつしや》る。

まことに無礼な誘いかとは思うが、その旅館の露天風呂《ぶろ》の風雅な味わいを、ぜひ加古さんに味わっていただいて、御主人亡《な》きあとのさまざまな心身の疲れを癒《いや》す一助になればと考えた。

口にすることではないかもしれないが、自分は礼節というものを知っている人間だ。いかに歳《とし》を取っているからといっても、女性を一泊旅行にお誘いすることはつつしむべきだと承知のうえで、このような電話をおかけした。

御招待させていただくのだから、費用の件はおまかせいただきたい。お勤めがおありで、月曜日は休みにくいということもあるだろうが、いかがなものか。

私は、古彩斎さんの御人格を承知しているし、お誘い下さった御真情がありがたくて、室長にお願いしたところ、月曜日に有給休暇を取ることを快く承諾して下さった。

朝、家を出るとき、忘れ物をして部屋に戻ったら、真佐子が私の箪笥《たんす》の引き出しをあけていた。自分のジーンズがみつからないので、おばあさまが間違えてこの箪笥にしまったのかと思ったという。

その際、真佐子は、

「日記、こんなとこに置いといたら読まれちゃうわよ」

と言った。

私はうっかりと日記帳をベッド脇《わき》のサイド・テーブルの上に置いたままにしていたのだ。

それで、私はバッグに日記帳を入れて家を出た。

持ってきてよかったと思う。もしかしたら、私は日記をつけるのを今夜で最後にするかもしれない。そして、この日記帳を、ハサミで細かく切り刻んで、修善寺のどこかに捨てるかもしれない。

私の身に何かが起こって、この日記帳が残されたら、やはり子供たちは読むであろう。そうすれば、子供たちは、父親と塔屋米花とのことを知ってしまう。それだけは避けなければならないと思うからだ。

それに、私は立ち直ったという自信がある。もしまた精神のバランスが崩れたら、あらためて日記をつけ始めればいいのだ。

日記をつけてきたこと、自分に万一のことがあって、子供たちがそれを読んだりしたらいけないので、日記帳をこの修善寺のどこかに捨ててしまおうと思っていることなどを、古彩斎さんにお話ししたら、万一のこととは何かとお訊《き》きになった。

交通事故に遭うとか、突然の心臓マヒで死んでしまうとかだと私が言うと、古彩斎さんは笑いながら、「呉牛《ごぎゅう》、月に喘《あえ》ぐ」という諺《ことわざ》を教えて下さった。

昔、中国の南方に呉という国があった。とても暑いところで、水牛がたくさんいた。呉牛とはその水牛のことだという。

呉牛は暑さを恐れるあまり、月を見ても太陽だと思って喘いだそうだ。つまり、取り越し苦労をいましめる諺で、それこそが精神に悪い影響を与えると古彩斎さんは仰言った。

古彩斎さんの御忠告はもっともだが、やはりこの日記帳は処分したほうがいいと思う。長い文章になりそうなので、途中で疲れて、つづきを後日に書くとしたら、東京の家で焼き捨てることになる。

お天気もよくて、梅林の梅はきれいだった。つつましやかで寂し気な花なのに、冬という季節もまたありがたいものなのだという思いにさせてくれる。

私と古彩斎さんは、どれくらいの時間、紅梅の老木の前のベンチに坐《すわ》っていただろう。数組の梅見客がみないなくなったことに気づいてからも、まだ三十分近く、とりわけ紅の鮮やかな花に見入っていたのだ。

私はこれから、古彩斎さんが話して下さったことのあらましを書く。

それにしても、露天風呂から見える修善寺の灯りは、遠い世界の静かな喧噪《けんそう》のようで、私の目にそのように映るのは、青白い月明かりのせいだったが、夫が愛した人の、凜冽《りんれつ》でもあり、狷介《けんかい》でもあり、孤独で奔放で淫靡《いんび》でもあった来し方と重なって、私の心のどこかに青白い静かな炎が燃えていたのかもしれない。

古彩斎さんが初めて塔屋米花さんと逢ったのは二十六年前のデリー空港だった。塔屋米花は二十四歳だった。

以前、話して下さったヒマラヤ・トレッキングにのめり込むきっかけを作ってくれた女性こそ、塔屋米花だったのだ。

そのときは、まだ二十四歳で、パリの大学で美術史を学んでいる塔屋米花が、五十六歳の津田富之《とみゆき》の愛人であることを知らなかった。

デリー空港の出国ロビー出口の、とてつもない熱気と人いきれと喧噪のなかで自分を迎えてくれた塔屋米花を見たとき、古彩斎さんはその美しさに茫然《ぼうぜん》となるほどだった。

古彩斎さんは、インドに行く前に、津田富之から知り合いの女性がデリー空港に迎えに行くと伝えられていたので、てっきりインドで生活している人だとばかり思い込んでいた。

けれども、話しているうちに、その女性が津田に全権をまかされて、ペルシャ絨毯《じゅうたん》を買いつけるため、イラン、イラクなどを廻って、インドで一番のペルシャ絨毯専門の貿易会社との交渉を終えたばかりであることを知った。

こんなに若い女性にまかせて大丈夫なのかと思ったが、古彩斎さんは、デリー滞在中に塔屋米花の仕事に対する能力の高さを知った。

アラビア人やインド人の商人たちの老獪《ろうかい》さを充分に知ったうえで、その美貌《びぼう》と若さを適度に武器にして、高価な絹の絨毯を選択し、値段の交渉で騙《だま》されることなく、日本への船便に乗せるまでを確認する才知と行動力には、古彩斎さんは舌を巻く思いだった。

五日間のトレッキングでも、古彩斎さんは塔屋米花と一緒だったが、まさに生龍活虎という表現がふさわしい立居振る舞いに見惚《みと》れた。

生龍活虎という言葉は若い女性に対しては適当ではないのだろうが、そのときの塔屋米花を、生き生きとした若くて美しい雌の虎《とら》のように思ったのだ。

眼前に八千メートル級の峰が見える村のロッジに泊まり、そこを拠点にして動いたが、あす小型のプロペラ機でカトマンズへ戻るという日の夜、集落に近い川の瀬で夜景に見入っていた古彩斎さんのところに、塔屋米花は金属製のカップに注がれたスコッチ・ウイスキーを持って来てくれた。

旅行社が募ったトレッキングに参加していたアメリカ人夫婦がささやかなお別れパーティーを催し、そこで振る舞われた酒だった。

そのロッジは標高三千四百メートルのところにあったので酸素が薄く、アルコールは控えたほうがいいのだが、欧米人には平気な人たちもいて、パーティーは盛りあがっている。もしお好きならばと思い、持って来たと塔屋米花は言った。

古彩斎さんは一口飲んでみたが、気分が悪くなりそうな気がして、ロッジへ戻り、こんどは自分が熱いコーヒーとカップを持って、せせらぎのところへ引き返した。そのあたりは、昼間、羊が放されているところなので、夜気に混じって羊の匂《にお》いがたちこめていた。

フランス人の友人からヒマラヤ・トレッキングの話を聞かされて、自分もぜひ行ってみたいと思っていたが、こんなにすばらしいものとは思わなかったと、塔屋米花は言い、ひょっとしたら、自分が子供のときからずっと憧《あこが》れつづけていたものの一部が、ここにあるかもしれないとつづけた。

古彩斎さんが、それは何かと訊くと、塔屋米花は、それを自分はいつのころから〈月光の東〉と呼んでいると答えた。

〈月光の東〉とは何かという問いに、塔屋米花は、言葉ではうまく説明できないが、たぶん自分が心のなかで空想して創《つく》りあげた国だと思うと言った。

月は、峰とは反対側のところにあって、その光が戸数十軒ほどの集落を青く染めていた。九時を廻ったばかりなのに、明かりが灯《とも》っている家は一軒だけで、ときおり羊の鳴き声が聞こえ、冷たい風が音をたてた。

古彩斎さんは、どういうことがきっかけで、津田の仕事を代行するようになったのかと訊いてみた。

塔屋米花は、パリで有名な美術品のオークション会社に、とりわけルネサンス期の絵画を専門とする人がいて、その人に津田さんを紹介されたのだと言った。その人は、大学で美術史を教えていて、私の担当教官でもある、と。

古彩斎さんは、なるほどと納得し、その先生は、人間についてもよほどの目利《めき》きなのであろうと言って、話題を変えた。

デリー空港で逢って以来、なにかのひょうしに、古彩斎さんは津田富之と塔屋米花の関係に、あるいはなまめいたものがあるのではと感じたりして、心穏やかでない自分をなさけなく思っていたのだった。

それで、古彩斎さんは〈月光の東〉とは、どんな国なのかと訊いた。塔屋米花は、わからないとそっけなく答えた。

無粋で失礼な質問をしたと古彩斎さんは思った。他人の心のなかの大切な部分を無遠慮にのぞき込むような質問だったと思い、ヒマラヤの高峰の美しさもさることながら、自分はここへ来て、月の美しさに驚嘆するばかりで、夜、こうやって月を眺めるのが楽しみなのだと言った。

「月もすばらしいですが、その光に照らされたネパールの小さな村を見ていると、不動なものと不動ではないものの違いがわかるような気がして」と古彩斎さんは言った。言ったあと、古彩斎さんは、自分はきっとこのヒマラヤの峰々のトレッキングにまた来るだろうと思った。とりこになってしまったことを自覚したのだった。

それから、古彩斎さんと塔屋米花は、別々のロッジに帰るまで、焼き物の話とか、ヨーロッパの美術について話し込んだ。塔屋米花は、焼き物の知識はあまりなかった。

日本に帰ると、古彩斎さんは津田富之の画廊に挨拶《あいさつ》に行き、自分が見た塔屋米花の仕事振りを賞《ほ》めた。

すると津田は、古彩斎さんが訊いてもいないのに、自分は北海道の牧場で、まだ中学生だった米花と初めて逢ったのだと言った。津田富之が何頭かの競走馬を所有していることは古彩斎さんも知っていた。

しかし、それはネパールで塔屋米花から聞いたこととはまるで異なっていた。

津田は、家庭の事情で北海道から東京へ引っ越して来た米花が、ある馬のレースを競馬場で観戦したいと言って、画廊に訪ねて来たので、レース当日、馬主席に呼んでやったと説明した。その馬は仔馬《こうま》のとき、ずっと米花に世話されたのだという。

古彩斎さんと津田富之は、若いころから同じ業界を歩いて来た仲だったが、個人的にも気が合って、仕事を離れての交友も深かった。

性格も、物事への処し方も正反対だったが、気心はお互いわかり合っていた。

古彩斎さんは、塔屋米花の嘘《うそ》と、津田の含みのある、しかもどこか自慢気な話し方で、自分の勘が当たっていたことを知った。

うらやましいかぎりだ。自分には、あんなに若くて魅力的な女と冒険する度胸も元気もない。そう古彩斎さんは言った。

多少、腹立たしい思いもあったので、放っておけばのろけだしかねない津田の言葉をさえぎり、ヒマラヤ・トレッキングのすばらしさを話して聞かせ、時間をやりくりして、今度は一緒に行こうと誘った。

津田は、あまり乗り気ではなかった。山歩きなど性に合わないし、十日間もつづけて休めるほど暇ではないと笑った。

ところが、それから一ヵ月ほどたって、津田が訪ねて来て、自分もヒマラヤ・トレッキングをやってみると言った。しかし、このなまり切った体では、山歩きどころか階段の昇り降りだけで息が切れる。ヒマラヤに行くまでに、日本の山のトレッキングを経験しておこうではないか。槍《やり》ヶ岳《たけ》に近い温泉場にいい旅館がある。そこの主人とは知り合いなので、初心者の自分たちを案内してくれる専門家も同行すると言っている。どうだ、行かないか。

古彩斎さんは、津田の提案に何か魂胆がありそうな気がしたが、なんであれ津田がその気になったことが嬉《うれ》しくて承諾した。

古彩斎さんと津田富之は登山用品専門の店で、服やズボンや靴を揃《そろ》え、夏の終わり近くに槍ヶ岳へ向かった。

電車のなかで、津田は妙に落ち着きがなかった。窓外の景色を見ながら、何やらひとりごとを言ったり、ふいにぎらつく目を虚空《こくう》にすえて押し黙ったりしていた。

当時、津田は美術商として飛ぶ鳥を落とす勢いだった。新しく始めたペルシャ絨毯の輸入販売も、当初の目論見《もくろみ》をはるかに超える収益だったし、所有している競走馬たちもよく走って、大レースを幾つも制していた。

何をやってもうまくいくという状況だったが、それは幸運だけによるものではなかった。

津田は、そのぶん、人の二倍も三倍も動き、語り、頭を働かせていた。壮年……。壮《さか》んな年齢という字がふさわしい日々だっただけに、神経のすさみも烈《はげ》しいのであろうと古彩斎さんは思った。

そして、そのすさみの中核に、あのどこか一筋縄ではいきそうにない若い美貌の女がいそうな気がした。

古彩斎さんは、塔屋米花はいつまでパリにいるのかと訊いた。すると津田は、ひょっとしたら今夜、米花は旅館に来るかもしれないと答えた。夏休みなので、五日前に日本に帰って来たという。

「そうすると、俺も共犯だな。奥方は俺と山歩きをしてると思ってる。つまり、この俺も山歩きも、隠れ蓑《みの》ってわけか」

古彩斎さんは、腹が立つよりも呆《あき》れてしまって、そう言い、せめて皮肉のひとつもつけくわえてやりたくなった。

「あんなに若くてきれいな子をパリで好き勝手にさせてるのは心配だろう。パリの色男たちが、あの子を指をくわえて見てるはずはないからな」

津田富之は、さらに目をぎらつかせ、

「まさにそのとおりだ」

と答えたあと、自分は最近、若い女の体をたまらなく欲するようになったと言った。若い女の体でないと癒《いや》されないものが、自分のなかでとぐろを巻いている。四十八歳のころ、それを自覚したが、五十を過ぎてからいっそう烈しくなった。若い女の肌や弾力や性器を心に思い描くと、抑えようがなくなって息苦しくなるほどの瞬間瞬間がある。

その、なぜかケンカ腰のようでもありながら、あまりにも飾り気のない無防備な言い方に、古彩斎さんは、かえって心がやわらぐものを感じ、

「俺を悪者にしたっていいから、奥方にだけは気づかれないように、気が済むまでやればいいさ」

と笑いながら言った。

その古彩斎さんの言葉と笑顔で、津田富之は、塔屋米花と深い関係になるまでのいき

さつを語った。

競馬場で自分が世話した馬の晴れ舞台を観《み》た数日後、塔屋米花は銀座の津田画廊に遊びに来た。

じつは古彩斎さんは、津田と塔屋米花の、男と女としてのつきあいが、すでに六年余にわたるものとは考えてもいなかったのだった。

塔屋米花の年齢から推測して、せいぜい一、二年前からであろうと思ったので、二人の関係も、今後どれだけつづいたとしても、二、三年といったところかと思ったのだった。

古彩斎さんの周辺には、若い愛人を持つ中年男性は珍しくなかった。顧客は経済力に恵まれた人がほとんどだったせいでもある。

そうした人たちの例を見ていると、結局は男のほうが精神的に疲弊したり、ただ単純にわずらわしくなってしまうか、あるいは女のほうに別の愛人ができるかで終わってしまうのが常だった。

だから、古彩斎さんは、気が済むまでやればいいと笑って言ったのだった。

ところが、津田の話によれば、塔屋米花が十八歳になる少し前から、二人は深い関係になっている。

「あの子が十七歳のとき?」

古彩斎さんは、思わずそう訊《き》き返した。

津田は、これは誓って言うが、自分は最初まったく彼女の申し出に応じる気はなかったのだと言った。

塔屋米花は、何回か津田画廊に遊びに来たが、ある日津田に、自分の夢を叶《かな》えてくれと頼んだ。

どんな夢かと津田が訊くと、自分は大学に進み、美術の勉強をして、津田さんと同じ職種で身を立てたいと塔屋米花は答え、自分のこれまでの来し方と、未来への夢を語った。

そして、夢を叶えるのは自分の天分と努力にかかっているが、そのための経済的援助をしてくれるならば、自分はなんでも津田さんの言うとおりにすると言った。お金以外の迷惑はかけないことを神仏に誓う、と。

津田は、高校生の女の子が何を言っているのかと胸の内で笑ったが、話しているうちに、充分に分別のつかない女の思いつきではなさそうに感じられてきた。

津田富之には娘がひとりいた。その娘と較《くら》べて、この子はなんて必死に生きていることであろう。育ってきた境遇の違いだと言ってしまえばそれまでだが、米花自身が語った境遇は謎《なぞ》めいていて、どこまで本当なのかわからない……。

津田は、飛び抜けた美貌の少女の、いわゆる〈足ながおじさん〉になってみるのも面白かろうと思った。そのくらいはどうということもないだけの経済力が津田にはあったのだ。

津田は、塔屋米花が、「なんでも津田さんの言うとおりにします」と言った瞬間の、刃《やいば》のような目の光のどこかに、必死にすがりついてくる女の潤《うるお》いも感じ取ったのだ。

〈足ながおじさん〉でいられたのは、ほんの二ヵ月ほどだった。

京都の画廊で仕事をするとき、津田はホテル住まいで、ある夜、電話をかけてきた塔屋米花に、おいしい京料理を御馳走《ごちそう》するから来ないかと誘った。そのとき、塔屋米花は京都の私立大学の受験が決まっていたので、津田は大学を見ておくのもいいのではないかと思ったし、ちょうど祇園《ぎおん》祭りの時期で、古都の賑《にぎ》わいにも触れさせてやりたかったのだった。

津田は、同じホテルに米花のための別の部屋を取っておいた。

だが、食事をして、祇園界隈《かいわい》を歩いたあと、津田の部屋でコーヒーを飲んだ米花は、自分の部屋に戻ろうとはしなかった。

部屋に帰りなさいとさとす津田に、米花は抱いて欲しいと泣きながら身を寄せてきた。

「くらくらしたんだ。そういう言い方以外にないよ」

そう津田は古彩斎さんに言った。

それ以後、津田は十七歳の塔屋米花の肉体に溺《おぼ》れ込んで行った。

塔屋米花が京都の大学に進むと、津田は東京で出来る仕事をあえて京都でこなす段取りをして、米花との時間を作った。

自分の娘よりも若い年齢の女にいれあげているという自嘲《じちょう》の念も、いつのまにかどこかに消えて、津田の米花への執着は深まるばかりだった。

だがその執着は、肉体的なものばかりではなかった。塔屋米花という、まだ二十歳にもならない女の、天稟《てんぴん》の資質に、津田は絡《から》み取られたと言えた。

槍ヶ岳の近くの旅館に着くまで、津田は古彩斎さんに、塔屋米花との六年間を語りつづけた。

「六年たって、俺は火のようだ」

と津田は言った。

「きょうだって、あいつは来るかどうかわからん。でも、俺が約束を守るかぎり、あいつも約束を守るべきだ。あいつは、なんでも俺の言うとおりにするって約束したんだからな」

古彩斎さんは、そんな約束が守られつづけた例はないと津田に言った。お前がここまで血迷うのは、よほどのことだな、と。

けれども、塔屋米花は、古彩斎さんたちよりも先に旅館に着いていた。

やはり一日では書き切れない。古彩斎さんの話を整理してみる時間も必要だし、書く手も疲れてしまった。

もう一度、露天風呂につかって神経を鎮《しず》めないと眠れそうにない。夜中に露天風呂に一人で入るのは少し不安だが……。

私のいるところから、茶庭の手水鉢《ちょうずばち》が見える。そこに一階のどこかの部屋から明かりが届いているのだ。ひょっとしたら、古彩斎さんのお部屋の明かりかもしれない。まだ起きていらっしゃるのだろうか。

鴨鍋《かもなべ》をいただきながら、古彩斎さんは、ことしいっぱいでお店を閉めてしまうことに決めたと仰言《おっしゃ》った。

畑違いの道に進んだ息子は、跡を継ぐ気はまったくないし、またそう簡単に継げる仕事でもない。祖父の代からつづいてきた〈古彩斎〉も、自分の代で終わるしかないと、どこかさばさばしたお顔だった。

私はこれから、汗が噴き出て止まらなくなるくらい長く、あのいい湯加減の露天風呂につかることにしよう。

五

二月十三日

きのうは会社を休ませていただいて、修善寺から帰宅してずっと家にいたが、なんだか体がだるくて、お掃除をするのがひどく億劫《おっくう》だった。

修善寺では夜中にもお風呂《ふろ》に長くつかり、朝風呂まで楽しんでから帰京したので、たぶん湯疲れが出たのであろう。

でも、体はだるかったが、気力というものの存在を具体的に感じ取れるほどに心は元気だった。

自分というもののなかの何かが変わったといったらいいのか、それとも、魔のようなものが離れていったといえばいいのか、とにかく明確な蘇生感《そせいかん》が満ちていて、薄曇りの寒い日なのに、目に映るものがすべて澄んでいるように感じられた。ありきたりな言い方だが、心というものは不思議なものだなと思う。

〈私〉とは、〈私の心〉なのだろうか……。それとも、そうではないのであろうか……。

そんなことを考えているうちに、一日が終わってしまい、古彩斎さんから聞いた塔屋米花の話を日記帳に書きつけておくことも先に延ばしたのだ。

きょうもまだ湯疲れが取れ切っていないのか、それとも自分の心境のせいなのか、気力の漲《みなぎ》りを感じながらも、行動は緩慢で、いつもの慣れた仕事に何度もミスを犯した。

仕事をしながら、私は、夫に逢《あ》いたいと思った。夫の死後、そんなことを思ったのは初めてで、「お馬鹿《ばか》さんねェ」と夫の頭を軽く叩《たた》きたくなったりした。

四時ごろ、安倍先生がお電話を下さり、近況を訊《き》いて下さった。先週、お薬をいただきに行かなかったので心配して下さったのであろう。

とても元気になって、自分でも怖いくらいだと言うと、安倍先生は、それはよかったと仰言《おつしや》り、息子のその後もお訊きになり、

「お母さんに相談してるあいだは大丈夫なんです。自分の胸におさめて隠してしまうようになると心配しなきゃいけません」

とお笑いになった。

「何もかもがすさんだ世の中ですから、まともな人間はどこかでバランスが崩れます。その節はぜひ安倍クリニックを御贔屓《ごひいき》に」

先生の言葉で、私も笑った。

真佐子が最近、お料理に凝っている。テレビの料理番組の影響なのか、やたら手間のかかる料理を作りたがって、母や修太の顰蹙《ひんしゆく》をかっているが、会社から帰ってから夕食の支度をせずにすむので私はありがたい。

そんな真佐子が、〈蔦屋〉のクリーム・コロッケの作り方を知りたいと言ったので、私は〈蔦屋〉は店をお閉めになったと嘘《うそ》をついた。

真佐子のことだから、私に内緒で唐吉叔父様におねだりして、〈蔦屋〉につれて行ってもらい、御主人の津田富之さんに作り方を教えてほしいと頼みかねない。

無論、真佐子も唐吉叔父様も、津田富之さんと塔屋米花のことは知らないのだが、そして、津田富之さんも、真佐子が加古慎二郎の娘だとは知る由《よし》もないのだが、私たちは二度と〈蔦屋〉に行くべきではないと思う。

それにしても、地球が誕生し、人間がこの星に登場してから、いったいどれだけの数の生と死があったのであろう。生の数だけ死がある……。そんな当たり前のことすら、私たちはわかっていない、と古彩斎さんは仰言った。

天文学的な、気が遠くなるほどの数の人間が生まれて死んでいった。

生まれてから一度も幸福を味わわなかった人もいたであろうし、悪の限りを尽くし、欲望をむさぼり尽くして一生を終えた人もいるであろう。

夫の死も、その天文学的な数のなかの、たったひとつにしかすぎない。

「馬鹿ねェ」

と夫に笑いかけて、許してあげたいのだが……。

夫は、塔屋米花とのことだけで死んだのではないと、私は思うようになった。夜中にひとりで、修善寺の旅館の露天風呂につかっているとき、ふとそう思ったのだ。

私の知らない会社での夫、家庭人としての夫、小さいときから秀才として御両親の期待を受け、受験勉強一筋に少青年期をおくった夫……。

そんな夫の疲れは、あのカラチの熱湯のような空気のなかで、突然、塔屋米花との関係を触媒にして、死への指向に駆り立てたのだ。

私にはそんな気がする。

私への罪悪感も、生命力を失うことへの加速を強めたかもしれない。とにかく、いろんな疲れが、カラチでの塔屋米花との短い時間によって増幅され、湯のなかの角砂糖のように、夫の精神は崩れて溶けたのだ。

「罪悪感ほど心身を傷《いた》めるものはありません」

と古彩斎さんは修善寺の梅林でつぶやかれた。

それは、「自分を大好きだと思え」という安倍先生の言葉と通じ合っている。

小刻みに書いても仕方がないので、古彩斎さんからお聞きした話のつづきは、次の休日に書くことにしよう。

二月十四日
夕方、仕事を終えてからKさん、Sさんと三人でオオバントウさんのお見舞いのために病院に行った。
とてもお元気で、骨のひびの痛みもほとんどないらしい。
アラビア語で書かれた薄い本が枕元《まくらもと》に置いてあって、Kさんがページをくりながら、

「なんだか、いろんな形の波みたい」

と形容した。

アラビア文字は、私には長短さまざまな蔦に見えるし、Sさんは蛇みたいだと言う。

三十分ほどで辞して、帰宅する。

二月十五日
安倍クリニックへ行き、お薬を頂戴《ちょうだい》する。

安倍先生はお風邪をひいて、きのう一日寝ていたと仰言る。

私は、夫と関係があった女性について、詳しく知る機会があったと報告した。詳しくといっても、古彩斎さんが御存知の範囲でしかないのだが。

「気が済みましたか」

安倍先生に笑顔で訊かれて、私はいちおう頷《うなず》き返したが、「気が済む」という言い方だけでは充分ではないような気がした。

けれども、それ以外の適当な言葉がみつからない。

ひょっとしたら、夫と塔屋米花とのことは、もうどうでもよくなったという言い方のほうが正しいのかもしれない。

私は、古彩斎さんがつぶやかれた「罪悪感ほど心身を傷めるものはありません」とい

「だから、どんな自分でも、そんな自分が大好きと口に出して言ってみろって、先生は仰言ったんですね」

と言った。

安倍先生は、じつにそのとおりなのだと仰言り、日蓮《にちれん》の書簡に、病気の原因となるものが六つ書かれているものがあり、そのなかに「業《ごう》が謝せんと欲するが故《ゆえ》に病む」という言葉があるのだと教えて下さった。

業などという言葉は科学的ではないと小馬鹿にする医者もいるが、精神病でも、もうどうしようもなく向こう岸に渡ってしまった患者さんの多くと接してると、この日蓮の言葉が非常に重みを持って迫って来る。何が自分の業か……。

業なんて、あるのかないのか、目に見えるわけでもないし……。でも、その自分の深い深い闇《やみ》の部分の業というものが、何物かに謝罪しようとして、さまざまな病気という形となって噴出するということが、自分の分野では、ことさら実感せざるを得ない場合が多い……。

安倍先生の言葉の概要はそのようなものであった。

「疲れたら休む。そして自分にとって心地いいものと接する。楽天的であろうと努めること。悩みを自分のなかだけでおさめてしまわず、愚痴を言える相手を持つこと。自己否定しないこと。まあ、どれもこれも、いまの世の中では難しいことだらけですが、そうしようとする自己訓練を課す。自己訓練なんて言うと、それだけで気が重くなりますが、心の持ち様を転換してみようと努めるだけで、いい方向への変化があるものです」

安倍先生はそう仰言った。

私は、自分の日記をつけるという行為も、ぬいぐるみに話しかけるのと同じ効果があったのかもしれないと思った。

八時に帰宅して夕食の用意を始めると、真佐子が手伝ってくれながら、お兄ちゃんが煙草《たばこ》を吸っていたと耳打ちした。

こんなとき、父親ならどうするのだろう。思春期の男の子が隠れて煙草を吸うのは、おとなになろうとするエネルギーの発露のようなものかと思うが、黙認するわけにもいかない。

人生の先輩に相談するのがいいと思い、唐吉叔父様にお電話した。

「しばらく放っといたらいいよ」

と仰言る。

「外では吸うなって言うと、家では吸っていいってことになっちまうからな」

唐吉叔父様の言葉どおり、しばらく放っておくことにしよう。

二月十八日

古彩斎さんの、塔屋米花との邂逅《かいこう》のつづきを書くことにする。

槍《やり》ヶ岳《たけ》での塔屋米花は、古彩斎さんに対してまったく悪びれるところがなかった。ヒマラヤ・トレッキングの際には知られていなかった津田富之との関係が、古彩斎さんに知られてしまったことを意に介していない様子で、ごく自然に笑ったり、会話を交わしたり、一緒に食事をしたりした。

古彩斎さんが気をきかせて、早めに自分の部屋に引きこもると、塔屋米花は、これから花札をして遊ぼうと思うのだが一緒にいかがと誘いに来た。

そして、旅館には足を運んだが、自分は山歩きには同行せず、あしたの昼の電車で東京に帰ると言う。

三人で花札に興じているうちに、古彩斎さんは、塔屋米花に身障者の妹がいることを知った。

米花の父親は、そんな次女にありったけの愛情を注ぎ、いまにもこわれそうなガラス細工を扱うように接しつづけて、米花への父親らしい配慮ということについては余力がなかった……。

米花はそんな話を、父親への恨み事としてではなく、同情、もしくは共感の念のあらわれとして津田に話したが、そのような私的な話題に、第三者としての、津田の親友を交えておくといった企《たくら》みを古彩斎さんは感じた。

「うらやましくて、腹が立ってくるから、俺は自分の部屋に帰るよ」

塔屋米花が座を外したとき、古彩斎さんは、津田に本気でそう言った。

そして、お前が約束を守るかぎり、あの子も約束を守るであろうと言った。

「あの子には、大きな決意みたいなものがあるよ。ヒマラヤの麓《ふもと》でも、そんな印象を持ったけど、あのときは、お前とあの子との関係は知らなかったからね。まあ、せいぜい、うまく立ち廻ってくれ」

古彩斎さんはそう言って、自室に戻った。

翌朝、地元の道案内人と出発したとき、塔屋米花は旅館の玄関まで見送ってくれて、津田に、来年の秋、パリから引き上げると告げた。卒業試験は在校生の三分の一が毎年落第する難関なので、これから必死で勉強するつもりだ、と。

山歩きの途中、ときおり津田は、塔屋米花に関する話をした。

あの年齢で、あのくらい自分を律することができる女は珍しい、とか、それは母親から学んだものだ、とか、父親は北海道時代に酒乱になったらしいが、そのありさまは聞いているだけで辛《つら》くなるほどだ、とか。

約束どおり、塔屋米花は翌年の十月にパリの大学を卒業して帰って来た。

米花は、帰国すると銀座の古彩斎に挨拶《あいさつ》に訪れ、これまで津田画廊で扱っていたペルシャ絨毯《じゅうたん》の輸入販売部門を独立させ、そのための新会社を設立することになったと報告した。

会社の事務所兼ショー・ルームを探していたところ、ここから目と鼻の先のビルの一階が借り手を募集しているのを知ったが、津田画廊にあまりにも近すぎて躊躇《ちゅうちょ》しているという。

塔屋米花は、自分と津田富之との関係を、津田の家族はおろか、津田画廊の社員にも知られないよう気遣っていた。

そうは言っても、この七年間、社員の誰にも気づかれなかったはずはあるまい。津田がパリに行く際も、京都で仕事をするときも、単身というわけではなかったはずだ。主要な社員、もしくは秘書が同行していたはずで、二人の関係は社員のあいだでは公然の秘密となっているのではないのか。

古彩斎さんがそう訊くと、塔屋米花は首を振った。決して社員にも知られないようにするというのは約束のひとつに組み入れられていて、津田はそれを細心の注意をはらって実行しつづけてきた、と。

私たちのことを知っているのは、私の母と古彩斎さんだけだと米花は言った。

古彩斎さんは、米花が帰国する一ヵ月前、津田と行きつけの料理屋で食事をし、その際、津田の妻の病気を知らされていた。腎臓《じんぞう》病で、週に三回の人工透析が必要なため、病院のベッドがあくのを待って、四、五日のうちにも入院するというものだった。

入院したという知らせも受け、退院はおろか治癒の目処《めど》もたたないと、津田が電話で話してくれてから十日もたっていなかった。

津田がどう考えているのかはわからないが、やはり津田画廊の近くは賛成しかねると古彩斎さんは自分の意見を述べた。

いかに細心の注意をはらおうとも、男女の関係は隠せるものではない。津田も米花も知られていないと思っているだけで、津田の周囲には二人のことを気づいている者が少なからずいるにちがいない。

そんなところに津田が別会社を設立し、塔屋米花が関与すれば、これまで閉じられていた周囲の口も開いてしまうであろう。

津田夫人とも親しかった古彩斎さんは、それだけはなんとしても避けたいものだと思い、米花が辞したあと、津田に電話をかけた。

「うちの本店の近くだろうが遠くだろうが、米花ひとりで新会社を動かせるはずもないんだから、遅かれ早かれ、社員は気づくさ。気づかれたって、それはそれで仕方がない」

と津田は言った。

「社長が自分の甲斐性《かいしょう》でやってるんだ。米花には内緒にしてあるが、もう俺の周りの何人かは、何年も前から知ってるよ。米花は俺のためって言うが、本心は自分のためだ。自分の誇りもあるだろうし、これから先のカードを何枚も持っときたいって気持もあるだろう。津田の女だった、それも十七歳のときからだなんて過去が忌《い》まわしくなるときが必ず来るってことを考えに入れてるはずだからな」

「なんだ、また痴話ゲンカ中か？」

と古彩斎さんは訊《き》いた。

「絨毯部門を別会社にするってのはまだ早い。いずれそうするつもりだが、それは米花がこの世界でもっと経験を積んでからだ。俺が何度そう言っても納得しない。パリだろうがニューヨークだろうが、所詮《しょせん》、机の上で勉強しただけなんだ。もっとじっくり構えろ、焦《あせ》るなって言っても聞く耳を持たない。それならやってみろ、どうせつぶれるぞって言ったら、勝手に銀座に事務所をみつけてきやがった。そのくせ、そこは近すぎて、あなたに迷惑がかかるときやがった。あいつ一流の、手のこんだ策略だ」

「策略って、何のための策略だ？」

「わからん。あいつはときどきそういうことをするんだ。女だからな。月光の東につれてってなんて手紙をモロッコから送って来たりする。あいつの月光の東には、もううんざりだ。俺は白馬にまたがった王子様にはなれないね」

そうがなりたてたあと、津田富之は、今夜食事につきあえと言った。来年のヒマラヤ・トレッキングに参加する予定だったイギリス人の三人が予約をキャンセルしたと旅行代理店から連絡があったので相談したいというのだった。

米花のことで機嫌が悪いときの津田富之とはつき合いたくなかったが、念願のヒマラヤ・トレッキングの話とあらば誘いに応じないわけにはいかなかった。

しかし、待ち合わせた小料理屋に行ってみると、塔屋米花がいて、津田は急用ができて来られなくなったので、イギリスから送られてきたトレッキングのパンフレットを自分が持参したと言った。

米花は、津田の言っていることはよくわかると言った。

自分に新しい会社を経営していく能力はまだ備わっていないのは充分に承知しているが、あえてやってみることで、津田との関係を終えたいのだというのだった。

自分は津田に感謝してもしきれない。自分の夢の多くを、津田は大金を投じて叶《かな》えさせてくれた。自分も約束を果たした。お互い、このあたりで終わったほうがいいと思う。もしどうしてもそうするというのなら、新会社設立は御破算にすると津田は言うかもしれない。それならそれでいいと思う。

充分以上のことをしてもらったのだから、これからあとは自分の力で切り開いていくべきであろう。

しかし、津田は、どうしても私の真意をねじ曲げて解釈する傾向があるので、どのように話を切り出したらいいのかわからない……。

塔屋米花はそう言ったあと、九月の初めに父が亡《な》くなったのだと打ち明けた。

父は酒で精神が乱れ、三年間病院暮らしのまま死んだ。お陰で、父には最後まで津田富之の存在を知られなくて済んだ、と。

父の死もまた、このあたりで津田とのきりをつけたいというきっかけにもなっている。

津田は私という人間をついに信じてくれなかった。私の周りに、別の男がいると邪推し、姑息《こそく》な手段で私に目を光らせつづけ、そのために津田自身疲れ切ってしまっている。

私も、邪推されつづけることに疲れた……。

古彩斎さんは、他人が口出しすることではないと思いながらも、五十七歳の妻子ある男と、二十五歳の女との関係の限界を感じ、津田がどんなに荒れようとも、自分の思いを誠実に伝えて、理解してもらう以外なかろうと塔屋米花に言った。

「あいつは我儘《わがまま》だし、暴れん坊だけど、潔《いさぎよ》くて物わかりのいいやつだから」

米花は静かな表情で、そうすると言った。

それから二ヵ月近く、津田からも米花からも連絡はなく、ペルシャ絨毯専門店も、銀座のビルに開店されないまま、そこは喫茶店になってしまった。

古彩斎さんも出張が重なり、どうしているのだろうと思いながらも、津田に連絡を取らないまま日が過ぎた。

ヒマラヤ・トレッキングのことは気にかかっていたが、噂《うわさ》として届く津田夫人の容態は芳《かんば》しくなくて、そんな折に山歩きの相談など不謹慎だと考え、津田のほうから連絡があるまで待とうと思ったのだった。

年が明けてすぐに、津田夫人が死んだ。

葬儀に参列した古彩斎さんは、津田富之に言葉少なくお悔みを述べただけで葬儀場を辞した。参列者の数が多かったし、津田のやつれ方が尋常ではなかったからだ。

津田夫人の四十九日が明けた日、津田が古彩斎さんを訪ねてきて、さっき旅行代理店に電話をかけてみたら、三人の欠員は埋っていなかったので、申し込んでおいたという。

「ことしは喪中だろう。いいのか?」

古彩斎さんが訊くと、女房は俺が山歩きを趣味にしたことをとても歓《よろこ》んでいたと津田は言った。お酒を控えて、きれいな空気のところを歩くのはいいことだ、と。

そしてそのとき、古彩斎さんは、津田と米花との関係が依然としてつづいていることを知ったのだった。

六

津田の、米花への執着を、米花が振り切れなかったのか、それとも、米花自身に津田への情は存外に強く育《はぐく》まれていたのか、いずれにしても男と女のつながりは第三者には思慮の及ばないことだらけだと古彩斎さんは思った。

ヒマラヤ・トレッキングに行くのはいいが、そこに塔屋米花が参加するのは、自分としては忸怩《じくじ》たるものがある。何も知らないまま亡《な》くなった奥さんへのうしろめたさが、やはり自分としては捨て切れないし、何か事あるごとに二人の痴話ゲンカの仲裁をさせられるのもやりきれない。

トレッキングは、塔屋米花抜きで、俺とお前だけの趣味としようではないか。

古彩斎さんは津田富之にそう主張した。津田は思いのほか素直に納得し、それ以後、塔屋米花に関する話題を避けるようになった。

津田が口にしないので、たまに古彩斎さんのほうから、彼女はどうしているかと訊《き》いたりした。

そんなときだけ、津田は米花の近況を語った。

三年後、津田は銀座にペルシャ絨毯《じゆうたん》専門の店を開店し、その店長の任を米花にまかせた。夫人の死後、三年の喪に服したという体裁であったが、三年間、津田は米花を美術関係の仕事に従事させて経験を積ませたらしかった。

開店を間近にした日、米花は古彩斎さんのお店にやって来て、京都の画廊での修業はきつかったが、自分の我儘《わがまま》を断固として許さず、津田画廊以外のところで勉強させてくれた津田の深慮にいまは感謝の気持で一杯だと言った。

津田は変わった。奥さんの死後、人間に幅が出来たといったらいいのか、それともあえて、私との向き合い方を変えようと努力したのか、短期間にこれほどまでに温厚さと寛容さが身につくものかと、いささか不気味に感じるくらいだと言うのだった。

それは、その三年間で、古彩斎さんも津田に対して感じつづけてきた変化だった。

三年間に、古彩斎さんと津田は四回、ヒマラヤ・トレッキングに行ったが、その最中、津田はたびたび妻の思い出を語り、自分の愚かさを笑ったものだった。

あんなにいいやつを騙《だま》して、娘ほどの女に狂い、じつに多くのものを失った。それは物質的なものではない。

きっと、女房は知っていたに違いない。女房は死ぬ少し前に、俺の手を握って、

「冒険もほどほどにしないと、体をこわしますよ」

と笑顔で言った。

「いつになったら、おとなになるのかしら」

とも言った。

「そうだな、六十に近いんだから、おとなにならなきゃな」

と答えたが、妻の臨終が間近に迫ったとき、自分という人間は変わらなければならないと歯嚙《はが》みをする思いで誓った。

「俺はきっと罰が当たるよ。何か大きな罰が当たらなきゃあ、俺の罪は消えない。俺は、罰が当たるのを待ってるんだ」

津田はそう言って、自分と米花とはすでに肉体の関係はないのだと語った。

「そうなると不思議なもので、こんどは米花が女をむき出しにしてくる。蛇の生殺しのようなことはしないでくれって泣きやがる。男と女ってのは、困ったもんだよ」

津田のそのような変化は、美術品に対する審美眼にもあらわれて、これまで扱ってきた画家との関係に亀裂《きれつ》が生じ始めた。

津田が売り出してやった画家、もしくは将来性を買って援助してきた画家に見切りをつけ、一見、技巧的ではないが、簡素で正直な作品を描く画家に傾倒していった。

そんな折、フランスの有名な印象派の画家の絵が、津田の手に入った。

当時、そのような絵が容易に日本に入って来る時代ではなかった。

パリの美術商と津田とをつないだのは塔屋米花だったが、さらにあいだに介在したのは、米花が三年間修業のために勤めた京都の画廊主だった。

「いやな予感がする」

と津田は古彩斎さんに電話で言った。

その絵が津田の手に入ることは、関係者以外誰も知らないはずなのに、美術専門誌の記者が取材に来て、さらに社会的事件として新聞に報じられてしまっただけではなく、ある収集家がぜひ買いたいと申し出て来たというのだった。

「俺はその絵をまだ直接自分の目で見てないし、買うのではなく、とりあえず預かるって返事したんだ。実際に買うのは京都のF画廊だが、税金のがれのためにワン・クッションを置きたがってる。そのワン・クッションが俺で、俺は当然マージンを取る。俺も税金対策で、F画廊にトンネルになってもらったことがあるから無下には断れない。米花にとっても、瓢箪《ひょうたん》から駒《こま》みたいな大仕事だから、成功させてやりたい。ひょっとしたら、あいつはこの世界で華々しく名をあげるからな」

古彩斎さんも、いやな予感がした。その絵の日本への流入を知って素早く購入を申し出て来た収集家は、大金持だったが何が正業なのか判然としない人物だったからだ。

絵が日本に到着し、まだ公開しないうちに、その収集家は詐欺《さぎ》事件として津田富之を告訴した。売買契約は交わしていなかったが、売買のための覚え書には津田画廊の印が捺《お》してあった。そして、絵は贋物《にせもの》だった。

絵の代金が支払われていないのに、津田が詐欺事件を起こしたことになるかどうかの法的解決よりも先に、贋作《がんさく》事件は大きく報じられ、しかも津田はいっさい弁解しなかった。

津田はなぜか責任を一身にかぶって、警察では、自分は絵が贋作であることを見抜けなかっただけであって、騙すつもりは毛頭なかったと述べた。

津田は結局起訴されなかったが、贋作を売ろうとした画廊の社長という烙印《らくいん》は致命的だった。

津田画廊は廃業に追い込まれ、津田は身を隠した。

所有していた美術品は売り払い、何頭かの競走馬も手放し、家も土地も人手に渡して、まるですべてを整理して死を待つ人のように古彩斎さんを訪ねて来た。

覚え書の印鑑は誰が捺したのかと古彩斎さんは訊《き》いたが、津田は答えなかった。

「まさか米花さんじゃないだろうな」

「いや、あいつはそんなことをする女じゃないよ」

「でも、お前が捺したわけじゃないんだろう?」

津田は古彩斎さんが何を訊いても明瞭《めいりょう》には答えず、

「嵌《は》められたなんて恥しい言葉は死んでも口にしないぞ」

と言い、飲みに行かないかと誘った。

古彩斎さんは、津田を知っている者と顔を合わす心配のない店に行き、お前は事業も誇りも捨ててまでも、若い女をかばって、彼女の何物かを守り抜いてやろうというのかと怒りの口調で言った。

古彩斎さんは、事件の一連の動きのなかで、嵌められたのは塔屋米花で、そこには相当な法的責任も回避できない事柄もあり、津田はすべてを自分の不徳の致すところとして処理したのではないかと思ったのだった。

津田は、いずれにしても贋作事件にかかわったことを自分は画商として恥辱と受け止めていると言い、充電なのか、あるいは反省と休養のためなのかは別にして、しばらく世の中から身を隠し、考えるための静かな時を持ちたいと語った。

脇目《わきめ》も振らず働きつづけ、脇目も振らずひとりの若い女に溺《おぼ》れた時期も持ち、自分はひどく疲れてしまった。

これをいい機会として、さまざまな本を読んだり、野や山を歩いたりしながら、身を律して、死んだ妻に対しての本当の意味での喪に服したいというのだった。

さらに津田は、これまで誰にも口外しなかったが、自分は塔屋米花という女の出生時からの来し方をほとんどあやまたず知っていると言った。

親友のお前にも語ることのできない塔屋家の事情もあるが、あのような家庭環境で彼女が自分というものの尊厳と未来を守るために作りあげなければならなかった架空の世界がある。

寂しい子供が、自分で創《つく》った物語のなかで遊ぶように、彼女もまた物語にひたったが、それはいつのまにか病的な性癖として、どうにもぬぐい難い彼女だけの「やり方」と化してしまった。

「あいつは凜冽《りんれつ》だ。あのたたずまいが、すでに凜冽だ。俺はあいつの凜冽なところを守ってやりたい。あいつは異常なほどに狷介《けんかい》で、ときどき身の気がよだつくらい淫蕩《いんとう》だ。そうであらねばならない物語のなかで幼いときから生きて来たからだ。そして、あいつには人を貶《おと》しめようなんて悪意はひとかけらもない。高校生のとき、あいつが俺に申し出たことは、考え抜いたあげくの精一杯の知恵だった。あいつはよく努力したし、自分というものを裏切らなかった」

津田はそのようなことを一方的に喋《しゃべ》り、身辺が落ち着いたら、こちらから連絡すると言って、酒には口をつけず去って行った。

塔屋米花に代表権が移ったペルシャ絨毯専門店は営業をつづけ、やがて西洋の骨董品《こっとうひん》を扱う店を別の場所に開店した。

古いガラス器や調度品が主な品目で、絵画は扱わなかった。

その店のオープンの招待状が古彩斎さんに送られてきたのは、津田が身を隠してから五年後で、塔屋米花は三十四歳になっていた。

それと時を合わせるかのように、津田富之から手紙が届いた。

亡き妻が生まれ育った岡山県倉敷市の、瀬戸内海に面した町に小さな家を買って、まさに晴耕雨読といった日々をすごしてきたが、一人娘が昨年の暮に離婚した。どちらかに明らかな非があっての離婚ではなく、文字どおり性格の不一致というやつで、娘も離婚によって傷つくといったところはなく、いまは親子二人の穏やかな生活だ。津田画廊を閉めた際、どうにも手放し切れなかった織部《おりべ》の五対の菱形《ひしがた》鉢を、少々まとまった金が必要になり、手放すことに決めた。ついては、あの五対の菱形鉢の売買の仲介をしてはもらえないだろうか……。

手紙の内容はそのようなものだった。

古彩斎さんが心当たりの好事家《こうずか》に連絡すると、話はすぐにまとまった。津田の手紙に自宅の電話番号が記されてあったので、古彩斎さんは買い手の提示した金額を伝えるために電話をかけた。

津田は何度も礼を述べ、翌日品物を持って早速上京して来て、銀座の古彩斎を訪れた。五年前と比べると白髪が増え、少し痩《や》せたが津田は血色も良く、声にも張りがあった。倉敷に移ってすぐに、腸捻転《ねんてん》などという突然の病気に襲われ、腸の一部が壊死《えし》する事態となり、手術でその部分を切除したため、長い入院生活を送ったが、その間毎月、塔屋米花は生活費を津田の銀行口座に振り込みつづけたという。

「いまも毎月振り込んでくるんだ。画廊を閉めた理由は、業績が瀕死《ひんし》の状態になって倒産というもんじゃないんだから、俺にも少しは金がある。そんな心配は無用だって何度言っても、金を振り込んで来る」

津田はそう言って苦笑した。

古彩斎さんは、西洋骨董店のオープンの招待状を津田に見せた。

「絵は、もうこりごりらしいよ」

と津田は言った。

「あいつがヨーロッパに行って買いつけてくる物は、どれも外れがない。いつのまにか、西洋物の骨董なら塔屋米花だって言われるようになった。あいつにしてみれば満を持しての、念願の開店だ。得意客の質もいい。ただ、あの器量が災いの種だ。男が放っておかないってこともあるが、あいつが心を動かす相手には必ず妻子がある。苦しむぞって言っても、うん、そうねって答えるだけだ」

「それを知ってて、お前の心中はどうなんだ」

と古彩斎さんは訊いた。もう完全に、二人の関係は、歳《とし》の離れた友だち、あるいは相談相手となってしまったのか、と。

するとと津田は、

「あいつは誰かと関係しているときは、絶対に二股《ふたまた》をかけるってことがない。あいつが倉敷に来るのは、男と終わったときだ。この五年間で、あいつが倉敷に来たのは二回だけ」

ということは、米花が倉敷に来れば、二人は男と女に戻るのかと古彩斎さんは訊いた。

「なさけないくらい、あいつの体に心がくらんでしまうんだな。でも、それも終わらなきゃいかん。こんど、あいつが倉敷に来ても、俺は逢《あ》わないよ。逢うと、決意は音をたてて崩れる。逢うと、手を合わせて懇願して、あいつの体をさわりたがる助平ジジイと化す。まだ俺には、それを抑えることができないんだ」

と津田は言った。

古彩斎さんは、大切な織部を売ってまでも作らなければならない金の使途は何なのかが気になったが、自分からは質問しなかった。

そんな心配は無用だと言われても、毎月金を振り込んでくるという米花のために用立てるものとも思えなかった。

津田は、織部の菱形鉢を古彩斎さんに託して、翌日倉敷に帰って行き、それからまた何年も連絡はなかったが、年賀と暑中見舞いの葉書だけは、近況を書き添えて、丁寧な筆文字で送られてきた。

意外なほどに律儀《りちぎ》で、いささか型にはまり過ぎている津田の達筆な書体は、ある年の賀状から、古彩斎さんの目にはふいに趣が変わったように見えた。

それは、織部の焼き物を仲介してから八回目の正月を迎えたときで、津田の字は、どこかひらきなおったような、不自然な構えも力みもない、柔らかい膨らみを持っていて、これが同じ人間の書体かと驚くほどだったという。

その年の二月頃に、古彩斎さんは商用で京都へ行き、町の名は忘れたが左京区の小さな商店街にある蕎麦《そば》屋に入った。

夜には宴席があったので、軽く蕎麦でも食べておこうと、さして店も選ばず暖簾《のれん》をくぐったのだが、そこに塔屋米花が彼女と同年齢くらいの男といて、蕎麦を食べていたのだった。

「これはこれは、奇遇ですねェ」

と古彩斎さんは米花に言ったが、米花のうろたえ方が尋常ではなかったので、挨拶《あいさつ》もそこそこに店を出た。

ペルシャ絨毯《じゆうたん》の店は、古彩斎さんのところから遠くなかったので、お互い近くを歩いているときに出くわしても不思議ではないのに、津田が蟄居《ちつきよ》して以来一度も、古彩斎さんと塔屋米花は顔を合わすことがなかった。

近くにいて、そのほうが不思議なくらいだが、京都の場末と言えば言える一角の蕎麦屋で出逢ったことも不思議だった。

それにしても、塔屋米花のあのうろたえ方は何だろう。あのような表情は、決して見せたりはしない女なのに、と古彩斎さんは思った。

男と蕎麦を食べているところを知り合いに見られたくなかったにしては、あのうろたえ方は腑《ふ》に落ちないし、仮に津田に知られたくない相手であったにしても、古彩斎という人間が他人の私事を軽はずみに口外するような人間ではないことくらい、わかっているはずではないか……。

古彩斎さんはなんとなく不快だったが、東京に戻ったときにはすっかり忘れていた。ところが、日を置かず塔屋米花が訪ねて来て、先日の非礼を詫《わ》び、あまりにもびっくりして蕎麦が喉《のど》につかえそうになり、目を白黒させているうちに古彩斎さんが出て行ってしまわれたのだと言った。

しかし、話しているうちに、米花が訪ねて来た真の目的がわかって来た。

彼女は、自分を尾《つ》けるようなことはやめるよう津田に伝えてほしいと、古彩斎さんにそれとなく匂《にお》わせたのだった。

さすがに古彩斎さんも腹が立ち、そのような誤解はじつに心外だと言った。

なぜ自分が津田に頼まれてあなたを尾けたりしなければならないのか。自分にはそんな義理も趣味も暇もない。

あなたと津田がいまいかなる間柄なのか、自分は知らないし、知ろうとも思わない。そのような邪推は無礼ではないのか……。

古彩斎さんは、店に入って来たときから、米花の息遣いがいやに乱れていて、落ち着きがなく、顔色も悪いのが気にかかっていた。

米花は、邪推であるならばどうか許していただきたいと笑みを浮かべたあと、膝《ひざ》から崩れるように倒れ、店の低い棚の角に側頭部をぶつけた。

古彩斎さんは慌《あわ》てて、米花に声をかけたが応答はなく、側頭部から血が伝い流れて来たので、救急車を呼んだ。

ペルシャ絨毯の店にも電話をかけたが、もう夜の九時前で、社員はみな帰ってしまって、誰も出てこなかった。

救急車が到着したころ、米花は意識を取り戻した。側頭部の傷も見たところ長さ一センチほどで、たいした怪我《けが》とは思えなかったが、救急隊員は古彩斎さんに病院への同行を求めた。

応急処置室の近くで待っていると、症状を救急隊員に説明している医者の言葉がかすかに聞こえた。そのなかに「掻爬《そうは》」という言葉があった。

「きのうですか」

という救急隊員の言葉も聞こえた。

医者は、古彩斎さんに、患者とどのような関係かと訊き、知り合いだという言葉にうさん臭そうに頷《うなず》き、

「たいしたことはありません。ただのお知り合いに、患者の病状は喋れませんな」

と言った。

「たいしたことがないのなら、それでいいんです。ただの知り合いですから」

古彩斎さんは、なぜこんな青二才の医者に、うさん臭そうな目で見られなければならないのかと怒りを抑えてそう言い返し、

「それならば、救急隊員に『揺爬《ごうまん》』という言葉を使うとき、もう少し神経を使って声を小さくしなさい。不注意と傲慢。それこそ医学にたずさわる者の敵でしょう」

と言った。なぜそんなに腹を立てているのかわからなかった。

看護婦に訊くと、母親に連絡したという。古彩斎さんは米花と逢わないまま病院を出て、タクシーで銀座に帰った。

塔屋米花は、きのう子供を堕《お》ろした……。

おそらく、津田の子ではあるまい。

いずれにしても自分とは関係のないことだ。

古彩斎さんはそう思ったが、なんだかわけもない寂しさに襲われ、初めて塔屋米花と逢ったデリー空港の熱気を思い浮かべた。

月光の束か……。古彩斎さんは、意味のわからないその言葉にひたって、明かりを消した店の奥で、客から預かっている大振りの楽茶碗《らくぢゃわん》を膝に置いて、見つめた。

突如自分を襲った寂しさの奥にある哀《かな》しみが何なのか、わかるような気がした。

その事件がきっかけというわけではなかったろうが、それ以来、古彩斎さんと塔屋米花とは頻繁に逢うようになった。

米花の客のなかには、古い焼き物に興味を持つ者もいて、米花はそんな客を古彩斎に紹介したからだ。

古彩斎さんは、偶然病院の廊下で耳にしたことは、自分の胸にしまい、米花には黙っていた。

仕事を通じて、米花と酒席をともにすることも多くなり、米花の幅広い顧客に感心すると同時に、男でも太刀打ちできないほどの度胸の良い仕事振りに驚嘆するばかりだった。

いつのまにそれだけの資金を動かせるようになったのか、米花は極めて固い、変動の少ない株を億単位で売り買いしていた。

「五円上がれば万歳で、十円上がれば万々歳でしょう？　私が手を出す株は、よほどのことがないかぎり、二十円の上下もありませんもの」

機嫌のいいとき、米花はそう言ったが、買った株が二十二円下がって、古彩斎さんがひやかすと、

「八勝七敗が株の極意ってこと、ご存知ありませんのね」

と負け惜しみとは思えない口調で言った。

その年の四月の半ば、津田の所有していた織部の菱形鉢を買った人物が亡《な》くなり、遺族が売りたいと古彩斎さんに申し出て来た。

どこかの美術館におさまるのがいちばんいいのだと、ふと洩《も》らした古彩斎さんの言葉に、米花は驚きの目を向けた。米花は、津田がその織部を手放していたことを知らなかったのだった。

七

織部《おりべ》の菱形《ひしがた》鉢への引き合いは幾つかあったが、持ち主の言い値で買うという客を古彩斎さんに紹介したのは塔屋米花だった。

しかし、古彩斎さんは、それを買おうとしているのが当の米花であるような気がして、真意をただしてみた。

すでに津田富之の手を離れた焼き物ではあったが、廻り廻って米花のもとに落ち着くのは、津田に対して失礼だという思いを抱いたからだった。

米花は意外にあっさりと自分が買うつもりであることを認め、この織部の菱形鉢には、津田との忘れ難い思い出がたくさんあるのだと言った。

いつか時期が来て、津田にこだわりがなくなれば、織部をそっと津田のところに戻したい、と。

そして米花は、津田も烈《はげ》しい性格で、自分も頑迷で、何かにつけて一歩退《しりぞ》くということがないために、津田とは愚かないさかいばかり繰り返して来たが、やはりまぎれもなく津田に愛情を抱いていると言った。

津田の妻が死んだとき、自分たちにはもはや不自由な垣根は消えたことに気づき、自分でも思いがけない夢にひたった。

津田が自分に妻になれと切り出すであろうと思い込み、そうなった際の青写真を勝手に作ったりした。

結婚というものへの願望など抱いたこともなかったので、そのような夢想に驚いたが、自分の心を分析してみると、津田への愛情が初めて揺るぎない形で浮かび出た。

津田の妻として、一緒に暮らしたい。自分の本音に気づくと、その思いはいっそう強くなった。

けれども、自分からは言い出せないうちに、あの贋作《がんさく》事件が起こった。

詳しくは語れないが、あれはすべて自分の失敗だった。世の中というものに対して、どれほど自分が甘かったかを思い知ったが、津田に与えた打撃は修復不可能なほどに大きかった。

津田の祖父から父へと継承され、津田自身がさらに築いたものを根こそぎ失わせる結果になったが、津田はそのことに関して一切恨みがましいことは言わず許してくれた。

その〈許し〉が、津田の、亡《な》き妻への深い贖罪《しょくざい》の思いから発していたことに気づいたとき、自分の夢想が音をたててつぶれる泡のように感じられた。

そのとき、自分が発見した津田への愛は、一挙に憎悪《ぞうお》に変わった。津田を苦しめてやろう。苦しめるために、津田とは別れないでおこう。

自分から申し出たことであっても、津田はまだ高校生の女を金で自由にして、その体を執拗《しつよう》に弄《もてあそ》んでおきながら、絶えず妻への罪悪感を持ちつづけ、妻の亡きあと、その深い贖罪をあえて背負うかのように、他者の失敗をすべて許し、世捨人と化して蟄居《ちっきょ》したのだ。

それは、この塔屋米花という一人の人間への冒瀆《ぼうとく》ではないのか。

自分は最初、津田の愛情など求めなかったし、自分のなかに愛情のかけらも生まれるとは思っていなかった。

津田の経済力と、自分の若さと美しさは、物々交換されたにすぎなかった。

それなのに、この憎悪は何だろう。いずれにしても、自分は津田を苦しめてやる……。

人間がどれほど他者を冒瀆できるか、自分は幼いころから骨身に沁《し》みて知っている。

糸魚川の製材所の社長が、母に何をしたか。その娘に何をしようとしたか。

それなのに、あの男は家庭を大切にし、飼っている犬たちに口移しで食べ物を与えた。

津田もそうだった。一緒に旅をしても、必ず何度か家に連絡をいれた。

家から電話がかかってくると、滑稽《こっけい》なくらいうろたえながら、必死で平静を装《よそお》って応対した。見ていて憐《あわ》れなほどだった。

けれども、そのようなことも、自分たちは持っているものを物々交換しているだけなのだと考えることで解決できたのに、贋作事件以後の津田の身の処し方が、それまでの調和を狂わせたのだ。いや、贋作事件よりも、ひょっとしたら津田の妻の死が原因だったかもしれない……。

私も、どこにでもいる愚かな女になってしまった、と米花は言った。家庭を大切にしている男を苦しめるのは小気味がいい、と。

古彩斎さんは、米花がわざと自虐《じぎやく》的に語っているのであろうと思い、それならばなおさら、この織部をあなたに売るわけにはいかないと笑いながら言った。

「この織部を使って、津田を苦しめたりされたら、私にもどんなとばっちりが来ることか」

すると、米花は微笑《ほほえ》み、津田への憎しみは、この八年のあいだに、きれいに消えてしまったと言った。

そして、病院のベッドで休んでいるとき、看護婦がドアをちゃんと閉めなかったので、古彩斎さんが怒りの声で若い医者に言っている言葉が聞こえたという。

「妊娠したのは初めてなんです」

とだけ米花は言い、長いこと織部の菱形鉢を見つめ、これを私に売ってくれと頭を下げた。そして、堕《おろ》したのは津田の子だと言った。

妊娠のことも、堕胎のことも、津田は知らないので黙っていてほしいと言い、古彩斎さんが決断しないうちに、織部を持って店から出て行った。

その米花のうしろ姿は、何かに似ていた。それが何なのか、古彩斎さんはすぐには思い浮かべることができず、楽茶碗《らくちゃわん》を掌《てのひら》に包み込んで、その底を見つめた。

物思いにひたるとき、古彩斎さんは無銘の、江戸中期の作と推定される楽茶碗を見入るのが癖になっていた。

やがて、米花のうしろ姿が何に似ているのかに古彩斎さんは気づいた。

列車から降り、自分を首を長くして待っている人が迎える改札口に向かって歩を運ぶ人のうしろ姿だった。

そのような人を古彩斎さんがどこかで実際に見たのかどうかはわからなかった。

ああ、そのような人のうしろ姿に似ていると思ったことを、いまでも不思議なくらい鮮明に覚えているという。

古彩斎さんは、なんという小さな世界の、小さな営みであろうと思った。津田と米花についてそう思ったのではなく、自分も含めて、人間すべてが小さく感じられたのだが、同時に、塔屋米花という女に、いじらしさに似た感情を抱いた。

徒手空拳《としゅくうけん》のなかで、みずからを昂然《こうぜん》と生きなければならなくしてしまった女の内部に、架空の神秘的空間でたわむれる幼児の時間と幻想がうごめいていることに、同情と共感の念が湧《わ》いてきたのだった。

それから二年後、古彩斎さんは胆石の手術をしたが、術後、腹膜炎を起こし、予期しなかった長い療養生活を余儀なくされた。

体力が落ち、気力も回復しない日々がつづいた。

長年の疲れが一挙に出たのであろうから、この際、焦《あせ》らず、余計な神経を使わず、療養に専念したらどうかと説得してくれたのは津田富之だった。

津田は、知り合いの持物で、もう数年前から使っていない軽井沢の小さな別荘を借りてくれて、そこですごす手筈《てはず》も整え、しぶる古彩斎さんに腰をあげさせた。

古彩斎さんは、夫人と一緒にその年の五月から十一月の初めまで、近くに温泉があり、窓からは浅間山がよく見える瀟洒《しょうしゃ》な山荘ですごした。

その期間、塔屋米花は、天然物の鯛《たい》が手に入ったと言っては、使いの者に東京から車で届けさせたり、日本では手に入らない高麗《こうらい》人参の粉末を送ってくれたりした。

米花の仕事の充実ぶりはめざましかった。

ロンドンとパリに事務所を開設し、西洋骨董《こっとう》の専門家としての名も高まり、美術専門誌への執筆も増えた。

高原の森が古彩斎さんの体に合ったらしく、秋に入るころには体重も増え、顔の色艶《いろつや》もよくなり、開店休業の形の店のことが気になって、じっとしていられなくなった。

しかし、倉敷から訪ねて来た津田は、ことし一杯は仕事を忘れて完全休養に徹するよう勧めた。そして、自分もそろそろ腰をあげるつもりだと言った。

美術関係の仕事に戻る気はさらさらないが、娘の将来を考えて、あいつが食べていけるだけの商いをしようと思っている。自分につき合わせて、いつまでも娘を倉敷で平々凡々と暮らさせるわけにはいかない。

そう津田は言ったが、娘のためにどんな商売をしたらいいのか、名案はないようだった。

翌年も、古彩斎さんと津田は、山歩きで知り合った仲間たちと、八ヶ岳や穂高に行った。

けれども、津田は商売の計画や準備に動きだそうとはしなかった。

その訳を訊《き》くと、津田は、米花が頑として反対するのだと答えた。

商売は思いつきで手を出すものではない。いざとなったら、この私にまかせればいい。お嬢さんが一人で生きなければならなくなったら、私が必ず助けてあげる。

米花はそう言うのだった。

娘さんは、お前と米花とのことを知っているのかと古彩斎さんは訊いた。

女の勘というものがどの程度働いているかはわからないが、おそらく気づいていないと思うと津田は言った。

娘には、塔屋米花のことを、昔、津田画廊で働いていて、独立して自分の会社を持ったが、いまでも何かにつけて仕事上の相談をもちかけてくるのだと説明していた。

古彩斎さんは、お前と米花はまだ男と女かと訊いた。津田は笑って首を横に振り、ちょっと風変わりな友だちといったところだと答え、米花ももう四十五歳だと言った。

北海道に養護学校を設立して、心身の不自由な子供たちがそれぞれの能力の範囲で働きながら生活できるシステムを模索しているが、いたずらに出費が重なるばかりで、これと見込んだ特殊教育の専門家に利用されつづけている。

死んだ妹さんに対する思いはわかるが、あの学校からは手を引け。

津田は米花にそう忠告したという。

どうしてまた北海道にそのような学校を設立したのかと古彩斎さんが訊くと、北海道時代に好きだった男と約束したそうだと津田は言った。

妹のような子供たちが平和に仲良く暮らせる施設を必ず自分の手で作ってみせる。その施設には、あなたの名をつける。私が約束を守る女だということを証明するために、あなたの名をつける……。

米花は男との約束を、すでに十五年も前に津田に話していたのだった。

「自分を、ある人に買ってもらうことにした」

と高校生の米花は、当時大学生だったその男に伝えたという。

津田の危惧《きぐ》は当たり、養護学校は閉鎖に追い込まれ、米花の損害は大きかった。

その損害のために、米花はペルシャ絨毯《じゅうたん》の店の経営権を手放し、西洋骨董の店も縮小しなければならなかった。

金銭的痛手から立ち直るのに三年かかったが、その間、米花は津田の提案で、フランスのワインの産地に粘り強く足を運び、大量生産しない幾つかの小さなワイン・セラーとの独占契約を結んだ。

それは、予想を超えた大きな商売に拡《ひろ》がり、各都市の質の高いフランス料理店との取り引きだけでなく、東京、仙台、金沢、京都、大阪、広島、福岡に、ワイン専門の直売店を持ち、安定した収益をあげるようになった。

津田には、ひとつだけ特技があった。

津田画廊を継ぐため、大学を卒業してすぐに京都で美術商としての修業期間を持ったが、その際、住んでいたアパートの近くにこぎれいな洋食屋があり、そこのクリーム・コロッケが気に入って、作り方を教えてもらったのだった。

自分から台所に立つような男ではなかったが、頼み込んで作り方を教えてもらったクリーム・コロッケを自分で作るのが、いつのまにか趣味となり、自分なりの工夫を加えて、トミユキ風クリーム・コロッケと名づけ、それで客をもてなすことがあった。

倉敷に移ってから、暇をもてあまして、さらに創意工夫し、いったいどうやったらこんなにうまいクリーム・コロッケが作れるのかと唸《うな》るほどの逸品に達した。

このクリーム・コロッケは、充分に客からお金が取れる代物《しろもの》だと言いだしたのは米花で、ワインとクリーム・コロッケだけの店をやってみろと本気で勧めた。

米花は、店の意匠を独自なものにして、ワインとクリーム・コロッケだけというメニューに付加価値を作り、店内の装飾を専門家に依頼して、細密なパースと開店に要する費用などの計画書を津田に見せた。

米花は、店の候補もすでに目星をつけておいて、家主と交渉まで済ませてから、津田に決断を促したのだった。

引っ込み思案で、人間づき合いが上手ではない津田の娘に米花が初めて逢《あ》ったのは、そのころだった。

あくまでも津田画廊の元社員という身分を崩さなかったが、津田の娘とてまったくの世間知らずではなく、すでに前々から自分の父と塔屋米花のつながりに、ある程度の勘は働かせていた。

それをはっきりとほのめかせたうえで、津田の娘は、自分のこれからのことも含めて、その少々風変わりな店をやってみたいと応じた。

しかし、津田の娘は、父親に内緒で、ひとつの条件を米花に提示した。

塔屋さんのお世話になることと、津田家とのつき合いがオープンになることとはあくまでも別問題であるだけではなく、これをきりとして父との交際に一線を画してもらいたい、と。

父の性分を考えれば、塔屋さんが父から受けた恩恵はおそらく想像以上のものであろう。一線を画すためには、清算というものを何らかの形であらわすのが、世間のかしこい人たちのやり方ではあるまいか。

津田の娘の、世間知らずどころではなく、世事に長《た》けたおとなの交渉術に、米花は驚くと同時に好感を持った。

米花は古彩斎さんに理由を説明して、織部《おりべ》の五対の菱形《ひしがた》鉢をできるだけ高く売ってもらいたいと頼んだ。

古彩斎さんから買った織部を、米花は津田の手元に戻してはいなかったのだった。

港区の古い和風家屋を買うために、米花は織部の代金も含めて、かなりの金を使ったが、それは津田の娘との二人だけの約束事として、しばらく津田本人には内緒にされた。

津田が倉敷を引き払い、東京に出て来て、港区に〈蔦屋〉を開店したあと、米花はそれまでの津田との奇妙な関係に終止符を打ち、仕事の拠点をパリに移した。養護学校の閉鎖も、その引き金となったらしかった。

ときおり思いついたように、米花は古彩斎さんにパリとかウィーンとかプラハから絵葉書を送って来たが、一年間は顔を合わすこともなく、津田とも没交渉だった。だが、おととしの九月に、米花からヒマラヤ・トレッキングへの招待状が届いた。

初めてデリー空港で逢ったとき、イギリスの旅行代理店を通じてトレッキングを楽しんだが、あのとき五泊したロッジが改築されるという。

木と土壁の、数十年間の歴史を持つロッジも老朽化し、ある程度の近代的施設を持つ建物に改築せざるを得なくなり、それを機会に、ロッジの持ち主も代わるらしい。

トレッキング愛好家の何人かが発案者となり、そのロッジに泊まった各国の人々に建物はそのままに保存して、内部だけを改築する呼びかけが行なわれたので、自分も若干の寄附をしたところ、完成を祝うパーティーへの招待状が届いた。

自分が招かれたのは十月の十日から二十日までのうちの三日間で、その間の宿泊料は無料だという。

おそらく時期的にトレッキングは無理だろうが、晴れた日には、あのロッジの食堂の大窓からヒマラヤの幾つかの峰々が眺められると思う。

時間が許すならば、ぜひ津田も誘って、あの懐《なつ》かしいロッジで三日間をすごされてはいかがか。

米花は手紙にそう書いていた。

古彩斎さんは津田に連絡し、意向を打診した。こんな機会でもないかぎり、ヒマラヤの麓《ふもと》まで行こうという気力は、もうお互いないような気がしたのだった。

三日ほどたって、津田から、

「よし、行こうか」

という返事があった。

津田は自分で米花に連絡を取ったという。

米花はいまパリにいて、一度日本に帰ってからカラチへ行き、そこから現地へ向かうという。

「同窓会だな。トレッキング仲間の」

と古彩斎さんが言うと、津田は笑いながら、米花と三人でトレッキングしたことは一度もないと言った。

考えてみれば、そのとおりだった。米花を交えてのトレッキングを拒否したのは、他ならぬ古彩斎さんだったのだから。

古彩斎さんと津田富之が日本を発《た》ったのは十月十五日だった。一九九五年の十月十五日。私の夫がカラチで死んだ日だ。

塔屋米花は、その翌々日の十月十七日に、ヒマラヤの麓のロッジに、インド人のガイドと一緒にやって来た。

ずっと好天がつづいていたが、氷河の見えるところまでの渓谷の道は閉鎖されていて、三人は三日間、ロッジの周辺の村を散歩したり、ロッジのゲーム・ルームでトランプをしたりしてすごした。

古彩斎さんは米花を見るのは一年ぶりだったが、津田も同じだった。電話をかけて近況を訊くのは、いつも津田のほうからで、米花から連絡してくることはなかったらしい。

津田も、もうそのことにこだわりもなく、元気でありさえすれば、それでいいという心境だった。

三人でこのロッジに来る機会が訪れるとはと米花は何度も感慨を込めて言った。神々《こうごう》しいと表現するしかない峰々を見つめる米花の目は静謐《せいひつ》だったが、古彩斎さんは、そんな彼女にひどくすさんだものを感じて、それが気がかりでならなかった。

仕事が忙しすぎて疲れているのかとも思ったが、古彩斎さんの目には、それとは別の穢《けが》れに似たものが、米花のあちこちに付着しているように思えた。

人間には〈すさむ時期〉がある。生きているはずのない焼き物でさえ、その不動のたたずまいのなかから、すさみを放つ一瞬があることを、古彩斎さんは名だたる逸品を数多く見て、それらとすごす日々を持って来たことで知っていた。

ただ、そのときの米花の、背筋の伸びた昂然《こうぜん》とした美貌《びぼう》にまとわりつくすさんだ穢れは尋常ではなかった。

最後の夜、月が大きかった。こんな大きな月は見たことがないと、津田も言った。

自分はあと二年で五十歳になると米花は津田に言った。あのときから三十年もたつのね、と。

「いいお爺《じい》さんになっちゃって」

米花は津田にそう言って笑った。すると、津田はふいに泣いた。

声をたてず、米花を見つめて泣いたのだった。

「クリーム・コロッケ屋のお爺さん……」

そう言いながら、米花も涙をしたたらせた。

米花は一度席を外し、ロッジの庭に出たが、すぐに戻って来て、昔、糸魚川の時代に、一光年が九兆四六七〇億キロメートルだという話をある男の子にしたら、その子は自分の自転車に〈クシムナレー〉という名をつけたのだと話した。

クは九、シは四、ムは六、ナは七、レーはゼロ。それでクシムナレー。光が一年間に進む距離はクシムナレー。九兆四六七〇億キロメートル。

その子は少年らしくて、どこか愛嬌《あいきょう》があって、自分は好きだった。その子が結婚するという話を誰かから聞かされたとき、なんだかひどく寂しかった。私のことを、覚えていてくれるだろうかと思い、つまらないいたずらをした。してしまったあとで、自分の頭をかきむしりたいくらい後悔したが……。

そんな話をしているうちに、古彩斎さんは米花から、忽然《こつぜん》と「すさんだ穢れ」が消えていくのを見たのだった。

その消え方の見事さが、古彩斎さんを陶然とさせ、思わず訊《き》いてしまった。月光の東とは何なのか、と。あなたが作ったおとぎの国か、と。

月光の東？　私はそんな言葉は知らない。

米花は長いこと考えたあと、そう答えて柔らかい笑みを浮かべた。

古彩斎さんは、おととしの十月にデリー空港で別れたあと、しばらく米花とは逢う機会がなかったが、またあの織部の持主が死去して、自分の元に預けられたとき、おそらくその噂《うわさ》を聞きつけたのであろう米花が店を訪れた。

加古さんも店にお越しになっていた。なぜか、加古さんが気になさっていた女性が、塔屋米花なのだ。

あの織部を買って行って、しばらくしてもう一度店に訪れたが、それ以後、塔屋米花とは逢っていない。

これは余計なことだが、加古さんのご主人がカラチで亡《な》くなったことを、米花は、あのヒマラヤの麓のロッジではまだ知らなかったはずだ。

なぜなら、米花は十月十日の夕刻にカラチ空港を発ち、インドに向かったし、デリーの新聞に、カラチでの日本人の自殺事件が報じられることはないからだ。

それに、ロッジに置いてある英字新聞は五日遅れで届けられる。

少なくとも、米花がカラチのホテルを出てから、ヒマラヤの麓のロッジでの三日間を終えるあいだに、加古慎二郎氏の自殺のことを知るてだてはなかったのだ。

だからどうだというわけではない。

私が長々と喋《しゃべ》ってきた米花に関する話も、だからどうだというわけでもない。

私は私の知っている米花について、できるだけ正確に記憶を辿《たど》ったにすぎない。

ことし、彼女は五十歳になる。

先日、ハンガリーのブダペストから絵葉書をもらった。五十歳の誕生日は、あのヒマラヤの麓のロッジで迎えるつもりだと書いてあった。

途中、何度も休んだり、雑用を挟んだりして書きつづけたので、夜が明けかけている。

修太は怪しそうに日記を遠目で覗《のぞ》き込むし、真佐子は意地悪にひやかすし、母は心配そうにしているし……。

古彩斎さんの言葉ではないが、こんなものを書きつづったとて、なにがどうなるものでもない。

それにしても、自分の自転車にクシムナレーと名づけた少年とは、私の夫なのだろうか。

彼女がその少年の結婚式のときにしてしまったといういたずらとは何だろう。

あの美しい人。古彩斎さんのお店で見たあの美しい人。あの人は凜冽《りんれつ》なのだろうか。

私にはそうは思えない。

狷介《けんかい》でもなく、孤独でもなく、奔放でも淫靡《いんび》でもない。この世のどこにでもいる、けれども特殊な美貌に恵まれた女性なのだと思う。どう特殊なのかは、私にはうまく言葉にはできないけれども。

いま、私の前には古彩斎さんから頂戴《ちょうだい》し、オオバントウさんが命名した〈月光の東〉がある。

もう三十分近くも、私はこの焼き物を見つめている。

程良い大きさの器の底から放たれる仄《ほの》かな光を見ていると、なぜか、祈りの叶《かな》う場所というものが、私の身近なところに存在するような気がしてくる。

近くにあるのに、見えない場所……。

私の祈りとは何だろう。

私は、祈りの叶う場所を求めようとは思わない。祈りの叶う人間になりたいと思う。

だいそれた祈りではなく、ささやかであっても大切な祈りが……。

こんなことを考えたのは初めてだ。月光の束という言葉への私のこじつけだろうか。それとも、長く書きつづけてきた日記をこれで終える自分への励ましが、自分のなかから自然に湧《わ》いて出たのだろうか。

第七章

一

私はそれ以後も〈かしわぎ〉に通いました。

通ったといっても、多いときで月に五、六回程度でしたが、週に三回もカウンターで何を考えるでもなく、バーテンの星さんがスコットランドまで足を延ばして仕入れて来たウィスキーを舐《な》めるように飲んでいたこともあります。

塔屋よねかに関することを知りたいという思いは希薄になり、最初に〈かしわぎ〉を訪ねた日から三ヵ月もたつと、もはやそんなことはどうでもよくなって、バーテンの星さんやオーナーの柏木邦光《かしわぎくにみつ》の人柄に触れたり、私の神経を苛立《いらだ》たせるものが何もない店そのものの雰囲気を味わいたい常連客のひとりになってしまったのです。

私は格別、酒好きではありませんでしたし、いわば根っからの機械屋で、同僚たちと共通の趣味を持って職場以外での交遊を楽しむ機会もありませんでした。

そんな私が、〈かしわぎ〉というバーのカウンター席に、家に帰るまでの途中下車駅をみつけ、そこで少し心を休ませる楽しみを得たのです。

六十九歳の星さんが積年の夢であったイギリスとスコットランドの旅から持ち帰ったものは、日本ではあまり知られていない小さな酒造会社のスコッチ・ウィスキーでした。荒れる冷たい海の近くで取れるピートを燻《いぶ》すために、最初の一口では海草の匂《にお》いが強くたちこめるウィスキーは、二口目にはそれがどこかに消えてしまって、まろやかな辛口の、後味のいいものに変化してしまいます。

星さんは、自分が最も気に入った十七年物を二十ダース仕入れて来て、今後毎年二十ダースを買う契約も結んだのです。

〈かしわぎ〉では、よほどオーナーの気が向いたときでなければ、店内に音楽は流れませんでした。

そして、オーナーがふとその気になったときだけ、アート・ブレイキーの〈危険な関係のテーマ〉が、聞こえるか聞こえないかの音量で響くのです。

星さんは、そんなとき、きまって、

「なつかしいですね。でも、『危険な関係』って映画はつまんなかった」

とつぶやきます。

「ほかに言うことはないの?」

とオーナーにひやかされると、

「ないです。これが感想のすべて。アート・ブレイキーが、こんな演歌をやっちゃいけませんよ」

星さんは仄《ほの》かに笑みを浮かべてそう言うのです。まるで二人のやり取りには台本があって、その台本どおりに喋《しゃべ》っているみたいなので、私がそう言うと、二人は意外な面持ちで、

「いつも、まったくこのとおりですかね」

と訊《き》き返しました。

「寸分違《たが》わないですよ。ぼくがこの曲を聴くのは三回目だけど、そのたびにおんなじ」

私の言葉で柏木邦光は苦笑し、星さんの尻《しり》を軽く蹴《け》る真似《まね》をして、私はその瞬間の二人の表情に、なにかしら強い印象を持ちました。

〈かしわぎ〉に通いだして八ヵ月がたった盆休みを間近にした日、私は八時ごろに社を出て〈かしわぎ〉に行き、ビールを飲んでいました。

その日は、夏風邪をこじらせてはいけないという柏木の配慮で、星さんこと星崎謙一郎は休みをとっていました。

「今月の末に、星さんは七十歳になるんですよ。そのくらいの年になると、冷房がこたえるのかもしれないな。去年のいまごろも、風邪をひいて、それをこじらせちゃって、

二週間ほど入院したんです。おととい、咳《せき》をして鼻水を垂らしてたから無理矢理休ませちゃった」

と柏木は言いました。

客は私だけでした。台風が伊豆《いず》諸島沖に近付いていて、夕方から雨が降り始め、ときおり強い風も吹いていたのです。台風が最悪の進路を取った場合、あさっての未明に、千葉県北部に上陸すると気象庁は予報していました。

「合田さん、どうしてるのかな」

と柏木は言いました。

私たちは春の天皇賞のあと、ポトラッチと合田澄恵さんの話題を互いに避けていました。

ポトラッチは天皇賞に出走し、三番人気に支持されていましたが、最後の直線コースに入ったとき、大きくのけぞって競走を中止したのです。

転倒はしなかったのですが、後肢第一種子骨粉砕骨折で予後不良になったと新聞には報じられていました。

私は予後不良の意味がわからず、翌日、〈かしわぎ〉で、それは安楽死処分になったことを意味するのだと教えられたのです。

「どんなふうに慰めたらいいのかわからなかったんだけど、手紙を書いたんですよ。そしたらすぐにお礼状が届いたんだけど、かなり意気消沈してる感じで」

と私は言いました。

「合田牧場からは久しぶりの大物登場だったから……。でも、競走馬にかかわってるかぎりは、あんな事故はつきものだし、彼女は強い人だから」

柏木はそう言って、他に客がいないときだけしか出さない鮭《さけ》の皮の燻製《くんせい》を皿に載せ、私の前に置きました。

「こんな蒸し暑い日に、お客さんが途切れて、何かが停止したって感じのとき、北海道の馬産地にふらっと行ってみたくなるんですよ。べつに、死んだ孝典《たかのり》を懐《なつ》かしむとかって気はないんだけど、二人の隠れ蓑《みの》役をやってた自分の青春に逢《あ》いたくなるっていうのかな」

柏木は薄く笑い、青春とはまた気恥しい言葉を口にしたものだとつぶやいて、私の皿に載せた鮭の皮の燻製を口に運びました。そして、こうつづけたのです。

「俺は、まさか星さんが米花に惚《ほ》れてたなんて想像もしてなかったんですよ」

十年前といえば、星さんは五十代最後の年で、春愁の思いを超えた感情を米花に抱いたとしても不思議ではない。

そんな星さんが、決して言葉や表情にあらわさないまま、この遊び人のオーナーが米花をもてあそんでいると思い込んで、嫉妬《しっと》と憎悪《ぞうお》に近い思いを持ちつづけていたことを知ったのは、四年ほど前のことだ。

けれども、米花という女によって自分が得たものはそれまで使いこなせなかった包容力とか許容の度量とか、あえて沈黙する力とかであったが、それらは米花と別れたあとに身について来た。

だからこそ、六年前に、星さんのささやかな策謀を知ったとき、怒りではなく、共感の情が湧《わ》き、生真面目《きまじめ》一筋の星さんに、熱い人間味をみつけることができた。

柏木邦光はそのような意味のことを言ったあと、少し考え込み、カウンターの奥から出ると〈臨時休業〉と書かれた小さな板をドアのノブに吊《つ》って、私の横に坐《すわ》りました。

「さっきまで、米花がいたんですよ。いま杉井さんが坐ってる椅子《いす》に」

と柏木は言ったのです。

「ほんとにすれちがいですよ。杉井さんが来る二、三分前に出てったから。きょうあたり、杉井さんが来そうな気がしてね。もし、杉井さんが来たら、どうしようかなって考えて……。中学生のときの米花しか覚えてなくても、杉井さんは気づくだろうな、でも、俺は知らんふりをしていようとか……。でも、米花、今夜、成田からパリ行きの飛行機に乗るからって、出てっちゃった。すごく元気そうだったですよ」

交差点で信号待ちをしていると、近くに止まったタクシーから米花が降りて来て、お互い目と目が合ってしまい、

「やあ」

と思わず声をかけると、米花も一瞬躊躇《ちゅうちょ》したあと、

「お元気？」

と応じた。

「俺は元気だけど、星さんが風邪をひいて休んでるんだ」

柏木はそう言ってから、

「ビールでも飲んでいかないか」

と誘った。

「星さん、〈かしわぎ〉でまだ働いてるの？」

「うん、当たり前だよ。星さんは〈かしわぎ〉の宝物なんだから」

おそらく、その柏木の言葉が、米花の何かをほどいたのであろう。

これから逢う予定の人がいて、銀座に立ち寄ったのだが、電話でも済む用件だからと言って、

「じゃあ、ビールをグラスに一杯だけ」

と〈かしわぎ〉に向かって歩きだしたのだった。

「でも、このカウンター席に坐っても、米花は自分からは喋りださないし、俺も何を話したらいいのかわからなくて、星さんがスコットランドで仕入れて来たウィスキーのこ

とか、星さんの生まれて初めての外国旅行の顚末《てんまつ》とかを、なんだか緊張しながら話しつづけるしかなくて」

と柏木は私に言いました。

「どうして緊張したんです？」

という私の問いに、

「うーん、どうしてなのかなァ……」

と柏木は苦笑して首をかしげました。

「人間、歳《とし》を取らなきゃいけないもんなんですね。いい歳の取り方をするって、なかなか難しいんだろうけど、米花はその方向に向かってるって気がして、嬉《うれ》しかったですよ。去年の秋からことしの春にかけて、美術関係の本だけじゃなくて、いろんな国の小説とか伝記とか歴史書を読んだって言ってた。パリで暮らしてると、日本にいるときとは少し違うテンポで仕事ができて、本を読む時間が自然に作れるんだって。ああ、日本に帰って来て、ずっとホテル暮しで、夜、何かの外国映画を観《み》てたら、いいセリフと出逢ったって言ってましたよ」

「どんなセリフです？」

と私は柏木に訊きました。

「過去は、きみのうしろをついて来る骸骨《がいこつ》にすぎない。ときどき話し掛けてくるが、放っておけばいい、って」

　それで柏木は、タクシーから降りて目と目が合った米花に声をかけてしまったことを、遠廻しにとがめられたような気がしたと言いました。

「でも、目と目が合ったのに、あえて目をそらせて、知らん振りして行き過ぎるってのも、おとなじゃないよね。ああ、そのあとの、ビールでも飲んでいかないかってのが余計だったかな」

　感情というものをほとんどあらわさない柏木でしたが、店を臨時休業にして私の隣に坐ってからは、きまりの悪そうな、含羞《がんしゅう》を隠そうとしつづけている表情がつづきました。無感情に見えるのに、相手をどことなく慰撫《いぶ》してくるような柏木の存在が、彼の店における最大の価値であったことに、そのとき私は気づいたのです。

　しかし、そのような柏木の人間味は、昔から顕在していたのではなく、あるころから急速に熟成されたらしいことを、私は〈かしわぎ〉の客たちの会話で折に触れて、それとなく耳にしてきたのです。

　店には古くからの常連だけでなく、この一、二年の間に馴染《なじ》みになった若いサラリーマンも少なくありません。社会の厳しさや理不尽に悩んだとき、彼等は鬱屈《うっくつ》や倦怠《けんたい》を宿して〈かしわぎ〉にやって来ます。

それを察知しながら、柏木は自分から話し相手になってやろうとはせず、ふいに見事なほどに気障《きざ》な芝居をやってみせたりします。

あるとき、セールスマンとわかる青年が坐り、肩を落として水割りを注文した途端、

「締めてるネクタイよりもよれよれになってますよ」

と笑いながら柏木は言って、着換えをするための小さな部屋から、百通以上はあろうかと思える手紙の束を持って来て、それを青年の前に置きました。

青年は怪訝《けげん》な顔で、これは何かと訊きました。

「三年間にわたって、せっせと書き送った涙ぐましい恋文。なかには、書き終えるのに二十時間もかかったってのがあるんです」

「マスターが書いたの？　信じられないなァ」

「私にも、あなたぐらいの歳のときはありましたよ」

青年が何か問い直そうとすると、柏木はそれを手で制して、

「一通として封を切ったのがないでしょう。どの手紙も封を切らないままにして、あるとき、どんと袋詰めにして送り返して来ましてね。あのときは死にたいって思っちゃった」

なにかの小説に、これと同じ挿話があったが、女が自分に封を切っていない手紙の束を送り返して来たのは、その小説が書かれたころよりも二十年前なのだ、と柏木は言い

ました。

「記念に置いてあるんです。飾っとくのも悔しいから、店の物置きにね。あなたも、そのネクタイ、捨てないで取っとくといいですよ」

青年が店から出て行くと、

「彼、毎月の営業ノルマが果たせなくて、月末になると上役から、能なしだの、月給泥棒だのってやられるんですよ。自分は頭の回転は鈍いし、あがり性だから、この仕事には向いてないんだって、十日ほど前に来たとき言ってましてね。でも、篤実《とくじつ》を絵に描いたような子だから、いつかその人柄で仕事が出来るようになるって思うんです」

そう柏木は私に言い、この小道具を使うのは一年ぶりだと笑いながら、手紙の束を元の場所にしまいました。

「中味は白紙。送り先は私のマンション。宛名《あてな》は昔一緒に暮らしてた女。自分で書いて、自分に送って作った小道具。まったくハードボイルドですね」

たしかに、他の人間なら鼻持ちならない遠廻しなお説教になりかねない芝居ですが、柏木邦光がやると、滋味と信憑性《しんぴょうせい》があるのです。

私はそのときのことを思い出し、あの青年はどうしているかと訊きました。

「元気でやってますよ。仕事にもだいぶ慣れたみたいで。俺の二十三歳のときと比べたら、百倍もえらいですよ。俺なんか、大学を卒業して、親切な人の口利《くちき》きでやっと雇ってもらった会社を三ヵ月で辞めちゃって。ぐれた中学生よりもまだガキだったんじゃないかな」

雨は強くなり、ときおり店先で立ち停まる足音が聞こえました。その足音は、〈臨時休業〉の掛け札で遠ざかって行きました。

私はなんだか営業妨害をしているような気がして、そろそろ腰を上げたほうがよさそうだと思い、勘定を頼みました。すると、柏木は、杉井さんの趣味は何かと訊き、自分用のウィスキーの壜《びん》を持って来て、空になった私のグラスにつぎました。

「月に一回だけ、競馬場に行って、後半の五レースの複勝のころがしをするんです。それが趣味になりましたねェ。元金は一万円。最初のレースで負けると、それで終わっちゃうのはいくらなんでも面白くないんで、次のレースも買うんです。だから、負ける日は二万円の負けだけど、五月の府中では奇跡を達成して七十二万円も儲《もう》かっちゃった」

と私は言い、合田澄恵に招待されて、初めて競馬場の馬主席に行った日のことを話したのです。

柏木は去年の有馬《ありま》記念の日の、私と合田澄恵とのやりとりを聞いて楽しそうに笑い、

「そりゃあ、奇跡ですよ」

と言いました。

「一レース的中するたびに心臓がどきどきしてくる気持、よくわかりますよ。勝ちつづ

けて、最終レースに全部つぎ込むかどうか、自分という人間の肝っ玉を試されてるようなもんですからね」

「だけど、月に一日だけだから、一月からずっと負けつづけて。でも四ヵ月間で八万円負けのが、五月で大逆転。三月に競馬場に行ったときは、七レースから的中してメイン・レースまでつづいたんです。最終レースで外れて……。それまでに儲けた六十何万円が消えた瞬間、金を惜しむ気持よりも、妙な達成感のほうが強かったですね」

「合田澄恵も、杉井さんに罪な遊びを教えたもんだなァ」

「調子のいい馬は、のっしのっしとパドックを歩いてるって合田さんの言葉は正しいですね。問題は、のっしのっしと歩いてる馬がたくさんいるときなんです。そんなときは、そのなかの人気の高い馬を買うんだけど、鼻差の四着ってのが二月と三月につづきましたよ」

「合田澄恵が、そんな気っ風《きぷ》のいい馬券の買い方をするなんて思わなかったなァ。高校生のときは、勉強好きの目立たない子だったけど……」

「たしかに気っ風がいいと言えば、そうなんだけど、負けても彼女の場合は一万円なんです。ぼくは二万円」

「そうかァ。月に一回だけだから、一年間負けつづけても十二万円。後半の五レースすべて的中で複勝をころがすっていう奇跡を達成したら、配当金次第では百万円以上の儲けになるのか……」

秋競馬が始まって、府中や中山で開催されるようになったら、そのやり方で遊んでみるのも楽しそうだと柏木は言いました。

「三着以内に入る馬を一頭みつけるってのも難しいんですよ。俺も馬券にのめり込んでたとき、溺《おぼ》れる者は藁《わら》をもつかむって感じで複勝馬券を買ったけど、かえって傷口を深くしちゃったなァ。競馬ではどれだけ損をしたことか。俺が馬券にのめり込んだのは、津田富之《とみゆき》が所有する三歳馬がデビューした日ですよ」

柏木はしばらく自分の店の天井を見上げていましたが、カウンターの奥に入ってオン・ザ・ロックを作ると、私の隣の席に戻って来て、塔屋よねかのことを語り始めたのです。

俺は、まだ高校生の米花がみずから選択した事柄を知っていた。

合田孝典は、自分の胸にそれを納めつづけようとしたが、やはり耐え切れなくなり、俺に打ち明けたのだ。

俺は孝典をあざわらってやった。それは体《てい》よくふられたんじゃねェのか、と。

米花には不幸な少女時代があり、その不幸への復讐《ふくしゅう》のように分不相応な夢を抱いていて、お前がその夢を果たさせてやる力がないからという気障《きざ》な男気に見せかけた決断をしたのは嘘《うそ》っぱちだ。いい子ぶりやがって。酸《す》いも甘いも嚙《か》みわけたおとなのふりをしやがって。胸くそが悪くなるぜ。

俺は徹底的に孝典を罵倒《ばとう》した。

合田孝典と俺が疎遠《そえん》になったのは、そのことが原因だったが、孝典が俺を疎《うと》んじたのではなく、俺が自分の罵倒の言葉にこだわって、孝典に対して心を閉じたからだ。

一年後、孝典は事故で死んだ。

当時、孝典は横浜に本社がある貿易会社に勤め、俺は社員五人の不景気なデザイン・スタジオでいかがわしい不動産屋のパンフレットなどを作っていた。

十月に近かったが、夏に逆戻りしたような暑さが三日ほどつづいた日、孝典が俺の勤めるデザイン・スタジオを訪ねて来て、こんどの日曜日に門別へ帰ろうと思うのだが、よかったら一緒に行かないかと誘った。

久しぶりに門別へ帰ろうかと思っていると電話をかけたら、親父《おやじ》もお袋も、柏木くんはどうしているのか、よかったら一緒に遊びにこないかと言ったという。

孝典は、やはり親の跡を継ごうと決めたが、えらそうな啖呵《たんか》を切って、勝手に就職したことを親父が簡単に許すとは思えず、自分と父親との緩衝地帯のような役割を俺に求めたのだ。

どういうわけか、大学生のころ、孝典の親父さんは俺をひどく気に入ってくれて、門別に遊びに行くたびに、俺と将棋をさしたり、酒を酌《く》み交わしたりして可愛《かわい》がってくれた。

だから孝典は、父親に詫《わ》びを入れるための帰省には俺と一緒のほうがいいと思ったのだろう。

しかしそれだけではなく、俺とのあいだに出来てしまった溝も埋めたいという思いもあったらしかった。

「また俺を隠れ蓑《みの》に使うのかよ。お前、自分ひとりでは何にも出来ないのか。俺はそんな役目はもうこりごりだ」

と俺は言って、北海道行きを断わった。

俺は、孝典はひとりで実家へ帰省したとばかり思っていたが、そうではなかった。なぜか帰省をやめて、会社の連中と車で湘南《しょうなん》へ遊びに行き、その途中で事故に遭ったのだ。

俺は、どれほど後悔したかしれない。

一緒に門別へ行ってやるよと言っていれば、と。

その、どんなに後悔してもしきれない思いは、いまでもときどき俺を、息をするのも辛《つら》いほどに沈ませる。

それからしばらくして、俺は競馬の予想紙に津田富之という馬主名をみつけた。俺は競馬場でその馬が走るのを見てみたいと思った。合田牧場生産の馬ではなかったが、この男、どこまでツキがつづくのか、という反発心があったし、馬が勝ったら、馬主がたづなを持って記念撮影する〈口取り〉というセレモニーがあるが、ひょっとしたら、その場に塔屋米花もあらわれるのではないかと考えたのだ。

その馬は、たしか四着だったと記憶している。当然、津田富之の姿を見ることはできなかったし、米花が競馬場に来ているかどうかもわからなかったが、俺は気味が悪いくらいツキまくって、給料の十倍ほどの金を手にしてしまった。

競馬なんて絶対に儲からないものだと、門別に行くたびに孝典の親父さんから聞いていたので、俺はそれまで馬券を買ったことはなかった。

けれども、孝典の事故死以後、ずっとすさみつづけていたせいだと思うが、午後からのレースで、帰りの電車賃だけを残して、なんだかやけくそみたいに有り金全部を賭《か》けたのだ。

それが的中して、俺の金は四十倍に増えてしまった。まあそれが、つまり地獄への一丁目だったというわけだ。

俺は馬券にのめり込み、たちまちのうちに、町の金融屋で高利の金を借りるようになっていた。

ちょうどそんなころ、俺は雨やどりのために入ったホテルのロビーで、ひどく酔っぱらっている塔屋米花と逢《あ》ったのだ。

二

米花は、電話をかけるためにホテルのバーから出て、ロビーを歩いていた。顔馴染《なじ》みらしいホテルの従業員に、

「電話はあっちだったわね」

と訊《き》く声は呂律《ろれつ》が廻っていなかったし、足元もおぼつかなかった。

ホテルの従業員も、米花が酔っぱらっていることに気づいて、ちょっと心配そうに見ていた。ロビーで立ったまま話し込んでいる客にぶつかっても、米花は謝ろうともしなかった。

電話の前に立ってから、米花は怒ったように床を蹴《け》った。財布の入っているハンドバッグを持たずに来てしまって、またバーに引き返さなければならないことに腹を立てたのだ。

俺は、米花に近づき、十円玉を三個、掌に載せて突き出した。

「バーに戻るのは面倒だろう。これを使えよ」

米花は俺に気づくと、十円玉をつかみ、

「うわァ、懐《なつ》かしい」

と悪びれたふうもなく言ったが、公衆電話の硬貨の投入口にうまく十円玉を入れられなかった。

「ぐるぐる廻ってんだろう。随分飲んだんだなァ。まだ夕方の六時だぜ」

と俺は言って、代わりに十円玉を入れてやった。

「サイド・カーを五杯、そのあとにダイキリを三杯。ほんとにぐるぐる廻ってる」

「まだ十八歳の大学一年生が、ホテルのバーで豪勢なもんだな。金持のパトロンと一緒か？」

「バーで待ち合わせてたんだけど、来ないから。急用ができたって」

「それで、やけ酒かよ」

「やけ酒なんかじゃないわ。私、生まれて初めて、バーでカクテルを飲んだの。いままでは、ワインをほんの少し、とか、日本酒をお猪口《ちょこ》に一杯か二杯しか飲んだことがないの」

「えっ、それなのに、サイド・カーを五杯に、ダイキリを三杯か？　そりゃあ、やばいぜ。トイレで指を突っ込んで吐いたほうがいいな」

俺は、米花が素直に忠告をきいて、

「うん、そうする」

と言って、トイレのほうに歩き出したので、思わず跡を追った。

米花はトイレの入口で、俺にハンドバッグを持って来てくれと頼んだ。

「喉《のど》に指を入れたら、胃のなかのお酒、出てくれるかしら」

「涙がぼろぼろこぼれるけど、我慢して突っ込んで吐くんだよ」

俺はバーに行き、事情を説明したが、ウェイターは怪しんで、俺にはハンドバッグに触れさせず、自分がハンドバッグを持ち、俺と一緒にトイレに行った。

「大丈夫、この人、知り合いなんです」

そう言ってから、米花はトイレに入ったが、いつまで待っても出てこなかった。なかで倒れてしまったのかと案じていると、米花は目を赤くさせて出て来たが、息遣いが苦しそうだった。

「吐いたあとは苦しいんだ。水を飲めよ」

と俺は言ったが、米花はもうバーには行きたくないと答えて、ロビーに坐《すわ》るところを探した。

ロビーは混み合っていて、坐る場所はなかった。

俺は、部屋を取ってあるなら、そこで横になったほうがいいと言った。

たぶん、塔屋米花の名で部屋を予約してあるだろうが、自分はこのまま京都に帰ると言い、米花は俺にバーの勘定をしてきてくれと頼み、ハンドバッグから財布を出した。

「どこかで休んで、酔いを醒《さ》ましたほうがいいよ。自分で指を突っ込んで吐こうって決めたってのは、よっぽど酒が廻って、気持が悪かったからなんだ。胃のなかの酒は出ても、体のなかのアルコールは、まだまだ暴れるからな」

俺は、やっとひとつだけ空いたロビーの椅子《いす》に米花を坐らせ、フロントに行って塔屋米花の名で予約があるかと訊いた。米花の名では予約はなかった。

俺は、バーの勘定を済ませ、米花の坐っているところに戻って、

「部屋は予約してないぜ。パトロンの名前で予約したんじゃないのか？」

と言った。

米花はそれには答えず、うなだれて首をぐらぐらさせ、両手で頭をかかえて、どこかで横になりたいと苦しそうに言った。

このホテルの部屋を取って、そこで休んだらどうかと俺は勧めたが、米花は、なぜかどうしてもそれだけはいやだと言い張った。

俺は、ホテルからタクシーで十分ほどのところにある勤め先のデザイン・スタジオに米花をつれて行き、狭い事務所の壁ぎわにあるソファに寝かせた。

事務所に着いたころには、さらに酔いが廻って、ひとりでは歩けない状態になっていたので、まだ居残って仕事をしていた若いデザイナーも手伝ってくれて、米花の靴を脱がせ、何枚かのタオルを体にかぶせて休ませた。

「どこの女優かと思っちゃった。すごい美形ですね。歳《とし》は幾つなんです?」

若いデザイナーに訊かれ、俺は十八だと答えかけて口をつぐんだ。左腕を額に載せて、顔を隠すように眠っている米花は、とても十八歳には見えなかったが、世ずれして老《ふ》けて見えるのでもなく、おとなぶった化粧どころか、ほとんど素顔に近いのに、強い意志の隈取《くまど》りがほどこされているかのような容貌《ようぼう》だったのだ。

米花は、若いデザイナーが帰ってしまってからも眠りつづけ、十一時ごろに目を醒ました。

その三時間ばかりのあいだ、俺は北海道で逢《あ》ったころの米花を思い浮かべ、当時の屈折した自分のことを思ったりしているうちに、まだ高校生だった米花が自らの道を選んだことを、さげすむよりも逆に尊敬する気持が生じて来ていた。

「醜態だった?」

起きあがってトイレに行き、帰って来ると米花はそう訊いた。

俺は、醜態なんか見せなかったと言い、水を飲むように勧めた。

「孝典のこと、知ってる?」

と俺が訊くと、米花は、知っていると答え、

「糸魚川《いといがわ》に行きたいんだけど、一緒に行ってくれないかなァ」

と言った。

「いつ?」

「あした。糸魚川の、私が暮らした家とか、学校へ通った道とか、友だちと遊んだ場所とか、自転車で遠出したときに通った村とかを見たいの」

「どうして、そんなものを見たいんだ?」

「わからない……。たぶん、望郷ってやつだと思う」

「望郷か……。俺は糸魚川なんて行ったこともないよ。どうやって行くんだ?」

米花は、新宿から中央本線で松本まで行き、そこから大糸線に乗り換えるのだと言った。

「どうして俺について来てほしいんだ?」

「ひとりじゃ寂しいから」

俺は、米花がまだ酔いから醒め切っていないのだと考え、あしたになっても気が変らなければ、この事務所に電話をくれと言い、電話番号を紙に書いて渡した。

「酔っぱらって、知り合いの男とどこかに行っちゃって、パトロンは怒ってるぞ」

事務所から出て行きかけた米花に俺は言った。米花は微笑を返しただけだった。

俺は、降ろしてある事務所の窓のブラインドを動かし、雨がやんだばかりの裏通りに出て、歩きだした米花を盗み見た。米花は公衆電話で誰かと話をしてから、タクシーに手を振った。なんだか浮き浮きした足取りで、停まったタクシーのところへ小走りで歩いて行く米花は、おめかしした中学生みたいに見えた。

気まぐれな思いつきで俺を誘ったのだろうと思っていたが、翌朝出社すると、きのうのホテルに泊まっているので電話をほしいという米花からの伝言が入っていた。電話をかけると、米花は十一時過ぎの電車のチケットをもう買ったという。

「間に合う？　私はいますぐ出られるけど」

「間に合うよ。ホームで逢おう」

「会社、休める？」

「仕事がないんだ。俺がいてもいなくてもどうでもいいって会社だからね」

俺は、デザイナーに二日ほど休むと言って、事務所を出ると、近くの商店街で着換えの下着を買い、電車で新宿へ行った。

ひとりでは寂しいからというだけの理由で俺を誘ったとは思えなかったが、米花には、女が男を誘うといったところも感じられなかったし、俺にも下心はなかった。ひょっとしたら、米花がはからずも口にした〈望郷〉なるものの芯《しん》、あるいは根のようなものを見てみたいと思ったのかもしれない。

なぜなら、北海道にいたころ、米花は糸魚川時代のことに触れられるのを極端にいやがると孝典から聞いていたからだ。

もうひとつ、俺が米花の誘いに応じた理由は、女からの電話で勝手に早退し、二日も休めば、事務所の社長にとっては馘《くび》を言い渡せる大義名分ができるだろうという計算もあった。

会社の体力を超えた企画物よりも、大きな広告代理店の下請けに徹したほうがいいと考え始めた社長にとっては、職人的な技術を持っていない俺のようなブレーンは荷が重くなっていたが、恩のある人のたっての頼みで雇った俺に、辞めてくれとは言いにくい。

しかし俺も社長に恩義を感じていて、自分から辞めるとは言い出せない。

他の社員にしめしのつかない勝手な行動をして、経営の苦しいデザイン・スタジオから身を引くのが、俺にとっても社長にとってもお互いのためだと考えたのだ。

米花は、新宿のデパートで買ったという秋物のセーターとコットン・パンツ姿であらわれた。

朝、起きたときはまだ気持が悪かったが、いまはすっかり元気を取り戻したという。

「パトロンは怒っただろう」

「うん、怒ったわ。怒って、おうちに帰っちゃった。でも、朝、私が会社に電話をかけたら、機嫌が直ったわ。だって、きのうは私の誕生日だったの。お祝いをしようって言うから、私は京都から出て来たのに、不意の来客で、約束の六時を九時に延ばしたんだもの」

「大事な客だったんだろう。こんなに大切な若い愛人を待たせなきゃいけないくらいだからな。仕事をしてると、そういうことはしょっちゅうあるさ」

「うん、私もそれくらいはわかってる。待たされたことに腹を立てて、あんなにカクテルをがぶ飲みしたんじゃないの。自分がどれくらいお酒を飲めるか試してみようと思って。そしたら、だんだん気持がよくなって、えーい、もっと飲んじゃえって。私、三杯が限度だって骨身に沁《し》みてわかっちゃった」

「きのうが誕生日か。十九歳になったんだ」

話しているうちに、俺は米花に対するいまいましさや、孝典と恋人だったころの米花への鬱屈《うっくつ》が消えて行くのを感じた。

デパートの食料品売場で買って来てくれたサンドウィッチを食べると、俺は松本までほとんど寝てばかりいた。

松本から大糸線に乗り換えると、こんどは米花がふいに寡黙《かもく》になり、列車の窓に額をつけるようにして景色に見入り、俺が話しかけても、ほとんど生返事をするばかりだった。

糸魚川に近づくにつれて、夕日が鮮やかになり、遠くの山肌も田圃《たんぼ》の稲穂も朱色に染まって来たが、そのころになって、米花はやっと自分から喋《しゃべ》りかけてきて、あの低い山の向こうに飛騨《ひだ》山脈があり、その端が日本海のほうになだれ落ちるのだと説明したり、さっきの国道の交差点には、昔、蕎麦屋《そば》さんがあったのだが、いまは何かの工場になってしまったなどと言った。

糸魚川駅のひとつ手前の姫川という駅に列車が止まると、米花は何かを思いついたかのように、俺に降りようと促し、あやうく閉まりかけたドアからプラット・ホームに飛び降りた。

夕日はほとんど沈んでいたが、日本海の残照のような赤い光が低い山と田圃を鈍く光らせていて、人のいないプラット・ホームから糸魚川駅へと走って行く列車を見つめている米花の顔が、胸騒ぎを起こさせるほどにやつれた、薄幸の象徴を模した彫刻に見えて、俺はその瞬間、こいつの味方でありつづけてやろうと思った。なぜそんなふうに思ったのか、いまでもよくわからない。

「小学生のときは、家と学校と糸魚川駅の近くが遊び場だったけど、中学生になると、この姫川や、もうひとつ手前の駅のあたりまでが行動範囲だったの。姫川の岸辺で遊んだり、姫川の支流で、田圃に引かれる用水路用の小川で遊んだりしたわ」

米花はそう言って、大糸線に沿った道ともいえない細い道を歩きだした。

田圃越しに見える国道の脇《わき》には大きなセメント工場が見えたし、糸魚川駅の近くにも、砕石工場とベルト・コンベアが見えていた。

そのうちの幾つかは、米花が住んでいた時代にはなかったものらしかった。

稲穂の揺れる田圃を歩いていくうちに、通りがかった人の何人かが不審気に米花を振り返った。

あれ？　見たことのある女だ。塔屋米花ではないのか。みんなそんな表情だったが、米花は知らんふりをしていた。

役場の横を抜け、住宅地に入ると、米花は何度か首をかしげ、また来た道を引き返し、最近建ったと思われる建売住宅の並ぶ道に入り、雑草の生い繁《しげ》る空き地に立って、姫川のほうを見やった。

そのあたりは何かの工場が建つ予定で、掘り返されて、土が盛りあがったままの空地だらけだった。

「あそこが、私の家だったの」

米花が指差した場所は、工場の建設予定地からは外れていて、木造の平屋が三軒並んでいた。

「家の裏の田圃の持主はケチだから、きっと工場用地の買収のとき、値を吊《つ》り上げすぎたのよ。だから売りそこなったんだわ」

米花はうしろを振り返り、中学校の講堂の屋根を見てから、

「ここで声をかけられたの」

と言った。

「昔から私のことを知ってて、懐《なつ》かしくて声をかけた……。私にはそんな感じがしたわ。それだけはよく覚えてるの。私、そのとき、六つか七つだったけど、それだけは、はっきりと覚えてる」

米花は中学校の校門まで行き、民家の並ぶ道を糸魚川駅まで歩きながら、

「この道を行って、ここで曲がって……」

と俺に教えるためなのか、自分のなかの記憶を思い起こさせるためなのかわからない言い方で、駅の近くの道を右に行き、広い道に出てから踏切りを渡った。

夜の七時を廻って、残照も消え、糸魚川駅のプラット・ホームの明かりが浮きあがっていた。

「誰に声をかけられたんだ？」

と俺は訊《き》いた。

「知らない男の人」

と米花は言った。

それから米花は駅前の商店街へと歩いた。商店街の建物は、どれも年代を感じさせるもので、戦後に建てられたと思えそうな建物はなかった。地方の小さな駅前通りだが、ある時期に何かで栄えた名残りに似た表情を持つ商店街だった。

「このお菓子屋さんで、お菓子を買ってもらって、駅から電車に乗ったの」

米花はそう言って、商店街を先に立って早足で歩き、駅前に出ると、タクシーに乗った。

「親不知《おやしらず》のほうへ行って下さい」

俺は、米花が何を言いたいのか、何をしようとしてるのかわからなかったが、あえて訊いてみようとはしなかった。

米花は暗い海を見たり、道の両側のセメント工場を見たりしていた。

親不知駅に着くまで米花は何も喋らなかった。

タクシーの運転手に、しばらくしたらまた糸魚川駅に戻るので、待っていてくれと言い、ここまでの料金をとりあえず払って、親不知駅の、山側の道をのぼった。

集落があり、そこから先の道は舗装されていなかった。行き止まりになりそうな道だったし、街灯もなく、一寸先は闇《やみ》みたいになって来たので、俺はやっと米花に声をかけた。

「大丈夫。もうここから先へは行かないわ」

そう言って、米花は親不知駅に引き返し、駅舎のなかの木の椅子《いす》に腰かけて、俺に礼を言った。

「私、声をかけられた人とこの上のほうの農家の道具小屋で一晩すごしたの。家に帰らなきゃあって思ったのかどうかも覚えてない。とにかく、その人に頭や肩を撫《な》でられながら、恐怖なんかまるで感じなくて、まどろんだり、目を醒《さ》ましたりしてたって記憶だけが残ってる」

しかし、行方不明になった米花を捜すために、両親も近所の人たちも手分けして大騒ぎになっていた。警察も近隣の署と連絡を取り合って、とりわけ海岸線では車の検問も行なっていたという。

「その人、私が目を醒ますたびに、なんにも心配することはないって言って、夜が明けたら、家に送ってあげるって何度も約束したわ」

早朝、男は米花の手を引いて、いったん親不知駅まで出た。誰もいない。小さなホームで電車を待っているあいだ、米花はプラット・ホームで石蹴《いしけ》りをして遊んだ。

そうしているうちに、パトカーが止まり、警察官が男を両側から挟んだ。

「私はこの子の父親です」

男の言葉を米花は覚えているという。

「警察の人が、私に、この人はお父さんかいって訊いたから、私は首を横に振ったの」

別々のパトカーに乗せられて、男と米花は糸魚川署に行った。そこから米花だけが病院につれて行かれ、男にどんなことをされたかと訊かれ、医者に下腹部を診られた。

診察室から出ると、父と母が待っていた。

一晩の行方不明は、やがて尾ひれがついて、五日間も変質者と姿をくらましていたと噂《うわさ》され、それに付随した噂も好奇に満ちていったという。

「性的ないたずらの痕跡《こんせき》はまったくないって、お医者さんは警察にも正式な書類で報告したし、私にもそんな記憶はないの」

米花はプラット・ホームの端まで歩いて行き、振り返ると、

「私、あの人が私のほんとのお父さんだったってことを、中学二年生のときに、両親から教えられたの。私は、あの男の人とお母さんとのあいだに生まれた子で、あの男の人は、お父さんだと思ってた人の弟だったの」

俺は、米花の言葉の意味がよくわからなくて、

「えっ？　どういうこと？」

と訊き返した。

「あの人と私のお母さんは夫婦だったの。でも、お母さんは自分の夫のお兄さんと」

「ああ、わかった。そういうことなのか」

「だから、私があの人に何かいやらしいことをされるはずはないわ」

「そりゃそうだよ」

と俺は言った。すると米花は、しばらく俺から視線を外し、風はないのに波の音の高い海に顔を向け、

「でも妹は、あの人の子供じゃなくて」

と言って、そこで次の言葉を言おうかどうしようか迷っているような表情で考え込んだ。

「もういいじゃないか。そんなこと、俺に話すことじゃないよ」

「中学二年生のとき、私にほんとのことを話したのは、年頃になった私が、あのときのことをひきずったりしないようにっていう配慮もあったんだけど、私のほんとのお父さんが死んだからって理由もあったの」

米花はそう言ったあと、

「私、だんだん哀《かな》しくなる。あの知らない男の人との夜が、私のなかで膨らんでいって、その膨らんだ想像の画面が、どこまでが本当で、どこまでが私の想像なのかわからなくなって」

農家の道具小屋での一夜は、ただうつらうつらと妙に心地良く寝ていたことだけが鮮明で、怖かったとか、喉《のど》が渇いて水を飲みたかったとか、お腹《なか》が空《す》いたとかの記憶はない。ただ、道具小屋から見えていた大きな月の丸さは、どうかしたひょうしに、本当の父親との静かな安心した一夜そのものと化して、自分にさまざまなものを与えてくれるのだと米花は言った。

その夜も、月が見事だった。俺は、その道具小屋へ行こうと米花に言った。

タクシーの運転手にチップを渡し、車に備えつけてある懐中電灯を借りると、躊躇《ちゅうちょ》している米花の手をつかんで、再び親不知駅のうしろ側の集落を横切り、人里離れた山奥にしかつながっていないような道をのぼった。

だが、どこまで行っても、人家はなかった。懐中電灯だけが頼りの山の道は、たったニ、三十メートルを二百メートルほどに感じさせた。

「もういいの。私、その道具小屋に戻りたかったんじゃないんだから」

そう言って、米花は俺の腕をつかんだ。

「その、月の丸さがさまざまなものを与えてくれるってのは、いったいどういうことなんだ?」

俺は、なぜかむきになって、そう訊いた。俺は、なんとしてでも、米花をその道具小屋のなかに戻してやりたいと思ったのだ。

波の音が聞こえた。その音は、俺と米花を驚かせた。風が吹き始めたせいだった。

俺と米花は親不知駅に戻りかけ、集落の畑に枯れかけたひまわりが首を垂らしているのに気づいて足を停めた。

その時季外れのひまわりの茎は直径六、七センチ近くあり、丈も俺の背丈と変わらなかった。枯れかけているのに堂々としていた。

米花は、そのひまわりを欲しがった。

「欲しいって、どうするんだよ。根元から切ったら、完全に枯れるぜ」

「ドライ・フラワーにするわ」

「こんなに太い茎、ナタでもなきゃあ切れないよ」

俺は、枯れかけているといっても、他人の畑に植えられているものを無断で切り取るのは泥棒だから、あした、米花が寝ているあいだに、ここに戻って、持主に頼んで切ってきてやると約束した。

しかし、米花は、どうしても今夜、このひまわりを持って、旅館に行きたいと言い、懐中電灯で足元を照らし、太い茎を切るための道具になりそうなものを探した。

そうしているうちに、タクシーの運転手が俺たちを捜して、駅のほうから歩いて来て、そろそろ糸魚川に帰ってもらえないかと迷惑そうな顔で言った。

俺と米花は糸魚川駅に戻り、海のほうへ少し行ったところにある古い旅館に入った。

食事は同じ部屋でとった。米花は食事が済んでも、夜の糸魚川駅周辺に出て行こうとはせず、部屋の窓から外を眺めるばかりだった。俺は自分用に取った部屋で、寝つけないまま、夜明け近くまで酒を飲んでいた。

朝、目を醒ますと、米花はメモ用紙に伝言を残し、俺の宿泊代も支払って、いなくなっていた。メモには、俺への礼の言葉と一緒に、これから京都へ帰ると書いてあった。

俺は、糸魚川駅からタクシーに乗り、もう一度、親不知駅へ行った。ひょっとしたらという予感が強くはたらいたのだ。

案の定、あのひまわりは根元から切り取られていた。

畑仕事をしている人に訊くと、ほんの一時間ほど前、若い女が訪ねて来て、このひまわりを頂戴《ちょうだい》できないものかと言ったという。

こんな枯れかけた花、欲しければ持って行くがいいと切ってやったら、大事そうにかかえて持って行ったとのことだった。

俺は、きのうの夜、行こうとして行けなかった農家の道具小屋を見たいと思ったが、風が冷たいうえに、霰《あられ》混じりの雨が降って来たので、そのまま糸魚川駅に戻り、大糸線に乗った。

米花からは、その後、何の連絡もないまま十年が過ぎた。

三

その十年のあいだ、俺はときおり、米花が、根元から切り取ったままの枯れかけた大きなひまわりの花を大事そうにかかえて列車の座席に腰掛けている姿を思い浮かべたものだ。

それは俺の空想の映像だったが、同じ車輛《しゃりょう》に乗り合わせた人たちの目をどれほど魅《ひ》きつけたかと想像することは楽しかった。

しかも、そんな米花をふと思い浮かべるのは、どういうわけか十月だったので、俺はそのたびに、ことしの誕生日はどうやってすごすのかと余計な思いも抱いたりした。

俺はといえば、相変わらず自堕落を絵に描いたような生活をつづけていた。

映画業界に入った友人に誘われて、公開の目処《めど》もたっていない映画のプロデュースを引き受け、それが幸運の重なりがつづいて大ヒットし、彗星《すいせい》のように映画界に登場した若き辣腕《らつわん》プロデューサーなんてあちこちで持ち上げられ、いい気になって新しい映画製作に乗り出した。

しかしそれが惨憺《さんたん》たる興行成績で、莫大《ばくだい》な借金をかかえ込んでしまって、しばらく身を隠し、遊び人連中相手に高いレートの賭《か》け麻雀《マージャン》にひたったり、金のありそうな女に近づいて、ヒモみたいな生活をしていた。

津田富之が贋作《がんさく》事件に巻き込まれたのは、ちょうどそのころだった。

もっと悪いことをして、濡《ぬ》れ手で粟《あわ》みたいに金を儲《もう》けているやつは腐るほどいるだろうに、たかが絵一枚で、これほど悪人扱いされるなんてと、俺でもいささか同情するくらいの叩《たた》かれ方だった。

とりわけ週刊誌に至っては、〈愛人Y〉の存在まで暴《あば》き、盗み撮りした米花の顔写真を目の部分だけ黒く塗りつぶして載せたりもした。

津田富之にさんざん世話になったはずの競馬関係者までが、馬を買った代金を踏み倒されたとか、馬が勝っても祝儀《しゅうぎ》をけちったとか匿名《とくめい》で週刊誌に談話を載せたりもした。

俺は、津田富之に対するそんな過剰な、希代の悪党扱いに、何か裏があると感じた。津田は、合田牧場にとっては毎年必ず何頭かの馬を買ってくれる大事なお得意様だったが、馬代金の支払いでトラブルがあったという話は一度もなかったどころか、馬の競走成績がいいと、生産牧場にまでも祝儀を届けてくれる数少ない馬主だと聞いていたからだ。

贋作事件が一段落したころ、俺は米花が社長になったというペルシャ絨毯《じゆうたん》専門店に米花を訪ねて行った。俺にできることは何もなかったが、ひとことだけでも励ましたかったのだ。

米花は俺の来訪をとても歓《よろこ》んで、近くの寿司《すし》屋に誘ってくれた。なるべく事件のことには触れないようにして、あの糸魚川への旅以降の、お互いの十年間を話しているうちに、米花は、これからお父さんの店に行って、土下座をして謝罪し、必ず働いて返すから、借金を清算するために手を貸してくれと頼んだらどうかと俺を諭した。

親父《おやじ》に迷惑をかけようなんて考えたこともなかったし、ほとんど勘当同然の状態が六年近くつづいていたが、米花に説得されているうちに、俺はなぜかむしょうに親父に逢《あ》って謝りたくなってしまった。

世間の悪意にもまれたからなのか、それとも十年のあいだにさまざまな体験を積んだせいなのか、米花はひどくおとなっぽくて落ち着きがあり、しかも気力に満ちていた。そんな米花の、お説教臭くない口調が、俺の尖《とが》った心を少し丸くしたのかもしれない。俺は励ましに行ったのに、逆に励まされて寿司屋を出ると、親父が仕事をしているであろう〈かしわぎ〉に行った。

親父は、店を星さんに頼んで、向かいの焼き鳥屋に俺をつれて行き、俺がまだ何も話していないのに、

「なんとかしてみよう。幾らいるんだ」

と言ってくれた。

親父は、目黒にあった家と土地を売って、馬鹿《ばか》息子の莫大な借金を始末してくれたのだ。

その夜、俺の恋は、突然、降って湧《わ》いたと言っていいかもしれない。借金の清算も勿論《もちろん》ありがたかったが、長年にわたる親父との修復不能の間柄が一瞬にして氷解したことへの感謝を伝えたくて、俺は米花の会社を訪ねた。米花とは、その夜、わずか十分ほど立ち話をしただけだった。米花はパリへ出発する寸前で、すでにタクシーを待たせていたからだ。

「物事が解決するときって、一瞬なのね」

俺の報告を聞くなり、米花は幾分感嘆の思いを込めるかのように言った。

「三週間の予定だけど、イランに寄るかもしれないの。向こうの政治情勢次第では入国できない場合も考えられるから、そのときはパキスタンのカラチへ行くかもしれないけど」

米花はそう言って、タクシーに乗った。

合田牧場でアルバイトをしていた中学生が、いま仕事のためにひとりでパリへ行こうとしている……。孝典と米花への羨望《せんぼう》や嫉妬《しっと》を隠し、いい人ぶって隠れ蓑《みの》役を演じていたのは、俺が米花を好きだったからだ……。そんなことはわかっていたのに、俺はそれを否定しつづけてきた……。

十年前、糸魚川へ同行したときも、俺は俺の気持に背を向けていたし、それからあともずっとそうだった。

「売女《ばいた》め」

俺は米花を思うたびに、胸のなかでそう罵倒《ばとう》してきたが、それは好きな相手にわざと冷たくしたり嫌われるようなことをする子供と同じだった……。

タクシーのドアが閉まり、交差点を右折して行くまでのほんの数秒間に、俺は思ったのだ。米花が津田との関係に終止符を打ったら、俺は自分の思いを米花に伝えよう、と。いつか必ずそのときが来るはずだ、と。

だが、それから一年がたち、三年がたち、五年がたって、俺は米花と津田が別れることはないのだと思うようになった。二人をつないでいるものは腐れ縁でもない。米花の、津田への感謝の念でもない。といって、愛情と言い切れるものでもない。それは理屈では説明のつかない、目には見えない鎖に似ているのだから。

俺は親父が体調を崩して、店を星さんにまかせる日が多くなったころ、勤めていた会社を辞めて〈かしわぎ〉の跡を継ぐために星さんの弟子になった。

四十歳に近くなって、俺は自分の能力や才覚の限界を知ったし、落ち着いた生活に憧《あこが》れを持つようにもなっていた。

津田富之が中国地方のどこかで暮らしていて、米花との関係もつづいていることは、誰からともなく伝え聞いていた。

そんなころ、俺は所帯を持ってもいいなと思える女と知り合った。

俺がそれまでつき合った女たちと比べると、まっとうな女で、結婚歴があり、五歳の男の子がいた。

俺とその女は半年ほどのつき合いの後に結婚した。その翌年の末に親父が死んだ。

結婚して二年後に、妻が奇妙な行動を頻繁に引き起こすようになった。最初の結婚の破綻《はたん》がそのせいであったことを、俺は知らなかったのだ。

たとえば、知人の家に年寄りがいて、その人の体調がすぐれないと聞くと、妻は香典を見舞いとして送る。

なぜそんなことをしたのかと問い詰めると、どうせもうじき必要になるのだからと平然と答える。

ジョギングしている人を見ると、自分も走り出して、その人に「さあ、一緒に逃げましょう」と誘う。

妻がそのような行動をするときは、俺の帰宅が遅かったり、家をあけたりしたときと決まっていたので、俺は最初、あてつけでわざとやっているのかと思ったが、そうではなかった。

あきらかに精神的な病気で、その病気は俺が不在だったり帰宅が遅いということを媒介として前ぶれもなく起こるのだ。

妻の両親に訊《き》くと、最初にそのような奇妙な行動を見せたのは十六歳のときだったという。

しかし、思春期に二、三度あっただけなので、たいしたこととは思わなかったが、それから十年以上もたって、結婚してすぐに、夜中に突然家の前を全速力で走っては止まり、走っては止まるということをやるようになった。

夫との些細《ささい》な口げんかとか、生理の始まる少し前とかに集中していたらしい。

そのような奇妙な行動は一過性で、それを除けば、子供にも優しく、家計のやりくりも丁寧で、夫の俺にもよく尽くしてくれる妻だったが、そんな病理をまったく隠して俺と再婚したことに対して、俺は腹が立った。妻にも、妻の両親にも。

騙《だま》しやがったという思いは俺のなかでくすぶりつづけたが、それにも増して俺を苛立《いらだ》たせたのは、帰宅の時間に神経が傾き、落ち着いて仕事ができないということだった。

〈かしわぎ〉の閉店は十二時だが、時間どおりに店を閉められる日はほとんどない。気持良く飲んでいる客を、十二時ですからと追い返したりできはしないし、気の合う客とは閉店後も別の店で一緒に飲んだりもする。

またそうすることが俺の仕事でもあり、ストレスの発散にもなっているのだ。

俺はやがて妻との離婚を考えるようになった。妻の病理は結婚生活に向いていないばかりか、精神的に悪影響を及ぼしている。妻は自分の病気を自覚し、子供とだけの生活をつづけたほうがいいのではと思ったのだ。

だが、妻の連れ子の、そのころ小学校の二年生だった男の子は、俺を実の父のように慕ってくれた。

俺も、その子が可愛《かわい》くて、月に一度、どこかに遊びに行ったり、公園でキャッチ・ボールをしたりするのが楽しみで、本当の親子みたいな気になるときがあった。

米花が〈かしわぎ〉にやって来たのは、俺の苛々が溜《たま》りに溜って、離婚についての具体的な方策を考え始めたころだった。

俺が跡を継いだことを人づてに耳にして、久しぶりに俺と話をしたくなったという。

「待ち切れなくて、他の女と結婚しちゃったよ」

看板を降ろし、星さんも帰ってしまってから、俺は冗談めかして米花にそう言った。

俺はいつになく酔っていたが、米花はソルティ・ドッグを一杯飲んだだけで、あとは星さん特製のスイカのジュースが気に入って、そればかり飲んでいた。

「津田とは別れたわ」

と米花は言った。

それは、俺の言葉への返事としか受け取れなかった。

「待つってのは、追いかけるってことでもあるわ。どうしてずっと追いかけて来てくれなかったの？」

「いまでも追いかけつづけてるんだ。北海道の門別からずっと」

「我慢強いのね。私も我慢強いの」

そして、米花は、セックスのない恋愛をしたいと言った。

「恋人がいるって、すてきなことだもの」

「その恋人に俺はどうかな」

「だめよ。不良の野獣は」

「いまは不良でも野獣でもない。突然にとんでもないことをしでかす女房との離婚問題に悩んでるバーのマスターさ」

「でも、いまは酔ってるでしょう？　酔いが醒《さ》めたら、どんなふうに変わってるかわからないでしょう？」

「じゃあ、酔いが醒めたら電話するよ。恋人にさせてくれって」

米花は、優秀な精神科の医師を紹介するから、奥さんをその病院につれて行ったらどうかと勧めてくれた。

「どんな名医にかかるよりも、亭主のいない生活があいつの病気には一番の特効薬だと思うんだ。原因がわかったからって治る病気じゃないだろう。なぜ亭主の帰りが一時間遅れただけで、おかしなことをやりだすのかってことがわかっても仕方がないって気がするんだ。それよりも、最初から亭主なんていなかったら、帰りを待つってこともなくなるから、つまり原因が断たれてしまって、結果にもつながらないだろう？」

「ご主人がいなくなっても、それは相手が変わるだけよ。次は、息子さんを待つようになるわ。息子さんが学校から帰って来るのがいつもより一時間遅れたら、ふっと向こう岸に渡っちゃう……。それも困るでしょう？」

俺と米花は〈かしわぎ〉で二時過ぎまで話し込んでいた。

翌日、俺は米花に電話をかけ、精神科医を紹介してくれと頼んだ。

「三時前に家に帰ったんだけど、女房のやつ、部屋にありとあらゆる皿やコップやバケツや洗面器を並べて、雨漏りがひどいから、あした大工さんに屋根を修繕してもらわないとって。雨なんて、もう何日も降ってないよ。でも女房には、天井から漏って来る雨粒が一粒一粒見えてるんだ。ああ、これはもう駄目だって思ったよ」

米花は、知り合いの精神科医には自分のほうから電話で話しておくと言い、病院の住所と電話番号を教えてくれた。

恋人になるかどうかの話など、そのとき俺のほうからはできなかった。

俺が礼を言って電話を切りかけると、

「恋人のこと、どうするの？」

と米花のほうから訊いた。

「俺でいいのか？」

「私、糸魚川に一緒に行ってもらった日から、柏木さんを好きになってたのかもしれない」

と米花は言い、来週の月曜日から十日ほど京都へ行くとつけくわえた。それは米花からのシグナルだと俺には思えた。

妻を診察した医師は、短期の入院を勧め、特定の条件下における精神の分裂は珍しい症例ではないと言った。

俺の頭からは、ありもしない雨漏りを見ていた妻の姿が消えず、そのような母親に育てられる子供のことを思い、身がすくむほどの恐怖を感じた。

子供を妻の実家にあずけ、妻を入院させて銀座の店へ帰る道すがら、なんとしても治してやりたいという思いと、あのような妻と生涯をともにする苦痛とを思いつづけ、俺は離婚の決心がつかないまま、行先を変えて東京駅へと行った。

星さんには、妻の病気のことで京都へ行かなければならなくなったと嘘《うそ》をつき、三日ほど店に出られそうにないと伝えた。

京都の河原町に近いホテルに米花は泊まっていた。夜、先斗町《ぽんと》で食事をし、南座の裏にあるバーで飲み、それから一緒にホテルに戻ると、俺は俺で部屋を取った。

その俺の部屋で、米花は自分の仕事のことや、津田富之に対する思いなどを語った。

「十八歳の女の予備軍なんて幾らでもいるってことを、私、津田との最初の夜に気がついたの」

と米花は言った。

「私よりも何倍もきれいで魅力的な子が、きょうも、あしたも、あさっても生まれつづけてる。若くてきれいなんて、何の価値もないし、永続性もない。そんな永続性のないことに賢い男はいつまでも大金を使わないってこともね」

俺は米花が何を言いたいのか、よくわからなかった。

「だから、私は、津田富之という人を愛そうと思ったの。そうすることでやっと、私と津田との取り引きには永続性が生じる」

「その決意どおりに愛せたのかい？」

と俺は訊いた。米花は俺を見つめてうなずき返し、

「だからこんなに長くつづいて来たし、きれいさっぱり、終わることができたんだと思う」

と言った。それから、俺の額にキスして、自分の部屋へ戻って行った。

翌日も、俺は、仕事を終えた米花と嵐山《あらしやま》に行き、船遊びをしてからホテルに帰り、俺の部屋で遅くまで話し込んで、またお互いの額にキスしあって別れた。

三日目の夜、米花のほうから体を求めてきた。

「それはなしだったろう？　それはなしだってことが大事だったんだろう？」

俺はそう言いながらも、拒むのは米花を侮辱することになると自分のなかで言い訳を作り、米花を抱いた。

終わったとき、俺は、米花の体に何人もの男の残滓《ざんし》を感じた。それは二人や三人では

ない。相当数の異なった男が通り過ぎて行った体だったのだ。

どうしてそんなことがわかるというのかと問われても答えようがない。

俺は、そんな米花に不快感を持ったが、米花の体そのものや性技には目がくらんだ。陳腐な言い方だが、俺はたった一度で米花の虜《とりこ》になってしまったのだ。

俺と米花が燃えあがっていたのは三ヵ月ほどだった。

夏が終わったころ、妻が退院し、もう二、三ヵ月は実家で療養することになった。

妻の目は静かで、実家から電話をかけて俺が不在でも病気は起こらなくなっていて、一日も早く元の生活に戻りたがった。

俺は離婚話を言い出せないまま、頭のなかは米花のことだらけという状態がつづいた。

そんなころ、俺は、米花が津田とつづいているのを知った。

美術関係の仕事をしていて、昔、津田富之と懇意だった男が〈かしわぎ〉の常連客と訪れ、

「津田さんと倉敷でばったり出くわしてね。例の愛人と一緒だったから声をかけなかった。まだつづいてたんだなァ」

と言ったのだ。

その男は俺に話したのではない。つれの男との声をひそめた会話が、俺に聞こえたのだ。

俺は逆上したが、そのことは胸に秘めたまま、米花との逢瀬《おうせ》を重ねた。

しかし、俺のひた隠しにしているわだかまりに米花は気づいていたが、そのわだかまりの理由を誤解したのだった。俺の心に妻が入り込んできた、と。

完治はないものの、とりあえず病気の大きな波はなりをひそめ、元の生活に戻れる日を待っている妻に、この男の心は大きく傾いている、と。

それ以後、米花はどんなにむさぼるような交りの際も絶頂に達しなくなり、その不満をかすかな蔑《さげす》みの視線で伝えてから身づくろいするようになった。その仕返しのやり方は、あまりにも病的としか思えなかったが、じつは驚愕《きょうがく》すべき理由があったのだ。

俺はそのことを随分あとになってから知った。

だが、そのころは、米花の変貌《へんぼう》の理由をあれこれ考えて、俺は自分の性の力や技巧が至らない故《ゆえ》と真剣に思い悩んだりした。

米花のやり方には、結ばれる保証のない男と女とは、所詮《しょせん》いつもこのようなものだとは言い切れない異常さがあったのだ。

しかし、あとになって知った理由だけではなく、米花は、俺の心のなかに絶えず病んだ妻の姿がちらついていることを察知して、自分というものが否定されていると感じつづけていたのかもしれない。

それにしても、体の関係ができてからの米花の俺への態度は、侮蔑《ぶべつ》や憎悪《ぞうお》を孕《はら》んで、ときにはそれがむき出しになる場合もあった。

俺を貶《おとし》めるために、憎しみをつのらせるために、俺を自分のなかに受け入れているのではないかと思うほどだった。

決してそのような関係になろうとしなかった俺に、寝てくれと泣きながら迫ったのは、米花、お前のほうなんだぞ……。

俺は、交わりを終えたあとの、闇《やみ》に包まれている底無し沼のような寂寥《せきりょう》と自己嫌悪《けんお》にいたたまれなくなり、幾度もその言葉が喉元《のどもと》まで出かかったものだ。

それを阻止するために、酒でまぎらわせることだけはつつしまなければならなかった。一度でもそれを口にすれば、米花という人間そのものに汚物を塗りたくることになる。

俺が汚《けが》したくない米花とは、当時の米花ではなく、実の父親と二人きりで、親不知《おやしらず》駅から山のほうに行ったところにある農家の道具小屋で月を見ていた五歳か六歳の米花だったような気がする。

どうしたら俺は、米花を理解し、包み込み、のびやかにさせてやることができるだろうと考え、思いつくありとあらゆる努力をしたが、そうすることによってますます米花の俺への侮蔑と憎悪は強まり、ついには、そんな感情すら放棄してしまって、逢《あ》うたびに藁《わら》人形と化して、俺との交わりをさっさと済ませるようになった。

俺は、退《ひ》き時だと思い、自分のほうから米花に連絡を取るのをやめた。すると、米花から媚《こび》を含んだ電話がかかり、自分の冷淡さを詫《わ》び、逢いたくてたまらないと訴えた。

だが、逢うと、俺を苦しめるためとしか思えない体の反応しかしない。

俺はまた距離を取る。また米花から寄りかかってくる……。

その繰り返しが一年もつづいたろうか。米花のほうから別れ話を持ち出した。

「いいよ。そうしよう。どうせ津田とは終わってないんだから」

俺はそれまで断じて口にしなかった言葉を吐いた。

売り言葉に買い言葉のように、米花は俺の妻の病気のことを口にした。

「いっぺんでも向こう岸に渡った人は、もうこっち岸には戻れないわ。優しくしてあげないと、またすぐに向こう岸に行っちゃうわよ」

そう言ってから、自分は津田とは終わった、自分は嘘はついていない、そんな誤解を持たれたまま曖昧《あいまい》な別れ方はしたくないと、すさまじい剣幕で俺に迫った。

そのような矛盾を絡《から》める論法は、米花の得意のやり方だった。

俺は、病気の妻を侮辱されたことで、かえって冷静になり、わざと絶頂に達しないというやり口で俺をあしらいつづけた米花に仕返しをしようと思った。

「米花の向こう岸は、どこなんだ？」

俺の問いに米花は答えなかった。ホテルの冷蔵庫からウィスキーを持って来て、俺に水割りを作ってくれと頼み、それを一息に飲み干した。

「飲めない酒をそんなふうに飲んだら、ろくなことがないぜ」

と俺は訊《き》いた。

「いいの。今夜は蛇みたいに絡み合いたいから」

「米花は、十七歳のときに向こう岸に渡ったんだ。もうこっち岸には戻って来られないさ」

米花はそれには答えず、着ているものを脱いでいきながら、津田とは別れたのだ、それは本当なのだ、自分は嘘はついていない、と言いつづけ、素っ裸になるとベッドに横向きになって、体をくの字に曲げたまま眠った。

規則正しい寝息だったので、俺は明かりをつけたまま、むき出しになっている米花の性器を見ながらウィスキーを飲みつづけた。

いろんな角度から詳細に米花の性器を観察し、ときどきそこに煙草《たばこ》のけむりを吹きかけたりもした。俺はまだ若くて、ガキだったのだろう。奇妙に歪んだ滑稽《こっけい》な形の性器を俺は小声で罵倒《ばとう》して、

「お前のここも、不細工なそこいらの女たちのここも、おんなじようにグロテスクだぜ」

と何度も言って、何度も煙草のけむりを吹きかけた。

そうしているうちに、塔屋米花という女をたまらなく不憫《ふびん》に思い、少しずつ俺の憎しみは薄まり、あの親不知駅の近くの家に咲いていたひまわりが甦《よみがえ》って来た。米花が少女に見えて、農家の道具小屋で実の父と一晩をすごしている姿が浮かんで来たのだ。

俺は、そっと毛布で米花の体を覆《おお》い、

「向こう岸は、月光の束か」

と言った。米花は、月光の束という言葉が好きで、しばしば何かのまじないのように口にすることがあったのだ。

寝ていると思っていたのに、米花は寝返りを打ち、

「そうかもしれない」

と言った。

俺は、米花の体にのしかかり、自分だけ楽しんで果てた。米花は侮蔑の溜息《ためいき》を俺にあびせ、

「私は終わっていないのよ。ちゃんと終わらせて。もうあと少しなのに」

と言って手を差しのべた。

「米花のもうあと少しは、俺にはとても遠すぎるよ」

俺はそう言いながら、あしたかあさって、妻を家に帰らせてやろうと思った。

俺は米花に別れの言葉を口にしなかったが、米花は察していたと思う。きょう、自分たちは本当に終わった……。そう思っている目で、米花は俺より先にホテルから出ていったが、このままでは気が済まないという表情で戻って来て、こう言った。

「私が騙《だま》されつづけてあげたのは、あなたに、人間を愛するってことの意味を教えてあげたかったからなの。わかる？　私の言ってる意味が。一年間、私はずっと知らんふりをしててあげたけど、体は正直よね。私の体は、あなたをいやがってたの」

俺には何のことなのか、まったくわからなかった。

それで俺は、

「男は必ずすべてを犠牲にしてでも、自分のところにやって来ると思ってるのか？　いままでの男はどうだったんだい。そいつらは、米花のためにすべてを捨てたか？　捨てなかったはずだよ。なぜだと思う？　米花の矜持《きょうじ》とか虚栄心って名の自意識に疲れ果てていくからさ。米花の強さと弱さとのあいだの、あまりの距離に、自分の腕も脚も心も、到底届かなくて、男はみんな、その長い溝のなかで消耗するんだ。きみは小さいときから苦労し、努力してきた。だけど、男にだけは、ちやほやされてきただろう？　その点においてだけは、つねに、いい気分だったろう？　だけど、それによって何を得た？

きみを大切にしようとした男どもを疲れさせただけさ」

「大きなお世話だわ」

米花の顔には冷笑が浮かび出た。だが、たちまちその冷笑の底からは、抑えようのない怒りと、よるべなさと、悲哀とが渾然《こんぜん》一体となって燃え盛って来て、俺を思いつくありとあらゆる言葉で罵倒し、最後に、

「あなたは大馬鹿《おおばか》よ」

と言い、憐《あわ》れみの表情を注いだあと、足早にエレベーターのなかに消えた。

俺は、米花への自分の言葉を、頭をかかえてうずくまりたくなるくらい後悔した。俺はいったい何様だというのか……。

俺は、騙されつづけてあげたという米花の言葉の意味を考えたが、思い当たることはなく、ひょっとしたら、俺は何かのひょうしに、妻と別れてお前と一緒に暮らそうとでも米花に言ったのだろうかと首をかしげたりした。

妻を迎えに行き、星さんには電話で事情を話して、きょうは店に出られないと伝えてから、

「米花とは終わったよ」

と言った。

星さんは、そうですかと応じ返しただけで、俺が妻と一緒に暮らすようになることを

歓《よろこ》んでくれた。

妻は俺と結婚する前、しょっちゅう〈かしわぎ〉に来て、星さんとは仲がよかったのだ。

酒の飲めない妻のために、星さんはオリジナルなジュースを何種類か考案し、俺たちの結婚を推《すす》める言葉をそれとなく使った。星さんも、妻の隠れた病理に気づいていなかった。

だから、俺たちが結婚したあと、そのことを俺から聞いて、星さんは胸を痛めていたが、それが逆に、俺の妻への深い思いやりとなっていった。

星さんは、俺と米花の関係を嫌悪していたが、それを言動にあらわしたことは一度もない。

妻は、実家からマンションに帰ると、俺に店に行くよう勧めた。自分は心が落ち着いていて、もう心配させるようなことはないと確信すると言い、きょうは金曜日なので、星さんひとりでは忙しすぎるであろうと、俺を笑顔で送り出したがった。きっと、妻らしい振る舞いをしたかったのだろう。

俺も、米花とのことが大きな修羅場なしに終わって、肩の荷がおりた思いだったし、何も知らない妻への申し訳なさもあって、妻の言うとおりにしてやろうと店へ行った。

開店の時間なのに、店は閉まっていた。

星さんにしては珍しいことだが、何か事情があって遅れているのだろうと思い、俺は合鍵《あいかぎ》で店の戸をあけようとした。

すると、米花の声が店のなかから聞こえた。

「星さん、私と彼とのことは忘れてね。私と彼とが、短い期間でも関係があったってことも、星さんのなかではなかったことにしてね」

俺は裏口に廻り、耳をそばだてた。

「彼、いつか取り返しのつかない失敗をするわ。星さんが言ってた人とは、まだつづいてるの？」

その米花の問いに、

「つづいてますね。女遊びは、あの人にとっちゃあ、顔を洗ったり歯を磨いたりするのとおんなじなんでしょう。でも、これで少し落ち着いてくれたらいいんですが」

「星さんには心配かけちゃって」

「とんでもない。私はおふたりの仲を裂いたんです。つまり、陰でつげ口をする卑劣なやつってわけです」

「お元気でね」

「塔屋さんこそ、お元気で。これっきり、店にお越し下さらなくなるのは残念ですが」

米花は出て行った。俺は、二人の会話の意味を考えた。星さんが言ってた人とは誰だろう。俺にとったら、女遊びは顔を洗ったり歯を磨いたりするのとおんなじだって?〈彼〉とか〈あの人〉ってのは、俺のことか?

俺は、表に廻ったが店には入らず、近くの中華料理屋でビールを飲み、シューマイと焼きそばを食べて時間をつぶした。

米花の突然の変貌、別れぎわの言葉、星さんとの会話……。それらをひとつなぎにすると、答は簡単だった。星さんは、俺に米花以外にも女がいると嘘《うそ》をついて、俺と米花を別れさせようとしたのだ。それも、ずっと以前から。

俺は、二人の会話を聞いたことを胸にしまっておこうと決めるのに随分時間がかかった。

俺の妻を案じ、俺と米花の関係を許せなかったにしても、星さんのやり方は彼の言葉どおり卑劣だったからだ。

しかし、俺が星さんをひとことでもなじったら、彼は〈かしわぎ〉を辞めるしかないだろう。星さんあっての〈かしわぎ〉だし、星さんの嘘は、俺の妻のことを思っての策略で、遅かれ早かれ、俺と米花とは終わる日が来るはずだったのだ。

そう自分に言い聞かせて、俺は店に行った。

「女房が、どうしても仕事に行けって」

俺は星さんにそう言ったあと、

「米花とは終わったよ」

と、あえてもう一度、耳元でささやいた。

星さんもまた、そうですかとだけ言って微笑《ほほえ》んだ。

二年後、俺は妻との離婚を決めた。妻の病気は、ちょっとやそっとでは治る質《たち》のものではなく、長期の入院を、医師から半ば強要の形で勧められたとき、妻の父親が離婚を申し出たのだ。

入院生活をおくっている妻から手紙が届き、子供のために離婚したいという文面を見たとき、俺は妻の父親に電話をかけ、離婚の承諾を伝えた。妻に手を合わせる思いだった。

その夜、俺は星さんと遅くまで酒を飲んだ。

酔うにつれて、俺の罪悪感は強まっていった。なぜ、離婚しなければならなかったのか。妻の病気は、身内以外の人間に害を為《な》すものではない。人に危害を加えたり、不幸な事件に結びつく類《たぐい》のものではない。

それなのに、俺が離婚を決めたのは、ただ厄介事から逃げたかっただけなのだ。

そんなことを星さんに話しているうちに、星さんは、思いもかけないことを俺に打ち明けた。

妻は、俺と米花とのことを知っていたというのだ。

俺は、星さんの言葉で逆上し、

「どうせ、あんたがご注進に及んだんだろう。米花にあることないことを吹き込んで、あげく俺の女房にも余計なことを喋ってたってわけかい。あんたにそんな趣味があったなんてね」

と言ってしまった。

少し狼狽《ろうばい》しながらも、星さんは、妻が俺と米花とのことを知ったいきさつを説明してくれた。

女の勘というやつなのだろうが、最初の入院生活を終えて帰宅した妻は、何か胸騒ぎがして、閉店の時間に店の近くで俺を待った。

俺は、店を閉めると、米花と待ち合わせているホテルへと向かった。

米花の存在を知った妻は、自分の病気のせいだと思い悩み、米花の会社の住所をしらべて逢《あ》いに行き、あなたは遊びなのか真剣なのかと訊いた。

もし私の夫を愛しているなら、どうか私から堂々と奪ってくれ。夫は初婚だが、私は再婚で連れ子がいる。あげく、ときおり精神が乱れるらしく、ついこのあいだまで入院していた。

私は自分をさほど異常だとは思わないが、夫の大きな負担になっていることは知っている。

夫に好きな人ができて、その人の周りに傷つく人間がいないなら、なにもこのような重苦しい内緒事をつづける理由はない。負の部分を多く持つ私が去るべきだと思う……。

米花は、俺との関係を否定しなかった。考えさせてくれと言って、妻のためにタクシーを呼び、それに乗るところまで見届けて、事務所に戻ったという。

妻は、タクシーに乗るとき、自分が訪ねて来たことは、夫には黙っていてくれと頼んだ。米花は了承した。

おそらく、俺の妻から放たれていた何かが、米花の矜持を烈《はげ》しく傷つけたのか、それとも、その瞬間は、俺との新しい生活を念頭に置いたのか、そこのところは理解不能だが、米花は俺と別れようとはせず、妻とのことも決して口には出さなかった。

だが、俺にとっては理由のわからない、ある種の敵対心をちらつかせて、俺と交わるようになったのは、妻の来訪以後のことだ。

妻は、思い余って、星さんに相談した。

星さんは、心配しなくてもいい、あの二人は時間の問題だが、その時間を人為的に早めることは簡単だと言った。

星さんが米花に嘘をついたのは、妻が二度目の入院をしたころだったという。

うっかり口を滑らしたかのように、俺に米花以外の女がいるとほのめかしたのだ。

「私は、口を滑らしちゃって、いかにも観念したみたいに、具体的な嘘をでっちあげたんです」

と星さんは言った。

米花は、ひとこと、

「あの人、馬鹿ねェ」

とつぶやいたという。

「でも、いかにも義憤に駆られて、奥さんのためにと嘘をでっちあげましたが、つまり、私も男だったんです。私は、初めて米花さんを見たとき、なんだか、くらくらァとしました。あんなことは初めてでしたよ。私が嘘をつげ口したのは、正真正銘の嫉妬《しっと》からなんです」

と星さんは言った。

そのことに関しては、再び二年前、もっと赤裸々な感情を俺に打ち明けたのだが……。

俺は自分がなさけなくて、恥しくて、どこかに消えて行ってしまいたい思いだった。

妻が最もおとなだったのだ。

星さんは、俺と米花がまだつづいていたころ、そう、妻が米花に逢って三ヵ月後あたりに、もうひとつ嘘をついたという。

「そろそろ退院できそうだってころ、入院してる病院に行って、奥さんに面会したんです。そして、ご主人と例の女性は、きれいさっぱり別れましたって言いました。奥さんの頰が、ぱっと桃色になって、月の周りの霞《かすみ》みたいな淀《よど》みが消えて、『星さん、一生、知らんふりしとこうね』って。私は、この人の精神のどこが、ときどき狂うのかって不思議でたまらなくなりましたよ」

俺は、すでに夜中の三時を廻っていたが、妻の実家に電話をかけ、離婚はしないと伝えた。

いま、妻は年老いた両親と一緒に暮らしている。精神状態のいいとき、俺は妻を実家に迎えに行き、俺のマンションに連れ帰って、四、五日一緒に暮らす。息子は去年、大学生になった。

そう、五年くらい前、成田空港で米花を見たことがあった。

俺は、〈かしわぎ〉の古くからの客で、一生に一度、アラスカで鮭《さけ》を釣りたいという連中に誘われて、アラスカに行ったのだが、その出発の日、ファースト・クラスのラウンジの奥に、米花が坐《すわ》っているのに気づき、そこから遠く離れたソファに坐って、米花に気づかれないよう新聞をひらいた。

一生に一度のアラスカでの鮭釣りだから、豪勢にいこうと、俺たちもファースト・クラスだったのだ。

米花はおない歳《どし》くらいの、背の高い男と一緒だった。

俺も銀座のショット・バーのマスターになって長かったから、米花とその男がどんな間柄かは察しがついた。

男はいかにも洗練された一流企業のエリート社員といった感じだったが、その年齢から推し量っても、ファースト・クラスに乗れる地位には達していなかった。

いったいどこへ行くのだろうと思っているうちに、ファースト・クラスのラウンジに案内放送があり、南廻りのミュンヘン行きルフトハンザ機の搭乗を促した。

米花と男は立ち上がり、ラウンジを出て行った。ラウンジの女性係員は、米花と顔見知りらしく、

「カラチの気温は、三十六度だそうですよ」

と米花に言う言葉が聞こえた。

俺の脳裏に、二メートル以上もある枯れかけたひまわりに絡《から》みついて眠っている六つか七つの米花の姿が浮かんだ。

どうして、親不知の農家の道具小屋で実の父親と眠っている米花が、あのひまわりに体を絡みつけているのかわからなかった。

けれども、その幻想の絵は、アラスカで鮭を釣っているときも、しょっちゅうあらわれて、俺はそんな自分をいまいましく感じた。

女は、終わってしまった男のことなど、心の納戸《なんど》の奥深くに閉じ込めて、思い出した

りはせず、男はいつまでもだらしなくひきずって、その腐ったゴミのようなものに、ときおり話しかけたりするというが、まったくそのとおりだ。

俺は、米花の前に、不自由ではない立場の男があらわれればいいのにと思う。米花は、いい家庭を築けそうな気がするのだ。

米花は、人間を愛するってことの意味を教えてあげたかったのだと言った。えらそうなことぬかしやがって。きれいごとで自分を飾りやがって、と思いつづけてきたが、いまは、あの言葉が米花の真情だったという気がするのだ。

俺はなにも人の愛し方を教えてもらったわけではない。俺は「言わないと約束したことは言わない」、「言ってはいけないことは決して言わない」ということを学んだのだ。

そういう思いで、ただ憎しみ合うために交わっていたような日々を振り返ると、米花がなぜ妻との約束を守りつづけたのかがわかるような気がする。

結局、米花は、他の男に対しても、いつもそうであったのだろう。たぶん、これからも……。米花はきょうも相変わらずきれいだった。ただやはり年齢は隠しようがなかったが……。

終章

私は、〈かしわぎ〉での長い夜以来、一ヵ月近く仕事に忙殺され、設計師と工場の技術者と得意先を廻る日々がつづきました。

ですが、どんなに忙しくても、毎週の競馬の日には予想紙を買い、合田牧場の生産馬が出走していないかと調べることは忘れませんでした。

十二月の初め、私は若い技術者と新潟に出張した際、一日休暇を取って、糸魚川《いといがわ》へ行ってみました。

駅前の古い商店街は、ところどころに昔日《せきじつ》の雰囲気が残っていましたが、私たち一家が住んでいた借家のあたりにはマンションが建ち、そこからはセメント工場のコンビナートばかりが見えて、加古慎二郎の住んでいた家も工場建設のための用地になっていました。

私は夕食を駅前の食堂でとり、電車で親不知《おやしらず》の駅に足を伸ばし、高速道路建設に付随して作られた人工の海水浴場の、雪と寒風だけが通り過ぎる、悲哀のかたまりのような砂浜に見入りました。

それから、駅の裏側の小さな集落を抜け、よねかが実の父親と一晩をすごした農家の道具小屋めざして歩いたのです。

そんな小屋が、いまもまだ残っているはずはないと承知しつつも、私は土の道をむきになって進み、あまりの寒さに、マフラーで頬かむりをして、それでも耳がちぎれそうになるのに耐えて、人家の灯が見えるところで歩を停めました。横なぐりの雪の向こうの段々畑のなかに道具小屋はあったのです。

しかし、それはよねかが六つか七つのころのものではなく、新建材の組み立て式の小屋でした。

「クシムナレー」

私は月を捜しながら、何度もつぶやきました。一光年。光が一年間に進む距離。九兆四六七〇億キロメートル……。

クシムナレー。一光年。月光の束。私を追いかけて。

そんな言葉を思い浮かべ、夜空を見つめつづけましたが、月も星もありませんでした。

私は親不知駅に引き返し、時刻表を見てから、マフラーを首に巻き直して、両手をコートのポケットに突っ込みました。

私は、三十七年前に買ったまま、いまも持ちつづけている糸魚川から信濃《しなの》大町までの一枚の切符を、この親不知駅で捨てるつもりだったのです。

けれども、私以外誰もいない無人駅の、小さな待合室のベンチの冷たさが、私の感傷的な、どうにもこうにも鼻持ちならない芝居がかった行為を阻止したのです。

塔屋米花というひとりの人間とは関係なく、この一枚の古い切符が、私に活力を与えてくれる護符のように思えてきたからです。

解説

曾根博義

四十八歳の大手商社社員加古《かこ》慎二《しんじ》郎《ろう》が、突然、パキスタンのカラチで自殺したという報《しら》せから物語は始まる。自殺の背後には塔屋《とうや》米花《よねか》という同年齢の女性の影がちらついている。米花がカラチのホテルを一人で出た五日後に加古はそのホテルで縊死《いし》しているのだ。しかし日本の留守宅に妻と二人の子供を残している加古が、米花とつきあっていたことを知る者はいない。加古はなぜ自殺したのか。塔屋米花とはいかなる女性で、加古との間に一体何があったのか。

八〇〇枚を越すこの長篇は、その謎《なぞ》に迫りながら、米花と米花をめぐる人々の思いがけない運命を徐々に明かして行く。謎の追求者は二人いて、一人は日本海に面する糸魚《いとい》川《がわ》の中学で加古や米花と同級生だった技術者杉井純造、もう一人は加古の残された妻美《み》須《す》寿《ず》だ。米花が加古に宛《あ》てて出した手紙の差出人に杉井の名が使われていたことから、美須寿は杉井の家を一度訪ねるが、それ以後二人は別々に調べはじめ、その結果が読者に交互に伝えられる。杉井の「私」語りと美須寿の日記を通してだ。それらが時間を追ってほぼ交互に各章をなし、一年あまり続く。どちらも米花を探し出して彼女がどんな女なのか確かめ、彼女から事情を聞きたいと思って調べ出すのだが、米花に会うことはもちろん、その消息をつかむことも容易でない。しかし小説のそうした展開の仕方が、読者を最後まで引っ張って行く仕掛けにもなっている。

米花をめぐる謎のうちで、いちばん気になるのは、彼女が少女時代から現在まで、自分に関心を持った男に対して「月光の東まで追いかけて」という謎めいた言葉を発していることである。米花は自殺する直前の加古に対しても同じ言葉を手紙に認《したた》めていた。「月光の東」とは何か。その謎が彼女の生い立ちに遡《さかのぼ》って追求される。それに立ち会う読者はほとんど推理小説を読むような興味でこの大作の頁《ページ》を繰ることができる。

作品の細部はこれまで親しまれてきた宮本輝の世界のさまざまな要素で支えられている。競馬や競馬馬のこと、美術や骨董《こっとう》に対する趣味、中央アジアへの関心、心身の障害や癒《いや》しへのやさしいまなざし、等々。しかしそれ以上に心に強く残るのは、他の小説にもよく出てくる自殺のモチーフである。自殺といっても、自殺した当人よりむしろ、すぐそばで誰かに自殺された者はどうするかという問題である。これまで宮本輝はこの問題をさまざまな作品で繰り返し扱ってきた。

作者自身の体験の投影もあるのかもしれない。年譜を見ると、小学校二年のとき、祖母が失踪《しっそう》している。また中学二年の終りごろ、井上靖の『あすなろ物語』を押入れのなかで初めて読んで感動したが、ちょうどそれは父の浮気で母が自殺未遂を企てたときだったという。いうまでもなく、『あすなろ物語』は年上の少女の大学生との心中事件を体験した少年の成長物語である。

　私がもし中学二年生のときに『あすなろ物語』と出会っていなければ、私はあるいは作家になっていたかどうかわからないとさえ思う。

　そして、もし『あすなろ物語』を手にした日に、母の自殺未遂という事件がなければ、私は『あすなろ物語』を読み通し、その後の憑《つ》かれたような読書へとのめり込んでは行かなかったかもしれないと思う。（「本をつんだ小舟」）

　小説への開眼は母の自殺未遂とそれほど深く結びついていたのだ。

　さらに約十年後の一九七三年の項には、「ＣＭ制作者・杉山登志の自殺報道に、同業者として感じるところ多かった」とある。

　作品でまず思い起こされるのは、「螢川」で芥川賞を受賞した直後の短篇「幻の光」（七八年）である。尼崎の貧しい工場街で育った主人公の女性は小学校六年のとき祖母の失踪に遭う。その後、幼なじみの工員と結婚するが、今度はその夫が妻の自分と子供一人を残して原因不明の鉄道自殺を遂げる。再婚しても先夫のことは頭を去らない。奥能登の海上に幻のように輝く光の群を眺めながら、彼女は生と死のあわいに立って先夫に問いかけ、語りかけずにはいられない。おそらく作者の短篇の随一にあげられる名作である。

次の長篇『錦繍《きんしゅう》』（八二年）では、結婚直後に夫が昔から知り合いだった女性と無理心中を図り、女は死ぬが、夫は生き残る。その事件のために離婚した男と女が、約十年後に偶然再会して、手紙を交換するようになり、おたがいの心の傷を癒す。作者の初期を代表する書簡体小説の傑作である。

さらにこの『月光の東』の前後では、すぐ次に書かれた長篇『睡蓮《すいれん》の長いまどろみ』（二〇〇〇年）が思い浮かぶ。主人公の中堅社員は自分の目の前でビルから飛び降りて死んだ十八歳の少女のことが、まったくの他人であるにもかかわらず、妙に心にひっかかる。死んだはずの彼女から手紙が来るようにもなる。ところが彼の母親は、自分のすぐ近くで誰かが死ぬという体験を二度もしていて、自分にもその責任があるのではないかと思っている。そのことを彼女は、私の周りでは誰かが「落ちる」と表現する。「落ちる」のは母子相伝の宿命なのである。

これらの小説に共通している特徴は、『錦繍』以外の作品では自殺の動機がよくわからないことである。自分の近くにいた人間が、あるときふっと消えるようにいなくなるのだ。そのために自分の生きているこちら側の世界と、死んだ人間が入って行った向こう側の世界との境界がきわめてあいまいになる。生きていることと死んでいることがそれほど違ったものには見えない不思議な幻想と恍惚《こうこつ》の世界がそこに生まれる。そしてそのような世界で宮本輝の想像力は自由に羽ばたきはじめるのである。

『月光の東』に戻ると、夫の加古慎二郎に突然自殺された妻美須寿は、自殺の背後に女の存在があったことを知ったときから錯乱を起こし、夫の卑怯《ひきょう》な死を怒り、塔屋米花というその女への憎悪《ぞうお》を燃え立たせる。叔父の紹介してくれた精神科医の安倍先生のもとに通い、毎日、日記をつけるようになったのも、そういう自分の心を癒し、落ち着けさせるためだった。

　彼女のなかで夫への怒りや米花への憎悪が鎮《しず》まるにつれて、生きることは自分を肯定することから始まるのだという気持が芽ばえる。夫も米花のことだけで死んだわけではないだろう。むしろ妻には内緒で彼女とつきあっていることに対する罪悪感が彼の生きる力を失わせ、米花との関係を触媒にして死に飛び込んだのかもしれない。そんな気がしてくる。骨董屋の古彩斎は「罪悪感ほど心身を傷《いた》めるものはありません」といい、安倍先生は「自分を大好きだと思え」といい、「業《ごう》が謝せんと欲するが故《ゆえ》に病む」という日蓮の言葉を教えてくれる。そのような大きな自己肯定に向かうなかで美須寿の心はしだいに落ち着きを取り戻し、洗われて行く。夫への怒りは憐憫《れんびん》に変り、十七歳のときから美術商の津田富之を愛人兼パトロンにして思うまま生きてきた米花の魅力にひかれて行くようになる。

　この小説は突然夫に自殺されて錯乱状態に陥った妻と子供たちが、そのようにして癒され、平静に立ち返って行く物語でもあるのだ。

それにしても、米花と最後に会った直後、加古慎二郎はなぜ自殺したのか。加古は魔女サイレーンのような米花の魔力におびき寄せられ、彼女のあとを追いかけて行った末に「月光の東」に行き着いてしまった。彼にとって「月光の東」とは黄泉《よみ》の国にほかならなかったが、すでに幼い頃にその世界を垣間見《かいまみ》てしまった米花にとってはそこはおそらく自分がいつも立ち返って行くべき生の源郷を意味していたのだろう。

結末近くで米花は彼女と交渉のあったバーのオーナー柏木《かしわぎ》の口を通して、糸魚川にいた六つか七つの頃、実の父親だという見知らぬ男に声をかけられ、農家の道具小屋で一晩を過ごした記憶を語る。

農家の道具小屋での一夜は、ただうつらうつらと妙に心地良く寝ていたことだけが鮮明で、怖かったとか、喉《のど》が渇いて水を飲みたかったとか、お腹《なか》が空《す》いたとかの記憶はない。ただ、道具小屋から見えていた大きな月の丸さは、どうかしたひょうしに、本当の父親との静かな安心した一夜そのものと化して、自分にさまざまなものを与えてくれるのだと米花は言った。

そしてその夜のことが、「私のなかで膨らんでいって、その膨らんだ想像の画面が、どこまでが本当で、どこまでが私の想像なのかわからなくなって」いるのだという。

加古は不幸にもその犠牲になった哀れな男だったのだ。

しかし自殺した彼はこの小説の主人公ではないし、この作品は彼の自殺の謎を解く小説でもなかったのだ。彼の同級生で米花を追いかける杉井も語り手の一人にすぎない。津田にしても柏木にしても結局は米花に翻弄《ほんろう》されるだけの男たちである。小説の中心人物はいうまでもなく彼ら男たちを「月光の東」へと誘惑するファム・ファタール（男を破滅に導く妖女《ようじょ》）、米花であり、彼女のために夫に自殺されたショックから立ち直ろうとする妻美須寿である。この長篇はその二人の対照的な女たちの生と死の物語だったのである。

（平成十五年一月、日本近代文学・日大教授）

この作品は平成十年二月中央公論社より刊行された後、平成十二年五月中公文庫として刊行された。

宮本輝著
幻の光
愛する人を失った悲しい記憶を胸奥に秘めて、奥能登の板前の後妻として生きる、成熟した女の情念を描く表題作ほか3編を収める。

宮本輝著
錦繡
愛し合いながらも離婚した二人が、紅葉に染まる蔵王で十年を隔て再会した——。往復書簡が過去を埋め織りなす愛のタピストリー。

宮本輝著
ドナウの旅人（上・下）
母と若い愛人、娘とドイツ人の恋人——ドナウの流れに沿って東へ下る二組の旅人たちを通し、愛と人生の意味を問う感動のロマン。

宮本輝著
夢見通りの人々
ひと癖もふた癖もある夢見通りの住人たちが、ふと垣間見せる愛と孤独の表情を描いて忘れがたい印象を残すオムニバス長編小説。

宮本輝著
優駿
吉川英治文学賞受賞（上・下）
人びとの愛と祈り、ついには運命そのものを担って走りぬける名馬オラシオン。圧倒的な感動を呼ぶサラブレッド・ロマン！

宮本輝著
五千回の生死
「一日に五千回ぐらい、死にとうなったり、生きとうなったりする」男との奇妙な友情等、名手宮本輝の犀利な〝ナイン・ストーリーズ〟。

水上勉著　土を喰う日々

京都の禅寺で小僧をしていた頃に習いおぼえた精進料理の数々を、著者自ら包丁を持ち、つくってみせた異色のクッキング・ブック。

水上勉著　雁の寺・越前竹人形
直木賞受賞

少年僧の孤独と凄惨な情念のたぎりを描いて、直木賞に輝く「雁の寺」、哀しみを全身に秘めた独特の女性像をうちたてた「越前竹人形」。

水上勉著　飢餓海峡（上・下）

貧困の底から、功なり名遂げた樽見京一郎は、殺人犯であった暗い過去をもっていた……。洞爺丸事件に想をえて描く雄大な社会小説。

宮尾登美子著　もう一つの出会い

初めての結婚、百円玉一つ握りしめての家出、離婚、そして再婚。様々な人々との出会いと折々の想いを書きつづった珠玉のエッセイ集。

宮尾登美子著　櫂《かい》
太宰治賞受賞

渡世人あがりの剛直義侠の男・岩伍に嫁いだ喜和の、愛憎と忍従と秘めた情念。戦前高知の色街を背景に自らの生家を描く自伝的長編。

宮尾登美子著　春燈

土佐の高知で芸妓娼妓紹介業を営む家に生まれ、複雑な家庭事情のもと、多感な少女期を送る綾子。名作『櫂』に続く渾身の自伝小説。

有吉佐和子著　恍惚の人

老いて永生きすることは幸福か？　日本の老人福祉政策はこれでよいのか？　誰もが迎える〈老い〉を直視し、様々な問題を投げかける。

野坂昭如著　アメリカひじき・火垂るの墓
直木賞受賞

中年男の意識の底によどむ進駐軍コンプレックスをえぐる「アメリカひじき」など、著者の〝焼跡闇市派〟作家としての原点を示す6編。

宮部みゆき著　理由
直木賞受賞

被害者だったはずの家族は、実は見ず知らずの他人同士だった……。斬新な手法で現代社会の悲劇を浮き彫りにした、新たなる古典！

宮部みゆき著　模倣犯
芸術選奨受賞（一〜五）

邪悪な欲望のままに「女性狩り」を繰り返し、マスコミを愚弄して勝ち誇る怪物の正体は？著者の代表作にして現代ミステリの金字塔！

宮部みゆき著　あかんべえ（上・下）

深川の「ふね屋」で起きた怪異騒動。なぜか娘のおりんにしか、亡者の姿は見えなかった。少女と亡者の交流に心温まる感動の時代長編。

宮部みゆき著　孤宿の人（上・下）

藩内で毒死や凶事が相次ぎ、流罪となった幕府要人の祟りと噂された。お家騒動を背景に無垢な少女の魂の成長を描く感動の時代長編。